Kathinka Engel

Where the Roots Grow Stronger

W0359347

KATHINKA ENGEL

Where the Roots grow stronger

Roman

PIPER

Mehr über unsere Autoren und Bücher:
www.piper.de

Wenn Ihnen dieser Roman gefallen hat, schreiben Sie uns unter Nennung des Titels »Where the Roots Grow Stronger« an *empfehlungen@piper.de*, und wir empfehlen Ihnen gerne vergleichbare Bücher.

Von Kathinka Engel liegen im Piper Verlag vor:

Finde-mich-Reihe:
Band 1: Finde mich. Jetzt
Band 2: Halte mich. Hier
Band 3: Liebe mich. Für immer

Love-is-Reihe:
Band 1: Love is Loud – Ich höre nur dich
Band 2: Love is Bold – Du gibst mir Mut
Band 3: Love is Wild – Uns gehört die Welt

Shetland-Love-Reihe:
Band 1: Where the Roots Grow Stronger
Band 2: Where the Waves Rise Higher
Band 3: Where the Clouds Move Faster

Unser Versprechen für mehr Nachhaltigkeit
• Klimaneutrales Produkt
• FSC®-zertifiziertes Papier
• Hergestellt in Europa

FSC
www.fsc.org
MIX
Papier aus verantwortungsvollen Quellen
FSC® C083411

Originalausgabe
ISBN 978-3-492-06291-6
3. Auflage 2021
© Piper Verlag GmbH, München 2021
Redaktion: Michelle Gyo
Satz: Tobias Wantzen, Bremen
Gesetzt aus der Legacy Serif ITC
Druck und Bindung: CPI Books GmbH, Leck
Printed in the EU

Für Jennifer, Nini und Anne.
In einer vergifteten Umgebung wart ihr mir die größt-
mögliche Unterstützung. Ihr habt mich ich selbst sein lassen,
als mein Ich am wenigsten gepasst hat. Dank euch
habe ich gelernt, mich im großen Unwohlsein wohlzufühlen.

Zwischen gestern und heute
Liegt mein Herz.
Kann nicht ins Morgen.
Will nur zurück.
Es ist das Beste, sagst du.
Es ist das Richtige.
Nur du entscheidest.
Ich werde nicht gefragt.
Doch eine Antwort,
die hab ich dennoch:
Wie kann das Beste
zugleich das Bitterste sein?
Wie kann das Richtige
zugleich das Falscheste sein?
Du kannst nicht mehr, sagst du.
Doch das hier kann ich nicht.
Will es nicht einmal versuchen.

1

Ich denke an dich. Hinter meiner Nachricht blinkt der blaue Cursor. Ich lösche den Punkt, lösche das *dich.* Ich füge beides wieder hinzu.

»Nina Ince«, dröhnt die Stimme aus den Boxen, und lauter Beifall erschallt.

Nina tritt in ihrer Abschlussrobe auf die Bühne, nimmt ihr Zeugnis entgegen, schüttelt dem Dekan die Hand. Sie strahlt für ein Foto und geht dann auf der anderen Seite der Bühne die Stufen wieder hinunter und zurück zu ihrem Platz, wo sie mit begeistertem Tuscheln in Empfang genommen wird.

»Thomas Jepson.« Erneuter Beifall, während Thomas sich seinen Weg durch die Reihen bahnt.

Der Cursor auf meinem Handy blinkt immer noch. Ein stummer Vorwurf. Es ist völlig albern. Heute ist Nessas Geburtstag. Ich sollte verdammt noch mal in der Lage sein, meiner großen Schwester eine kurze Nachricht zu schicken. Aber unsere letzte Konversation ist drei Monate her, wie mir WhatsApp sehr nüchtern gezeigt hat. Wobei es weniger eine Konversation ist als vielmehr ein *Vielleicht meldest du dich mal?*

von Nessa und ein Schweigen meinerseits. Genau das macht es jetzt so kompliziert. Ich will nicht, dass sie denkt, ich würde nur aus Höflichkeit schreiben, weil man das nun mal so macht an einem Geburtstag.

»Afsaneh Kashani.«

Irina nimmt meine linke Hand und drückt sie. »Gleich bist du dran«, flüstert sie und grinst mich an.

»Andrew Keller.«

Ich nicke, blicke wieder auf mein Handy. Denn andererseits ist es eigentlich auch keine Option, sich nicht bei ihr zu melden.

»Alexa Kirby.«

»Und denk dran, heb deine Robe an, wenn du die Stufen hochläufst. Du willst nicht, dass hundert Handykameras festhalten, wie du vor versammelter Mannschaft auf die Fresse fliegst«, sagt Irina leise.

Letztes Jahr gab es bei der Zeremonie einen kleinen Vorfall, der es bis auf YouTube und dort zu übertriebenem Ruhm geschafft hat. Eine Absolventin verhedderte sich in ihrer – zugegeben viel zu langen – Robe und legte sich wenig elegant auf die Stufen. Deswegen bläut Irina uns allen schon seit Tagen ein, dass wir ja vorsichtig sein sollen.

»Chloe Lacroix.«

Ein letztes Mal blicke ich auf meine Nachricht. Mein Daumen schwebt über dem Papierflieger. Abschicken. Nicht abschicken. Warum ist das so schwierig?

»Priya Laishram.«

Eine Reihe vor mir erhebt Priya sich strahlend. Sie beugt sich über die Lehne, umarmt erst mich, dann Irina. Fröhlich winkt sie ihrer Familie zu, die zusammen mit all den anderen Angehörigen auf den Rängen sitzt. Ich drehe den Kopf, kann aber in der Dunkelheit nichts erkennen. Allerdings hört man die Familie Laishram unter dem lauten Klatschen und den Rufen deutlich heraus.

»Fiona Linklater.« Ohne die Nachricht abzuschicken, sperre ich mein Handy und lege es im Aufstehen auf meinen Platz.

»Das bist duuuu!«, quietscht Irina und drückt meine Hand erneut.

»Ach so?«, sage ich lächelnd, während ich mich an ihren langen Beinen vorbeischiebe. Unter Irinas wachsamem Blick hebe ich meine Robe ein paar Zentimeter an und gehe vor zur Bühne. Von den Beifallsrufen und dem Applaus kriege ich kaum etwas mit. Nur dass von oben keine Familienmitglieder jubeln, wird mir auf einmal sehr bewusst.

Aber du wolltest es so, sagt eine Stimme in meinem Kopf, während ich eine Stufe nach der anderen hochsteige. Ich drehe den Kopf, winke Irina, Priya und all den anderen zu. Der Dekan lächelt, als ich ihm die Hand hinstrecke.

»Herzlichen Glückwunsch, Miss Linklater«, sagt er und gibt mir mein Zeugnis.

Als ich die Treppe auf der anderen Seite zurück in den Zuschauerraum hinabgehe, werde ich von den Scheinwerfern geblendet und kneife die Augen zusammen. Der Applaus ebbt ab, das Knistern meiner Robe kommt mir auf einmal ohrenbetäubend laut vor. Warum ist es plötzlich so warm?

»Joel Makepeace.«

Und mein Moment ist vorbei. Meine fünfzehn Sekunden Ruhm.

Zurück auf meinem Platz blicke ich auf das dicke Papier, das dort, wo meine Finger waren, leicht feucht ist. Unter dem völlig überladenen Emblem der Universität lese ich:

University of the West of England
Bristol

FIONA LINKLATER

has been awarded the degree of
Bachelor of Fine Arts (Hons)

»Das hast du sehr würdevoll gemacht«, sagt Irina. »Sehr senkrecht.«

»Irina Nabokina.«

Doch Irina ist damit beschäftigt, sich mein Zeugnis, das sie mir sofort aus der Hand gerissen hat, genau anzusehen.

»Miss Nabokina«, sage ich, »du bist dran.«

»Was? Wer? Oh«, macht sie und beeilt sich, auf die Bühne zu kommen. Dabei vergisst sie ihre Robe zu halten, kommt auf der ersten Stufe ins Straucheln und – fängt sich gerade noch. Sie grinst in meine Richtung, tippt sich einmal an den Kopf und schreitet dann sehr elegant auf den Dekan zu.

Während wir noch klatschen und johlen, dreht sich Priya zu mir um. »Wir haben es geschafft!«, flüstert sie. »Wir haben verflucht noch mal einen Abschluss in der Tasche.«

Aus den offenen Fenstern des *Crown and Crow* dringt ein old-school Trip-Hop-Song.

»Es ist der absolute Wahnsinn«, sagt Irina. »Da reißt man sich drei Jahre lang den Arsch auf – *pardon my French* –, und am Ende geht es einfach nur um ein Blatt Papier, das dich von nun an berechtigt, dir für einen Chef ebendiesen Arsch aufzureißen, bis du in Rente bist. Eigentlich ist das Leben also eine Aneinanderreihung vom Aufreißen des eigenen Arschs. Zeig noch mal dein Zeugnis!«

Sie streckt die Hand aus, denn ihr eigenes haben ihre Eltern nach dem Abendessen in weiser Voraussicht mit ins Hotelzimmer genommen. Sie hatten mich eingeladen, mich ihnen anzuschließen, aber ich wollte nicht das Gefühl haben, ihnen zur Last zu fallen. So schlenderte ich durch die abendlichen Straßen, wurde etwas melancholisch und kam schließlich viel zu früh in unserem Stammpub an.

»Ich glaube«, sagt Priya grinsend, »wir sollten Fionas Zeugnis vielleicht lieber sicher in ihrem Rucksack verstaut lassen, bevor …«

Priyas Freund Nick tritt mit einem Tablett voller Pints an unseren Tisch und stellt es etwas zu schwungvoll ab, sodass die Gläser gegeneinanderklirren. Aus dem ein oder anderen schwappt ein wenig von der bernsteinfarbenen Flüssigkeit auf den Tisch.

»Bevor Nick es in Ale ertränkt«, beendet James Priyas Satz. »Cheers, *mate.* Die nächste Runde geht auf mich.« Mit diesen Worten nimmt er sich ein Pint vom Tablett.

Wir stoßen erneut auf unsere Erfolge an. Auf Nicks Geschichtsbachelor, James' Abschluss in Anthropologie. Auf Annies und Mikkels Bachelor in Englischer Literatur, auf Priyas und Irinas Abschluss in Kulturmanagement (»Mit Auszeichnung«, kreischt Irina zum ungefähr zehnten Mal in den letzten zwei Stunden) und meinen Bachelor in bildender Kunst. Einen Tisch weiter stimmen ein paar unserer Kommilitonen, die wir vom Sehen kennen, in unser Jubeln mit ein.

»Kunst, hm? Was hast du damit jetzt vor?«, fragt einer von ihnen an mich gewandt. Im Schein der bunten Lichterketten, die den Außenbereich des *Crown and Crow* beleuchten, schimmern seine schwarzen Locken in allen möglichen Farben.

»Fiona, dieses heftig begabte Wunderkind«, mischt Irina

sich ein, »wird der nächste Stern am Himmel englischer Bildhauerinnen. Merk dir dieses Gesicht.« Sie kneift mir in die Wange, und ich mache mir nicht die Mühe, sie daran zu erinnern, dass ich Schottin bin.

»Wow, echt?«, fragt der Dunkelhaarige. »Was haust du denn so?«

»Ich modelliere. Aus Ton«, sage ich. »Und Irina hier« – ich nicke ihr zu – »übertreibt natürlich maßlos. Ich bin einfach nur in der nächsten Runde für eine Stelle in einer Galerie hier in Bristol.«

»Mit Aussicht auf eine eigene Ausstellung!«, präzisiert Irina.

»Ja, das schon, aber erstens wäre sie winzig, und zweitens muss ich das Vorstellungsgespräch auch erst mal rocken.« Ich zucke mit den Schultern. Mich selbst kleinmachen und meine Leidenschaft herunterspielen, kann ich. Vielleicht sollte ich das in die Rubrik »Stärken« auf meinem Lebenslauf schreiben. Und bei »Schwächen«: konfliktscheu, feige, verschlossen.

»Klingt trotzdem cool«, sagt der Kerl vom Nebentisch.

»Und was ist mit dir?«, frage ich höflich.

»Ich ziehe nächste Woche nach London. Hab ein *Traineeship* bei einer Beratung ergattert. Inklusive Assessment Center und allem. Das war super kompetitiv, aber ich hab's geschafft. Die zahlen dir im ersten Jahr schon siebzig K.«

»Ja Mann, du wirst scheiße reich und fütterst uns alle durch«, lallt sein Nebenmann und hebt das Glas, das ein anderer gerade vor ihn gestellt hat. In einer blassgelben Flüssigkeit schwimmt ein Shotglas. Der Geruch von Red Bull dringt an meine Nase.

»Trink eine Jägerbomb mit uns«, sagt der Dunkelhaarige und schiebt mir ein übriges Glas her.

Ich will gerade ablehnen, weil zwei scheußliche Getränke nicht unbedingt besser werden, wenn man sie zusammenmixt – minus und minus ergibt eben nicht immer plus –, doch er lässt mich gar nicht zu Wort kommen.

»Hör zu. Das hier ist vermutlich mein letzter Abend in Bristol. Hast du Lust, den mit mir zu feiern? Ich finde deinen Akzent megahot, und du bist voll süß ...« Er versucht Verheißung in seine Stimme zu legen.

Mir entfährt ein kurzes Lachen.

»Sorry, war das blöd? Ich hab's echt als Kompliment gemeint. Und mit meinen Kumpels hier« – er rüttelt am Arm von einem seiner Freunde, der mit dem Kopf auf dem Tisch schläft – »ist nicht unbedingt noch viel anzufangen.«

»Die Komplimente sind angekommen«, versichere ich ihm. »Aber ...« Ich weiß nicht einmal, wohin dieser Satz führen wird. Was aber? Aber ich habe kein Interesse? Aber ich habe kein Interesse an dir? Aber ich habe kein Interesse an Sex mit dir? Aber ich habe kein Interesse an Sex im Allgemeinen? Ein paarmal bin ich in den letzten Jahren mit dem Bruder meiner Mitbewohnerin im Bett gelandet. Und kurz hatte ich so etwas wie einen Freund, doch es war nicht das Richtige. Es war nie das Richtige. Nie mehr. Es war immer ... gewollt irgendwie. Unlocker. Ich war unlocker. Und danach – fühlte ich mich nicht besser. Auch nicht unbedingt schlechter. Es war nur einfach sinnlos. So sinnlos, dass ich mich schon ein paarmal gefragt habe, ob mir die Fähigkeit, Zwischenmenschlichkeit wertzuschätzen, abhandengekommen ist. Ob mein Herz seither einfach leer ist. Ist Einzelgängerin zu sein eine Schwäche? »... ich will den Abend mit meinen Freunden verbringen«, sage ich schließlich und muss auf einmal gegen ein Bild vor meinem inneren Auge ankämpfen. Ein kantiges und gleichzeitig sanftes Gesicht, dunkle Augen, noch dunklere Locken. Ein Lächeln auf den schönen Lippen.

»Oh, klar, kein Problem. Ich geb dir meine Nummer, falls du es dir nachher auf dem Heimweg noch anders überlegst«, sagt er und befreit mich damit aus der Erinnerung, die nicht mehr wehtun dürfte – und es doch tut. Er kritzelt etwas auf einen Zettel. »Aber *no pressure.*« Dann wendet er sich wieder seinen noch wachen Freunden zu.

»Ist er abgeblitzt?«, fragt James und blickt von dem Kartenhaus aus Bierdeckeln auf, das er zusammen mit der kichernden Irina zu bauen versucht.

Ich zucke mit den Schultern.

»Ich würd ihn nehmen«, sagt Irina und lässt einen Bierdeckel von etwas zu weit oben auf James' Konstruktion fallen, sodass das gesamte Gebäude in sich zusammenkracht.

»Na danke, Irina«, sagt James.

»Verzeih mir!« Sie ringt theatralisch die Hände.

»Keine Ahnung.« Ich will nicht über meine Motive reden.

»And she's back«, sagt Annie aus dem Nichts und sieht mich an.

»Wer?«

»Die verschlossene Fiona.«

»Wo kommt das denn her?«, frage ich.

Annie wirft Irina und Priya einen Blick zu. »Na ja ... Manchmal hat man halt das Gefühl, dass du ... wie soll ich sagen ...«

»Du bist nicht unbedingt berühmt dafür, dass du viel von dir preisgibst«, springt Priya ihr bei. »Aber das ist okay«, fügt sie schnell hinzu. »Kann ja nicht jeder ein so offenes Buch sein wie Irina.«

Ich beiße mir auf die Innenseite meiner Wange, denn ich weiß ja, dass es stimmt. Ich gebe nicht viel preis. Ich bin gern in meinen eigenen Gedanken. Drücke mich durch meine Kunst aus. Doch vermutlich versteht niemand, was genau ich eigentlich vermitteln will.

»Das war kein Vorwurf oder so«, sagt Annie und nimmt meine Hand. »Fühl dich nicht schlecht deswegen.«

Das hatte ich eigentlich auch gar nicht vor, aber auf einmal habe ich das Gefühl, dass ich in den letzten Jahren vielleicht doch ein bisschen mehr aus mir hätte rausgehen können. Nur wie?

»Letzte Runde, Leute«, ruft der Barkeeper nach draußen.

»Wollen wir hier noch eins trinken oder gleich in den Brandon Hill Park?«, fragt Nick.

»Brandon Hill«, rufen Irina und Priya und Mikkel, während James und Annie »Hier noch eins trinken« sagen.

»Fiona?«

»Brandon Hill«, entscheide ich.

Auf dem Weg in den kleinen Park sammeln wir hier und da weitere Absolventen ein. Bei einem Vierundzwanzig-Stunden-Kiosk kaufen wir billiges Lager und ein paar Cider. Die Stimmung ist merkwürdig flirrend, so als wäre etwas Großes passiert, obwohl das Große eher unsere letzten Prüfungen vor ein paar Wochen waren. Doch heute Abend ist die Stadt zum letzten Mal voller Studentinnen und Studenten dieses Jahrgangs. Schon bald werden sich unsere Wege trennen. Irina geht nach London, fängt ein Praktikum bei Sotheby's an. Vielleicht sollte ich ihr wirklich Adams Nummer geben. Priya reist für zwei Monate nach Indien zu ihrer erweiterten Familie, weswegen Nick ab und zu eine kleine Krise kriegt. Denn er selbst unterzieht sich einem einjährigen Lehrertraining und kann nicht mit. Annie will einen E-Book-Verlag für queere Literatur gründen – das erste Buch, das sie verlegen wird, ist auch schon gefunden: eine Sammlung von aggressiven, allerdings ziemlich guten Kurzgeschichten meiner Mitbewohnerin Lulu. Mikkel geht nach Kopenhagen zurück, um dort in der Firma seines Vaters zu arbeiten, und James hat noch überhaupt keinen Plan. Was bedeutet, dass wir beide wohl erst einmal in Bristol bleiben.

Im Park sitzen schon einige Studentengrüppchen beisammen, die trinken und feiern. Es ist nicht gern gesehen und an einigen Orten auch nicht ganz legal, aber nach einer Graduation drücken alle ein Auge zu.

Während wir uns einen Platz suchen, die anderen zischend ihr Foster's öffnen, wird mir auf einmal bewusst, dass etwas zu Ende geht. Etwas, das meins war, ganz allein meins. Die Entscheidung, nach Bristol zu gehen. Das Studium. Meine Freunde, denen ich mich zwar vielleicht nie so ganz geöffnet habe, die mich aber trotzdem ohne jeden Vorbehalt ins Herz geschlossen haben. Die letzten drei Jahre sind mit diesem Abend, dieser Nacht, die inzwischen feucht und kühl ist, vorbei. Meine Clique, mein Alltag – all das wird sich nun wieder ändern. Vielleicht zum Besseren, vielleicht zum Schlechteren. Aber auf jeden Fall wird es anders sein. Ohne Irina, ohne Priya. Mit James, doch wer weiß, wie lange noch.

Ich lasse den Blick über meine Freunde schweifen. Priyas leuchtende Augen, die so wach sind, dass ihnen nichts entgeht. Der pausbäckige Nick, der im Rugby-Team der Uni spielte und die Statur eines kleinen Schranks hat. Mikkels hellblonde Haare, die in dieser Nacht beinahe zu fluoreszieren scheinen. Annie mit ihren geflochtenen Zöpfen und dem Barett auf dem Kopf und James, dessen *Englishness* beinahe albern ist, die aber wohl nur mir auffällt. Wir alle sitzen vermutlich ein letztes Mal auf diese Weise zusammen.

Als sich der Himmel im Osten ein paar Stunden später langsam lila färbt, sind Mikkel und Annie bereits gegangen. Während wir uns alle voneinander verabschieden, uns versprechen, dass wir in Kontakt bleiben werden, ich mehr als einmal sogar schwören muss, nicht abzutauchen, kann Irina ihre Tränen nicht mehr zurückhalten. Und der Alkohol tut sein Übriges. Sie war diejenige, die uns alle zusammengebracht hat. Die uns überredet hat, nachts nach Wales hinüberzufahren, einfach nur, um mal dort gewesen zu sein. Die uns gezeigt hat, wie man auf Russisch Wodka trinkt (allerdings nur ein einziges Mal, weil unsere Performance am Glas, wie sie es ausdrückte, eine herbe Enttäuschung für sie war). Die uns an ihrem Leben hat teilhaben lassen, wie ich es vorher noch nie erlebt habe. »Ihr sollt mich besser kennen als ich mich selbst, damit ich mich ab und zu mal ausruhen kann«, sagte sie.

Auf dem Weg den St Alphonsus Hill hinauf beginnt es langsam zu dämmern. Vögel, die über den Winter hierbleiben, zwitschern in den Vorgärten der Reihenhäuser. Die Müllabfuhr sammelt blaue Recycling-Tüten am Straßenrand ein. Das Haus, in dem ich mit Lulu die Parterre-Wohnung gemietet habe, ist eines der letzten in der Straße. Und während ich müde einen Fuß vor den anderen setze, Irinas blumiges Parfüm noch immer in der Nase, spiele ich kurz mit dem Gedanken, Adam anzurufen. Aber dann schüttle ich den Kopf, als könnte ich damit auch den Gedanken an Sex abschütteln. Und auch das Bild vor meinem inneren Auge, das der Gedanke an Nähe zu einer anderen Person unweigerlich heraufbeschwört.

2

»Fiona?« Lulus genervtes Rufen wird vom Hämmern gegen die Badezimmertür untermalt. »Fiona, ernsthaft. Ich muss ins Bad.«

»Ich beeil mich«, sage ich, wische mit der Handfläche einmal über den beschlagenen Spiegel und blicke mir selbstkritisch ins Gesicht. Sieht so jemand aus, dem man einen Job in einer Galerie geben würde?

»Fiona, ich hab da keine Lust mehr drauf. Jedes Mal die gleiche Scheiße!«

»Ich hab doch gesagt, ich bin gleich fertig.«

Durch die Tür höre ich, wie Lulus Freundin Tonya leise auf sie einredet. »Entspann dich. Interessiert sowieso niemanden, ob du ein paar Minuten später im Café bist.«

Lulu und ich verstehen uns nicht besonders gut. Ich weiß nicht einmal, woran das liegt. Von Anfang an war unsere Wohngemeinschaft zweckmäßig. Wahrscheinlich ist sie eigentlich ziemlich cool. Annie mag sie jedenfalls gern. Aber Lulu und ich – wir wurden irgendwie nie richtig warm miteinander. Was vielleicht auch daran liegt, dass ich in meinem ersten Monat hier so gut wie gar nicht mit ihr gesprochen habe. Ich konnte nicht. Ich hatte ja nicht einmal das Gefühl, genug Luft zum Atmen zu bekommen, geschweige denn zum Sprechen. Und als ich dann langsam auftaute, war es wohl einfach zu spät.

Mein Handy vibriert auf der Ablage über dem Waschbecken. Eine neue Nachricht von Irina.

London ist so geil. Wenn man von den Preisen, der Größe, der ewigen U-Bahn-Fahrerei, der schlechten Luft und der langen Schlange beim Coffeeshop um die Ecke absieht. Geht's dir gut, Babe? Mache mir Sorgen, weil ich nicht mehr auf dich aufpassen kann.

Kurz darauf vibriert es wieder.

Du wirst das übrigens rocken nachher, verstanden?!

Ich grinse. Irina meldet sich andauernd bei mir, die treue Seele. Ungefähr jedes dritte Mal schreibe ich etwas zurück, das ihren Nachrichten natürlich nicht gerecht wird. Aber ich gebe mein Bestes, auch wenn das wenig ist.

Mit dem knallroten Lippenstift, der so gut zu meinen langen rostroten Haaren passt, male ich meine Lippen nach, tusche mir die Wimpern, bis meine Augen aussehen, als säßen sie inmitten eines schwarzen Dornenkranzes, und bin danach mit dem Anblick eigentlich ganz zufrieden.

Mein Outfit wartet auf der Waschmaschine auf mich. Ein dunkelgrüner Plisseerock, der weit über die Knie reicht und hübsch genug ist, um keine hohen Schuhe dazu tragen zu müssen, in denen ich mir immer seltsam vorkomme. Overdressed und mit einem Gang, der nicht zu mir passt. Das liegt vermutlich daran, dass Absatzschuhe erst in Bristol Teil meiner Garderobe wurden. Mein langärmliges Oberteil ist aus schwarzem Samt. Nicht zu förmlich, nicht zu leger. So, dass ich mich darin wohlfühle. Wie ich selbst.

»Du wirst das rocken«, wiederhole ich Irinas Nachricht. »Natürlich wirst du das rocken.« Ich nicke mir zu. »Erzählen

Sie uns etwas über Ihre Kunst, Miss Linklater.« Mit gestrafften Schultern räuspere ich mich. »Letztes Jahr hatte ich eine kleine Ausstellung unter dem Motto Entzauberung und Verzauberung. Verzauberung von Alltäglichem, Entzauberung dessen, was die Gesellschaft verklärt. Das Konzept der Jungfräulichkeit beispielsweise. *V* soll das ausdrücken. Aus *deflowering* wird ein *flowering*. Ich möchte Frauen eine Stimme geben. Mal subtiler, mal lauter. Mein Abschlussprojekt umfasst vier Frauenfiguren aus der griechischen Mythologie. Vier Figuren, die *in* der Mythologie vor allem Mütter waren, die bei mir jedoch eine eigene Stimme ...«

»Führst du Selbstgespräche?«, ruft Lulu von draußen. »Alter, ich schwöre, ich trete gleich die Tür ein.«

»Gib mir fünf Minuten«, flehe ich. In einer Stunde habe ich das Vorstellungsgespräch. Irgendwie muss ich meine Nerven in den Griff kriegen.

»Ich geb dir fünf Sekunden!«

»Inwiefern ist Ihre Kunst Ihrer Meinung nach relevant? Und warum passt sie zu uns?« Wieder straffe ich die Schultern, lächle mir zu. »In der Umkehr gelingt uns oft eine objektivere Bewertung. Im besten Fall sogar eine Neubewertung. Das Mädchen, das sich nicht sicher war, ob ihr erstes Mal richtig war. Frauenfiguren, die vergessen wurden. Wir treffen uns in der Kunst, finden Gleichgesinnte und bekommen einen frischen Blick auf uns selbst. Das ist immer relevant, wenn Sie mich fragen. Und das ist auch genau der Grund, warum ich mich in Ihrer Galerie sehe. Als Künstlerin und als Mitarbeiterin. Neben ...« Verdammt, jetzt fällt mir sein Name nicht ein.

Das Handy summt.

Schick mal ein Bild von deinem Outfit, Gorgeous.

Beim letzten Wort höre ich Irinas rollendes R und muss

unwillkürlich lachen. Ich halte das Handy vor den Spiegel, sauge meine Wangen ein, sodass ich einen komischen Fischmund bekomme, und mache ein Foto.

Bitte sehr. Für Kritik ist es zu spät, und mein Ego zu fragil.

Den Geräuschen aus dem Nebenzimmer nach zu urteilen, sind Lulu und Tonya noch mal ins Bett gegangen, und ich atme auf. Mein Handy vibriert erneut, und ich will Irinas Antwort lesen, als mir klar wird, dass es sich um einen Anruf handelt. Und dass es nicht Irinas Name ist, der auf dem Display prangt, sondern Nessas. Mein Herzschlag beschleunigt sich. Ausgerechnet jetzt? Ausgerechnet fünfundfünfzig Minuten vor meinem alles entscheidenden Vorstellungsgespräch?

Ganz ruhig, Fi, ermahne ich mich. Bestimmt will sie sich nur für die Geburtstagsnachricht bedanken. Die Geburtstagsnachricht. Verflucht! Habe ich sie überhaupt abgeschickt? Ich weiß es nicht mehr. Und je länger ich meinem Handy dabei zusehe, wie es sich unter der Vibration Millimeter für Millimeter Richtung Abgrund schiebt, desto sicherer werde ich, dass ich sie nicht abgeschickt habe.

Nessa ist hartnäckig. Sie legt nicht auf. Und weil ich keine Mailbox aktiviert habe, dauert dieser peinliche Moment, in dem meine Wangen immer heißer werden, eine gefühlte Ewigkeit. Auf einmal halte ich das vorwurfsvolle Summen nicht mehr aus.

»Hallo?«, sage ich mit dünner Stimme. Meine Hand, die das Handy viel zu fest ans Ohr presst, ist ganz feucht.

»Fiona?«

»Ja?« Eine Konversation aus Ein-Wort-Fragen. Der beste Beweis dafür, wie verkrampft es zwischen uns ist.

»Hast du einen Moment?«

»Okay?«

»Ähm, also, Dad ist tot.« Ich höre sie am anderen Ende der Leitung ausatmen.

Das ist ein Scherz. Das muss ein Scherz sein. Das ... Es kann nicht sein, dass wir monatelang keinen Kontakt haben, und dann so was. Das ist ... es ist ...

»Was?« Ich halte nach wie vor an den Ein-Wort-Fragen fest, fällt mir auf. Fast bin ich versucht, zu kichern. Denn das *ist* alles ein Scherz, oder?

»Dad ist letzte Nacht gestorben.«

»Dad ist ...« Ein zweites Wort. Aber das dritte bringe ich nicht über die Lippen.

»... gestorben.«

»Bist du ... bist du sicher? Ich meine, geht das denn so schnell?« Ich weiß, dass ich absoluten Blödsinn von mir gebe. Natürlich kann man schnell sterben. Man kann schließlich auch vom Blitz erschlagen werden. Das Sterben an sich ist ja eine sehr punktuelle Sache. Im einen Moment lebt man, im anderen ...

»Fiona, er ist tot.« Nessa klingt gefasst. Streng. Ungeduldig.

»Okay, krass«, sage ich wie ein absoluter Volltrottel. »Wie ist er ... ich meine, wie ging es ihm?«

»Er ist wohl in seinem Bett eingeschlafen. Ich habe keine Ahnung, wie es ihm ging. Nicht so gut, schätze ich. Es ging ihm ja nie gut, seit ... Das weißt du ja.« Ihr starker Shetland-Akzent klingt ungewohnt in meinen Ohren, aber gleichzeitig nach zu Hause. Oder nach Familie. Ich weiß es nicht.

»Hast du ihn noch mal gesehen? Oder Effie? Wart ihr mal bei ihm?«

»Ich war vor ein paar Wochen mal da. Habe den gröbsten Müll beseitigt, sein Zimmer gelüftet.«

»Wow.«

»Es ist jetzt keine richtige Überraschung für uns, weißt du?«, sagt Nessa. »Keine Ahnung, wie es für dich ist, wie viel Kontakt du zu *ihm* hattest.« Mir entgeht der leise Vorwurf nicht. »Er war echt ungesund. Und so negativ. Es wurde in den letzten Jahren immer schlimmer. Er war nur noch in seinem Zimmer und im Pub. Hat mit niemandem gesprochen.« Ich kann förmlich hören, wie sie mit den Schultern zuckt. »Effie sagt, jetzt ist er sicher glücklicher, weil er Mum wiedersehen kann.«

Effie. Unsere jüngste Schwester. Das ist so typisch für sie. Sie sieht in allem das Schöne. Zumindest war es vor drei Jahren noch so. Aber wenigstens das scheint sich nicht verändert zu haben.

»Und jetzt?«, frage ich. Ich stehe seltsam neben mir, als wäre ich gar nicht ich. Als wäre ich gar nicht hier. Meine Gefühle lassen sich nicht richtig zuordnen. Bin ich traurig? Vermutlich, auch wenn keine von uns dreien eine wirkliche Beziehung zu ihm hatte, seit ich ungefähr zwölf war. Das ist zehn Jahre her. Und selbst davor machte er es uns alles andere als leicht in seiner tiefen Traurigkeit.

»Na ja, was wohl? Wir müssen seine Angelegenheiten regeln. Als Erstes mal seinen Deckel im Pub bezahlen.« Ein bekümmertes Schnauben dringt an mein Ohr. »Die Beerdigung wird wohl innerhalb der nächsten sieben Tage stattfinden, also falls du kommen willst ...«

»Natürlich«, sage ich schnell, auch wenn meine Kehle eng wird. »Natürlich komme ich. Und ich helfe dir. Euch.«

»Ach?«, sagt Nessa nur.

»Ist doch klar.«

»So klar war mir das jetzt, ehrlich gesagt, nicht.«

»Tut mir leid, dass ich dir nicht zum Geburtstag gratuliert habe.« Ich habe keine Ahnung, warum ich das sage. Dies ist mit Sicherheit nicht der beste Moment, um über verpasste Geburtstagsgrüße zu sprechen. Aber mein Kopf – wenn es denn noch mein Kopf ist, so fremd, wie sich alles anfühlt – macht, was er will.

»Kein Ding.«

»Na ja, schon ein bisschen. Und ich wollte dir schreiben. Ehrlich. Ich hab nur vergessen, die Nachricht abzuschicken, weil das der Tag meiner Graduation war …« Das klingt wie die lahmste Ausrede der Welt.

»Herzlichen Glückwunsch.«

»Was?«

»Na, zu deinem Abschluss.«

»Ach so. Danke. Alles Gute nachträglich, Nessa.«

»Danke.«

»Hör zu, ich schaue gleich nach Flügen, in Ordnung? Dann bin ich heute Abend oder spätestens morgen da.«

»Wie du willst.«

Es ist nicht unbedingt so sehr eine Frage des Wollens. Es steht für mich einfach außer Frage, dass ich nach Lerwick komme, um Nessa und Effie zu helfen. Auch wenn Nessa das vielleicht anders sieht, ich bin kein schlechter Mensch. Zumindest versuche ich, keiner zu sein. Stärke: Kein schlechter Mensch. Aber mit Fragezeichen.

»Ich schicke dir die Infos, sobald ich gebucht habe, okay?«

»Okay?«, sagt sie, doch es klingt wie eine Frage. Eine sehr skeptische noch dazu.

»Danke für den Anruf.«

»Natürlich.« Das rollende R, das so ganz anders ist als das von Irina, klingt mir noch im Ohr, nachdem wir aufgelegt haben.

»Ich nehme den letzten Schluck Milch, Fiona. Pech gehabt«, ruft Lulu von draußen.

Ich öffne die Badezimmertür, und während Lulu mit dem Milchkanister in der Hand »Na endlich« stöhnt, sage ich: »Mein Dad ist tot.«

Lulu und Tonya sitzen mir am Küchentisch gegenüber und sehen mich an. Lulu hat sich krankgemeldet, was nicht nötig gewesen wäre, aber es ist irgendwie nett, dass sie sich um mich sorgt.

»Du kannst das Gespräch sicher verschieben«, sagt Tonya. »Wenn der eigene Vater stirbt, hat man absolut das Recht auf einen Nachholtermin.«

»Ich weiß ja nicht einmal, wann ich zurückkomme. Ich habe meiner Schwester versprochen, dass ich ihr helfe.«

»Du hast eine Schwester?«, fragt Lulu, und das sagt vermutlich alles über unser Verhältnis. Oder über meine Offenheit.

»Zwei sogar. Effie und Nessa. Nessa ist die Älteste. Effie ist im Juni zwanzig geworden.« Ich habe keine Ahnung, warum ich das erzähle. Aber immerhin weiß ich, dass ich nichts falsch gemacht habe, als ich Effie nicht gratuliert habe. Sie macht sich nichts aus ihrem Geburtstag, der gleichzeitig auch der Todestag unserer Mum ist.

»Soll ich für dich in der Galerie anrufen?«, fragt Tonya.

»Danke, aber das ist nicht nötig.« Ist es tatsächlich nicht. Denn ich bin seltsam gefasst. Auch wenn es traurig ist auf gewisse Weise. Dad hatte allerdings wirklich keinen Spaß daran, auf dieser Welt zu sein.

Ich wähle die Nummer und warte auf das Freizeichen. Dann: »Ja, hallo, hier ist Fiona Linklater. Ich hätte in einer halben Stunde ein Vorstellungsgespräch bei Ihnen. Jetzt ist es aber leider so, dass ich gerade vom Tod meines Vaters erfahren habe und ...« Meine Stimme bricht nun doch unerwartet, irgendwie gequetscht hoch und gleichzeitig kratzig.

»Mein Beileid«, sagt die Frau am anderen Ende.

»Danke. Also jedenfalls muss ich den Termin deswegen leider absagen.«

»Das verstehen wir natürlich. Sehr schade. Allerdings können wir die Stelle nicht unbesetzt lassen. Das wäre nicht fair den anderen Bewerberinnen und Bewerbern gegenüber.«

»Ja, okay, klar. Gäbe es denn die Möglichkeit, dass Sie mich kontaktieren, falls keiner der Bewerber infrage kommt? Ich habe wirklich großes Interesse an dem Job.«

»Ich würde Ihnen nicht raten, sich große Hoffnungen zu machen, Miss Linklater. Die Bewerberinnen und Bewerber, die wir auswählen, kommen ja nicht umsonst in die nächste Runde.«

»Ja, das weiß ich, es ist nur ... es wäre wirklich mein Traum gewesen in Ihrer Galerie ...« Meine Stimme erstirbt.

»Manchmal laufen die Sachen anders, als wir uns das gewünscht haben. Das wird mit Sicherheit nicht die letzte Chance gewesen sein, die Sie bekommen. Ich wünsche Ihnen alles Gute.«

»Danke.« Doch sie hat schon aufgelegt, und ich fühle mich auf einmal ganz klein. Klein und passiv. Hätte ich kämpfen sollen? Hätte ich Nessa nicht anbieten sollen, zu kommen? Aber nein, das geht nicht. Das wäre nicht richtig gewesen.

»Und?«, fragt Tonya.

»Sie besetzen die Stelle trotzdem.«

»Fuck.«

»Macht nichts. Ehrlich.« Aber es macht sehr wohl etwas. Es war mein absoluter Traum. Darauf habe ich die letzten Jahre hingearbeitet. Stattdessen muss ich jetzt nach Flügen suchen. Ich muss nach Hause. *Nach Hause.* Auf einmal fällt mir das Atmen wieder schwer, wie damals vor drei Jahren.

»Du kriegst eine neue Chance. Ernsthaft, Fiona. Du bist echt gut. Und klug. Das ist eine seltene Kombination.«

Lulu stößt ein leises Husten aus, das wie »Schleimer« klingt, und wendet sich ab.

»Du sammelst dich jetzt erst mal, fliegst nach Hause, bringst die Sachen deines Vaters in Ordnung. Und dann steht dir das ganze Land offen. Was sage ich, die ganze Welt.«

Ich nicke dankbar, aber mir wird die Kehle eng bei der Vorstellung, wieder irgendwo ganz allein neu anzufangen. Und dann wird sie noch enger, als mir klar wird, dass Nessa, Effie und ich nun Vollwaisen sind.

Warum warum warum warum warum warum
warum warum warum warum warum
warum warum warum warum warum warum
warum warum warum warum warum warum
warum warum warum warum warum warum
warum warum warum warum warum
warum warum warum warum warum warum
warum warum warum warum warum
warum warum warum warum warum
warum warum warum warum warum
warum warum warum warum
warum warum warum warum
warum warum warum warum warum
warum warum warum warum warum
warum warum warum warum
warum warum warum warum
warum warum warum warum
warum warum warum warum warum
warum warum warum warum warum
warum warum warum warum warum warum
warum warum warum warum warum
warum warum warum warum warum warum
warum warum warum warum warum
warum warum warum warum warum warum
warum warum warum warum warum warum

bist du nicht mehr da?

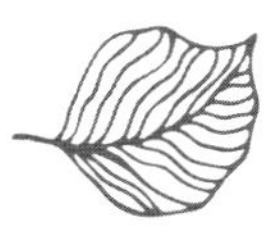

3

Loganair LM60, zeigt mein Handydisplay an. Und *Loganair LM60* hat jetzt schon eine halbe Stunde Verspätung, wodurch mein Anschlussflug in Aberdeen zu einer Zitterpartie wird. Aber *Loganair LM60* war leider meine einzige Chance, heute nach Shetland zu kommen. Ich fliege von Bristol nach Aberdeen und von dort mit einer kleinen Maschine nach Sumburgh. Das ist der größte Flughafen der Inseln und mit dem Bus eine Stunde von Lerwick entfernt. Wenn alles gut geht, bin ich also um kurz nach zehn zu Hause. *Zu Hause.* Bei dem Gedanken beiße ich mir auf die Zunge.

Mein Zuhause ist in Bristol. Dort, wo ich die letzten drei Jahre gelebt habe. Allein. Unabhängig. Ohne Sicherheitsnetz, aber auch ohne alles verzehrenden Schmerz. Ich habe es geschafft. Habe es zu meinem gemacht. Und was, bitte, ist zu Hause, wenn nicht das? Vielleicht der Ort, wo du herkommst, sagt eine Stimme in meinem Kopf. Vielleicht der Ort, an dem deine Familie ist. Damit meine Gedanken für einen Moment die Klappe halten, sehe ich mich nach einem Boots oder Superdrug um, um mir einen Meal Deal zu holen. Wasser, irgendein matschiges Sandwich und Salt-and-Vinegar-Crisps, damit ich mir keine überteuerten Snacks im Flugzeug kaufen und während der nächsten fünf Stunden nicht verhungern muss.

Ham & Eggs.
Chicken & Avocado.

Die quietschbunten Verpackungen sind ebenso wenig einladend wie die Mayonnaise-Schlieren auf den Plastikfenstern. Ein Mann neben mir drängelt ungeduldig und nimmt sich ein *BLT.* Kurz darauf stellt er es zurück und greift noch mal nach einem anderen. Auf den zweiten Blick sehe ich, dass er im ersten Anlauf die Veggie-Version erwischt hatte. Die nehme ich mir nun und gehe mit Sandwich, Crisps und Wasser zum Self-Checkout.

Mit einem Seufzen lasse ich meinen Rucksack auf einen freien Sitz in der Wartehalle fallen und nehme daneben Platz. Dann öffne ich in WhatsApp die Konversation mit Nessa. Und tatsächlich, hinter den Worten *Ich denke an dich* blinkt immer noch der Cursor. Ich lösche sie endgültig.

Wenn ich den Anschluss in Aberdeen kriege, bin ich heute Abend da.

Das ist sie nun, die erste Nachricht seit drei Monaten, die ich meiner großen Schwester schicke. Die Häkchen verfärben sich schnell blau.

Okay.

Mehr nicht. Kein *Sollen wir dich abholen?* Kein *Ich freu mich.* Aber woher sollte das auch kommen, ich kriege es ja nicht einmal hin, ihr zum Geburtstag zu gratulieren.

Doch kurz darauf erscheint eine weitere Nachricht auf meinem Handy.

Kann gar nicht glauben, dass wir uns heute Abend sehen!!!!!! Auch wenn es ein trauriger Anlass ist. Weinendes Emoji.

Effie. Mein letzter Kontakt mit ihr liegt sogar noch etwas länger zurück. Und ich weiß nicht einmal, warum. Denn Effie macht es einem leicht. Hat es auch mir immer leicht gemacht. Dennoch konnte ich nicht. Konnte den Kontakt nach Hause nicht halten. *Nach Hause.* Da ist es schon wieder.

Ich freu mich, tippe ich als Antwort, und ohne lange darüber nachzudenken, schicke, ich sie ab.

UND ICH MICH ERST!!!! Viele Party-Emojis.

Es fühlt sich gut an. Dass Effie sich freut, fühlt sich gut an, und das Gefühl der tiefen Einsamkeit, das ich beim Gedanken an Lerwick und Shetland empfunden habe, wird ein bisschen verdünnt. Nicht mit Vorfreude, das wäre übertrieben. Zu lange ist es her, zu merkwürdig kommt es mir vor. Aber ich empfinde eine deutliche Erleichterung darüber, dass wenigstens ein Mensch sich auf meine Ankunft freut. Ein einziger Mensch. Denn ich selbst gehöre wohl auch zur anderen Fraktion.

Tatsächlich erwische ich den Anschlussflug in Aberdeen gerade noch so. Völlig außer Atem deute ich auf den freien Fensterplatz in Reihe sieben.

Eine ältere Dame erhebt sich, macht dem jungen Kerl, der in der Mitte sitzt, Platz, damit er mich reinlassen kann. Mit einem frechen Grinsen und einer galant-ausladenden Geste lässt er mich durch.

»Danke«, sage ich, verstaue meinen Rucksack unter dem Sitz vor mir und will gerade meine Kopfhörer aufsetzen, um dann ungestört in die Dämmerung starren zu können.

»Arbeit oder Vergnügen?« Es ist der Kerl neben mir.

»Wie bitte?«

»Bei mir ist es Arbeit.« Er verdreht die Augen. »Gehört ein für alle Mal abgeschafft, wenn du mich fragst.« Er hat definitiv einen schottischen Akzent, aber einen ganz sanften. Als wäre es ein Überbleibsel, das er sich abgewöhnt hat.

Ich muss an Irina denken, die der Gedanke, sich den Allerwertesten aufgerissen zu haben, um das nun bis zur Rente weiter durchzuziehen, auch belastet.

»Vielleicht hast du den falschen Job?«, schlage ich vor und nestle auffällig am Kabel meiner Kopfhörer herum, damit er merkt, dass ich lieber meine Ruhe habe.

»Das ist mal sicher.« Er lacht. Es ist ein schönes Geräusch, und ich wende den Kopf, um ihn anzusehen. Er sieht ulkig aus. Nicht schlecht, aber so, als würden die Einzelteile seines Gesichts nicht ganz zusammenpassen. Die Augen, die Nase, der Mund, für sich genommen ist das alles hübsch, doch das Gesamtbild stimmt nicht richtig. Außerdem, fällt mir nun auf, trägt er einen dunkelroten Samtanzug und darunter ein Hemd mit buntem Paisley-Muster. Was für ein schräger Vogel!

»Such dir doch was anderes«, schlage ich vor und stecke das Kabel meiner Kopfhörer in den vorgesehenen Anschluss.

»Wenn's nur so einfach wäre ...«, erwidert er.

Ich warte einen Moment ab, um nicht unhöflich zu sein, dann setze ich die Kopfhörer auf und mache meine Playlist an. Die kleine Maschine beginnt das Rollfeld entlangzuhumpeln. Jede noch so kleine Erschütterung spürt man überdeutlich, wenn man in diesen winzigen Flugzeugen sitzt. Kurz vor der Startbahn halten wir, dann geht es alles ganz schnell. Wir werden tief in unsere Sitze gedrückt – und im nächsten Moment wackeln wir in der Luft. Ich schließe die Augen, atme tief durch. In etwas mehr als einer Stunde werde ich die Hauptinsel, die ironischerweise Mainland heißt, betreten.

Etwas pikt mich in den Arm, und ich schaue auf. Es ist der komische Kerl neben mir. Er sagt etwas, aber wegen der Musik in meinen Ohren verstehe ich ihn nicht. Wieder stupst er mich mit seinem Zeigefinger an.

Etwas widerwillig nehme ich die Kopfhörer ab. »Ja?«

»Mir ist langweilig.«

Ihm ist langweilig?

»Hast du Lust, was mit mir zu trinken? Ich lade dich ein.«

Aus einer länglichen Papiertüte mit goldenem Aufdruck, den ich auf die Schnelle nicht entziffern kann, zieht er eine Flasche teuer aussehenden Sekt. Oder ist es Champagner?

»Und Sie auch, gnädige Frau«, sagt er an die alte Dame zu seiner Rechten gewandt.

»Na, hören Sie mal, junger Mann«, sagt sie, doch er lässt sich nicht beirren, strahlt erst mich an, dann sie. Und tatsächlich wird sie unter seinem Blick weich und nickt. »Ein Gläschen kann wohl nicht schaden.«

»Das will ich wohl meinen. Was ist mit dir?«

Und ebenso wie die alte Dame knicke auch ich ein. »Ja, okay.«

»Yes!«, sagt er. »Eine gute Entscheidung.« Zu meiner wachsenden Verwunderung holt er aus einer Packung drei Sektflöten aus Plastik und stellt sie auf seinen Klapptisch. Mit einem gekonnten Ploppen öffnet er die Flasche und schenkt großzügig ein. »Es ist nicht der Beste, aber man nimmt, was man kriegen kann.« Er reicht mir und der alten Dame je ein Glas und nimmt sich selbst das letzte. Einen Moment hält er inne, dann gluckst er. »Wäre ein guter Slogan für Aberdeen.«

»Vielleicht solltest du ins Marketing gehen«, sage ich, stoße mit ihm an und nehme einen Schluck.

»Gekühlt hatten sie auch keinen.« Er zuckt mit den Schultern. »Eigentlich eine Verschwendung. Aber wenn man schon mal ein Spesenkonto hat …« Er grinst wieder auf diese schelmische Art.

Beinahe bin ich versucht, ihn zu fragen, was er denn nun für einen Job hat, den er hasst, der es ihm jedoch ermöglicht, auf Firmenkosten warmen Duty-free-Champagner zu trinken.

Doch er kommt mir zuvor. »Bist du aus Shetland?«

»Ursprünglich, ja.«

»Und unursprünglich?«

»Gerade wohne ich in Bristol.«

»Und jetzt auf Heimatbesuch?«

»Kann man so sagen.«

»Und warum siehst du dann so bedrückt aus?«

Ich weiß nicht einmal, warum ich einem völlig Fremden, dessen Gesicht aus nicht zusammengehörenden Puzzleteilen besteht, darauf antworte. Aber ich tue es. Sage den Satz, der so viel Gewicht hat. Der seit meinem Umzug in Bristol mein ganzes Leben, mein ganzes Handeln bestimmt hat. »Es ist das erste Mal seit drei Jahren.«

»Hossa«, sagt er. »Da hatte jemand keine Lust aufs Landleben.« Er beugt sich verschwörerisch zu mir und flüstert in ungeheurer Lautstärke: »Psssst, ich auch nicht!« Dann genehmigt er sich einen ordentlichen Schluck. »Leute wie du und ich brauchen Trubel«, sagt er nach einer kurzen Pause. »Wir sind nicht für die Einöde gemacht.«

Bei ihm stimmt das mit Sicherheit. Ich kann ihn mir sehr gut in irgendwelchen Boho-Clubs in London oder Paris vorstellen. Aber nach Shetland sieht er wirklich nicht aus. Meine Motive waren andere, doch das binde ich ihm nicht auf die Nase.

»Leute wie du und ich sind außerdem für Flugzeuge gemacht, in denen es eine erste Klasse gibt, damit man seine Beine in einem einigermaßen gesunden Winkel halten kann«, sagt er. »Lässigkeit ist in so beengten Verhältnissen eine hohe Kunst, die ich leider nicht beherrsche.«

Mein Blick folgt seinen tatsächlich langen Beinen bis zu seinen wackelnden Zehen, die in bunten Ringelsocken stecken. Seine teuer aussehenden Schuhe stehen ordentlich daneben. Für was um Himmels willen sollte eine Firma Verwendung für einen Kerl wie ihn auf Shetland haben?

»Was ist mit Ihnen«, wendet er sich nun der alten Frau zu und verwickelt sie in ein Gespräch. Sie ist mitteilsamer als ich, und das scheint ihm zu gefallen, sodass ich mich zurücklehne, mit einem Ohr der absurden Konversation neben mir und mit dem anderen dem einschläfernden Motorengeräusch des Flugzeugs lausche. Ich hoffe eigentlich auf ein Nickerchen, das meine Gedanken zum Schweigen bringt. Stattdessen male ich mir aus, wie es sein wird, wieder auf die Insel zu kommen. Wie Effie und Nessa reagieren werden. Ob es mir gelingt, mich von ihm fernzuhalten. Und wenn nicht, wie ich mich verhalten soll. Denn die letzte Erinnerung an ihn sind seine gestrafften Schultern, sein stolzer Gang, sein »Das meinst du nicht ernst«, sein »Diese Unterhaltung ist noch nicht vorbei«, sein »Wir reden morgen, wenn du wieder bei Sinnen bist.« Doch Morgen ist nie passiert.

Mein Koffer ist natürlich der letzte, den die Ausgabe ausspuckt. Alle zehn Sekunden checke ich die Uhr auf meinem Handy, während ich nun zum zweiten Mal an diesem Tag durch einen Flughafen sprinte. Der letzte Bus fährt um Punkt acht Uhr – in genau zwei Minuten. Wenn ich den nicht erwische …

Die Türen des Terminals öffnen sich, ich renne hindurch Richtung Haltestelle. Und in diesem Moment fährt der Bus an mir vorbei.

»Verflucht!«, rufe ich und stampfe mit dem Fuß auf. »Verflucht, verflucht, verflucht!«

Was jetzt? Ich blicke mich um, aber die paar Leute, die noch hinter mir aus dem Gebäude kommen, nehmen keine Notiz von mir. Ich ziehe meinen Rollkoffer zu einer Bank und lasse mich darauf sinken. Es ist kalt. Es ist dunkel. Es nieselt. Die winzigen Tropfen sind wie kalte Nadelstiche in meinem Gesicht. Ich hatte vergessen, wie wenig einladend der Herbst hier ist. Wie kalt, wie trübselig. Hatte vergessen, wie trostlos dieser Flughafen ist. Kein Bus nach zwanzig Uhr. Vielleicht hatte der schräge Vogel doch recht, vielleicht bin ich nicht für die Einöde gemacht. Denn das ist dieser Ort, der den Namen Flughafen eigentlich nicht verdient. Flug*marina* vielleicht. Eine Betoneinöde auf jeden Fall. Ich lasse die Schultern sinken, ziehe mir die Kapuze meines Parkas über den Kopf und atme kalte Luft. Sie riecht salzig. Nach Meer. Nach Weite. Ich atme wieder. Und wieder. Ich atme ganz frei.

Auf den Shetlandinseln ist man nirgendwo weiter als fünf Kilometer vom Meer entfernt. Früher kam es mir immer vor wie eine unendliche Weite. Eine unendliche Freiheit. Bis zu diesem einen Tag vor drei Jahren, als es zu einer unerträglichen Enge wurde.

»Warum sitzt du hier herum?«, fragt auf einmal eine Stimme. Sie kommt aus einem schwarzen Auto, das vor mir hält. Das hintere Fenster ist nach unten gekurbelt, und mein Sitznachbar aus dem Flugzeug streckt den Kopf heraus.

»Hab den Bus verpasst.«

»Wo musst du hin?«

»Nach Lerwick.« So etwas wie Hoffnung keimt in mir auf.

Im nächsten Moment geht die Tür auf, und er steigt aus. Er nimmt mir meinen Koffer ab, doch ehe er ihn in den Kofferraum hievt, öffnet er mir die andere Tür und lässt mich einsteigen, als wäre er ein Gentleman aus dem vorvorigen Jahrhundert.

»Auf nach Lerwitch«, sagt er zum Fahrer, als er wieder auf der Rückbank Platz genommen hat. Dann streift er sich erneut die Schuhe von den Füßen und setzt sich in einen sehr ungelenken Schneidersitz, der mit Lässigkeit auch nicht unbedingt viel zu tun hat. »Auf zu meinem ganz persönlichen Lerwitch Project.«

Ich sehe aus dem Fenster. Sehe die feinen Regentropfen, die sich auf die Scheibe setzen, sich verbinden, zu dicken Straßen werden. Ich sehe die grünen Wiesen links und rechts, die nun von der Dunkelheit verschluckt werden, sehe Lichter in den einfachen grauen Einfamilienhäusern zwischen den Hügeln. Ich kann das Meer zu unserer Rechten erahnen. Vielleicht ist das weit entfernte Licht dort draußen ein Schiff. Mein Herz sticht, und auf einmal ergibt es Sinn. Zu Besuch zu kommen wäre zu schmerzhaft gewesen. Anzurufen. Selbst die Nachrichten an Effie und Nessa. Überbleibsel des Lebens, das ich hatte, das vor mir gelegen hätte, wenn nicht … Ja, genau: wenn nicht …

4

Aus den Fenstern im Erdgeschoss fällt warmer Lichtschein, der sich im regennassen Asphalt spiegelt. Mit klopfendem Herzen und tropfendem Haar stehe ich seit ungefähr zehn Minuten unter einer Straßenlaterne am Ende der Bruce Crescent, bin wie gelähmt vor – ja, vor was eigentlich?

Ich bin nervös, so viel steht fest. Nervös, das Haus zu betreten, nervös, Nessa und Effie zu sehen, nervös, nicht Herrin über meine Gefühle zu sein. Und welche Gefühle das genau sind, weiß ich erst, wenn ich es gewagt habe. Aber gleichzeitig sauge ich beinahe gierig die salzige Luft ein, lausche dem entfernten Meeresrauschen, das sich mit dem Prasseln des kalten Regens vermischt. Lausche meinem Herzschlag, der sich auf einmal mit der Brandung synchronisiert.

Hinter dem Küchenfenster, das mit einer dünnen Gardine die Bewohnerinnen der Hausnummer zwölf vor neugierigen Blicken – in diesem Fall meinen neugierigen Blicken – schützt, nehme ich Bewegungen wahr. Schemen, die näher kommen. Unbewusst ducke ich mich, ziehe die Schultern ein, als würde mich das davor schützen, entdeckt zu werden. Aber das Leben drinnen wartet nicht auf mich. Das Leben drinnen geht seinen gewohnten Gang, den ich nicht mehr kenne, dessen Teil ich einst war. Doch das ist eine gefühlte Ewigkeit her. Und genau diese Ewigkeit ist es, die nun alles so kompliziert macht.

Ein Auto rauscht einsam die Straße hinunter, und ehe ich irgendeinem Nachbarn begegne, der seinen Hund noch ein letztes Mal ausführt, bevor es endgültig in die warme Behaglichkeit des Bettes geht, umfasse ich entschlossen den Griff meines Koffers und überquere die Straße.

An meinem Schlüsselbund befindet sich noch der Haustürschlüssel. Oder besser gesagt: *ein* Haustürschlüssel. Denn wer weiß, ob das Schloss noch dazu passt. Abgesehen davon, käme es mir ohnehin falsch vor – wie ein Eindringen –, ihn zu benutzen. Stattdessen klingle ich. Kurz. Zaghaft.

Drinnen hört man Getrappel. Dann: »Fiiiiiiii!« Effie hat die Tür aufgerissen. »Komm rein, komm rein, da hast du dir ja einen richtig ekelhaften Abend ausgesucht, um anzukommen. Wobei, die sind ja hier meistens so. Aber das weißt du eh. Warum hast du denn deine Kapuze nicht aufgesetzt? Deine Haare sind ja ganz nass! Aber wow! Super siehst du aus. Wirklich. Richtig – erwachsen? Ist das ein Kompliment? *That's what she said.* Jedenfalls meine ich es so. Ach, ich freu mich!« Nach dem Redeschwall inklusive missglücktem *That's what she said*-Witz zieht sie mich in eine Umarmung.

»Hi«, sage ich leise in ihre langen, orangeroten Haare und schließe meine Arme um ihre Mitte.

»Hi.« Es ist Nessa. Sie lehnt mit verschränkten Armen in der Tür zur Küche. »Hatte der Bus Verspätung?«

Effie löst sich von mir. Sie grinst breit und klatscht hüpfenderweise zwei Mal in die Hände.

»Ähm, der ist mir vor der Nase weggefahren.«

»Hast du ein Taxi genommen?« Nessa runzelt die Stirn. Ein Taxi vom Sumburgh Airport kostet locker fünfundsiebzig Pfund.

»Mich hat jemand im Auto mitgenommen.«

»Wie praktisch.« Nessa nickt.

»Willst du nicht deine Jacke ausziehen?«, fragt Effie und streckt die Hände aus, um sie mir abzunehmen. »Und vielleicht ein Handtuch für die Haare? Ich hab meine ein bisschen heller gefärbt.« Sie hält eine Strähne hoch. »Was meinst du? Cool, oder?«

»Das sieht sehr schön aus, ja.« Ich versuche mich an einem vorsichtigen Lächeln.

Einen kurzen Moment schauen Nessa und ich uns an, während Effie sich an der Garderobe zu schaffen macht. In ihrem Blick lese ich Skepsis. Reserviertheit. Ob sie mir ansieht, wie unwohl ich mich fühle? Wie fremd? Obwohl der Geruch des Hauses noch der gleiche ist. Erinnerungsfetzen bahnen sich ihren Weg an die Oberfläche. Erinnerungsfetzen an ein Lebensgefühl. An die Fiona, die ich hier war. Die, die unbeschwert war. Deren Leben nicht perfekt und natürlich auch geprägt von Traurigkeit war. Aber alles war erträglich, weil ich nicht allein war. Mehr als erträglich. Es war schön. Es war leicht.

»Wir haben dir was zu essen übrig gelassen«, sagt Nessa. »Falls du noch Hunger hast. Wenn nicht, ist das auch okay, dann friere ich es ein.«

»Was zu essen wäre schön«, erwidere ich schüchtern.

»Fish and Tatties«, sagt Nessa, wendet sich ab und verschwindet in die Küche.

Tatties. Es ist lange her, dass ich jemanden zu Kartoffeln habe *Tatties* sagen hören, und dieses Wort allein reicht, damit sich meine Eingeweide zusammenziehen.

Ich lasse meinen Koffer im Eingangsbereich stehen und folge Effie ins Wohnzimmer.

»Hier hat sich einiges verändert«, sagt sie. »Nessa und ich fanden, es wurde Zeit, das Haus zu unserem zu machen.« Sie dreht sich zu mir um. »Ich hoffe, du magst es.«

Dabei spielt es eigentlich keine Rolle, ob ich es mag. Warum sollten Nessa und Effie das Haus auch nicht verändern? Unser Dad ist schließlich vor Jahren ausgezogen. Vermutlich war es für uns alle das Beste, auch wenn es sich anfangs merkwürdig anfühlte.

»Wow«, sage ich, als ich den Raum betrete, dessen Wände früher mit hellem Holz verkleidet waren. Die Möbel waren die unserer Großeltern, die wir nie kennengelernt haben. Dunkle, schwere Holzmöbel auf grauem Teppichboden. Jetzt ist es ein heller Raum mit weiß verputzten Wänden, freundlichen Holzdielen und gemütlichen Sofas um den Kamin herum, während ein riesiger Naturholztisch auf der gegenüberliegenden Seite Platz für eine Großfamilie bietet.

»Gefällt's dir?«, fragt Effie.

»Jetzt wäre es ohnehin ein bisschen spät, um noch was zu verändern«, sagt Nessa von hinten und stellt einen dampfenden Teller und einen Korb mit Vollkornbrot auf den Tisch.

»Es ist ganz anders. Aber auf eine gute Art«, versichere ich Effie. Dann sage ich an Nessa gewandt: »Vielen Dank. Das riecht toll.«

»Nessa hat nicht verlernt zu kochen. Eher im Gegenteil.« Effie zieht den Stuhl mir gegenüber zurück und setzt sich. Ich tue es ihr nach und beobachte aus dem Augenwinkel, wie Nessa einen Teebeutel in ihrer Tasse auf- und abwippen lässt. Dann setzt sie sich ebenfalls. Ans Kopfende, sodass zwei Stühle zwischen uns stehen.

Während ich auf meinen Löffel puste, fühle ich mich beobachtet. Natürlich sind alle Blicke auf mich gerichtet. Auf die Heimkehrerin. Aber der Hunger siegt über das Unwohlsein, und nach dem ersten Happen ist es mir vollkommen egal. Der warme Fischeintopf, die buttrigen zerstampften Tatties – es schmeckt himmlisch und tröstlich. Es schmeckt wie Heimat und Gemütlichkeit. Wie Meer und Gras und Wind und Kaminfeuer.

»Die Beerdigung ist am Freitag.« Immer noch hebt und senkt Nessa ihren Teebeutel. »Falls du dir schon mal einen Rückflug buchen willst.«

»Jetzt lass sie doch erst mal ankommen«, sagt Effie. »Vielleicht will sie ja länger bleiben. Willst du?«

Ich weiß es nicht. Ich würde gern zu meinem Leben zurückkehren. Aber jetzt, da ich hier bin, möchte ich gleichzeitig – ja, was eigentlich? Mit meinen Schwestern trauern? Bei ihnen sein? Sie bei mir haben? In Momenten wie diesen, in denen einen alles überfordert, in denen Erinnerungen und Gefühle widerstreiten oder sich ineinanderfügen, ist es schwierig, klare Gedanken zu fassen.

»Ich meinte es ernst, als ich gesagt habe, dass ich helfen will«, sage ich deswegen ausweichend.

Effie wirft Nessa einen Blick zu, Nessas Kopf zuckt. Diese kurze, nonverbale Interaktion macht mich noch mehr zur Außenseiterin als ohnehin schon. Sie verstehen sich ohne Worte. Effie scheint zu sagen: *Siehst du.* Und Nessas Reaktion bedeutet vermutlich so viel wie *Wart's ab.* Oder *Häng dein Herz nicht dran.* Was auch immer es ist, ich bin kein Teil davon, sondern Gegenstand dessen. Und ich habe es mir selbst zuzuschreiben.

»Zu tun gibt's genug.« Nessa schlürft leise einen Schluck Tee.

»Sag mir, was ihr braucht«, erwidere ich und tue so, als hätte sich der intime Moment zwischen den beiden nicht vor meinen Augen abgespielt.

Als ich aufgegessen habe, macht Nessa Anstalten, meinen Teller abzuräumen.

»Das kann ich doch selbst …«, beginne ich, aber Nessa unterbricht mich.

»Du bist unser Gast.« Und ja, genau das bin ich.

Während Nessa in der Küche zugange ist und Effie einen Anruf entgegennimmt, wuchte ich meinen Koffer in den ersten Stock. Gleich rechts neben der Treppe war früher das ehemalige Elternschlafzimmer, das unser Dad dann allein bewohnte. Als Nessa allerdings sechzehn wurde und alt genug war, um sich von der Illusion zu verabschieden, dass Dad irgendwann wieder zurückkommen würde, machte sie es zu ihrem Zimmer, sodass Effie und ich die beiden Kinderzimmer, die durch eine Tür verbunden waren – das eine zum Schlafen, das andere zum Spielen –, unter uns aufteilten. Sie wollte das kleinere, das gleichzeitig das hellere von beiden war, während ich froh war über den Platz und noch nie Probleme mit Dunkelheit gehabt hatte. Es ist das mittlere Zimmer, so wie ich die mittlere Schwester bin.

Als ich nun vorsichtig die Tür öffne, bin ich mir ganz und gar nicht sicher, was mich dahinter erwartet. Haben sie das Zimmer ebenfalls renoviert? Oder sieht es aus wie damals? Fühlt es sich nach meinem Zimmer an, oder ist mir alles, was mit der alten Fiona zu tun hat, fremd geworden?

Ich trete ein und befinde mich sofort an einem vollkommen unwirklichen Ort, an dem die Zeit stehen geblieben ist. Es würde mich nicht einmal wundern, wenn die alte Fiona auf dem Bett läge, Kopfhörer auf den Ohren, Zeichenblock oder Tagebuch oder was auch immer vor sich. Sie hätte sich auf die Ellenbogen gestützt, würde auf einem Stift herumkauen. Die Füße zum langsamen Takt der Musik bewegen. Aber natürlich ist sie nicht da, denn die Person, die sie war, ist zu mir geworden.

Eine dünne Staubschicht liegt auf meinem kleinen Schreibtisch und auf dem Fensterbrett, auf dem eine vertrocknete Pflanze steht.

»Tut mir leid«, flüstere ich, denn ich hätte mich darum kümmern müssen, dass sie gegossen wird.

Die Wände sind bis auf zwei Poster kahl. Das eine habe ich gekauft, als ich mit Nessa einmal in London war. Wir besuchten alle Museen, aber am besten gefiel mir die Tate Modern. Deswegen kaufte ich mir dieses Poster, das Ausschnitte von Frauengesichtern in Blau und Türkis zeigt. Nur die Lippen und die Augen sind rot. Dazwischen weiße Blumen. Es ist wunderschön. War das Schönste, was ich je gesehen hatte. Die Traurigkeit gepaart mit dem weiblichen Selbstbewusstsein bewegt mich auch heute noch auf eine tiefe Weise. Es ist, als würden sie mich verstehen. All die Frauen. Als würde ich sie verstehen.

Das andere hängt über meinem Bett, und es fällt mir schwer, es anzusehen. Es war ein Geschenk und zeigt Farben. Die Farben Shetlands. Das Grün des Grases, das tiefe Blaugrau des Meeres, das bräunliche Lila der Heide, das Grau der Häuser, das schmutzige Weiß der Schafe ... Es ist alles, was Heimat ist. Alles, was war. Alles, was *wir* waren. Alles, was wir hätten sein können. Er und ich.

Ich stoße geräuschvoll die Luft aus und ziehe meinen Koffer über die Schwelle. Daneben lasse ich meinen Rucksack von der Schulter gleiten. Ums Auspacken kümmere ich mich morgen.

Mein Bett federt leicht, als ich daraufsinke. Die Tagesdecke verströmt einen etwas muffigen Geruch, der mich aber gleichzeitig wohltuend, beinahe heilsam umfängt. Denn er zeugt von der Zeit, die vergangen ist, beweist, dass die Dinge nun anders sind.

Aus dem Wohnzimmer dringen gedämpft Nessas und Effies Stimmen, und ich schleiche mich wieder nach unten, um ihnen nicht das Gefühl zu geben, ich würde mich verstecken. Leise gehe ich die Stufen hinunter, und ihre Stimmen werden lauter.

»Ich will nicht, dass sie dir wieder wehtut«, sagt Nessa gerade, und ich erstarre.

»Keine Sorge. Ich bin kein Teenager mehr. Ich will einfach nur, dass wir nett zu ihr sind. Dass wir nicht der Grund sind, warum sie wieder geht.«

»Denkst du das?«, fragt Nessa, und ich wage nicht, mich zu rühren. Einerseits will ich mich bemerkbar machen, damit sie aufhören. Außerdem widerstrebt es mir, sie zu belauschen. Andererseits bin ich wie gelähmt. »Denkst du, sie ist unseretwegen abgehauen?« Nessa lacht bitter.

»Nein, natürlich nicht. Aber sie ist unseretwegen zurückgekommen, oder?«

»Sieh es, wie du willst.«

Ich erwache aus meiner Starre und versuche, extra laut zu gehen. Als Erstes in die Küche.

»Fi? Bist du das?«, ruft Effie.

»Ich mach mir noch einen Tee«, antworte ich mit fester Stimme, um mir nichts anmerken zu lassen.

Im nächsten Moment steht Nessa in der Küche, füllt den Wasserkocher und holt eine Tasse aus dem Schrank. Sie will nicht, dass ich in ihrer Küche bin, schießt es mir durch den Kopf.

»Ich kann das wirklich …«

»Ich bring ihn dir gleich.«

Im Wohnzimmer sitzt Effie auf einem der Sofas und strickt. Im warmen Licht der Stehlampe sieht sie jünger aus, als sie ist.

»Zeig mal«, sage ich.

»Es wird ein Fair-Isle-Pullover.« Sie deutet auf die feinen Bahnen mit unterschiedlichen filigranen Mustern. Sterne, Blumen und klitzekleine Herzchen wechseln sich ab.

»Die Farben sind wunderschön.«

»Ich spinne und färbe die Wolle selbst. Mit Krappwurzel, Berberitze, Birke, Kurkuma … Alles ganz natürlich.«

Ich bin beeindruckt von meiner kleinen Schwester. Sie hat immer gern gestrickt, doch das, was sie mir nun zeigt, sieht aus wie die Shetland-Pullover, die in der Commercial Street verkauft werden.

»Der hält im Winter sicher richtig warm«, sage ich – teils aus Verlegenheit, teils aus Hilflosigkeit.

»Darauf kannst du Gift nehmen. Wenn du willst, stricke ich dir ein paar warme Socken oder so.« Sie sieht mich an, spielt ein bisschen unsicher an ihrem Nasenpiercing, das sie sich mit sechzehn stechen ließ. Nessa bescherte sie damit einen halben Herzinfarkt. »Du kannst dir die Farben aussuchen.«

»Wenn du Zeit hast, also, das wäre toll«, sage ich. »Ich kann dir zum Tausch, ich weiß nicht, eine Tasse töpfern.«

»Du musst dich nicht revanchieren. Ich freu mich, wenn du dich freust.« Ihre großen, grünbraunen Augen blicken voller vorsichtiger Zuneigung zu mir auf, und mir wird ganz warm.

»Hier.« Nessa reicht mir unwirsch meinen Tee und stellt dann einen Teller mit drei dunkelbraunen gebutterten Scheiben auf den Couchtisch.

»Du bist die Beste«, sagt Effie und strahlt sie an.

»Ist das ... ist das Hufsie?«, frage ich und kann mich gegen ein sanftes Lächeln nicht wehren.

»Frisch gebacken.«

Ich setze mich neben Effie und nehme mir ebenfalls eine Scheibe. Das noch warme Früchtebrot saugt die Butter auf wie ein Schwamm. Es zergeht mir auf der Zunge, und mein Lächeln wird breiter.

»Das haben sie in England wohl nicht, was?«, fragt Nessa.

»Da heißt es zumindest anders. Und es schmeckt auch anders«, gebe ich ihr recht. Und in diesem Moment heben sich Nessas Mundwinkel kaum merklich. Es ist kein ausgewachsenes Lächeln und von Effies Strahlen so weit entfernt wie englischer Fruit Loaf aus dem Supermarkt von Nessas Hufsie, aber es ist sichtbar. Und spürbar. Sofort scheint der Raum noch wärmer, noch heller zu werden.

Effies Stricknadeln klappern in einem sanften Takt. Nessa hat sich ein Buch genommen und liest darin. Ich schließe die Augen, merke, dass ich von der Reise und allem, was damit zusammenhängt, vollkommen erschlagen bin. Durch die einfachen Glasfenster dringt das leise Meeresrauschen an meine Ohren. Der Geschmack des süßen Hufsie umschmeichelt noch meine Zunge. Und so dämmere ich langsam fort. Die Gedanken irgendwo zwischen Bristol und Lerwick, zwischen Absolventin und Schwester, zwischen Familie und Fremde. Zwischen Einsamkeit und einem *Uns,* einem *er und ich,* das lange vergangen ist.

5

- *Blumenschmuck*
- *Leichenschmaus*
- *Reinigung*

Ich sehe meine To-do-Liste an, die Nessa mir heute Morgen in die Hand gedrückt hat. Während sie Gespräche mit dem Pfarrer führt und an ihrer Trauerrede arbeitet, ist Effie auf dem Weg zum Bestatter. Kurz wollte ich vorschlagen, unsere Aufgaben zusammen anzugehen, doch ich hatte Sorge, Nessa noch mehr zu verärgern. Außerdem scheint die Rede sie zu stressen, sodass ich mir lieber die Kapuze tief in die Stirn ziehe und ohne schwesterliche Verstärkung in den Tag hinaustrete.

Kühler Wind schlägt mir ins Gesicht und bläst die Kapuze sofort von meinem Kopf. Die salzige Meeresluft erfüllt meine Lunge, und ich bekomme eine Gänsehaut. Von der Kälte, der Luft, dem Anblick der grauen Häuser und der grünen Grasstreifen. Es ist ein anderes Grün als in England. Ein satteres, tieferes. Möwenschreie dringen an mein Ohr, das

Geräusch der Brandung, die heranrollt und sich wieder zurückzieht, die vertraute Sprachmelodie des Insel-Akzents ein paar Türen weiter, wo der Postbote gerade einen kurzen Plausch mit Mrs Henderson hält.

Ich wende nicht einmal den Kopf, um zu überprüfen, ob die Post immer noch von Magnus Tait ausgetragen wird. Magnus, der uns Kindern immer ein Stück halb geschmolzene Schokolade aus seiner Hosentasche schenkte. Eigentlich hätte er schon vor Jahren in Rente gehen können.

Doch ich will nicht erkannt werden. Nicht heute. Nicht von Magnus oder Mrs Henderson. Ich setze meine Kapuze wieder auf, obwohl es nicht regnet, und ziehe sie fest, sodass sie an Ort und Stelle bleibt und mein wehendes rotes Haar verbirgt.

Die Wolken fliegen über mir dahin. Graue, schwere Ungetüme, zwischen denen sich Sonnenstrahlen hindurchkämpfen. Es ist ein unwirkliches Licht, das die gesamte Umgebung in eine Art Tageszwielicht tunkt.

Zur Commercial Road mit ihren wenigen Geschäften und Lokalen im Stadtzentrum ist es ein zehnminütiger Fußweg. Direkt dahinter befindet sich Fort Charlotte als Nummer-1-Touristenattraktion der Stadt – neben dem Rundhaus Clickimin Broch –, obwohl, abgesehen von den dicken grauen Mauern und den zur See ausgerichteten Kanonen, nicht viel zu sehen ist. Sie wurden nicht ein einziges Mal abgefeuert, was einiges über die Bedeutung von Lerwick in der Geschichte des Landes aussagt.

Doch die Touristensaison ist Ende September in Shetland längst vorbei, und so sind die Straßen, abgesehen von ein paar vereinzelten Menschen, leer. Erst nach Feierabend, wenn die Fischerboote im Hafen anlegen und die Menschen in den Pub strömen, wacht Lerwick auf.

Meine Schritte sind steif. Mein Blick ist gesenkt. Ich fühle mich wie eine Mischung aus Eindringling und verlorener Tochter, die in der Sekunde zur Attraktion würde, in der man sie entdeckte. Ich weiß, dass es nur eine Frage der Zeit ist, bis mich jemand anspricht. Und dennoch will ich den Moment hinauszögern. Will den Fragen aus dem Weg gehen, der Neugierde, den Blicken, die sagen »Du hast deine Heimat, du hast uns verraten«.

Aus dem *Blossom House* tritt soeben eine Frau heraus, und ich weiche wie automatisch einen Schritt zurück, blicke zu Boden. Es ist lächerlich, denn in ein paar Sekunden werde ich Andreas Laden betreten, und sie wird mich erkennen. Aber jede Sekunde, die ich für mich habe, ist es wert.

Die Türglocke bimmelt, und erleichtert stelle ich fest, dass ich für den Moment die einzige Kundin bin.

»Bin gleich bei Ihnen«, ruft Andrea aus dem Hinterzimmer.

Mein Herz pocht laut. Mit Andreas Tochter Cassie bin ich zur Schule gegangen, vielleicht waren wir sogar so etwas wie Freundinnen. Ich erinnere mich an diese Party bei ihr zu Hause. Diesen alles verändernden Abend, der eigentlich so alltäglich und doch so magisch war, und mein Herz hüpft verräterisch. Wir spielten Flaschendrehen. Im Hintergrund lief Elvis Presleys »I Can't Help Falling In Love With You«, weil an dem Abend das Internet auf der gesamten Insel ausgefallen war und es die einzige Schallplatte war, die Cassies Stiefvater besaß. Ich war an der Reihe. Drehte die Flasche. Es kam mir vor, als bewege sie sich in Zeitlupe. Alle starrten wie gebannt darauf, nur ein Paar blauer Augen blickte mich an. Und ich schaute von der Flasche in dieses Paar Augen und wieder auf. Eine gefühlte Ewigkeit lang. Und dann johlten sie auf. Sie alle. Als hätten sie nur darauf gewartet. Ein weiterer Blick in die blauen Augen. Hitze in meinen Wangen. Die Hände so feucht wie in diesem Moment, als ich darauf warte, von Cassies Mum bedient zu werden. Der Beginn von ... etwas. Das endete.

»Wie kann ich Ihnen ... nein! Das kann doch nicht ... Das ist doch ... na, wenn das mal nicht unsere Fiona ist!« Andrea klatscht in die Hände. »Das ist mal eine Überraschung! Dich hier zu sehen! Was führt dich ... Ach natürlich. Mein Beileid. Traurige Sache. Lass dich ansehen, Kind!«

Sie trägt eine dunkelgrüne Schürze, darunter ein gestreiftes Longsleeve. Dunkelblonde Haarsträhnen haben sich aus ihrem Zopf gelöst und stehen wild in alle Richtungen ab. Sie sieht aus wie früher und gleichzeitig anders. Älter. Ein paar Falten haben sich um ihre Augen gebildet.

Andrea kommt hinter dem Tresen hervor und macht Anstalten, mich zu umarmen. Dann überlegt sie es sich anders und schiebt stattdessen sanft die Kapuze von meinem Kopf.

»Du bist noch hübscher geworden«, sagt sie. »Hätte nicht gedacht, dass einem England so gut bekommen kann.« Sie lächelt.

Und ich merke, wie die Anspannung, die mich fest im Griff hatte, langsam von mir abfällt. Wie ich ruhiger werde. Andrea scheint mich nicht als eine Verräterin zu sehen. Aber vielleicht kennt sie auch nicht die ganze Geschichte. Weiß nicht, dass mein Abschied wie ein Pflaster war, das schnell abgerissen werden musste. Und dass ich für mich sein musste – ganz für mich –, damit die Wunde darunter heilt.

»Wie geht's dir denn?«, fragt sie. »Und Nessa und Effie? Ich wollte persönlich zum Kondolieren vorbeikommen, aber dann wurde *wee* Alec krank. Nichts Ernstes, aber Cassie hat mich gebeten, auf ihn aufzupassen.«

»Also … ähm …« Ich brauche einen Moment, bis ich meine Sprache wiedergefunden habe. »Cassie hat einen Sohn?« Es ist das Erste, was mir einfällt.

»Im Oktober wird er ein Jahr alt. Unser Sonnenschein.«

Ich weiß nicht, warum mich diese Nachricht so überrascht. Das hier ist eine Kleinstadt. Eine winzige Kleinstadt mit nicht einmal siebentausend Einwohnern. Mehr Land- als Stadtleben. Mit Anfang zwanzig eine Familie zu gründen ist normal. Doch in Bristol … ich hatte es vergessen. In meinem Hals bildet sich ein Kloß, und ich habe das Gefühl, dass verräterische rote Flecken auf meinen Hals treten, wie sie es bei den Linklater-Schwestern immer tun, wenn wir nervös sind. Automatisch fasse ich an den Reißverschluss meiner Jacke und ziehe ihn komplett hoch.

»Haltet ihr euch denn einigermaßen aufrecht?«, fragt Andrea weiter und streicht mir mit ihrer warmen, nach Erde riechenden Hand einmal über die Wange.

»Ja, schon«, sage ich. »Es war ja keine Überraschung. Und wir standen ihm nicht so nah.«

»Ach, George, diese arme Seele«, sagt Andrea. »Nun hat er Ruhe.«

Ich nicke und lasse den Blick einmal durch den Laden wandern. Schließlich habe ich etwas zu erledigen. »Ich, ähm, ich bin wegen der Blumen hier. Für die Beerdigung?«

»Natürlich, natürlich. Ihr habt sicher genug zu tun. In welche Richtung soll es denn gehen?«

Such einfach irgendwas aus, mir egal. »Nessa hatte noch keine genauen Vorstellungen«, sage ich diplomatisch.

Andrea blickt sich im Laden um, denkt nach. »Vergissmeinnicht? Weiße Nelken? Für Hoffnung und Treue.«

Ich nicke zögerlich.

Andrea zückt ihr Smartphone und sucht in ihrer Bildergalerie. »Dieses Gebinde hatten wir für die Beerdigung von Jane Irvine.«

»Jane ist …«, beginne ich. Sie war meine Grundschullehrerin.

»Vor zwei Jahren schon.«

Der Blumenschmuck sieht schön aus. Sanft und liebevoll. Allerdings gar nicht nach einem schweigsamen Mann, dessen Leben aus Pints und Traurigkeit bestand.

»Wie wäre es mit Lilien? Sie stehen unter anderem für Gnade und Vergebung.«

Sie zeigt mir ein anderes Bild. Die Blumen sind edel, erhaben. Wunderschön und … fremd. Sie würden wohl besser zu meiner Beerdigung passen.

»Oder … warte … Eine Mischung aus Efeu – als Sinnbild der Unsterblichkeit, Hoffnung auf Auferstehung und Freundschaft – und weißen Chrysanthemen. Sie stehen für die Liebe über den Tod hinaus.«

Effie sagt, er ist jetzt glücklicher, weil er Mum wiedersehen kann.

»Das ist perfekt, Andrea!« Auf einmal zucken meine Mundwinkel nach oben. »Danke!«

»Ein Sargbouquet, nehme ich an«, sagt Andrea. »Und auf die Schleife schreiben wir eure Namen. Wollt ihr Blumen ins Grab werfen? Chrysanthemen?«

Ich nicke. »Das klingt schön.«

»Sehr gut. Dann machen wir das. Ich kümmere mich darum, dass alles geliefert wird. Die Beisetzung steht schon in meinem Kalender.«

Wieder nicke ich und bringe ein etwas gequetschtes »Danke« über die Lippen.

Als ich wieder hinaustrete, vergesse ich sogar, meine Kapuze wieder aufzusetzen. Die Sonne hat den Kampf gegen die Wolken für den Moment gewonnen. Ihre Strahlen werden von den Wellen reflektiert. Möwen umkreisen kreischend ein Fischerboot, das sich dem kleinen Hafen nähert. Der Fang wird bereits an Bord vorsortiert, und die gierigen Vögel lauern auf alles, was zurück ins Meer geworfen wird.

Ich gehe die Straße entlang bis zu einem etwas gedrungenen Gebäude. *The Hideout* steht auf einem kunstvoll bemalten Schild über der Eingangstür. Es zeigt ein kleines Haus in vollkommener Dunkelheit, aus dessen Fenstern ein schwacher Lichtschein dringt. Den Namen hat der Pub von Lerwicks ruhmreicher Geschichte mit Gin-Schmugglern im achtzehnten Jahrhundert. Die Kellergewölbe unter dem alten Steinhaus dienten der Legende nach als Versteck für Hehler und Ware. Unter den Einheimischen ist *The Hideout* Stammlokal, zweites Wohnzimmer und Hotspot für Klatsch und Tratsch in einem.

Als ich eintrete, versetzt mich der Geruch nach fettigem Fisch und Ale sofort zurück in meine Jugend. Joseph Garrioch, der Besitzer, der Abend für Abend hinter dem Tresen steht, nahm es mit unserem Alter oft nicht allzu genau, und so verbrachten wir viele Abende in dem traditionellen Pub. Auf den Kuss bei Cassies Party folgten viele weitere, einige davon hier. Mein Blick fällt auf einen alten, dunklen Holztisch ganz hinten. Und es ist fast, als könnte ich uns sehen. Ausgelassen, sorgenfrei. Freunde, Verliebte, Schwestern. Wir sind alle da, ein glücklicher Haufen aus längst vergangener Zeit.

Der Teppichboden dämpft meine Schritte, als ich mich dem Tresen nähere. Zwei alte Männer sitzen an der Bar und nippen schweigend an ihren Pints. Es ist noch nicht einmal Mittag, und kurz durchzuckt mich der Gedanke, dass mein Dad bis vor ein paar Tagen einer von ihnen war. Welchen Kummer sie wohl ertränken?

Joseph steht hinter dem Tresen über ein Kreuzworträtsel gebeugt. Das, was von seinen roten Haaren noch übrig ist, hängt ihm strähnig über die Schultern. Er ist ein echtes Lerwick-Original, und kurz freut es mich, dass mein Dad seine letzten Jahre wenigstens in Josephs Gesellschaft verbrachte, auch wenn sie sicher nicht viel gesprochen haben.

»Na, wenn das mal nicht die kleine Fiona Linklater ist«, sagt Joseph, als er aufblickt. »Hast deinen Dad um ein paar Tage verpasst.« Er klopft auf den Tresen. Erst jetzt sehe ich, dass dort ein volles Pintglas vor einem leeren Barhocker steht. Die Schaumkrone des schwarzen Stouts hat sich bereits verflüchtigt.

»Gott hab ihn selig«, murmelt einer der beiden Trinker, prostet in die Richtung des einsamen Glases und stürzt sein Ale hinunter. »Krieg ich noch eins?«

Joseph holt ein frisches Glas und zapft ihm ein weiteres Shetland-Ale. »Hier, du alter Suffkopp«, sagt Joseph liebevoll und schiebt ihm das Pint hin. Dann wendet er sich wieder mir zu. »Siehst gar nicht aus wie so eine feine englische Dame. George hat immer gesagt, du wärst jetzt eine schnieke Städterin. Und dann stehst du hier im *Hideout* in deiner Regenjacke, und deine Haare sind rot wie eh und je.«

Ich schlucke. Aber dann beginnt Joseph zu lachen. Es ist ein tiefes, herzliches Lachen, das mich im ersten Moment zusammenzucken lässt. Wie damals, als er uns eng umschlungen hinter dem Pub erwischte. Damals …

»Lass dich ansehen. Nicht so schüchtern. Sommersprossen haste auch noch. Na, Gott sei Dank. Bist eben doch eine von uns. Einmal Shetland, immer Shetland, sag ich ja immer. Da können auch die feinen Herrschaften aus dem Süden nichts gegen ausrichten.«

Ich nicke vorsichtig.

»Kann ich dir was zu trinken anbieten? Oder bist du inzwischen zu fein für unser Bier? Mit Schampanjer kann ich nicht dienen.« Wieder lacht er laut, und diesmal stimmt der andere Mann mit ein.

»Ich bin, ehrlich gesagt, wegen des Leichenschmauses hier«, sage ich.

»Da biste ein paar Tage zu früh, Kind. Für gewöhnlich findet der nach der Beerdigung statt.« Er grinst. »Weiß ja nicht, was für Gepflogenheiten man im Süden so hat ... Hier halten wir uns jedenfalls an die Reihenfolge, die am meisten Sinn ergibt. Erst kommt er in die Erde, dann wird gegessen.«

Die roten Flecken auf meinem Hals kehren spürbar zurück. »Nessa hat gesagt ...«

»Die hat gerade angerufen. Alles geklärt.« Er tippt auf einen Zettel, den er neben die Kasse gepinnt hat. Dann nimmt er ihn ab und legt ihn vor mich. »Es sei denn, du hast noch was hinzuzufügen. Wenn ich genug Zeit habe, treibe ich auch einen Schampanjer auf. Weiß halt nicht, ob das dem Anlass angemessen ist.« Bei den letzten Worten versucht er sich an einem englischen Akzent, der gründlich misslingt. Die Botschaft kommt allerdings an.

Innerlich koche ich. Warum schickt mich Nessa hierher, um sich dann selbst darum zu kümmern und mich ins offene Messer laufen zu lassen? Aber natürlich ist genau das die Antwort. Ich verdrehe die Augen und schiebe Joseph die Notizen wieder hin.

»Nessa hat wohl vergessen, mir zu sagen, dass sie schon mit dir gesprochen hat.« Auch wenn sie nie etwas vergisst. Und wer nie vergisst, braucht lange, um zu verzeihen. Ich seufze.

»Vielleicht doch ’nen Drink?«, fragt Joseph grinsend, aber ich schüttle den Kopf. Im Gegensatz zu meinem Dad ertränke ich meinen Kummer nicht tagsüber in Stout.

Den freundlichen Inder in der Reinigung habe ich noch nie gesehen, und so gelingt es mir, Dads Anzug und Nessas schwarzes Kleid ohne Zwischenfall abzuholen. Nessa hat mir nicht gesagt, dass die Rechnung noch nicht bezahlt ist, sodass ich meine letzten englischen Pfundnoten ohne bissigen Kommentar loswerden kann. Anstelle von Queen Elizabeth schaut mich nun Sir Walter Scott von der Fünf-Pfund-Note an, die ich als Restgeld bekomme, und sofort erinnere ich mich an das Gefühl, am Anfang jeden Monats von Nessa eine dieser Noten zugesteckt zu bekommen. Sie ist zwar nur drei Jahre älter als ich, dennoch gab sie Effie und mir unser Taschengeld, das sie Dad vorher aus den Rippen leierte.

Etwas von der Wut, die ich nach dem Besuch im *Hideout* empfunden habe, weicht nostalgischer Wärme, während ich mich auf den Weg zurück nach Hause mache. Und ich beschließe, den Vorfall im Pub nicht zu erwähnen. Ich werde Größe zeigen, die Sache auf sich beruhen lassen. Nessa keine Munition liefern. Ich bin weit entfernt davon, Wogen zu glätten, aber ich will wenigstens keinen neuen Sturm heraufbeschwören.

6

»… Er war unser Dad. Wir haben es nicht immer gespürt, denn wenn einen die Traurigkeit so fest im Griff hat, vergisst man manchmal die Menschen um sich herum. Aber wir wussten es. Und das hat meistens gereicht.«

Nessa hat genau die richtigen Worte gefunden. Liebevoll und doch distanziert. So, wie wir mit unserem Dad umgegangen sind. So, wie er es versuchte und dennoch nicht konnte. Wir haben ihm nie gegrollt. Wir hatten schließlich uns.

Nessas »Bye, Dad« vermischt sich mit Möwengeschrei und dem Geräusch der Brandung. Dann tritt sie zurück zu uns. Zurück zu ihren Schwestern, zu seinen Töchtern. Die, die von ihm geblieben sind.

Ich spüre, wie Effie nach meiner Hand greift. Und ich bin ihr so dankbar dafür, dass ich sie einmal fest drücke. Wir sind die Ersten. Die Ersten, die nun ans Grab treten. Der Sarg wurde hinuntergelassen, und es fühlt sich absolut unwirklich an. Dass Dad tot ist – nun auch körperlich. Dass ich hier bin. Dass wir nun gemeinsam jede eine weiße Chrysantheme aus der Vase nehmen, die Hand der anderen nur für einen kurzen Moment loslassen.

Ein Gitarrist spielt eine langsame schottische Melodie, und wir stehen Hand in Hand in Hand vor dem Loch in der Erde, in dem unser Dad nun liegt. Ich merke, wie Effies Schultern beben, und greife ihre Hand fester. Sehe sie an, sehe die dicken Tränen, die ihre Wange hinabkullern. Ihr Anblick ist so herzzerreißend, dass auch mir die Tränen kommen, und als ich meinen Kopf drehe, sehe ich, dass auch Nessa weint. Stumm und stark.

Sie nickt uns zu, wie um zu sagen, dass wir immer noch uns haben. Dass wir gemeinsam alles schaffen. Und dann werfen wir, eine nach der anderen, die weißen Blumen auf den dunklen Sarg. Wir treten einen Schritt zurück und noch einen. Immer weiter, bis genug Platz ist, sodass die anderen Trauergäste ihr letztes Lebewohl sagen können.

Effie zieht Nessa in eine Umarmung, und für einen kurzen Moment stehe ich abseits. Dann streckt sie ihre Hand nach mir aus und holt mich dazu. In ihre Wärme. Ihre Nähe. Nessa legt einen Arm um mich, Effie einen weiteren. Wir neigen die Köpfe gegeneinander und halten uns einen Augenblick ganz fest. Es ist so natürlich, so vollständig. Als wären wir nur ganz, wenn wir zu dritt sind. Aber selbstverständlich waren Effie und Nessa zusammen auch ganz. Nur ich war es nicht, das wird mir in diesem Moment der Intimität mit Nessa und Effie richtig bewusst. All die Abende mit Tonya und Lulu, mit Annie und Irina, mit Priya, Mikkel, den anderen … Sie waren nichts im Vergleich zu diesem Gefühl. Ich war ein Schatten meiner selbst, in mich zusammengesunken. Doch hier in diesem Augenblick, auf dem Lerwick Cemetery in der festen Umarmung meiner Schwestern, werde ich ganz. Werde ich heil. In unserer Trauer, die anders ist, als man es erwarten würde, weil unsere Beziehung zu unserem Vater anders war, sind wir kurz wieder eins.

Wenig später stehen wir nebeneinander beim Ausgang des Friedhofs. Diesmal bin ich in der Mitte, wie auf allen Fotos von uns dreien, die jemals geschossen wurden. Immer stellten wir uns unserem Alter entsprechend auf. Nessa, ich, Effie.

Und so schnell, wie das Gefühl der Zusammengehörigkeit mich erfasste, so schnell bin ich wieder allein.

»Mein herzliches Beileid«, murmelt eine alte Frau und umarmt Nessa.

»Mein herzliches Beileid«, sagt sie, sieht mich an, dann schüttelt sie meine Hand.

»Mein herzliches Beileid, liebe Effie.« Sie zieht meine kleine Schwester an sich und streicht ihr über den Rücken.

So geht es eine ganze Weile. Die Menschen bekunden uns ihr Beileid. Sie sind herzlich, offen, nahbar. Nur vor mir schrecken sie selbstverständlich zurück. Sie erkennen mich, wissen, wer ich bin, doch sie wissen nicht, wie sie mit mir umgehen sollen. Wahrscheinlich nehmen sie mir übel, dass ich sie verlassen habe. Sie alle und einen von ihnen besonders. Und das ist etwas, das *ich ihnen* nicht verübeln kann. Sie haben jedes Recht der Welt, reserviert zu sein. Sogar unfreundlich. Ich wäre es an ihrer Stelle auch.

Wir gehen zu Fuß den Hügel, auf dem der Friedhof liegt, zum *Hideout* hinunter. Links von uns zerrt der Wind an wolligen Schafen, weiter unten ist die Straße gesäumt von grauen Einfamilienhäusern, sodass wir vor den Böen geschützter sind.

Effie läuft zwischen zwei ihrer Freundinnen vor mir, ein schlaksiger Junge versucht sich ab und zu in ihr Gespräch einzuklinken. Vorhin habe ich bereits beobachtet, wie er in der kleinen Kirche mit Taschentüchern bei ihr punkten wollte. Erwin oder Edward oder so etwas Ähnliches, glaube ich.

Mit Nessa, so scheint es, wollen alle sprechen. Sie bieten ihr Hilfe an. Versprechen, Casseroles vorbeizubringen. Sie ist toll. Souverän, freundlich. Man merkt sofort, wie sehr sie Teil dieser Gemeinschaft ist. Das war sie immer. Während die Menschen in mir die etwas stille, künstlerische Schwester sahen und in Effie das niedliche Nesthäkchen, war Nessa diejenige, die sich kümmerte. Um uns, um die Nachbarn, um jeden. Und das bekommt sie nun zurück. So wie ich, die Fremde, Fremdheit gespiegelt bekomme.

Mein Blick wandert über die Menschen, die ich mit Sicherheit alle kenne. Bestimmt hundert sind gekommen. Nicht weil unser Dad so beliebt gewesen wäre oder so ein angesehenes Mitglied der Gesellschaft. Sondern einfach, um für Nessa und Effie da zu sein. Weil es sich gehört. Weil man die Menschen, die man liebt, nicht allein lässt.

Genau. *Weil man die Menschen, die man liebt, nicht allein lässt.* Aber manchmal trifft man Entscheidungen aus einer Not heraus. Aus einer inneren Not, die sonst niemand verstehen kann. Eine Not, die man mit sich selbst ausmachen muss. Manchmal eben an einem anderen Ort. Das sind die Entscheidungen, die man nicht zurücknehmen kann, mit deren Konsequenzen man leben muss.

Feiner Nieselregen begleitet uns auf den letzten zweihundert Metern. Doch niemand spannt einen Regenschirm auf. Gegen den Wind wären sie machtlos.

Im *Hideout* ist es warm. Die gleichen Kerle, die gestern schon an der Bar saßen, sind auch heute wieder da. Geschlossene Gesellschaften gelten nicht für sie. Am Stammplatz meines Dads steht ein volles Pint Stout. Es muss frisch gezapft sein, denn die Schaumkrone ist fingerbreit.

Etwas unsicher sehe ich mich um. Am Tresen drängen

sich schon einige Trauergäste, die die Vorhut gebildet haben. An der gegenüberliegenden Wand sind die Tische zusammengeschoben worden, sodass ein Büfett mit Fingerfood darauf Platz findet. Die kleineren Tische am Buntglasfenster sind bereits besetzt.

»Na komm«, sagt auf einmal Effie neben mir. »Setz dich zu uns.«

Dankbar lächle ich sie an. Ich weiß es sehr zu schätzen, dass meine kleine Schwester ein Auge auf mich hat. Sie führt mich an einen großen Tisch etwas weiter hinten, an dem sie mit ihren beiden Freundinnen und ein paar Leuten aus der Nachbarschaft sitzt. Am Kopfende erkenne ich Marigold, eine alte Dame, die den Geschenkladen die Straße runter führt, zu dem ein kleines Café gehört. Als wir noch Kinder waren, passte sie oft abends auf uns auf. Das war, bevor mein Dad auch seine Tage im Pub verbrachte. Und ab da regelmäßig auch tagsüber. Während wir aufwuchsen, war sie unsere wichtigste Bezugsperson. Am anderen Ende sitzen zwei entfernte Onkel vom väterlichen Teil unserer Familie, denen Nessa – und damit wir – aus dem Weg ging. »Schlechten Umgang« nannte sie es.

»Hi«, sage ich und winke etwas schüchtern in die Runde. Mein Blick bleibt etwas länger an Marigold hängen, doch sie ist mit einem kleinen Jungen beschäftigt, der um sie herumwuselt.

Die Menschen lächeln mich an, nicken mir zu, heben ihre Gläser.

»Willst du was trinken?«, fragt Effie in dem Moment, da Nessa sich neben Marigold sinken lässt. »Und du, Nessa?«

»Ähm …«, mache ich.

»Ein Ale und einen Whisky«, sagt Nessa.

»Was für einen?«

»Egal, nur keinen Tulloch.«

»Ich nehme auch ein Ale«, sage ich. »Danke.«

»Immer noch so schlimm?«, fragt Marigold an Nessa gewandt und schiebt den Jungen sanft in Richtung seiner Mutter. Ich habe keine Ahnung, worum es geht.

»Er ist ein echter Kotzbrocken. Auf einem bekannten Whisky-Blog hat er vor Mikro-Destillerien gewarnt, die den Markt kaputt machen würden. Nachdem er mir eine Flasche von seinem Whisky geschickt hat – mit einer Karte, auf der steht ›so soll das schmecken‹.« Nessa verdreht die Augen.

»Wer?«, frage ich.

»Boyd Tulloch.«

»Der Erbe der *Tulloch Distillery*«, erklärt Marigold. »War mal so ein netter Junge.«

Nessa schnaubt. »Das muss lange her sein.«

Effie kommt mit unseren Getränken zurück. Vom Tresen ruft Joseph »Auf George Linklater«, und der gesamte Pub erhebt sein Glas auf unseren Dad.

»Auf Dad!«, sagt Effie, und Nessa und ich tun es ihr gleich.

Das goldbraune Ale schmeckt leicht nach Karamell. Es hat kaum Kohlensäure und beruhigt meine Nerven.

»Wenn ich etwas für dich tun kann, Effie …«, sagt Erwin oder Edward.

»Ich komm schon klar«, erwidert sie.

»Wisst ihr noch, als George vor dem Pub ausgerutscht ist – da war er noch ganz nüchtern. Es war nass, und er hat nicht gesehen, wo er hinläuft, weil er mit dem Kopf mal wieder ganz woanders war.« Es ist einer der Männer an der Bar, der lautstark eine Geschichte zum Besten gibt. »Er wollte Joseph verklagen.« Einige der Männer lachen.

»Bis ich ihm klargemacht habe, dass er dann woanders

trinken muss, weil ich mir keine Klage leisten kann«, beendet Joseph die Geschichte und erntet noch mehr Lacher.

»Das letzte Mal, als ich ihn gesehen habe, erzählte er mir, dass es jetzt wirklich nicht mehr lange dauern kann, bis er seine Frau wiedersieht«, sagt Marigold. »Seine Traurigkeit konnte einem wirklich das Herz brechen.« Sie streicht über Nessas Hand.

»Traurig, ja, das war er«, mischt sich ein Mann vom Nebentisch ein. »Traurig und ...«

»... garstig«, vervollständigt ein anderer. »Nenn es ruhig beim Namen.«

»Schhhhh«, macht eine Frau und nickt in unsere Richtung.

Effie kichert, und auch Nessa entfährt ein Glucksen.

»Ich glaube kaum, dass das ein Geheimnis war«, sagt sie. »Er war ein garstiger alter Mann.«

»Aber unser garstiger alter Mann.« Joseph erhebt erneut sein Glas.

»Auf unseren garstigen alten Mann«, schallt es durch den Pub.

Die Leute an unserem Tisch kommen und gehen. Sie beladen ihre Teller mit frittierten Krabben, Fischhappen, Fleischbällchen und Salaten. Mal wird über unseren Dad gesprochen, mal über den Alltag. Mal über Leute, die nicht hier sind, mal über welche, die nur einen Tisch weiter sitzen. Ich habe zu all dem wenig beizutragen, versuche dennoch, interessiert zuzuhören.

»Und, was ist deine schönste Erinnerung an deinen Dad?«, fragt Marigold, nachdem Nessa von ihrer Einschulung und Effie von einer Bootstour erzählt hat, die mit Sicherheit so nie stattgefunden hat. Als sie alt genug war, sich zu erinnern, war er schon nicht mehr als Vater zu gebrauchen.

»Ich weiß nicht«, sage ich. »Ich habe verschwommene Bilder von mir auf seinem Schoß. Wie er mich auf- und abhüpfen ließ.«

Aber das Gespräch hat sich bereits in eine andere Richtung gedreht, und ich bin allein mit meiner halben Erinnerung.

Etwas später sitzt Effie an einem Tisch ganz hinten in der Ecke. Nessa wird am Büfett festgequatscht. Marigold ist an einen anderen Tisch gewandert, und auf einmal bin ich ganz allein mit den komischen Onkeln und meinem zweiten Ale.

»... auf der Isle of Man«, sagt einer der beiden gerade.

»Da musste aufpassen. ›Isle of Man‹ darf man jetzt nicht mehr sagen. Ist's nicht so, Mädchen?« Er lacht auf eine schauderhafte Weise, der andere klopft ihm auf den Rücken.

»›Isle of Man and Woman‹«, grölt der Erste, »›Isle of People‹«, der andere. »Sonst kommt gleich die Sprachpolizei.«

Ich verdrehe die Augen. Aber ich weiß, dass es keinen Sinn hat, den beiden meine Sicht der Dinge darzulegen. Dafür sind sie zu stur, zu engstirnig – und zu einfach gestrickt. Ohne auf ihren Bullshit einzugehen, erhebe ich mich vom Tisch. Ich fühle mich unwohl. Jeder hat seinen Platz, kennt seinen Platz. Ich habe meinen aufgegeben und finde nun nicht mehr zurück. Hinten in der Ecke steht ein verlassener kleiner Tisch. Dorthin ziehe ich mich zurück. Setze mich. Gerade will ich mein Handy zücken, um wenigstens Irina eine Nachricht zu schicken, da fällt mein Blick auf einen Rücken an der Bar.

Ein gestrickter Rollkragenpulli mit Fair-Isle-Muster, abgenutzte Jeans, schwarze, fleckige Arbeitsstiefel. Die Gestalt wirkt gedrungen, als laste ein Gewicht auf den breiten Schultern. Mein Herzschlag beschleunigt sich. Wie automatisch greife ich zu meinem Pintglas und nehme einen Schluck, um mich dahinter zu verstecken.

Aber das kann nicht sein. Die Körperhaltung passt nicht. Andererseits, warum sollte er nicht hier sein? Und warum habe ich bislang keinen Gedanken daran verschwendet?

Ich ducke mich noch etwas tiefer in meine Sitznische, ohne jedoch den Blick von ihm abzuwenden. Er dreht seinen Kopf etwas, und im Profil – sieht er anders aus. Sein Gesicht ist hinter einem Vollbart versteckt, den er früher nicht getragen hat. Es besteht kein Zweifel. An der Bar sitzt Connal. Mein Connal. Ehemals mein.

Ich hatte noch keine Zeit, darüber nachzudenken, was passiert, wenn wir uns über den Weg laufen. Ob ich auf ihn zugehe, ihm winke, lächle ... Ob wir uns ignorieren?

Seine dunklen Locken sind etwas zu lang, wuchern wild. Er sieht ganz anders aus als in meiner Erinnerung, und dennoch ist er mir so vertraut. Sofort weiß ich, wie sich seine Haare unter meinen Fingern anfühlen. Seine Wimpern, die Schmetterlingsküsse auf meinen Wangen platzieren. Meine Kehle wird eng, und ich nehme schnell einen weiteren Schluck Ale.

Effie tritt neben ihn. Sie unterhalten sich, doch ich kann nicht hören, worüber. Sie lächelt, berührt ihn am Arm. Ich kenne das Gefühl seines Arms unter meiner Hand. Er lächelt ebenfalls, wenn auch weniger breit. Weniger echt. Weniger er.

Er nickt auf eine Frage, sie plappert weiter. Vollkommen ungezwungen, vollkommen natürlich. Und ich ertappe mich beim Gedanken daran, dass ich gern an ihrer Stelle und Teil all dessen wäre. Und in vertrauter Unterhaltung mit Connal.

Effie zeigt hinter sich, und Connal nickt erneut, hebt dann die Hand und winkt Nessa zu. Sie erwidert den Gruß. Und dann ...

Ich halte die Luft an. Effie legt erneut ihre Hand auf seinen Arm. Sagt etwas, sieht dabei gequält aus. Ein bisschen vorsichtig, unsicher. Sie beugt sich näher, dann atmet sie ein. Und auf einmal erstarrt er. Seine Schultern versteifen sich. Er richtet sich zu seiner vollen Größe auf. Dann schüttelt er kaum merklich den Kopf. Ich kann sein Gesicht nicht sehen, muss mich abwenden. Denn ich weiß, was Effie ihm soeben gesagt hat.

Meine Wangen glühen, und ich wünschte, ich könnte mich unter dem Tisch verkriechen, wie damals, als ich noch klein war. Doch ich halte es nicht aus. Muss meinen Kopf wieder drehen. Muss wissen, ob er zu mir hersieht.

Er tut es nicht. Er lehnt nach wie vor am Tresen, nun ohne Gesellschaft. Effie steht einen Meter weiter, spricht mit Marigold. Connal nippt an seinem Bier. Einmal, zweimal. Ich wische meine Hände an meinem schwarzen Kleid ab, fahre mir einmal durch die Haare. Mein Herz pocht so rasend schnell, dass ich nicht klar denken kann. Ich will aufstehen, zu ihm gehen. Aber was soll ich sagen? Was *kann* ich sagen nach drei Jahren?

Als ich das nächste Mal aufblicke, hat er sich umgewandt. Und nun sieht er beinahe in meine Richtung. Wenn auch nicht direkt. Ich weiß nicht einmal, ob er mich sieht. Ob er mich erkennt. Und in seinem Blick lese ich – nichts. Da ist nichts. Keine Freude, kein Zorn. Kein Hass, keine Liebe. Da ist einfach nur sein Blick. Leer wie das Pintglas neben ihm. Ich will gerade die Hand heben, auf mich aufmerksam machen, da geht er einen Schritt Richtung Tür. Dann noch einen. Dann ist er bei Effie. Er umarmt sie. Dann Nessa. Dann ist er verschwunden.

Es ist das gleiche Rot
Es ist der gleiche Schmerz
Ich sehe, wie du denkst, ich sehe dich nicht.
Ich merke, wie du glaubst, ich merke es nicht.
Wie du starrst.
Wie du dahockst. Wie die verfluchte verlorene
Tochter.
Und wir sollen – ja, was?
Glücklich
Gefasst
Gleichgültig wenigstens sein.
Dabei sind wir, bin ich immer noch
Gebrochen.
Und du
Gnadenlos in deiner Anwesenheit.

7

Während der nächsten Tage komme ich kaum dazu, mir Gedanken über Vergangenes, nicht ganz so lang Vergangenes oder Zukünftiges zu machen, denn die Gegenwart ist anstrengend genug. Obwohl wir zu dritt sind, gibt es eine schier endlose Liste an Aufgaben, die erledigt werden müssen: Verträge gilt es zu kündigen, Rechnungen zu bezahlen. Dads kleine Einzimmerwohnung, die eher einer Müllhalde gleicht, muss aufgelöst werden. Wir gehen seine Sachen durch – also das, was keine alten Zeitungen und Pizzakartons sind –, aber schnell merken wir, dass wir zu langsam sind. An Tag zwei in seinem dunklen miefigen Zimmer werfen wir relativ wahllos Gegenstände in Kisten, die wir vielleicht noch behalten wollen. Alles andere wird nach dem Wochenende von einem Entrümpelungsunternehmen abgeholt.

Am Nachmittag gehe ich gemeinsam mit Effie in den *Hideout,* um Dads Deckel zu bezahlen.

»Bist ja immer noch da«, sagt Joseph zur Begrüßung, wirkt jedoch etwas freundlicher als noch vor ein paar Tagen.

Als Joseph uns den Betrag nennt, den mein Dad ihm

schuldete, schlucke ich. Effie kramt ihren Geldbeutel heraus und blickt traurig auf die paar Scheine.

»Ich mach das«, sage ich schnell, obwohl auf meinem Konto nach dem Graduation-Wochenende nicht mehr viel übrig ist. Aber meine Debit-Card wird akzeptiert, und unser Dad ist mit einem Schlag schuldenfrei.

Zu Hause macht Nessa uns einen starken Tee, an dem wir uns die Finger wärmen. Die Temperaturen draußen sind nicht kalt, es herrschen immer noch vierzehn Grad, durch den Wind kommt es einem allerdings deutlich weniger vor.

»Ich habe es geschafft, die Vermieterin ans Telefon zu kriegen. Sie hat mich an ihren Makler in Edinburgh verwiesen. Edinburgh! Was geht die das an?« Nessa hat schlechte Laune. Den gesamten Vormittag hat sie mit Telefonaten verbracht. »Und beim Versuch, den Handyvertrag zu kündigen, bin ich an einem indischen Callcenter kläglich gescheitert. Ich habe versucht, ihnen zu erklären, dass Dad tot ist, aber sie dachten, er sei taub – *death* ist eindeutig zu nah an *deaf.* Und Taubheit ist kein Kündigungsgrund. Morgen nehme ich einen weiteren Anlauf, heute habe ich keinen Nerv mehr.«

Neben mir verkneift Effie sich ein Lachen.

»Ich wusste nicht einmal, dass Dad ein Handy hatte«, sage ich.

»Ich auch nicht, Fiona, ich auch nicht.« Nessa seufzt. »Keine Ahnung, mit wem er telefoniert hat. Ich kenne keinen, der seine Nummer hatte. Wahrscheinlich hat er es sich einfach aufschwatzen lassen und dann jeden Monat dafür gezahlt, ohne dass er wusste, warum.«

»Wenn du willst, kümmere ich mich darum«, biete ich an.

»Bitte, bitte, tu dir keinen Zwang an.«

»Dann könntest du morgen mal wieder in die Destillerie schauen …« Ich weiß, dass Nessa die Arbeit fehlt und es sie nervös macht, ihrem besten Freund und einzigen Mitarbeiter Henry alles zu überlassen.

»Solange die Boxen hier im Flur stehen, habe ich keinen Kopf für Whisky«, sagt Nessa, aber ich habe das Gefühl, dass es ihr mehr darum geht, mein Angebot damit schmälern zu können.

»Dann schauen wir uns eben jetzt an, was drin ist«, sagt Effie. »Bis die Wohnung nicht leer geräumt wurde, können wir sowieso nichts mehr machen.«

Nessa blickt auf die lange Liste der To-dos, die sie für uns gemacht hat. Tatsächlich ist das meiste nach einer knappen Woche inzwischen abgehakt.

»Wenn du meinst«, sagt sie.

Gemeinsam tragen wir die Kisten ins Wohnzimmer. Jeder nimmt sich eine vor. Ich finde zerfledderte Taschenbücher. Ein paar Krimis sind dabei, einige von ihnen spielen sogar auf Shetland. Effie zieht eine alte Seefahrermütze hervor und setzt sie sich auf.

»Steht dir«, sage ich, und es ist nicht einmal gelogen.

»Riecht aber komisch«, erwidert sie und schleudert die Mütze auf Nessa, die ihr erst einen warnenden Blick zuwirft, dann jedoch anfängt zu lachen.

»Das kann ich toppen. Ich habe hier einen mottenzerfressenen Pullover«, sagt sie und holt ein braunes Ungetüm aus ihrer Kiste.

»Von wegen mottenzerfressen!« Effie schiebt beleidigt die Unterlippe vor. »Den habe ich ihm gestrickt. Das war mein allererster Pullover. Deswegen sind die Maschen so … groß.«

Wir können uns nun vor Lachen nicht mehr halten. Besonders als Effie den Pullover an sich nimmt und feststellt, dass er nicht nur mottenzerfressen, sondern auch das Nest einer Mäusefamilie gewesen sein muss.

»Iiiiiihh«, macht sie und wirft den Pulli von sich. »Das ist Mäusekacke!«

Nessa macht ein Geräusch, das klingt wie eine Mischung aus Würgen, Erstickungsanfall und einem Lachen, das irgendwo stecken geblieben ist.

»Wirf ihn bitte weg!«, bringt sie unter enormer Anstrengung hervor.

»Ich fasse ihn nicht mehr an.«

In meiner Kiste finde ich eine Rohrzange. Damit hebe ich den Pullover vom Boden auf und befördere ihn in die nächste Mülltüte.

Als wir uns einigermaßen beruhigt haben, frage ich: »Wie alt warst du, als du den gemacht hast? Ich kann mich gar nicht mehr daran erinnern ...«

»Zehn, glaube ich«, sagt Effie. »Das war mein Weihnachtsgeschenk für ihn, und dann kam er nicht einmal. Hatte es vergessen oder so.«

»Er hat sich trotzdem gefreut. Sonst hätte er den Pulli nicht über all die Jahre aufgehoben«, erwidere ich.

Nessa schnaubt. »Ja genau. Deswegen hat er Mäuse darin nisten lassen.«

»Nessa!«, sage ich tadelnd, weil ich nicht will, dass Effie sich schlecht fühlt.

»Ist doch wahr. Alle tun die ganze Zeit so, als hätte er keine Wahl gehabt. Als wäre sein Leben so traurig gewesen. Dabei ...« Effie und ich halten die Luft an. »... war er einfach nur ein verdammt schlechter Vater. Und ich habe genug davon, dass alle so tun, als wäre er der Leidtragende gewesen.«

Ich bin perplex, »Aber in deiner Rede ...«

»Vergiss die blöde Rede. Was hätte ich denn sagen sollen? Dass er sich einen Scheißdreck um seine Töchter gekümmert hat, ab dem Moment, als ich alt genug war, um ein eigenes Konto zu haben?« Auf einmal bricht alles aus ihr heraus, und wir können nur danebensitzen. »Er war ein bequemer Trinker. Das war er. Hat uns zu Marigold oder wem auch immer abgeschoben. Weihnachten im Pub verbracht. Ihr könnt das ja sehen, wie ihr wollt, aber ich habe nicht vor, meine Erinnerung an ihn zu verklären, nur weil er jetzt tot ist. Und weil er offenbar vergessen hat, einen löchrigen Pullover wegzuwerfen.«

»Aber«, sagt Effie zaghaft, »wir hatten es doch immer schön. Uns hat es doch an nichts gefehlt …«

Doch natürlich war das Nessas Verdienst. Ich weiß das, Effie weiß das.

»Ha!«, entfährt es ihr. »Weißt du, warum du bis heute keine Baked Beans essen kannst? Weil das die einzige warme Mahlzeit war, die er uns gekocht hat. Dose in die Mikrowelle, Käse drauf, fertig. Bis du vier warst, dachtest du, das sei Kochen. Und wenn wir schon dabei sind: *Mir* hat es schon an Dingen gefehlt. *Mir* hat ein Dad gefehlt. Einer, mit dem ich die Last wenigstens hätte teilen können, verflucht noch mal!«

»Du hättest sie mit uns teilen können«, sage ich, denn ich bin auch nur drei Jahre jünger als sie. Effie vier.

Nessa lacht auf. »Ach ja? Mit dir etwa? Wie schlau es war, dass ich mich auf dich nicht verlassen habe, hat man in den letzten drei Jahren gesehen, *Schwesterherz*.« Das letzte Wort klingt bitter. Mehr als das. Es klingt giftig.

Das Blut rauscht in meinen Ohren, und ich sehe, dass Effie sich die Hände vor den Mund geschlagen hat. Nessa hat recht. Mit allem hat sie recht. Natürlich hätte ich bleiben sollen. Bei Effie und ihr … Aber ich war an diesem Tag nicht zurechnungsfähig. Nicht an diesem und an den darauffolgenden auch nicht. Ich habe mich vollkommen abgekapselt, weil ich mit mir und meiner Situation fertigwerden musste.

Weil es Fragen gab, die ich für mich klären musste. Weil der Schmerz und die Sehnsucht nach zu Hause zu groß waren. Und je länger ich wartete, desto schwieriger wurde es, zu einer Normalität zurückzukehren. Bis die Schwierigkeit zu einer Unmöglichkeit wurde, den richtigen Moment zu finden und dann ... sind wir an diesem Augenblick angekommen, und ich kann nichts tun.

»Es tut mir leid«, sage ich leise.

»Na super!«

»Fiona hat bestimmt ihre Gründe gehabt«, sagt Effie. »Und wir hatten es doch auch zu zweit schön.«

»Ja, das hatten wir«, bestätigt Nessa und streicht Effie einmal über den Arm.

»Ich weiß, dass ich nicht einfach hätte weggehen dürfen«, sage ich kleinlaut, denn irgendwas muss ich tun. Ich kann das nicht so stehen lassen, auch wenn mir bewusst ist, dass es keine Entschuldigung gibt. »Und ich wollte mit euch sprechen. Ernsthaft. Aber ich habe irgendwie den Moment verpasst. Und dann habe ich mich so schlecht gefühlt, weil ich nicht wusste, wie ich es euch erklären sollte. Irgendwann war so viel Zeit vergangen, dass es keine Entschuldigung der Welt mehr getan hätte und ...«

»Das fürchte ich allerdings auch«, bestätigt Nessa. »Dass es keine Entschuldigung der Welt tut. Wie du sagst, Fiona, den Moment hast du wohl verpasst. Und damit hast du auch viele andere Dinge verpasst. Nur weil du jetzt einmal kurz wieder vorbeischaust, heißt das nicht, dass wir wieder Schwestern sind.«

Ihre Worte treffen mich. Sie treffen mich so sehr, dass ich gegen die aufsteigenden Tränen anschlucken muss. Mein Herz brennt.

»Nessa«, versucht Effie zu beschwichtigen.

»Lass, Effie«, sagt sie. »Ich habe echt genug davon, von Menschen, die mir nahestehen, hängen gelassen zu werden.«

»Ich wollte nicht ... Es hatte nichts mit dir zu tun.«

»Es interessiert mich nicht, Fiona. Ich will es nicht hören. Warst du traurig? Verzweifelt? Müde? Mir scheißegal, was dein Problem war. Ich war auch oft genug traurig, verzweifelt und müde. Alles gleichzeitig. Aber man lässt seine Familie nicht im Stich.«

Ich nicke. »Ich weiß.«

»Aber wisst ihr, was? So langsam denke ich, vielleicht stimmt das gar nicht. Vielleicht ist es genau das, was Familien tun. Sich im Stich lassen. Und vielleicht probiere ich es auch einfach mal aus.«

»Nein! Ich brauch dich doch!«, sagt Effie.

»Genauso wie du auch Fiona gebraucht hättest.«

Einen Moment lang sagt niemand etwas. Mein Blick ist auf den Holzfußboden gerichtet. Der wummernde Herzschlag erfüllt mich vollkommen, und mir ist so heiß, dass mir Schweiß den Rücken hinunterrinnt. Was habe ich getan? Was habe ich meinen Schwestern angetan? Langsam beginne ich das gesamte Ausmaß meines Handelns zu verstehen. Des Handelns einer Neunzehnjährigen, die nicht Herrin ihrer Sinne war. Die einfach nur wegmusste. Aber ich weiß selbst, dass das nicht gilt. Mit etwas Abstand betrachtet, habe ich mich absolut beschissen verhalten. Und dagegen kann ich im Nachhinein nichts mehr tun. Ich kann nur versuchen, es ab jetzt besser zu machen.

»Was kann ich tun?«, frage ich mit bebender Stimme. »Ernsthaft, Nessa, sag mir, wie ich es wiedergutmachen kann. Nein, halt. Sag mir, wie ich es besser machen kann.« Ich hebe den Blick und sehe sie an. Ihre kinnlangen hellroten Haare hat sie zu einem Pferdeschwanz gebunden, aus dem sich

Strähnen gelöst haben. Sie stehen in alle Richtungen ab. Ihre Wangen sind gerötet, und aus ihren Augen spricht Wut. Und Schmerz. Und Enttäuschung.

»Wenn du das sagst, um dein Gewissen zu erleichtern, lass es einfach.«

»Nein, nein, es geht mir nicht um mein Gewissen. Es geht mir um dich. Um euch.«

»Vielleicht erklärst du einfach, was du hier noch willst«, sagt sie müde. »Aber ein andermal.« Sie steht auf und will den Raum verlassen. In der Tür dreht sie sich noch einmal um. »Und den Krempel hier könnt ihr meinetwegen gesammelt in den Müll schmeißen.« Wenig später hört man die Haustür ins Schloss fallen.

Nachdem sie gegangen ist, sagt für eine Weile keine von uns ein Wort. Ich würde vor Scham am liebsten im Boden versinken, Effie ist vermutlich überrascht über Nessas Ausbruch.

»Sie kriegt sich wieder ein«, sagt sie irgendwann.

»Mal sehen.« Ich bin mir nicht so sicher.

»Es ist einfach viel gewesen in letzter Zeit.«

»Ich glaube, für Nessa war es immer viel. Deswegen ...«

»Ja.«

Wieder schweigen wir.

»Was sie über Dad gesagt hat ...«, sagt Effie. *»That's what she said.«* Sie versucht sich an einem Grinsen.

»Du weißt, dass diese Witze so nicht funktionieren?«, frage ich mit einem müden Lächeln. »Sondern dass man das antwortet, wenn jemand etwas Zweideutiges mit sexueller Konnotation sagt?«

»Ja, aber sie hat ziemlich ins Schwarze getroffen, oder?« Effie sieht aus, als würde sie mit sich ringen. Dann: »Die Geschichte, die ich nach der Beerdigung erzählt habe? Die mit der Bootsfahrt? Die ist nie so passiert. Er hatte es mir versprochen und ist dann nicht aufgetaucht. Ich hab mir das nur so oft ausgemalt, dass ich irgendwann so tun konnte, als wäre es wirklich passiert.«

Das ist so traurig, dass ich neben Effie rutsche und meinen Arm um ihre Schultern lege. Ich wünschte so sehr, Effie, Nessa und ich hätten einen Dad gehabt. Eine Mum wäre auch nicht schlecht gewesen, aber an die erinnert sich ohnehin nur Nessa. Und auch das nur noch schemenhaft.

»Denkst du denn, er hat uns geliebt?«, fragt Effie.

»Ich glaub schon«, erwidere ich. »Er hat es nur einfach nicht zeigen können.«

»Und von der Art von Liebe hat man dann auch nichts.«

Ich nicke. »Nein, davon hat man nichts.«

»Wie wär's, wollen wir Nessa ein bisschen aus dem Weg gehen, bis sie sich beruhigt hat? Heute Abend ist sie sicher wieder etwas besser gelaunt. Blöde Callcenter.«

»Was schlägst du vor?«

»Ich brauche neue Wolle zum Färben und Spinnen. Sonst hat Marigold in ihrem Laden bald nichts mehr zu verkaufen.«

»Du verkaufst deine Sachen wirklich in Marigolds Laden?« Wieder bin ich tief beeindruckt.

»Ja, und sie gehen weg wie warme Semmeln.«

»Also dann, lass uns Wolle kaufen.«

Wir hüllen uns in unsere Regenkleidung, weil es in den letzten Minuten angefangen hat, in Strömen zu regnen. Ich hoffe, Nessa hatte nicht vor, einen ausgedehnten Spaziergang zu machen.

Ich will schon den Weg zur Straße einschlagen, da hält Effie mich zurück.

»Wir nehmen das Auto«, sagt sie und betätigt den Türöffner.

8

Wir verlassen Lerwick über die Landstraße. Die Scheibenwischer wippen hektisch hin und her. Effie hat die Autoheizung eingeschaltet, sodass es sich anfühlt, als wären wir in einem warmen Kokon, während draußen die Natur tobt. Die Straße verläuft zwischen sanften Hügeln, die mal in das satte Grün des Grases, mal ins Braun des mit Heide bewachsenen Deckenmoors gehüllt sind.

Im Regen erscheint die Insel beinahe noch friedlicher. Ganz so, als ließe man die Natur in Ruhe. Als ließe man sie sie selbst sein. Es prasselt gemütlich aufs Autodach, und ich merke, wie mein Kummer über Nessas Unglück und die Schuldgefühle, die ich mit mir herumtrage, in eine Art Dämmerzustand verfallen. Büsche wiegen sich in der baumleeren Landschaft im Wind. Sie, die Schafe, die Ponys, alle lassen das Zerren der Böen mit stoischer Ruhe über sich ergehen.

Es ist eine raue Schönheit, die sich mit der Wehmut der Natur verbindet. Als wäre sie vom Regen geküsst, jedoch von der Sonne vernachlässigt. Und von mir. Sie hat so viel Liebe verdient, und ich habe sie ihr in den letzten Jahren nicht gegeben. Ich habe sie vergessen. Und doch ist sie jetzt für mich da, weht meine Probleme einfach weg, spült sie weg.

Das alles hier ist mir so bekannt und stiehlt sich schmerzhaft schön zurück in mein Herz.

Zwischen mit Moos und Gras bewachsenen grauen Steinen sticht ein einsamer Mann Torf, um seinen Ofen anzufeuern. Und dann nähert sich die Straße wieder der Küste und gibt den Blick frei auf das endlose Meer. Grau und stark. Machtvoll und alles verschlingend.

»Ich hatte ganz vergessen, wie schön es hier ist«, sage ich in die Stille hinein.

»Ich glaube nicht, dass ich es je vergessen könnte. Aber ich glaube auch nicht, dass ich woanders leben könnte. Mir würde einfach alles fehlen.«

»Hm«, mache ich. »Ja.« Ich schlucke. »Vielleicht habe ich gar nicht so richtig gelebt.« Für einen kurzen Moment bin ich erschrocken, weil dieser nagende Verdacht so plötzlich aus mir herausgebrochen ist. Natürlich habe ich gelebt. Bin mit Freunden ausgegangen, habe studiert. Habe meine Hände in Ton vergraben und ihn mit meinen Händen geformt. Habe Shetland als etwas Vergangenes betrachtet, obwohl – das merke ich jetzt – es immer auch Gegenwart war. Gegenwart und Sehnsucht.

»Hä? Ich dachte, du bist glücklich dort?«

»Manchmal … Sicher.« Ich weiß nicht einmal, woher Effie diese Information hat.

»Ich meine ja nur, sonst hättest du ja jederzeit zurückkommen können.«

Doch so einfach, wie es aus Effies Mund klingt, war es nicht. Da war diese unsichtbare Barriere, die ich errichtet hatte. Sie einzureißen war ich nicht stark genug.

Effie setzt den Blinker und …

Mir wird schlecht.

»Wohin …«, flüstere ich, aber durch den prasselnden Regen auf dem Autodach hört Effie mich nicht. Mein Herzschlag beschleunigt sich. *Bubumm, Bubumm, Bubumm* … Es ist die Straße zur Halcrow-Farm. Zu Connal Halcrows Farm.

»Wir … fahren zu den Halcrows?«, frage ich leise und hoffe, dass Effie mir meinen seelischen Aufruhr nicht anmerkt.

»Ja, da hole ich immer meine Wolle.«

»Das … wusste ich nicht.«

Effie grinst mich für eine Sekunde an, ehe sie ihren Blick wieder auf die Straße richtet.

»Hab ich wohl vergessen zu erwähnen. Aber keine Sorge, Connal ist sowieso nicht da. Er ist tagsüber immer unterwegs. Leitet ja jetzt die Farm.«

Die Straße wird schmaler, holpriger, und Effie drosselt die Geschwindigkeit. Wie oft ich hier mit dem Fahrrad entlanggefahren bin! Bei jedem Wetter. Zu jeder Tages- und Nachtzeit. Bis …

»Er sieht jetzt ganz anders aus«, sage ich, um meine Nervosität zu überspielen.

»Ja, oder? Er ist auch anders.«

»Wie meinst du das?«

»Irgendwie ist er ernster. Schweigsamer. Ich weiß nicht, ob er wirklich viel mit Leuten spricht. Abgesehen von mir.«

»Abgesehen von dir?« Mein Kopf hat Schwierigkeiten, den Connal, den ich im *Hideout* gesehen habe, mit dem Jungen, dem jungen Mann, den ich kannte, in Verbindung zu bringen. Aber er passt zu dem Connal, den Effie beschreibt.

»Du kennst mich, ich lasse mich nicht abwimmeln.« Sie lacht und klingt dabei ganz mädchenhaft. »Irgendjemand muss ja dafür sorgen, dass er nicht völlig zum Eremiten wird.«

Ich verstehe es nicht. Der Connal, den ich kannte, war immer und überall mit dabei. Er war gesprächig, unterhaltsam. Er war beliebt, ein absoluter Familienmensch. Er war das Gegenteil des Mannes, den Effie beschreibt.

»Wie findest du den Bart?«, fragt sie. »Ich finde ja, er sollte sein Gesicht nicht verstecken. Aber ich glaube, es ist genau das, was er will. Sich verstecken.«

Sich verstecken. So wie ich mich in Bristol versteckte.

Aber warum? Die Frage liegt mir auf der Zunge. Dennoch stelle ich sie nicht. Auf einmal habe ich das Gefühl, jedes Recht auf Information, auf Teilhabe an Connals Leben eingebüßt zu haben, indem ich mich von heute auf morgen von ihm trennte und wegging, um ihm das Leben zu ermöglichen, das er sich wünschte. Und das er nun dennoch nicht hat? Keine Frau? Keine eigene Familie? Dabei ist es nicht ungewöhnlich, mit Mitte zwanzig in Shetland eine eigene Familie zu haben. Ich begreife es nicht. Und so bleiben wir stumm, bis Effie den Wagen die Hofeinfahrt hinauflenkt.

Es wirkt wie früher. Das mächtige graue Wohnhaus, das aussieht, als hätte es Jahrhunderten von Stürmen getrotzt, die Stallungen, die Schuppen, die Garagen, in denen die schweren landwirtschaftlichen Fahrzeuge stehen. Der Regen hat nachgelassen, als Effie den Motor abstellt.

»Willst du mit reinkommen?«, fragt sie. »Dauert wahrscheinlich ein paar Minuten. Alice bietet mir immer noch einen Tee an. Und ich kann einfach nicht Nein sagen.«

Beim Namen von Connals Mum muss ich unwillkürlich schlucken. Sie war wie meine Mum. Meine Ersatzmum. Manchmal schien es, als habe sie mich adoptiert. Ich, die Tochter, die sie nie hatte, sie die Mum, die ich nur ein Jahr lang hatte, bis sie bei Effies Geburt starb.

»Ich glaube, ich warte lieber hier«, sage ich, und Effie nickt.

»Alles klar.« Dann steigt sie aus und lässt mich allein in dem Kokon zurück.

Dieser Ort. Er ist so vertraut. Er ist so sehr Zuhause wie mein Elternhaus und keinesfalls vergleichbar mit meinem WG-Zimmer in Bristol. Dieses Gefühl von Heimat umfängt mich, und auf einmal reicht die Luft im Auto nicht mehr aus. Ich öffne die Beifahrertür einen Spaltbreit. Frische strömt in den Wagen. Feuchte Frische, und ich sauge sie gierig ein. Zusammen mit dem Geruch von Heu und von Schafen kommt sie mir vor wie das Himmlischste, was ich je geatmet habe. Ich schiebe die Tür noch ein wenig weiter auf. Und noch etwas. Und dann löse ich den Anschnallgurt und steige aus. Mache einen unsicheren Schritt. Der Kies knirscht seltsam tröstlich unter meinen Schuhen. Erst trete ich näher an das Wohnhaus. Sofort prasseln Erinnerungen auf mich ein. Gemütliche Abende im Kreis einer vollständigen Familie, Connals Zimmer, Connals Körper in seinem Zimmer. Mein Körper zusammen mit Connals Körper in seinem Zimmer. Küsse, Liebkosungen, die große Liebe. Zum Wind draußen gesellt sich nun ein Sturm in meinem Innern, der an meinen Eingeweiden zerrt.

Die Erinnerungen sind zu präsent, und im nächsten Moment habe ich es mir anders überlegt, drehe mich um und laufe stattdessen Richtung Stallungen. Wie oft ich die Ruhe und die Wärme der Tiere genossen habe, die aus welchen Gründen auch immer nicht auf den Wiesen waren! Wie gern ich meine Hände in ihrer dicken Wolle vergrub!

Fast erwarte ich, jemand müsste mich aufhalten. Schließlich bin ich ein Eindringling. Eine Fremde, die ihren Platz aufgegeben hat. Mit dem Holzriegel öffne ich die Tür und gebe mir dabei Mühe, leise zu sein. Ich will nicht auffallen, nicht die Gewohnheit mit meiner Anwesenheit stören.

Gut, dass ihr euch nicht auf mich verlassen habt, schießt es mir durch den Kopf, und ich weiß nicht einmal, ob ich die Halcrows oder die Schafe meine.

Ich trete ein und schließe die Tür hinter mir. Hier drinnen ist es wärmer als draußen. Es riecht nach Heu und Stroh und Tieren. Aus einigen Boxen dringt Rascheln an mein Ohr. Ein leises *Määääh* ist zu hören. Ich gehe ein paar Schritte hinein, und dann sehe ich sie. Zwei Schafe, die träge auf ihrem Heu herumkauen. Das eine hat ein verbundenes Vorderbein. Vermutlich ist es in einem Zaun hängen geblieben oder Ähnliches. Was das andere hat, kann ich nicht erkennen. Ich strecke meine Hand nach ihnen aus, und sofort weichen sie zurück. Das eine humpelnd.

Auf einmal höre ich noch etwas anderes. Es ist eine Stimme. Eine mir bekannte Stimme. Kurz bin ich wie versteinert. Woher kommt sie? Ich kann es nicht zuordnen. Aber sie ist so sanft. So traurig, dass ich wie magisch von ihr angezogen werde. Ein Schritt, noch einer. Ich gehe in die richtige Richtung, denn die Stimme wird lauter.

»... Du musst trinken, Kleines«, sagt die Stimme, und die feinen Härchen auf meinen Armen stellen sich auf. »Ich weiß, es ist nicht dasselbe. Ich weiß, es ist nicht fair, dass sie dich nicht wollte. Aber manchmal ... laufen die Dinge nicht so, wie sie sollen.«

Mein gesamter Körper ist mit einer Gänsehaut überzogen, obwohl ich meine warme Regenjacke trage. Ich will mehr hören. Mehr von dieser Stimme. Mehr von *seiner* Stimme, die macht, dass sich mein Herz gleichzeitig vollkommen zersplittert und ganz anfühlt. Früher ist mir nie aufgefallen, was für einen kräftigen Shetland-Akzent er hat. Früher, als dieser Klang für mich alltäglich war.

»Na, siehst du«, sagt er nun, und ich höre ein leises

Schmatzen. »Vorsicht, nicht so gierig, sonst fällst du wieder um.«

Ein Lächeln stiehlt sich auf meine Lippen. Ob der Connal, über den Effie gesprochen hat, auch mit Lämmchen redet? Auf mich wirkt das eher wie der alte Connal. Wie mein Connal, der nicht mehr meiner ist.

»Die Dinge laufen manchmal nicht, wie sie sollen«, wiederholt er nun. Er seufzt. »Sie ist wieder da, verflucht noch mal! Ist das zu fassen? Nach all den Jahren?«

Ich bin wie erstarrt. Spricht er über mich? Mit einem Mal fühle ich mich zurückversetzt zu diesem Tag vor drei Jahren. Zu dem Gespräch, das ich an fast genau der gleichen Stelle unfreiwillig mit anhörte, obwohl es nicht für meine Ohren bestimmt war. Ein Gespräch, das mich hätte glücklich machen sollen. Aber mit den Neuigkeiten, die ich erhalten hatte, war die Sache eine andere. Ich darf nicht wieder lauschen.

»Ich weiß nicht einmal, wie ich ihr begegnen soll. Wie ich ...« Er bricht ab, und ich beschließe, mich zu erkennen zu geben. Ich will nicht diejenige sein, die ihn verlassen hat, abgehauen ist und nun im Verborgenen bleibt. Schon wieder. Ich will diejenige sein, die für den Mist, den sie gebaut hat, geradesteht. Die sich entschuldigt. Die kittet, was zu kitten ist, und wenn es nicht zu kitten ist, nicht schon wieder wegläuft. Ich will jemand sein, dem Nessa in die Augen sehen kann, ohne wütend zu werden.

Ich räuspere mich.

9

Sofort verstummt Connals sanfte Stimme. »Hallo?«, fragt er stattdessen, und beinahe bereue ich, dass ich nun aus meinem Versteck hinaustreten muss. Mich zu erkennen geben muss. Warum bin ich nicht einfach zurück zum Auto gegangen? Was soll ich jetzt sagen?

Zu allem Überfluss scheint es, als wollten meine Beine sich keinen Millimeter bewegen.

»Mum, bist du das?«

Mum, ich kann es kaum erwarten. Ich stand nur ein paar Meter entfernt, hatte die Stalltür einen Spalt weit aufgemacht, wollte gerade etwas rufen, als mich etwas zurückhielt. Der intime Moment zwischen Mutter und Sohn, die Intimität, die ich nie gehabt hatte, war zu schön, um sie zu stören. Connals glückliche Aufgeregtheit, die freudige Reaktion seiner Mutter …

»Nein, ich bin's nur«, sage ich leise und klinge dabei viel zu piepsig. Außerdem trifft es »nur« nicht mal im Ansatz. *Ich bin's nur,* kann jemand sagen, der erwartet wird. Jemand, dessen spontaner Besuch keine hässliche Überraschung ist.

»Was willst du?« Es sind die drei kältesten Worte, die je

an mich gerichtet wurden – und der krasse Gegensatz zu den Worten von damals.

Ich kann es kaum erwarten, eine Familie mit Fiona zu gründen. Weil es das ist, was man auf Shetland tut. Man hat eine Familie. Nicht so eine wie ich, ohne Eltern, mit zwei Schwestern. Sondern eine, wie ich sie nie haben werde.

Ich zwinge meine Beine vorwärts, trete aus dem Schatten und vor die Box, in der Connal, das sehe ich jetzt, im Stroh sitzt. Er müsste zu mir aufschauen, um mich anzusehen. Das fühlt sich noch falscher an. Aber er tut es ohnehin nicht. Und dann erblicke ich das winzige Lämmchen, das neben ihm steht und wie wild an der Flasche in Connals Hand saugt.

»Entschuldige, dass ich einfach so hier aufkreuze. Effie wollte Wolle kaufen. Ich hatte keine Ahnung, dass wir hierherkommen würden.«

»Schafe«, sagt Connal und zeigt auf das Lamm. »Wolle.«

Verdammt! Warum musste ich hier herumschnüffeln? Warum wollte ich dringend in den Stall? Connals Feindseligkeit trifft mich. Unerwartet. Hart. Natürlich ist mir klar, dass ich nichts von ihm zu erwarten habe. Dass zwischen uns nichts mehr ist. Und das ist gut so. Besser. Für ihn und mit Sicherheit auch für mich. Denn ich hätte es nicht verkraftet, jeden Tag mit meiner eigenen Unzulänglichkeit konfrontiert zu werden. Dafür bin ich nicht stark genug.

»Ziehst du das Kleine mit der Hand auf?«, frage ich. Es erscheint mir dringend, mich mit Connal zu unterhalten. Als wäre ein Gespräch der Strohhalm, an den ich mich klammern kann. Und wenn er bricht … breche ich mit? Bricht etwas in mir? Bricht alles zwischen uns? Aber da ist doch ohnehin nichts mehr zwischen uns.

»Wie du siehst?«

»Warum?«

»Die Mutter hat sie nicht angenommen.«

Die Mutter. Ich schlucke. Fühle mich ertappt. In meiner Unzulänglichkeit seltsam durchschaut. Doch das kann nicht sein. Das ist nur in meinem Kopf. Und Connal ist nicht in meinem Kopf. Er kann nicht lesen, wer ich bin. Was ich bin. Und was ich nie sein werde.

»Hat sie einen Namen?« Den Strohhalm nicht knicken lassen.

»Nein.« Es klingt wie ein Seufzen. Eins, das an mich gerichtet ist und Müdigkeit ausdrückt. Überdrüssigkeit.

»Du warst beim Leichenschmaus.« Irgendetwas muss ich sagen. Ein Gespräch am Laufen halten, irgendwann die Kurve hin zu ... einer Entschuldigung kriegen?

»Das macht man hier so. Man ist für andere da.« Er blickt mich nicht einmal an. Hält nur den Kopf des Lämmchens in Position. Sein Bart verdeckt jede Mimik, aus der ich etwas lesen könnte.

»Ja«, sage ich und wünschte, er würde etwas mehr erwidern. Etwas, bei dem ich einhaken könnte. »Effie sagt, du leitest jetzt die Farm.«

»Jep.«

»Herzlichen Glückwunsch.«

Man hört nur das Schmatzen des Lämmchens und das Rascheln des Strohs. Connal schweigt. Dafür ist mein Herz umso lauter. Hier zu sein, ihn zu sehen, den Geruch des Strohs, der Schafe zu atmen, ist heftiger, als ich gedacht hatte. Dass man Gefühle nicht löschen kann, wusste ich. Aber offenbar gilt das ebenso für Erinnerungen an diese Gefühle.

»Wie ist es dir ergangen in den letzten Jahren?«, frage ich, weil es sich einfach so verflucht falsch anfühlt, hier vor einem Menschen zu stehen, mit dem ich einst eins war und der nun so fremd geworden ist.

»Fiona, was soll das?«

In meinem Innern tut es einen Rums, als mein Herz nach unten sackt.

»Ich …«

»Was willst du hier?«

Wissen, wie es ihm geht? Was sein Leben macht? Wenn man sich so nah war, verschwindet das Interesse am Wohlergehen des anderen nicht einfach so. Zumindest gilt das für mich.

»Ich schätze …«, sage ich, und meine Stimme wird wieder ganz hoch, »ich schätze, ich wollte wissen, wie es dir geht.« Ich schlucke. Fühle mich schlecht. Fühle mich so schlecht wie seit drei Jahren nicht mehr. Die Einsamkeit ist besser als das hier. Oder ist es nur die Fortführung derselben? Hebe ich sie hier gerade auf die nächste logische Stufe?

»Wunderbar«, sagt er in einem Ton, der mich innerlich frieren lässt.

»Das freut mich. Das hast du verdient.«

»Und man bekommt immer, was man verdient, oder wie?« Er klingt so zynisch, dass ich schaudere. »Dann musst du vielleicht ein paar Lücken schließen, die ich anscheinend in meiner Erinnerung habe.«

Für einen Moment habe ich keine Ahnung, was er damit meint. Dann verstehe ich. Natürlich hatte er nicht verdient, dass ich verschwinde. Nein. Im Gegenteil. Aber ich habe es für *ihn* getan. Weil er jemanden verdient, der ihm alles geben kann, was er sich wünscht. Es war ein Opfer aus Liebe. Auch wenn Connal das nicht sehen kann.

»Es …«, setze ich zu einer Entschuldigung an, doch weiter komme ich nicht.

»Lass es gut sein, Fiona.«

»Aber …«

»Ich will es nicht hören. Und da wir gerade dabei sind, ich will von dir gar nichts hören. Ich will dich nicht sehen und schon gar nicht auf meinem Hof.«

Das ist der Moment, in dem er aufsieht. Unsere Blicke treffen sich zum ersten Mal seit drei Jahren. Seine Augen sind so blau. So tief. Wie zwei Seen im Sonnenschein. Zumindest glitzerten sie früher so. Nun sind sie stumpf. Leer beinahe. Ausdruckslos. Und ich erschrecke darüber, wie hart er ist. Geworden ist.

Mit dem Fingernagel fahre ich die Holzmaserung der Tür zur Box nach. Das Holz ist vertraut unter meinen Händen. So wie Connals Flanellhemd, seine dunklen Locken, seine starken Schultern vertraut wären. Nur der Bart ist fremd. Und während meine Haut sich zwar an das Gefühl erinnert, kann sie diese Leerstelle nicht durch Fantasie füllen. Wenn ich raten müsste, würde ich sagen, weich und hart zugleich. Wie Schafwolle, nur etwas weniger dicht.

»Tut mir leid, dass ich einfach so hier eingedrungen bin«, sage ich leise. Es ist eine Entschuldigung, wenn auch die falsche. »Ich wollte nicht ... Dich zu ... Es ist das Letzte, was ich will.« Auch wenn ich nur stottere, meine ich jedes Wort.

Ein Schnauben ist alles, was ich als Antwort erhalte. Aber es scheint zu sagen: *Du bist doch so gut darin, einfach abzuhauen. Vielleicht gelingt es dir ja heute auch noch mal.*

Connal hat den Blick wieder abgewendet, und fast erleichtert es mich, nicht mehr in seine Augen sehen zu müssen. Augen, die schweigen. Während sein gesamter Körper Ablehnung suggeriert. Es ist genau die Ablehnung, vor der ich mich schützen musste. Uns beide. Aber ich habe mich nicht genug von allem abgekapselt, um nun nichts zu empfinden. Auch wenn ich dachte, ich hätte Vorsichtsmaßnahmen getroffen. Doch sie waren nie genug. Sind nie genug. Wenn so viel Gefühl und Herz und Plan und Zukunft mit einem Mal vorbei sein sollen, ist es nie genug.

In meinem Kopf schwirrt es. Das Gefühl, wieder zu Hause zu sein, das ich beim Anblick der grünen Hügel, des grauen, wütenden Meeres empfand, ringt mit dem Drang, erneut abzuhauen. Der Schmerz darüber, gegangen zu sein, wird abgelöst von der Gewissheit, ihm und mir Schmerz erspart zu haben. Aber warum empfinde ich dann jetzt so viel davon?

Und warum wendet Connal den Blick, und warum ist er auf einmal nicht mehr leer?

»Fiona ...«

Er sagt meinen Namen. Nicht, als würde er vergeben. Nicht mal, als würde er ihn sagen wollen. Es klingt, wie Schmerz in einen Namen gepresst. Oder meine Ohren pressen Schmerz in den Klang seiner Stimme. Ich kann es nicht mit Gewissheit sagen, denn nichts stimmt mehr. Nichts ergibt Sinn, nichts lässt sich vernünftig zuordnen. Hier und jetzt verschwimmt alles. Vor meinen Augen und vor meinem inneren Auge. Ich muss mich festhalten.

Ich will seinen Namen sagen, doch meine Kehle ist eng. Ich sehe ihn einfach an, versuche, sein Gesicht zu fixieren. Aber da ist so viel Bart, dass ich nicht weiß, wo es anfängt. So viel Unausgesprochenes, dass ich nicht weiß, wo *ich anfangen soll.* So viel Traurigkeit, dass ich nicht weiß, wie sie ihm, wie sie mir nehmen. Und ich weiß nicht einmal, ob das alles real ist, denn Sehnsucht vermischt sich mit Wirklichkeit, und ...

»... es ist besser, wenn du jetzt gehst.«

Mit einem Krachen wird Realität zu Realität, zu schmerzhafter Realität.

Die Welt um mich herum wird wieder scharf. Ich sehe die Konturen nun deutlich. Auch die Gefühlskonturen, die, die aus mir herausgeströmt sind und nun wieder dorthin fliehen, wo ich dachte, sie weggesperrt zu haben. Und ich habe noch nicht einmal um Verzeihung gebeten.

Gerade will ich ansetzen, ihn zu bitten, mir noch eine Sekunde zu geben, um wenigstens eine Entschuldigung zu improvisieren. Und wenn sie noch so klein und mickrig ausfällt. Wenigstens, damit er weiß, dass ich mir über meine Feigheit im Klaren bin. Wenigstens, damit Nessa sieht, dass es mir ernst ist. Mit was auch immer. Buße. Scham.

»Komm nicht wieder her, Fiona.«

Unsere Blicke treffen sich ein letztes Mal, und nun schneidet dieses Gefühl direkt in mich hinein. Ein Gefühl von Verlust, von Endgültigkeit, von Abschied, den wir nie hatten. Als wäre ich Butter, geht es einfach durch mich hindurch, hinterlässt eine unsichtbare Wunde.

Meine Hände zittern. Sie sehnen sich nach etwas zu tun. Sehnen sich nach Formbarkeit, nach Ton. Sehnen sich, etwas zu erbauen, während ich nur niederreiße. Meine Hände sind der funktionale Teil von mir, der Teil, der erschafft, während der Rest von mir dazu nicht in der Lage ist.

Mein »'tschldgng« hört sich selbst in meinen Ohren an wie ein scheußliches Röcheln. Das folgende »Okay« ist nur ein Hauchen. Und im nächsten Moment stolpere ich Richtung Stalltür. Die kalte Luft draußen erfüllt meine Lunge, während ich keuchend einatme, als wäre ich kurz vor dem Ersticken.

»Hey«, ruft Effie, die in diesem Augenblick aus dem Wohnhaus tritt. »Hab alles.« Sie schwenkt einen großen Korb. »Ist was passiert?«

Sie muss mein Zittern bemerkt haben, aber ich versuche mich an einem überzeugenden Nicken. »Connal war doch da«, bringe ich hervor und beeile mich, ins Auto zu steigen. Mir ist auf einmal kalt, so kalt. Beim Gedanken an Connal, an Nessa, an mein Elternhaus. Noch kälter wird mir allerdings, wenn ich an Bristol denke. Ich schüttle mich, weil mir ein eisiger Schauer den Rücken hinabrieselt.

Effie blickt mich fragend an.

»Es ist … nichts.«

»Sieht nicht nach *nichts* aus.«

»War einfach eine Scheißbegegnung, okay?«, presse ich hervor und wende den Blick ab.

»Na ja, ich meine, du …«

»Ich weiß«, unterbreche ich sie. Denn mir ist bewusst, was ich getan habe. Schmerzlich. Auch wenn es richtig war. Das kleinere Übel zweier großer Übel.

Während Effie den Wagen vom Hof lenkt und die Autoheizung meine Finger langsam auftaut, sehe ich Connals Augen vor mir. Die Leere, kurz unterbrochen von einer Frage. Ich kann es nicht einordnen, nicht erklären. Aber ich beginne zu begreifen, dass Weglaufen keine Lösung ist. Die neunzehnjährige Fiona ahnte es vielleicht, konnte sich aber nicht mit Konsequenzen aufhalten. Sie musste nur weg, atmen, erschaffen. Die erwachsenere Fiona will Wiedergutmachung. Statt Neues aufzubauen, möchte sie Altes kitten.

Du bist nicht hier, denke ich.
Bist nicht real, denke ich.
Sehe dich, wie du dastehst. Vor mir.
Jetzt und damals.
Und dazwischen: Leere.
Begreife nicht, wie du im einen Moment –
Und im anderen.
Hier – weg – zurück.
Und ich?
War immer hier.
Sehne dich weg.
Wünsche, du kämst zurück.
Du hier bist zu viel.
Du hier bist zu wenig.
Bitte geh.
Bitte bleib.
Ich will dich
(Niemals)
Zurück

10

Ich wälze mich in meinem Bett herum. Die dritte Nacht in Folge. Es ist das Bett, in dem ich fast mein ganzes Leben lang geschlafen habe. Der muffige Geruch ist zwar noch da, ich nehme ihn inzwischen jedoch kaum noch wahr.

Effie sagt, ich muss den Menschen Zeit geben. Und das will ich. Ich werde ihnen alle Zeit der Welt geben, wenn das bedeutet, dass ich eines Tages wieder Teil von etwas sein darf. Doch ich weiß nicht einmal, wovon ich überhaupt Teil sein kann.

Nessa sagt, ich soll eine Ansage machen, wie lange ich noch bleibe. Sie braucht Klarheit. Klarheit, nach der ich mich ebenfalls sehne. Doch wie kommt man dahinter, wie das Leben aussehen soll? Bis vor zwei Wochen dachte ich noch, ich wäre kurz davor, einen Job inklusive eigener Ausstellung zu bekommen. Eine kleine zwar, aber immerhin. Eine Ausstellung über Stärke und Mut. Wie soll ich mich allerdings mit Stärke und Mut befassen, wenn ich selbst so weit davon entfernt bin?

Connal sagt, ich soll nicht mehr vorbeikommen. Und so

wahre ich Abstand. Es ist schwieriger als gedacht, wenn man sich gleichzeitig in einer Stadt von knapp siebentausend Einwohnern befindet. Gestern kam er vom Hafen, als ich durch die Stadt stromerte, auf der Suche nach nichts. Er muss mich gesehen haben, denn er machte auf dem Absatz kehrt und ging in die entgegengesetzte Richtung davon. Und wieder stach es. Ebenso wie jetzt, als ich vor meinem inneren Auge seinen Rücken sehe, der sich von mir entfernt.

Marigold sagt, es sei schön, mich zu sehen. Sie nennt mich »Kind«, und das erscheint mir jedes Mal passend, weil ich mich tatsächlich wie ein Kind fühle. Eins, das vielleicht Hilfe braucht, sich zu orientieren und das zu begreifen, was ihm passiert ist. Was durch es passiert ist.

»Du darfst mich immer anrufen, egal, wie früh am Morgen. Solange es nach zehn ist. Das ist eigentlich die Regel. Aber jetzt bin ich ohnehin wach. Also?« Auf meinem Handydisplay sieht Irina aus, als hätte sie die Nacht durchgefeiert. Vermutlich hat sie das auch. Ihre Wimperntusche ist verwischt, und einzelne Haare haben sich aus ihrem Zopf gelöst, den sie sich jede Nacht flicht.

Ich sehe auf die Uhr. Es ist halb acht. Ich hätte es mir denken können. »Ich wollte dich echt nicht wecken.«

»Zu spät jetzt. Außerdem freu ich mich, dein blasses Gesicht mal wieder zu sehen. Gibt's in Bristol keine Sonne mehr?«

»Ich bin noch nicht wieder in Bristol«, sage ich und weiß nicht einmal, warum es so verschämt klingt.

»Okay. Puh, ich dachte schon, du würdest mich bitten, zurückzukommen. Und das geht leider nicht. Aber wenn du selbst nicht da bist …« Sie rekelt sich.

»Ich glaube, ich brauche Hilfe.«

»Hilfe wobei, Babe?«

»Beim Leben.«

»Brauchen wir das nicht alle?« Theatralisch wirft sie einen Blick an ihre Zimmerdecke. Dann sieht sie neben sich, wo sich unter der Bettdecke etwas zu bewegen scheint.

»Wiespätistes?«, fragt eine unbekannte Männerstimme.

»Zu früh, schlaf weiter«, sagt Irina und streicht mit ihrer Hand einmal über einen dunkelblonden Haarschopf.

»Du hast einen Kerl neben dir?«, flüstere ich erschrocken ins Telefon.

»Ja, das ist Joey.«

»Jimmy«, murmelt er.

»Das ist Jimmy«, sagt Irina. »Jimmy, sag hi zu meiner Freundin Fiona, die am Nordpol ist.«

Jimmy dreht sich um, und ein zerknautschtes Gesicht blickt mich an. »Hi, Fiona.« Dann zieht er sich die Decke über den Kopf.

»Jimmy ist toll«, flüstert nun Irina in ungeheurer Lautstärke ins Telefon.

»Irina auch«, hört man von unter der Decke, und sie grinst zufrieden.

»Also erzähl, was ist los?«

Kurz zögere ich, weil ich ohnehin schon niemand bin, der viel von sich preisgibt. Nicht mehr. Wenn nun auch noch ein völlig Fremder zuhört, fühle ich mich noch nackter. Aber dann schiebe ich meine Bedenken beiseite. »Ich hab Mist gebaut, Irina.«

»Endlich.«

»Nein, ich mein's ernst. Schon vor drei Jahren.«

»Ich meine, endlich erzählst du mal, was los ist.« Sie schickt mir eine Kusshand.

»Ich bin einfach abgehauen. Von einem Tag auf den anderen. Ich hab sie alle vor vollendete Tatsachen gestellt. Habe ihnen keine Antworten gegeben.«

»Warum?«

»Ich hab keine Luft mehr gekriegt. Es war alles zu eng. Es … es ist was passiert, und ich … musste eine Entscheidung treffen.«

»Okay.« Ich liebe sie dafür, dass sie nicht weiterfragt.

»Ich habe mit meinem Freund Schluss gemacht, habe meinen Schwestern gesagt, dass ich nach Bristol gehe und Kunst studiere, und das war's.«

»Drastisch, aber du hattest sicher Gründe.«

Ich nicke. »Ich war mir sicher, ich hätte raus, wohin das mit dem Leben gehen soll. Mit der Kunst. Mit mir. Irgendwie habe ich dabei wohl vergessen, wo ich herkomme. Und dass man Herkunft nicht aus sich rauskriegt.«

»Und jetzt bist du zu Hause und kannst dir nicht vorstellen, je wieder woanders glücklich zu sein?«

»Woher weißt du das?«, frage ich perplex.

»Mir geht's hier ganz genauso.«

»Aber mein Leben ist in Bristol.«

»Dein Leben *war* in Bristol.«

»Das ändert sich doch nicht von heute auf morgen. Ich habe keinen Plan. Nicht mal einen klitzekleinen.«

»Wenn du dir jetzt etwas wünschen dürftest, was wäre das?«

Ich denke kurz nach. Die Ausstellung. Die wünsche ich mir schon so lange. Eine Freundin, der ich mich anvertrauen kann. Vollständig. Eine Aussprache mit Nessa. Dass sie mir zuhört, ohne wütend zu sein.

»Ich wünsche mir, dass sie mir verzeihen«, sage ich auf einmal.

»Und was brauchst du dafür?«

Einen Moment lang überlege ich. »Zeit, glaube ich.« Denn für das, was ich gemacht habe, kann man keine Ruckzuck-Vergebung erwarten. Das Vertrauen, das ich zerstört habe, muss langsam wieder wachsen.

»Und warum nimmst du sie dir nicht einfach?«

Ja, warum? Weil ich Angst habe, auf Ablehnung zu stoßen? Keine Chance mehr zu bekommen? Aber wenn Vergebung das ist, was ich wirklich will, muss ich das Risiko eingehen.

»Darauf gibt es keine Antwort, glaube ich.«

»Schau, Babe, du magst nicht mal dein Zimmer in Bristol. Jetzt, wo ich weg bin, gibt's dort für dich nichts mehr.« Ich lache, und sie stimmt mit ein. »Den Job hast du verpasst. Wer weiß, wann du so eine Chance in Bristol noch mal bekommst. Wie viele Galerien gibt es dort überhaupt?« Ich sage ihr nicht, dass es ungefähr zwanzig Mal so viele wie auf den gesamten Shetlandinseln gibt. »Von irgendwas musst du leben. Und ob du dir einen Job am Nordpol suchst oder einen in Bristol, ist dabei doch erst mal egal.«

Und damit hat sie recht. Wenn es ohnehin nur um einen Nebenjob geht, bis ich herausgefunden habe, was ich mit meinem Leben anfangen will und vor allem, wo, kann ich mir auch einen in Lerwick suchen. »Also meinst du, ich soll hierbleiben?«

»Babe, du bist diejenige, die entscheidet.«

»Ich will, dass sie mir verzeihen.«

»Dann bleib.«

»Ja.«

Und damit ist es entschieden. Nicht für immer. So weit denke ich nicht. Niemand weiß, was morgen ist oder übermorgen. Nächste Woche oder in zwei Monaten. Aber fürs Erste fällt eine enorme Last von mir ab. Eine Entscheidung getroffen zu haben ist immer besser als dieser Schwebezustand, in dem man weder vor noch zurück kann.

»Und irgendwann zeigst du mir den Nordpol, ja?«, fragt Irina, bevor wir auflegen, und ihr Lächeln macht mein Herz noch leichter.

Meine Schritte die Treppe hinunter sind an diesem Morgen federnder als an den Tagen zuvor. Denn ich habe einen Plan. Keinen sehr ausgegorenen, aber am Ende steht ein Ziel, und das heißt Vergebung. Ich weiß, ich kann scheitern. Vor allem jedoch kann ich es versuchen.

»Ich würde gern etwas mit euch besprechen«, sage ich, als ich mit einer dampfenden Teetasse bewaffnet ins Wohnzimmer trete, wo Effie und Nessa bereits am Tisch sitzen und frühstücken.

Ich setze mich an den Platz, den ich auch an meinem ersten Abend hier eingenommen habe, spüre Effies Blick auf mir. Nessa versteckt sich hinter der Zeitung.

»Wenn es für euch in Ordnung wäre, würde ich gern noch ein bisschen bleiben.«

Effie quietscht, steht so schnell auf, dass ihr Stuhl schwankt, und rennt um den Tisch, um mich zu umarmen. »Yesyesyes«, ruft sie.

Nessa lässt langsam die Zeitung sinken und sieht mich einfach nur mit gerunzelter Stirn an.

»Ich hab Mist gebaut. Ich weiß das. Und es tut mir leid, dass das Vertrauen zwischen uns weg ist. Meinetwegen. Ich will das wiedergutmachen. Oder zumindest besser, als es im Moment ist. Ich möchte so gern wieder Teil dieser Familie sein. Teil von euch. Und deswegen würde ich gern bleiben. Fürs Erste.«

»Okay?«, sagt Nessa mit gerunzelter Stirn. Sie sieht verwirrt aus, jedoch nicht unglücklich.

»Keine Sorge, ich suche mir einen Job und alles. Ich werde euch nicht auf der Tasche liegen. Falls ihr was wisst, bin ich dankbar für jeden Tipp.« Mit einem vorsichtigen Lächeln blicke ich von Nessa zu Effie, die sich neben mich gesetzt hat und meine Hand in ihrer hält.

»Marigold sucht für den *Drawing Room* eine neue Bedienung. Erwin hat gekündigt, weil sein Dad ihn jetzt häufiger auf dem Fischkutter braucht. Das ist vielleicht nicht das, was du dir vorgestellt hast, aber ...«

»Das ist perfekt.«

»Echt?« Effie strahlt.

»Ich weiß gerade ohnehin nicht, was ich machen will. Wohin das alles führen soll. Und in Bristol habe ich auch eine Zeit lang in einem Café gearbeitet, deswegen ...« Ich verstumme, als ich Nessas Blick sehe.

»Aber du willst die Keramik doch nicht aufgeben, oder?«, fragt sie, und auf einmal klingt sie seltsam drohend.

»Nein, nein«, beschwichtige ich sie. Denn meine Hände sehnen sich schon seit einiger Zeit danach, wieder kühlen Ton zu bearbeiten.

»So eine Begabung wirft man nicht einfach weg«, sagt sie noch, dann steht sie auf und trägt ihren Teller in die Küche.

»Was war das denn?!«, quietscht Effie. »Sie liebt dich!«

Ich lache. »Ich bin mir nicht sicher, ob es das wirklich bedeutet. Aber es ist vielleicht ein Anfang.«

»Es ist mehr als ein Anfang. Es ist Interesse.« Sie greift über den Tisch und zieht ihren Tee zu sich. »Ich freu mich, dass du bleiben willst. Ich hab's schon geahnt. Dein Gesicht ist so viel entspannter seit ein paar Tagen. Wenn du nicht gerade Connal über den Weg läufst.«

Ich sage ihr nicht, dass Connal einer der Gründe für mich ist, hierzubleiben. Dass ich um Vergebung bitten will.

Sie und Nessa und Connal und all die anderen, die ich enttäuscht habe. Denn erst einmal brauche ich den Job im Café.

»Der Job gehört dir, Kind«, sagt Marigold, als ich wenig später in ihrem kleinen Laden stehe, der überquillt von regionalen Produkten wie Whisky und Marmelade, kleinen Geschenken, die auf den Inseln gefertigt wurden, Kleidung und jeder Menge anderem Kram. Überall stehen Regale, die nicht zusammenpassen. Sie sind bis oben hin mit Nippes, Staubfängern, Geschenkbüchern und anderem Zeugs gefüllt. Es gibt einen Bereich für Woll- und Filzwaren, einen für Literatur von den Shetlands, einen für Essen und Trinken, einen für Keramik. Und auf einem Sessel neben der Kasse – ich traue meinen Augen kaum – liegt ein rot getigerter Kater und sieht mich aus seinem einen Auge skeptisch an.

»Das kann doch nicht …«, beginne ich.

Effie lacht. »Red Leg Greaves, wie er leibt und lebt. Wobei wir uns, ehrlich gesagt, nicht sicher sind, ob er wirklich noch lebt.« Den letzten Satz flüstert sie.

»Wie meinst du das?«

»Erinnerst du dich noch, wie er eines Tages plötzlich da war und keiner wusste, woher er kam?«

Ich erinnere mich noch sehr gut daran. Auf allen Inseln wurde gefragt, ob irgendjemandem ein rot getigerter einäugiger Kater abhandengekommen war. Doch niemand meldete sich. Und so ging man davon aus, dass er als blinder Passagier auf einem der Kreuzfahrtschiffe nach Shetland gekommen und hier in Lerwick von Bord gegangen war. Er war schnurstracks zum Metzger marschiert, hatte ein paar Fleischreste bekommen und sich dann in Marigolds Laden niedergelassen. Wir nannten ihn Red Leg Greaves nach einem schottischen Pirat aus dem siebzehnten Jahrhundert, weil Effie in der Schule ein Referat über ihn halten sollte und sich sicher war, dass der mürrische Kater der Geist des Freibeuters war.

»Na ja, inzwischen ist er so alt, dass er eigentlich gar nicht mehr am Leben sein dürfte«, fährt Effie fort. »Deswegen glaube ich, dass er vielleicht nur der Geist des Geistes ist.«

»Und nachdem er sich von niemandem anfassen lässt, können wir die These auch nicht widerlegen«, sagt Marigold lachend und bedeutet uns, ihr nach nebenan zu folgen.

Aus dem Laden gelangt man direkt in das kleine Café, dessen offizieller Eingang zur Küste liegt. »Ich bin selbst ab und zu drüben, ansonsten kümmert sich Edith um alles. Edith Scolley?«

Ich kenne Edith, natürlich. Sie arbeitet nicht nur im *Drawing Room,* sondern ist auch Handarbeitslehrerin in der Grundschule von Lerwick und als Ehefrau so etwas wie die Assistentin des Bürgermeisters Munro Scolley. Oder die Bürgermeisterin, je nachdem, wie viel Eigenständigkeit man Munro zutraut.

Als wir gemeinsam den hellen Raum betreten, dessen Mobiliar aus Korbmöbeln mit geblümten Polstern besteht, wird mein Blick auf eine Bewegung in der hinteren Ecke gelenkt. Ein Mann erhebt sich hektisch, wirft ein paar Münzen auf den Tisch und verschwindet im nächsten Moment. Es passiert alles so schnell, dass mir erst beim Zufallen der Tür klar wird, um wen es sich bei dem großen Mann handelt. Connal. Mein Herz zieht sich zusammen, und ich sehe mich schuldbewusst nach Marigold um.

»Ich fürchte, wenn du mich einstellst, ist das nicht unbedingt geschäftsfördernd.« Sie soll schließlich wissen, worauf sie sich einlässt.

»Ich fürchte, dann werden sich die Menschen einfach ein bisschen daran gewöhnen müssen, dass du jetzt hier bist.«

»Bist du dir sicher?«, frage ich, weil ich ein schlechtes Gewissen habe, mich ihr aufzubürden. Vielleicht wäre es besser, ich würde mir einen Job suchen, den man in einem Keller ausüben kann.

»Sorg dich nicht so viel, mein Kind.«

Dann streicht sie mir einmal über die Wange, wie sie es früher bei uns machte. Und ich fühle mich geborgen. Die Aussicht auf Freundlichkeit, auf Alltag, auf Regelmäßigkeit und Sicherheit entspannt mich und verleiht mir neue Kraft.

Und auch wenn der Alltag in den nächsten Tagen mit Ediths akribischer Einarbeitung gefüllt ist, auch wenn die Kaffeemaschine erst an Tag vier das tut, was sie soll, wenn ich sie darum bitte, auch wenn ich meine Hand zwei Mal in der Kasse einklemme und mir beim Obstschneiden mit einem scharfen Messer in den Fingernagel schneide, auch wenn Edith mir anfangs jedes Tablett aus der Hand nimmt, obwohl ich durchaus weiß, was ich tue, auch wenn Greaves um mich einen noch größeren Bogen macht als um alle anderen, fühlt es sich gut an.

Über Effies Besuche freue ich mich besonders und beinahe noch etwas mehr darüber, dass Nessa sich innerhalb meiner ersten Woche im *Drawing Room* zweimal einen Kaffee holt. Die Menschen gewöhnen sich an meinen Anblick, grüßen mich bald auf der Straße, ohne vorher lange darüber nachzudenken, warum ihnen meine roten Haare und das sommersprossige Gesicht so bekannt vorkommen.

Als ich nach meiner ersten Woche im *Drawing Room* Feierabend mache und die Tür zum Café abschließe, an der ein handgeschriebener Zettel zu einem Lyrikzirkel einlädt, ruft

Nessa an und bittet mich, auf meinem Heimweg noch bei Morrisons vorbeizugehen, um ein paar Lebensmittel zu besorgen. Der kleine Supermarkt liegt zwar nicht direkt auf meinem Weg, aber es ist ein schöner Abend, und ich liebe es, am Meer entlangzuspazieren, den Wellen zu lauschen, die salzige Luft zu atmen.

Bei Morrisons ist nicht viel los, sodass ich schnell einen Kanister Milch, Porridgeflocken und Äpfel in meinen Korb gelegt habe. Auf der Suche nach Kurkuma, das Effie benutzt, um ihre Wolle gelb zu färben, spähe ich in einen Gang nach dem anderen. Bis ...

Er steht auf der anderen Seite der Regale voller Nudeln und Tomatenkonserven und blickt mich direkt an. Er trägt einen beigefarbenen Strickpulli, Jeans und schwarze Arbeitsschuhe und sieht trotz des Barts und der außer Kontrolle geratenen Locken unendlich schön aus. Stark. Stabil. Sicher.

Für einen Moment ist alles an mir, abgesehen von meinem galoppierenden Herzen, wie erstarrt, und auch Connal kann sich anscheinend nicht mehr rühren. Es ist vertrackt, als würden wir feststecken in diesem Kreislauf aus Ineinanderrennen und Wegrennen. Wir können keinen Schritt nach vorne machen, keinen zurück. Und wenigstens eine von uns will nach vorne. Will es so dringend. Ganz langsam hebe ich meine Hand zum Gruß. Ich möchte ihn nicht verschrecken und habe in diesem Moment das Gefühl, eine zu schnelle Bewegung könnte seinen Fluchtinstinkt wieder auslösen. So stehe ich einen Moment da, den Korb in der linken Hand, die rechte zu einem vorsichtigen Winken erhoben. Er starrt mich an, eine Sekunde, zwei, drei, länger, vielleicht kürzer, ich weiß es nicht. Ich gehe einen Schritt auf ihn zu, hoffe, bete, dass er bleibt, dass wir ein klitzekleines bisschen Normalität zwischen uns lassen können.

Doch dann dreht er sich um und läuft mit entschlossenen, langen Schritten davon.

»Connal«, sage ich noch in einem lahmen Versuch, ihn aufzuhalten, aber er hört mich gewiss schon nicht mehr.

11

Nessa war immer die Organisierte von uns, die Aufgeräumte, die, die alles im Griff hat. Deswegen ist es wenig verwunderlich, dass sie ein Fan von To-do-Listen ist. Im ganzen Haus findet man kleine Zettel, auf denen Dinge stehen, die sie erledigen will. Manchmal verlegt sie sie, kriegt aber trotzdem alles geschafft. Ich war nie der Mensch für To-do-Listen, ertappe mich allerdings dabei, wie ich tatsächlich irgendwo in meinem Kopf eine mentale Liste habe. Connal um Verzeihung bitten ist ein Punkt weit oben. Doch noch wichtiger ist es mir gerade, die Beziehung zu meinen Schwestern wieder hinzukriegen.

Wir grooven uns ziemlich schnell ein. Ich kann natürlich nicht wissen, ob Nessa und Effie (vor allem Nessa) sich nur zusammenreißen. Ob ihnen das Leben zu zweit besser gefallen hat. Aber da Nessa meistens den ganzen Tag in der Destillerie ist und Effie mehrere Jobs gleichzeitig macht, während derer sie stricken kann (sie ist zweimal pro Woche Sprechstundenhilfe bei Dr. Beattie, übernimmt Vormittagsschichten in der Zentrale der Seenotrettung und Hausaufgabenbetreuung in der Schule), bin ich diejenige, die sich im

Haus nützlich macht. Im Café gibt es nicht genug zu tun, um meine Tage auszufüllen, sodass ich mich um den Hausputz, die Einkäufe und manchmal sogar das Abendessen kümmere. Das sind die Momente, in denen ich zu erkennen meine, dass Nessa sich über meine Anwesenheit freut. Wenn sie nach Hause kommt und wie heute ein warmes Essen auf sie wartet, das ich nach einem Rezept aus ihrem handgeschriebenen, schwesternsicheren Kochbuch zubereitet habe.

»Es geht doch nichts über ein warmes Stew und ein feines Kaminfeuer am Abend«, sagt sie und lächelt mich an.

Effie blickt vergnügt zwischen uns hin und her. Ihr gefällt der Waffenstillstand oder die neu gewonnene Eintracht, falls man es schon so nennen kann.

»Ich habe heute«, sage ich etwas zögerlich, weil ich nicht weiß, wie die beiden reagieren werden, »mein Zimmer in Bristol gekündigt.«

»Vernünftig«, sagt Nessa. »Macht ja wirklich keinen Sinn, Miete zu zahlen, solange du nicht da bist.«

Zunächst wollte ich Lulu fragen, ob ich untervermieten dürfte, aber Irina hat recht, wenn sie sagt, dass wir uns eigentlich von Anfang an nicht leiden konnten. Und falls ich doch eines Tages zurückkehren will, miete ich mir einfach woanders ein Zimmer.

»Wie fühlst du dich damit?«, fragt Effie und nimmt sich eine zweite Portion dampfendes Stew.

»Gut.«

»Hast du dich um deine Sachen gekümmert?« Nessa ist wieder im To-do-Listen-Modus.

»Ja, mein Freund James hat sie abgeholt. Es war nicht viel. Das Zimmer habe ich möbliert gemietet. Er schickt alles her.«

Nessa nickt. Beinahe glaube ich so etwas wie Anerkennung in ihrem Blick zu lesen. Weil ich etwas gemacht habe, ohne dass sie mich daran erinnert hat? Und in diesem Moment verstehe ich. Ich verstehe, dass sie immer diejenige war, die die Dinge im Blick haben musste. Die für mich und Effie mitgedacht hat. Nicht weil wir sie darum gebeten hätten, sondern weil sie als die Älteste die Hauptlast trug. Kurz will ich sagen, dass sie sich nicht mehr verantwortlich fühlen muss. Dass ich jetzt erwachsen genug bin, um meinen Kram allein hinzukriegen. Aber ich schlucke es hinunter. Wenn ich das Gespräch auf früher bringe, auf das Damals, das uns geformt hat, und Nessa mit To-do-Listen, Effie mit der Notwendigkeit, immer gute Laune zu haben, und mich mit der Unfähigkeit, Probleme zu lösen, zurückgelassen hat, ist die Gemütlichkeit vorbei. Und es *ist* gemütlich. Während der Oktoberregen gegen die Scheiben klopft und im Kamin ein Feuer prasselt. Während wir in vertrauter Dreisamkeit am Esstisch sitzen. Während wir wieder zueinanderwachsen.

»Ich hab gestern Dads restliche Sachen in den Schuppen gebracht …«

»Da hätten wir dir doch helfen können«, unterbreche ich.

Nessa sieht mich einen Moment lang an. Dann geht sie einfach darüber hinweg. »Jedenfalls ist da noch deine alte Töpferscheibe und der Brennofen. Und ich hab mich gefragt, ob du die noch willst oder ob wir …« Sie spricht den Satz nicht zu Ende, möchte wahrscheinlich ebenfalls die Harmonie nicht trüben.

Wenn ich mich richtig erinnere, ist die alte Töpferscheibe mechanisch und sollte deswegen einwandfrei funktionieren.

»Wäre es denn in Ordnung, wenn ich im Schuppen …?«, frage ich hoffnungsvoll. Nessa und Effie sollen das entscheiden dürfen.

»Warum nicht?«, sagt Effie sofort. »Ist halt nur kalt im Winter.«

Nessa setzt an, etwas zu sagen, schluckt es jedoch hinunter. Ich sehe sie fragend an. Dann: »Klar, meinetwegen.«

Und in meinem Kopf erwacht eine neue To-do-Liste zum Leben, die ich morgen an meinem freien Vormittag sogleich angehen werde.

Als ich die Terrassentür öffne, schlägt mir kalte, frische Herbstluft entgegen. Es ist Mitte Oktober, und man sieht inzwischen den Atem. Sieben Grad zeigt das Thermometer heute an. Ich habe es mit Bristol verglichen. Dort sind es komfortable dreizehn. Weil der Rasen vom Regen aufgeweicht ist, trage ich Gummistiefel, die um meine Waden schlackern.

Die Tür zum Schuppen geht schwer auf. Das tat sie schon früher. Man muss den Riegel lösen und dann mit aller Macht an ihr zerren, bis sie mit einem Ruck nachgibt und einen beinahe umwirft. Das Gefühl des hölzernen Riegels ist meinen Händen vertraut. Weich und alt und abgenutzt. Ich ziehe an der Tür, ziehe einmal, zweimal, ruckartig. Beim dritten Mal springt sie auf und reißt mich tatsächlich beinahe mit.

Ich reibe meine Hände aneinander und hauche darauf. Es dauert einen Moment, bis ich den Lichtschalter gefunden habe. Das funzelige Licht ist von Spinnweben umwickelt. Vielleicht kann ich Nessa bitten, sie zu entfernen, um eine hellere Glühbirne zu installieren. Nessa war immer diejenige, die sich um die Spinnen im Haus kümmerte, weil sowohl Effie als auch ich nicht unbedingt die größten Spinnenfreundinnen sind. »Sie haben mehr Angst vor euch als ihr vor ihnen«, sagte Nessa jedes Mal. Und Effie schüttelte vehement den Kopf. »Das ist eine absolute Lüge. Niemand hat vor irgendetwas so viel Angst wie ich vor Spinnen.«

Dads Kisten stehen direkt neben der Tür. An einer Wand ist die alte Werkbank installiert. Werkzeuge und Gartengeräte hängen darüber. Früher war das hier Dads Refugium. Doch das weiß ich nur aus Erzählungen. Ganz hinten steht meine alte Töpferscheibe. Als Edith, die damals noch Mrs Scolley für mich war, feststellte, wie viel Spaß mir das Töpfern im Handarbeitsunterricht machte, setzte sie sich dafür ein, dass ich eine der alten Töpferscheiben bekam. Eine Halbwaise mit meist abwesendem Vater zu sein hatte definitiv nicht nur Nachteile. Daneben steht der Brennofen, auf den ich ein paar Jahre lang sparte. Er ist nicht groß, sicher nicht der beste auf dem Markt und ganz sicher nicht das neueste Modell, aber er erfüllt seinen Zweck. In einem Regal stehen Eimer voller Glasur, die man vermutlich entsorgen muss. Spritzer aus einer Mischung aus Wasser und Ton verzieren den Betonboden um die Töpferscheibe herum.

Ich setze mich auf den Schemel, schließe für einen Moment die Augen. Der Geruch von altem Holz und noch älteren Sägespänen, gepaart mit salziger Frische von draußen und dem unverwechselbar kalkig reinen Duft von Ton, steigt mir in die Nase, und meine Hände beginnen zu kribbeln. Wie oft saß ich hier? Wie viele Stunden verbrachte ich mit beigefarbenen Händen, Ton auf meiner Schürze, in meinen Haaren, meinem Gesicht? Oft ganz für mich allein. Manchmal mit Connal auf dem alten Gartenklappstuhl, während er Gedichte las. Manchmal wuselte Effie um mich herum, erzählte mir aus ihrem Leben. Manchmal hörte Nessa mir zu, wenn ich Kummer hatte. Aber meist war ich allein. Ich, das Licht, das durch die Ritzen fiel, die Funzelbirne an der Decke, das alte Radio, das ich nun nirgendwo entdecken kann, ein Batzen Ton.

Während der nächsten Tage arbeite ich meine mentale To-do-Liste ab. Ich entsorge die alten Eimer mit Glasur, traue mich ohne Nessas Hilfe an die Spinnweben, allerdings nicht ohne ausgewachsenen Gruselschauder, finde das alte Radio, das leider den Geist aufgegeben hat, und ersetze es durch eine kleine Bluetooth-Box, frage Edith, ob ich der Schule Ton und Glasuren abkaufen kann – und kriege schließlich beides geschenkt. Als am Ende der Woche zwei Pakete mit meinen restlichen Sachen aus Bristol kommen, freue ich mich am meisten über meine Schürzen und meine Töpferwerkzeuge. Und nicht einmal die Kälte hält mich nun davon ab, loszulegen. Nicht mit bedeutungsschweren Kunstprojekten. Dafür habe ich im Moment keinen Kopf. Aber mit einem Batzen Ton, aus dem ich überschüssige Luft und Wasser herausknete. Dann lege ich ihn in die Mitte der Töpferscheibe, befeuchte meine Hände, damit sie besser über das weiche Material gleiten, und beginne, in einem ruhigen Rhythmus mit meinem Fuß das Pedal zu bewegen. Ich spüre den weichen Ton unter meinen Fingern. Die Masse dreht sich in der Mitte, und ich fange an, dem Ton Gestalt zu verpassen. Ich weiß noch nicht einmal, was das hier werden soll. Etwas Kleines. Etwas Hübsches.

Ich arbeite von unten nach oben, drücke und ziehe, um für Stabilität zu sorgen. Der Ton läuft an und in meinen Händen, wächst vor mir, bildet einen Hohlraum. Ich ziehe die Masse immer weiter nach oben. Meine Bewegungen passen sich der Geschwindigkeit der Scheibe an. Langsam arbeite ich die Form heraus. Es ist befriedigend, so als könnte ich mit meinen bloßen Händen im Zeitraffer etwas entstehen lassen. Aber natürlich ist es noch lange nicht fertig. Natürlich ist es erst einmal eine sehr rohe Form. Ein Becher. Es soll ein Becher werden. Durch das Wasser an meinen Händen wird der Ton immer weicher, und so nehme ich als Nächstes ein Plättchen zu Hilfe, um die Drehrillen zu beseitigen.

Eine kleine Tonkugel rolle ich zu einer Wurst, dann drücke ich sie als geschwungenen Henkel an den Becher. Es ist keine spektakuläre Form. Im Gegenteil, sie ist ganz gewöhnlich. Und doch bedeutet mir diese einfache Arbeit im Moment alles. Das Töpfern, das in den letzten Jahren so sehr ein Teil von mir wurde wie mein Gesicht oder meine Hände, ist in mein Zuhause in Lerwick zurückgekehrt. Es fühlt sich mächtig an. Gewichtig.

Zwei bis drei Tage müssen diese Grundformen trocknen, ehe man sich dem Feintuning widmet. Die Oberfläche mit Abdrehschlingen und Metallschienen bearbeitet und glättet. Und danach gibt man den Formen noch einmal fünf bis sechs Tage, um zu trocknen. Ich nutze das Regal hinter mir, fülle es mit Bechern, Tassen, Schüsseln. Notiere mir auf Zetteln, wann die nächste Bearbeitungsstufe beginnen kann. Schon bald sieht es im Schuppen aus wie in einem Töpferatelier, und jeden Morgen wache ich mit einem Gefühl der ungeheuren Befriedigung auf, freue mich auf die paar Stunden, die ich habe, bis meine Finger zu steif gefroren sind, um noch etwas zustande zu bringen.

Nach anderthalb Wochen werfe ich den Brennofen das erste Mal an. Er funktioniert einwandfrei, und so verpasse ich ein paar Bechern und Schüsseln während der nächsten Stunden den Schrühbrand, erhöhe Stunde um Stunde die Temperatur. Ich bin ungeduldig, will mir sofort das Ergebnis ansehen, aber beim Töpfern braucht man Geduld. Geduld beim Trocknen, beim Brennen, beim Auskühlen. Normalerweise bin ich gut darin. Normalerweise ist das auch Alltag.

Und dann ist es so weit. Eines Tages hole ich die ersten Formen aus dem Ofen. Eine Schüssel ist gesprungen, doch der Rest hat überlebt. Und ich jauchze innerlich, weil ich all das gemacht habe. An meinem alten Töpferort.

Ohne dass ich aktiv darüber nachdenke, schnappe ich mir einen Pinsel und bemale die Becher. Früher habe ich abstrakte Muster, Regelmäßigkeiten gesucht, ähnlich Effies Fair-Isle-Mustern. Aber heute – male ich, was mir in den Sinn kommt. Es werden ganze Landschaften. Einfache zwar, stilisierte. Baumlose. Grüne. Hügel. Winzige Schafe, nicht zu viele, nur ein paar, nur so, dass ein wenig Leben auf den Becher kommt.

Der nächste Becher bekommt Wellen. Wellen und Möwen, ein kleines Fischerboot. Sprühende Gischt.

Ein kleines Pony, weiß-braun gefleckt, entsteht unter meiner eiskalten Hand. Aber die Arbeit wärmt mich von innen.

Dann klopft es an der Tür.

»Ja?«

»Kann ich reinkommen?« Es ist Nessas Stimme.

»Natürlich.«

Sie zerrt dreimal an der Tür, ehe sie aufspringt. Ich blicke auf. Sie hat sich in einen Mantel und einen dicken Schal gehüllt, den ihr mit Sicherheit Effie gestrickt hat. In der Hand hält sie eine elektrische Heizung.

»Dachte, die könntest du vielleicht brauchen«, sagt sie und zuckt mit den Schultern.

»Wow, danke!« Ich kann nicht glauben, dass sie darüber nachgedacht hat. Über mich. Über mein Wohlergehen hier draußen. Obwohl sie es natürlich immer getan hat. Nur jetzt – es fühlt sich nach mehr als einer netten Geste an. Nach Akzeptanz.

Sie tritt in den Schuppen, steckt die Heizung ein und richtet sie so aus, dass mich die warme trockene Luft direkt anbläst. Es ist eine Wohltat für meine eisigen Finger, die in den letzten Minuten immer größere Schwierigkeiten hatten, den Pinsel zu halten.

»Du arbeitest ja richtig«, sagt Nessa und klingt überrascht. »Das hast du alles in den letzten Tagen gemacht?« Sie geht auf das Regal mit den Rohlingen zu.

»Nicht anfassen, die sind noch nicht gebrannt.« Und damit noch nicht stabil genug.

»Weiß ich doch«, sagt sie und klingt dabei so sehr nach Nessa, nach meiner Nessa, dass mir die Kehle eng wird. Dann dreht sie sich zu mir und meinen Malversuchen um. »Hast du ... bist du ... wow!« Sie beugt sich näher. »Echt?«, fragt sie. »Ist das ... Das hast du gemacht?«

Ich nicke und merke, wie ich rot werde. Die Becher sind ganz gut, glaube ich, aber die Formen sind wirklich sehr einfach. Und meine Malkünste ... na ja.

»Du hast Shetland gemalt«, sagt Nessa erstaunt. Und ja, ich schätze, das habe ich tatsächlich, ohne dass es eine bewusste Entscheidung gewesen wäre.

»Irgendwie hat's mich wohl inspiriert«, murmle ich, auf den Lippen ein leichtes Lächeln.

»Effie?«, ruft Nessa. »EFFIIIEEE?«

Ich zucke zusammen.

Kurz darauf steht Effie neben mir und betrachtet ebenfalls meine unbeholfenen ersten Versuche.

»Fi, die sind wunderschön!«, sagt sie und blickt mich mit großen, erstaunten Augen an.

»Übertreibt nicht.« Ich werfe noch einen Blick auf mein Werk. Und ja, sie sind wirklich nett geworden. Aber deswegen gleich so einen Aufstand zu machen kommt mir komisch vor. Gerade bei Nessa, die nicht unbedingt für überbordende Begeisterungsstürme bekannt ist.

»Ich wusste nicht, dass du so gut bist«, sagt sie.

»Woher auch«, gebe ich zu. Denn meine Experimente, bevor ich nach Bristol gegangen bin, waren eher kindliche Spielerei als Ernst. Zumindest kam es mir damals so vor. Und meine Zeichnungen behielt ich für mich.

»Machst du noch mehr davon?«, fragt Effie, und ich deute auf das Regal hinter ihr.

»In Bristol habe ich weniger Gebrauchsgegenstände gemacht. Da ging es mehr um Skulpturen. Aber mir war nach etwas Häuslichem.«

»Marigold sollte die sehen«, sagt Effie, und Nessa nickt.

»Warum ...« Dann dämmert es mir.

»Für ihren Laden! Das ist genau die Art von lokal gefertigten Gegenständen, die sie immer sucht!«

»Ich weiß nicht«, sage ich. »Gebt mir noch ein bisschen Zeit, bis ich meinen eigenen Stil gefunden habe. Das hier waren wirklich nur die allerersten Versuche. Noch dazu mit steif gefrorenen Fingern.«

»Wie das erst wird, wenn deine Finger nicht steif sind, will ich mir dann lieber nicht ausmalen.« Nessa lacht. »Effie hat recht. Ich glaube auch, dass Marigold sich das mal ansehen sollte.«

Diese Worte aus Nessas Mund bedeuten mir in diesem Moment alles. Nicht nur freut mich ihr Interesse an meiner Arbeit, ihr Lob, ihre Begeisterung für etwas, das ich gemacht habe. Es ist mehr als das. Es ist das Gefühl, angekommen zu sein. Bei ihr. Sie hat ihren Schutzwall durchbrochen und mich reingelassen.

Während Nessa und Effie sich meine bereits fertigen Motive genauer ansehen, bemale ich noch zwei Schüsseln. Gelber Ginster, lilafarbene Heide, grünes Gras.

12

»Die hast du gemacht?« Marigold steht in der Mitte ihres vollgestellten Ladens. Der Raum ist in seiner Überladenheit der Inbegriff von Wärme und Gemütlichkeit.

»Ja, aber es sind erst einmal nur vorläufige Entwürfe. Ich feile noch an einigen Ideen. Die sind …« Ich überlege, wie ich es ausdrücken soll. »… Irgendwie sind die so aus mir herausgekommen.«

»Hör auf, so bescheiden zu sein.« Effie stößt mich leicht mit dem Ellenbogen in die Seite. »Ich weiß nicht, ob du blind bist oder was mit dir los ist, aber siehst du nicht, dass sie genau so perfekt sind?«

Ich merke, dass ich rot werde.

»Ich finde sie zauberhaft«, sagt Marigold, setzt sich die Brille, die sie bis eben noch in der Hand gehalten hat, wieder auf und reicht mir die Schüssel zurück.

»Danke«, sage ich und weiß nicht so richtig, wohin mit dem Kompliment. Es fühlt sich seltsam an, im Mittelpunkt zu stehen, dabei zuzusehen, wie Menschen meine Arbeit bewerten. Und noch dazu so positiv!

»Die Touristensaison ist natürlich gerade vorbei, und im

Herbst und Winter geht der Absatz hier nicht gerade durch die Decke«, erklärt Marigold und lächelt mich dabei so herzlich an, dass mir auf einmal warm wird. »Aber ich wäre ja dumm, deine Keramik hier nicht zu verkaufen.«

»Ha!«, macht Effie triumphierend und schreckt damit Greaves auf, der missmutig von seinem Stuhl springt und ein genervtes krächzendes Maunzen von sich gibt. »Ich hab's dir ja gesagt!« Sie führt einen albernen Freudentanz auf.

»Ich würde gern noch ein bisschen mit verschiedenen Glasuren experimentieren. Mir Inspiration für weitere Motive holen.«

»Ja, mach das. Aber so lange behalte ich die hier schon mal.« Marigold macht eine umfassende Geste über die Teile, die Effie und ich zur Ansicht mitgebracht haben. »Wenn du es mir gestattest, natürlich.« Sie lächelt wieder dieses Lächeln, das bewirkt, dass ich mich ganz und gar aufgehoben fühle. Die Wärme des kleinen Ladens, gepaart mit Marigolds Herzlichkeit, umschließt mich wie eine Decke aus Wohligkeit.

»Natürlich!«, beeile ich mich zu sagen. Schließlich waren die Becher und Schüsseln für mich nur ein Experiment.

»Willst du nicht erst mal wissen, was ich dir für Konditionen anbiete?«, fragt Marigold. »Ich könnte ja auch eine eiskalte Betrügerin sein.« Sie zwinkert Effie zu, und die lacht leise.

»Marigold behält einen Teil der Einnahmen, um die Fixkosten für den Laden zu decken«, sagt meine Schwester. »Aber siebzig Prozent landen bei dir.«

Das ist deutlich mehr als in dem kleinen Laden in Bristol, bei dem man sich eine Regalfläche mieten musste. Am Ende deckten die Einnahmen kaum die Ausgaben.

»Das klingt mehr als fair«, sage ich und habe das Gefühl, als würde sich etwas meine Kehle hinaufstehlen. Ein Glucksen, ein Lachen. Irgendetwas Glückliches. Etwas, das lange nicht da war und sich hier, im freundlichen Licht zwischen wollenen Ponchos, Holzschafen und bunten Windlichtern, einen Weg hinausbahnen möchte.

»Und jetzt trinken wir einen Tee«, sagt Marigold und klatscht in die Hände. Die Selbstverständlichkeit, mit der sie mich erst im Café und nun hier aufgenommen hat, rührt mich. Nach all den Wochen, in denen ich das Gefühl hatte, kämpfen zu müssen, merke ich nun, wie eine unsichtbare Last von mir abfällt. Einfach so. Ich strecke meinen Rücken durch, und er knackt. Als könnte ich mich nun freier bewegen.

Hinter der alten Kommode, auf der die Kasse steht, befindet sich ein Tablett mit bauchiger Teekanne und Tassen. Während Marigold gluckernd Tee eingießt, drückt Effie meine Hand.

»Das ist toll, oder?«, fragt sie leise. »Du hast einen Job *und* kannst das machen, was du liebst. Ist das nicht das Beste?« Sie sieht mich an. Ihre Augen blicken so wach und fröhlich in die meinen, aber da ist noch etwas anderes. Hoffnung? Mein Herz zieht sich zusammen, als mir bewusst wird, was sie meint. Sie will mich hier haben. Sie setzt alles daran, es mir hier so schön wie möglich zu machen. Mich an die Inseln zu binden.

»Das ist es«, sage ich, frage mich jedoch gleichzeitig, wie lange es gut gehen kann. Es ist schön. Für den Moment. Aber ich weiß es einfach nicht. Für Greaves hat es funktioniert. Er hat Shetland als Zuhause auserkoren. In manchen Augenblicken wünsche ich mir mehr als alles auf der Welt, das hier möge auch für mich wieder funktionieren – auf Dauer. Doch dann fällt mir wieder ein, dass ich Gründe hatte. Und die Entscheidung, zu gehen, habe ich mir nicht leicht gemacht.

Im Gegenteil, es war das Härteste, was ich je getan habe. Was, wenn ich es noch einmal durchmachen muss? Wenn ich mich auf Shetland einlasse, mich fallen lasse in seine raue Sanftheit und dann ...

»Der belebt so richtig«, sagt Marigold und drückt Effie und mir je eine Tasse in die Hand. Sie sind ebenfalls schön. Abstrakter als meine neuen Motive. Und dennoch erinnern sie an zu Hause.

»Marigolds Tee schmeckt einfach am besten. Ich weiß nicht, wie du das machst«, sagt Effie und schlürft genüsslich einen Schluck.

»Meine geheime Mischung«, flüstert sie verschwörerisch.

Ich nehme auch einen Schluck und schmecke mehr als früher. Vielleicht, weil ich Marigolds Tee nicht mehr gewöhnt bin, vielleicht, weil ich jetzt einfach Tee-erfahrener bin. Jedenfalls ist es eine Mischung aus Earl Grey, Breakfast Tea und irgendetwas anderem. Etwas Fruchtigerem? Schärferem? Ich kann es nicht einmal benennen, aber der Tee ist tatsächlich hervorragend.

»Er schmeckt auch je nach Jahreszeit noch mal anders«, stellt Effie fest, und ich kann mir gut vorstellen, dass sie schon seit Jahren erfolglos versucht, an Marigolds Teegeheimnis heranzukommen.

»Alles ist je nach Jahreszeit anders«, sagt Marigold. »Das Meer, der Himmel, die Hügel ... Das Wasser schmeckt anders, die Luft riecht anders. Das merkt auch der Tee.«

»Du tust ja fast so, als sei der Tee lebendig.« Effie lacht.

»Für mich ist er das«, sagt Marigold, und ich habe das Gefühl, genau das könnte ihr Geheimnis sein.

Während wir noch ein bisschen plaudern, macht sich Marigold daran, ein Regal umzuräumen. Es ist das Erste, auf das der Blick fällt, wenn man den Laden betritt. Greaves sitzt in einem Meter Abstand neben ihr, und sein Gesichtsausdruck lässt keinen Zweifel daran zu, dass er Veränderungen hasst. Aus zwei der mittleren Fächer nimmt sie Figürchen heraus, stellt sie auf einen kleinen runden Holztisch in die Mitte des Raums. Dann sortiert sie meine Keramik ein. Die Farben, die stilisierten Motive kommen richtig gut zur Geltung, und zum ersten Mal meine ich zu erkennen, was Nessa, Effie und Marigold sehen, wenn sie meine Arbeiten anschauen. Ein Gefühl, das Stolz ähnelt, macht sich in mir breit, und obwohl mein Unbewusstes sofort versucht, mit Bescheidenheit dagegen anzukämpfen, bleibt etwas davon.

In meinem Rücken höre ich die leise Glocke über der Tür, die ankündigt, dass ein Kunde den Laden betreten hat.

»Oh, hi«, sagt Effie, aber sie erhält keine Antwort.

Ich drehe mich langsam um – und mein Herz beginnt zu rasen.

Connals Augen sehen mich an. Sein Blick flackert zu Effie, zu Marigold, landet jedoch immer wieder auf mir. Er sieht aus, als versuche er zu verstehen, was hier vor sich geht. Was ich in seinem Revier zu suchen habe. Fast kann ich seine Gedanken hören, während sein Gesichtsausdruck hart bleibt.

»Connal, Junge«, sagt Marigold. »Was kann ich für dich tun?« Es ist nicht zu übersehen, dass sie versucht, Normalität zu suggerieren. Auch sie weiß, dass das Unsagbare zwischen uns, das Unausgesprochene übermächtig ist. Es ist fast physisch in seiner Greifbarkeit.

Ich sollte mich abwenden, ihm das Feld überlassen. Ich bin hier der verhasste Eindringling. Doch ich kann nicht. Innerlich bin ich in Aufruhr. Alle möglichen Empfindungen rasen durch meinen Kopf, durch meinen Körper. Sie versuchen, sich zu Gedanken oder zu ausgewachsenen Gefühlen in mir zu formen, aber sie blockieren sich gegenseitig, prallen aufeinander, lösen wieder Neues aus. Äußerlich bin ich starr. Sehe ihn. Sehe ihn ganz, wie neulich im Supermarkt. Nur dass sich dieser Moment noch länger hinzieht. Die Welt ist stehen geblieben, alles tritt in den Hintergrund. Alles, was nicht Connal ist. Seine großen, starken Hände zucken an seiner Seite. Kaum merklich. Würde nicht auf einmal alles in Zeitlupe ablaufen, ich könnte es wohl nicht erkennen. An seinem Hals tritt eine Vene hervor. Seine Regenjacke steht offen und gibt den Blick auf einen warmen, weichen Wollpullover frei. Zwei Schritte, vielleicht drei. Dann könnte ich meinen Arm ausstrecken und seine Brust berühren, die sich unter der rotbraunen Wolle hebt und senkt. Sie ist mächtiger als früher. Stärker. Muskulöser. Und in diesem Augenblick wirkt er, als würde er nun die Last tragen, die vorhin von mir abgefallen ist. Mit dem Unterschied, dass er hundertmal kräftiger ist als ich. Doch warum kostet es ihn dann so viel Anstrengung? Warum bebt sein Kinn? Oder bilde ich es mir nur ein? Verzerrt die Zeitlupe meine Wahrnehmung?

Er öffnet leicht den Mund, und ich muss wieder ans Flaschendrehen im Wohnzimmer von Cassies Eltern denken. Wie ich das Gefühl hatte, ich könnte durch die Kraft meiner Gedanken die Flasche zum Anhalten bringen. Und wie ich es tat. Und wie Connal mir danach weiszumachen versuchte, es seien seine Gedanken gewesen. Wie auch in jenem Moment, damals, die Zeit stillstand und es nur uns beide gab. Seine Lippen, die so weich waren. Meine, die noch nie richtig geküsst hatten. Und wie so schnell so viel mehr daraus wurde. Wie er zitternd einatmete, seine Hand erst an meine Wange, dann in meinen Nacken legte. Das Grölen der anderen drang nicht einmal bis in mein Bewusstsein. Es war da, aber gleichzeitig auch nicht. Wie wir beide spürten, dass wir uns nur voneinander lösten, weil wir nicht allein waren.

Wie wir beide – und wir wussten in diesem Augenblick sehr genau, dass wir dieselben Gedanken hatten – verschmelzen wollten und dennoch warten mussten, bis ... ja, bis ich mit zitternden Beinen aufstand, etwas von der Toilette murmelte und aus dem Raum stolperte. Dann wieder Grölen und fünf Sekunden später Connal, der mir nachkam. Mit diesem Lächeln im Gesicht. Wissend und doch unsicher. Von der Öffentlichkeit des Ganzen beschämt und doch stolz. Und wie wir dann wirklich verschmolzen. Zungen spürten, Lippen erlebten, Münder erkundeten, uns erfuhren.

Er wendet sich um, ist sofort bei der Tür und reißt sie auf. Ein kalter Windstoß bläst herein, dann geht die Glocke erneut und er ist weg.

»Oh-oh«, macht Effie, doch ich habe keine Zeit, auf sie zu reagieren. Etwas in mir drängt mich.

Meine Schritte sind kürzer als seine, aber sie sind schnell, weil sie getrieben werden. Als ich zur Tür hinauslaufe, kommt Greaves mir nach, als könne er sich dieses Spektakel nicht entgehen lassen. Der alte Sadist.

»Connal!«, rufe ich. Ich bin außer Atem. Nicht weil ich mich so beeilen würde, sondern weil mir das Chaos in mir drin die Luft abschneidet.

Er ist vielleicht zehn Meter entfernt, bleibt jedoch nicht stehen.

»Connal!« Diesmal klinge ich wütend, obwohl Wut das Letzte ist, was ich Connal gegenüber empfinden darf. Aber es wirkt. Er hält inne. »Warte.«

Aus dem Augenwinkel sehe ich, wie Menschen stehen bleiben, sich mir, uns zuwenden. Aber dieser Tunnel, in dem wir uns immer befanden, wenn wir zu zweit waren, hat uns wieder verschluckt. Da ist nur noch Platz für ihn und mich in meiner Wahrnehmung.

Ganz langsam dreht er sich um. Zögerlich, lustlos. *Du hast es nicht verdient*, sagen seine Bewegungen. Ich gehe weitere Schritte auf ihn zu. Versuche, Selbstbewusstsein vorzutäuschen mit genug Demut, um ihn nicht zu vertreiben.

»Können wir ... können wir kurz ...« *Reden* kommt mir unfair vor. Das kann ich nicht von ihm verlangen. »Gibst du mir eine Minute?«, frage ich schließlich, obwohl das nach Sachlichkeit klingt, während ich das Gegenteil erreichen will.

Er hebt die Augenbrauen, sein Mund bleibt unbeweglich. Aber ich interpretiere es dennoch als Aufforderung. Weil es das Einzige ist, was ich von ihm bekomme, und loswerden muss, was ich zu sagen habe.

»Es tut mir so leid, Connal. Ich weiß, dass ... es unverzeihlich war, was ich getan habe. Ich hätte mit dir reden sollen, hätte dir einen Grund geben müssen, hätte ...« Ja was? Und wie lahm kann eine Entschuldigung klingen? Warum kann ich nicht einfach sagen, dass es mich umbringt, zu wissen, was ich getan habe? Dass meine Entscheidung zu Einsamkeit, zu Verzweiflung, zu nicht enden wollendem Kummer geführt hat? Auf beiden Seiten? Und dass es mir von Herzen leidtut, jeden Tag meines Lebens?

Kalter Nieselregen benetzt seine Regenjacke, seinen Wollpulli, seine Haare. Die winzigen Tropfen verfangen sich darin wie kleine glitzernde Glasperlen, und meine Finger zucken, weil sie darüberstreichen wollen. Ich habe meine Jacke drinnen gelassen und spüre, wie mir die Kälte durch meine Kleider in die Glieder fährt. Wie um mich zu schützen, verschränke ich die Arme vor der Brust, reibe mit den Händen über meine Oberarme.

Connals Augenbrauen heben sich noch einen Millimeter. Will er hören, was ich zu sagen habe?

»Es tut mir so leid«, wiederhole ich – etwas leiser diesmal, doch immer noch laut genug, sodass die gesamte Straße es hören kann. Vor allem, weil, abgesehen von meiner Stimme und Connals Atem, nichts zu hören ist. Die Stadt hält die Luft an. »Ich kann es nicht wiedergutmachen.« Zumindest nicht so schnell, füge ich in Gedanken hinzu, denn hier, gegenüber seiner beeindruckenden Gestalt, möchte ich die Hoffnung nicht aufgeben. »Aber ich bin wieder hier. Zumindest noch eine Weile. Wir werden uns über den Weg laufen und ... Ich will dich nicht vertreiben.«

Seine Schultern spannen sich an. Jede seiner Regungen nehme ich wahr, als stünde ich einem wilden Tier gegenüber, das es zu zähmen gilt. Aber Connal kann man ebenso wenig zähmen wie Greaves. Man kann nur die Hand ausstrecken und hoffen, dass er nicht beißt.

»Können wir ...« Ich muss mich räuspern, weil meine Stimme versagt. Die Angst, die Sorge, die Unzulänglichkeit all meines Tuns – meine Gedanken drehen sich um sich selbst, mein Kopf versagt mir die Souveränität, die ich mir so dringend wünsche im Angesicht Connals. »Können wir ...«, versuche ich es leiser, aber wieder scheint meine Kraft nicht zu reichen. Ich atme tief ein und wieder aus, während er den Kopf schüttelt. »Können wir vielleicht normal miteinander umgehen?«, bringe ich schließlich heraus, und der Kloß in meiner Kehle, der zu all dem anderen, was mich lähmt, noch dazukommt, macht jedes weitere Wort unmöglich.

Connals Gesicht zeigt nun doch eine Regung. Sein Ausdruck wechselt von Gleichgültigkeit zu Verblüffung. Von Neugierde zu Verachtung. Dann beginnen seine Schultern zu beben. Erst sachte, dann immer heftiger. Kurz verstehe ich nicht, was hier passiert, dann begreife ich, dass er lacht. Ein schnaubendes, zynisches Lachen voll hohler Bitterkeit. Weiter war noch nie ein Geräusch von Vergebung entfernt.

Trotz der Kälte um mich herum schießt heiße Röte in mein Gesicht. Meine Schultern sacken herab, während Connal sich abwendet und den Weg, den er meinetwegen unterbrechen musste, fortsetzt. Ein paar Meter lang setzt er sein Lachen noch fort, dann verstummt er, seine Schritte verlangsamen sich jedoch nicht.

Als ich mich umsehe, spaziert Greaves aus der Ladentür des Metzgers, im Maul ein Stück rohes Fleisch, den Schwanz hoch erhoben. All die Menschen, die uns beobachtet haben, tun auf einmal so, als ginge sie das, was sich eben hier zugetragen hat, nichts an. Und das tut es verflucht noch mal auch nicht.

So viele Jahre war dein Bild nicht real.
Ich sah dich überall. Sah dich in meinen Träumen,
im Wachen.
Sah dich in allem, in jedem. Sah dich im Meer,
im Mond, im Wind.
Dann sah ich dich und war mir sicher, du seist
ein Traum, und doch warst du echt.
Bist es seitdem. Bist hier. Bist überall.
Bist im Meer, im Mond, im Wind, bist in meinen
Träumen und in der Wirklichkeit.
Wie kann man so sehr schreien wollen und
gleichzeitig schweigen?
So sehr bleiben wollen und gleichzeitig fliehen?
So sehr vergessen wollen und gleichzeitig
erinnern?
So sehr hassen wollen?

13

»Ich hätte nicht mitkommen sollen«, flüstere ich Effie zu, nachdem sich die dritte Frau zu uns umgedreht und den Kopf geschüttelt hat.

»Blödsinn«, sagt sie leise. »Die Leute müssen sich eben einfach daran gewöhnen, dass du wieder da bist.«

»Und daran, dass ich eine Persona non grata bin …«

»Sei nicht so melodramatisch.« Nessa hat sich nach vorne gebeugt und sieht mich einigermaßen genervt an, doch Effie ignoriert sie.

»Ist es mit Connal ein bisschen unglücklich gelaufen? Ja. Hättest du ihn in Ruhe lassen sollen? Vermutlich.«

Ich stöhne und vergrabe mein Gesicht in den Händen.

»Ist das ein Grund, den Kopf in den Sand zu stecken? Nein. Gib der Sache Zeit, und überfall ihn beim nächsten Mal nicht so.«

»Mit meiner Anwesenheit, meinst du?«

»Das könnte schwierig werden, okay.«

»Schhhh«, macht ein alter Mann, der eine Reihe vor uns sitzt und offenbar sehr am aktuellen Thema der Stadtversammlung interessiert ist. Es geht um stabilere Recyclingsäcke, die ab nächstem Jahr inselweit zum Einsatz kommen sollen. Seine Frau wendet sich ebenfalls um, erkennt mich und wirft mir einen bösen Blick zu.

Meinen leisen Seufzer quittiert Effie mit einem aufmunternden Nicken. »Wird schon«, sagt sie.

»Fiona, meinst du nicht, du hast genug Unruhe für die nächsten Wochen gestiftet?«, fragt Nessa und lehnt sich vor, um mich an Effie vorbei ansehen zu können. »Manche Leute wollen das hören.«

»Sorry«, murmle ich und rutsche auf meinem Stuhl etwas weiter hinunter, um mich so unsichtbar wie möglich zu machen.

Nessa hat recht. Ich hatte vergessen, wie sensibel die Menschen hier sind. Wie sehr sie Anteil nehmen am Leben anderer. Wie gern sie sich einmischen.

»Der arme Connal«, sagte eine Kundin im Café zu Edith, während ich nebenan eine Lieferung entgegennahm. »Wie soll er denn einen Schlussstrich ziehen?«

Ediths Antwort konnte ich nicht verstehen. Aber die Blicke, die mir die anderen Gäste zuwarfen, waren nicht fehlzuinterpretieren.

Als Nessa mich auf den Fischmarkt schickte, verstummten augenblicklich alle Unterhaltungen, sobald ich mich näherte. Ein paar geflüsterte Erwähnungen meines und Connals Namen drangen dennoch an mein Ohr.

»... füreinander geschaffen«, murmeln ältere Frauen mit einem traurigen Blick, wenn ich an ihnen vorbeigehe.

»... kaputt gemacht«, sagen andere und schütteln den Kopf.

»... nie drüber hinweggekommen«, erklären die Nachbarn einander, und ich würde ihnen gern beweisen, dass ich sehr wohl darüber hinweg bin. Aber die wirksamste Methode gegen Tratsch ist eine gute Deckung. Und die will ich ab jetzt aufrechterhalten. Besonders, weil ich Connal nicht noch mehr verärgern möchte. Er hat sich seit dem Drama vor Marigolds Laden nicht mehr in der Stadt blicken lassen. Zumindest sind wir uns nicht mehr begegnet. Nicht einmal heute Abend scheint er hier zu sein. Und vermutlich ist es besser so.

Munro Scolley, der Bürgermeister, übernimmt gerade wieder das Mikrofon und bedankt sich bei dem Müllexperten, den sie extra vom Festland haben kommen lassen, um die neuen Müllsäcke anzupreisen. Dann blickt er auf seine Karteikarten, die so etwas wie sein Markenzeichen geworden sind.

»Das Laientheater bittet um Spenden. Es wird auf dem Wochenmarkt einen Kuchenstand geben, bei dem Sie sich gern mit Selbstgebackenem beteiligen können«, liest er von seinem Zettel ab. »Jeder Penny, der eingenommen wird, kommt der nächsten Produktion zugute. Das Stück in diesem Jahr ist … äh …«

»Quality Street«, flüstert Edith laut in der ersten Reihe, und ein paar Leute lachen.

»*Quality Street* von unserem Landsmann, dem stolzen …«

»J. M. Barrie.«

»J. M. Barrie.«

Das Laientheater Lerwick weigert sich offenbar noch immer, Stücke von Dramatikern zu spielen, die außerhalb Schottlands geboren sind.

»Das ist die Art von Drama, mit der wir uns alle anfreunden können«, sagt er, und ich habe das Gefühl, als suchten seine Augen den Saal nach mir ab. Und tatsächlich liege ich damit gar nicht mal falsch, denn wieder drehen sich ein paar Köpfe zu mir um. Effie kichert.

»Das ist nicht lustig«, raune ich.

»Ein bisschen schon«, sagt sie mit einem breiten Grinsen, und selbst Nessa schüttelt amüsiert den Kopf.

»Du hast uns, Marigold, Edith, wart's ab, in null Komma nichts ist die ganze Stadt wieder auf deiner Seite.«

Auf meiner Seite. Ich will ja nicht einmal, dass es eine Seite gibt, auf der man sein kann.

»Und nun übergebe ich das Wort an Boyd Tulloch, der etwas zu verkünden hat.«

Sofort verfinstert sich Nessas Miene. »Dieses Aas«, sagt sie und schnaubt.

»Was ist das mit Nessa und Boyd?«, frage ich so leise, dass Nessa es nicht hören kann. Ich habe Boyd zwar auch nicht als einen besonders sympathischen Kerl in Erinnerung – in der Schule war er ein paar Jahre über mir und fiel vor allem durch arrogante Sprüche auf –, aber dass Nessa eine so offene Abneigung gegen jemanden von der Insel empfindet, ist untypisch.

»Es ist eine komische Art von Rivalität«, flüstert Effie. »Dabei hat Boyd von ihr nun wirklich nichts zu befürchten. Aber er fühlt sich wohl in seiner Rolle als einziger Whiskybrenner der Shetlands bedroht oder so.«

»Wegen Nessas Mikrodestillerie?«, frage ich mit gerunzelter Stirn. Denn Nessas organic Whisky ist zwar gut, sie könnte mit ihrem Zwei-Personen-Unternehmen jedoch niemals der Familie Tulloch Konkurrenz machen.

»Neulich hat er öffentlich gesagt, Nessas Whisky sei gepanschte Öko-Plörre. *That's what he said.* Ziemlich unschön. Sie wollte ihn daraufhin konfrontieren, aber er hat sich verleugnen lassen.«

In diesem Moment betritt Boyd Tulloch das Podium. Und ich weiß nicht, ob das Bild, das ich von ihm in Erinnerung hatte, komplett falsch war, oder ob sich einfach alle Männer der Stadt verändert haben, jedenfalls sieht er nicht mehr aus wie der Oberstufenschüler. Er ist ein dunkelblonder Hüne mit Dreitagebart. Breiter Nacken, breite Schultern. Das Einzige, was von damals geblieben ist, ist das linke Ohr, das etwas mehr absteht als das rechte. Er trägt ein T-Shirt mit V-Ausschnitt, darüber ein legeres Sakko.

»Liebe Freunde«, sagt Boyd mit tiefer Stimme ins Mikrofon, und Nessa verdreht die Augen in unsere Richtung.

»*Freunde.* Dass ich nicht lache!«

»Es gibt fantastische Neuigkeiten.« Der ganze Saal ist still in Erwartung dessen, was Boyd verkünden will. Nur Nessas Stuhl knarzt, während sie unruhig darauf hin und her rutscht. »Es ist uns gelungen« – sein eingebildetes Grinsen lässt keinen Zweifel zu, dass er mit »uns« sich selbst meint –, »die nordschottische Whiskymesse im nächsten Frühjahr nach Lerwick zu holen.« Er macht eine Kunstpause, und sofort wächst das aufgeregte Getuschel zu einem ohrenbetäubenden Jubel an. »Danke, danke, liebe Freunde, ja, wir freuen uns auch sehr.« Wieder meint er der Betonung nach zu urteilen vor allem sich selbst. »Wir lagen bei der Bewerbung lange Zeit gut im Rennen, wurden auf der Zielgeraden allerdings noch von Ullapool überholt. Doch Ullapool musste kurzfristig zurückziehen, sodass ich die Veranstalter mit guten Argumenten davon überzeugen konnte, einen spontanen Ortswechsel zu vollziehen.« Wieder jubelt die Menge, und Nessa macht Würgegeräusche. »Denn was, wenn nicht unsere schönen Inseln, die wilde Schönheit der Shetlands und die Herzlichkeit ihrer Bewohner, könnte überzeugender sein, um die wichtigste Nebensache der Welt zu feiern. Nein, nicht, was Sie denken, Bürgermeister Scolley.« Boyd lacht, und die anderen lachen mit. »Ich spreche natürlich vom Whisky. Und wenn ich Nebensache sage, meine ich außerdem Hauptsache.« Wieder erntet er Lacher. Nessa schleudert mit Blicken wütende Blitze auf die Bühne.

Die Schlussworte des Bürgermeisters gehen im allgemeinen Gelächter und Gejohle unter. Die Whiskymesse ist für Lerwick eine große Sache. Eine willkommene Abwechslung und ein sehr guter Grund, sich selbst und die Inseln zu zelebrieren. Kein Wunder, dass Boyd gefeiert wird, als wäre er der neue Volksheld.

»Ich fasse es nicht, wie er sich hier aufspielt«, sagt Nessa. »Inszeniert sich als patriotischer Shetlander und Whiskyliebhaber. Ich könnte kotzen.«

»Na ja, ist er das nicht auch?«, frage ich vorsichtig.

»Auf wessen Seite stehst du eigentlich, Fiona?«, fragt Nessa bissig.

»Auf deiner«, murmle ich und wünschte wirklich, es gäbe weniger Seiten, für die man sich entscheiden müsste. Niemandem ist mit all den Seiten geholfen. Mir nicht, Connal nicht, Nessa nicht und Boyd vermutlich auch nicht, wobei er anscheinend eine sehr klare eigene Seite hat.

»Er versucht, jede Innovation, jede Idee im Keim zu ersticken. Sobald man ein bisschen kreativ sein will, nennt er den Whisky ›gepanscht‹. Wenn es nach ihm ginge, hätten wir vermutlich immer noch keine Elektrizität oder fließendes Wasser. Wahrscheinlich sollten seiner Meinung nach Frauen nicht wählen dürfen, so vorgestrig, wie er ist. Aber dass sie jetzt auch noch Whisky brennen …« Nessa redet sich richtig in Rage, und ich kann mich nicht erinnern, sie jemals so aufgebracht gesehen zu haben. Höchstens Effie oder mir gegenüber.

Effie wirft mir einen vielsagenden Blickt zu, und ich nicke.

»Was?«, fragt Nessa entrüstet. Dann: »Wer euch als Schwestern hat, braucht weiß Gott keine Feinde mehr.«

»Hey.« Effie legt beschwichtigend eine Hand auf Nessas Arm. »Wir stehen zu hundert Prozent hinter dir. Der absolut attraktive, aber superfiese Boyd kann einpacken.«

Nessa schnaubt, doch das Schnauben wird zu einem Lachen. »Wehe, du gehst mit ihm aus, Effie. Ich warne dich.«

»Keine Sorge, mir ist das Risiko zu hoch, dass er mich zerquetscht.« Jetzt lachen wir alle drei, und es scheint, als wäre Nessas Ärger erst einmal verflogen.

Vor dem Rathaus strömt die eine Hälfte der Menschen in den Pub, die andere nach Hause. Es ist dunkel und ungemütlich kalt. Der Mond über dem leise heranrollenden Meer wird gerade von einer Wolke überdeckt.

»Na?«, fragt eine Stimme hinter uns. Es ist Effies Freund Erwin.

»Hi«, quietscht sie. Effies Freude, wenn sie Menschen sieht, die sie mag, färbt sofort auf ihr Gegenüber ab. Erwin strahlt.

»Kommt ihr noch auf ein paar Pints mit in den *Hideout?*«, fragt er.

Effie blickt sich fragend zu uns um, doch in diesem Moment geht die Tür zum Rathaus erneut auf, und Boyd Tulloch tritt heraus – umgeben von einer Traube aus jungen Männern, die vermutlich gern so wären wie er, und jungen Frauen, die an seinen Lippen hängen. Oder an seinen muskulösen Unterarmen, die man nun, wo er sein Jackett trotz der kalten Temperaturen lässig an seinem Zeigefinger über die Schulter gehängt hat, deutlich sehen kann.

»Nessa Linklater«, sagt er, und sein Lächeln wird spöttisch. »Schon aufgeregt, etwas über Whisky zu lernen? Wenn die besten Brenner des Landes herkommen, kannst du dir sicher von dem einen oder anderen etwas abgucken.« Er bleibt vor Nessa stehen, und seine Entourage sammelt sich hinter ihm.

»Gutes Stichwort, Boyd«, sagt Nessa. »Schaut ihr euch doch voneinander alles ab. Produziert Einheitsbrei. Das kommt mir, ehrlich gesagt, zugute.«

Innerlich juble ich Nessa für diese Retourkutsche zu. Aber gleichzeitig bin ich fasziniert von der Energie, die von Boyd ausgeht. Auch wenn es nicht unbedingt positive Energie ist. Und sie scheint auf Nessa überzugehen, denn ihr Blick glüht regelrecht vor Abscheu.

»Innovation um der Innovation willen, liebe Nessa, ist wertlos«, sagt Boyd und möchte sich wieder seinen Fans zuwenden.

»Stillstand um des Stillstands willen hingegen«, kontert sie, »ist ungefähr so viel wert wie das Familienunternehmen, das du dir so hart erarbeitet hast, nicht wahr? Ach halt, das hast du ja geerbt.«

»Man nennt es Tradition.« Boyd wirbelt wieder zu Nessa herum. Es ist erstaunlich, wie ein Mann mit seinen Körpermaßen so schnell sein kann. »Und wenn ich wollte, könnte mein Familienunternehmen deinen kleinen Saftladen einfach verschlucken. Pech für dich, dass ich daran kein Interesse habe.«

Effie und Erwin sehen erschrocken von Boyd zu Nessa. Und auch ich bin einigermaßen schockiert darüber, wie Boyd mit meiner Schwester spricht. Doch dann beginnt Nessa zu lachen.

»Weißt du, was, du Großkotz?«, sagt sie mit einem Selbstbewusstsein, das ich so bei ihr noch nie gesehen habe. »Ich werde teilnehmen. An der Whiskymesse. Und dann kannst du mal sehen, was mein Saftladen so draufhat.«

»Glück für dich, dass es auch die Kategorie dreijährigen Whisky gibt. Denn etwas Älteres hast du wohl nicht zu bieten.«

»Noch nicht, Boyd. Aber keine Sorge, ich gehe nirgendwohin.« Damit dreht sich Nessa um. Sie hakt sich bei Erwin ein. »Wie war das mit dem Pint?«

Während wir uns Richtung *Hideout* in Bewegung setzen, höre ich noch eine weibliche Stimme, die sagt: »Das muss hart für ihn sein. Ich wünschte, er würde sich nicht vor der Chance auf eine glückliche Zukunft verschließen.«

Ich erstarre, als ich die Antwort höre. »Man fühlt sich so hilflos. Dabei will man für die Kinder doch immer nur das Beste. Und dann geraten sie an solche ...« Es ist Connals Mum, und ich renne beinahe, um nicht mehr zu hören, was für eine Bezeichnung sie für mich findet.

14

Mein Kopf ist voller Farben. Das Beige meines Tons, das dunkle Braun des Torfs, das Graubraun der aufgewühlten See. Das satte Grün des Grases, das dunkle Grün des Mooses, das blasse Türkis von Nessas Augen. Das klare Blau des Himmels, wenn die Wolkendecke aufreißt, das Gelb des Ginsters, das Lila der Heide, das Braun des Moors, das Grau der Häuser, das Orangerot des Kaminfeuers, das schmutzige Weiß der Schafe. Ich lasse sie alle und die Formen, in denen sie sich mir präsentieren, in meine Arbeit einfließen. Und wenn ich nicht töpfere oder im Café arbeite, ziehe ich mir eine warme, wetterfeste Jacke an und gehe auf Erkundungstour, um mich von der Insel inspirieren zu lassen. Um mich ihr wieder vorzustellen. Um sie wieder kennenzulernen.

Ich gehe kleine Wanderwege durch die weitgehend unberührte Natur. Über sanfte Hügel, entlang der Klippen, der Strände. Die baumlose Landschaft erlaubt mir weite Blicke, die meinen Kopf und mein Herz öffnen. Manchmal begleiten mich dicke Nebelschwaden. Das Wetter ist hier so unberechenbar wie die See.

Die Shetlander verstehen sich als Teil der Natur. Sie gehört zu uns wie wir zu ihr. Wir sind eins mit unseren Inseln. Und dieses Gefühl erobere ich mir nach und nach zurück.

Im Herbst wird es stiller um uns herum. Je niedriger die Temperaturen, desto ruhiger die Natur. Wo während der Sommermonate Papageientaucher nisten und mit ihrem Geschrei einen Höllenlärm veranstalten, rauschen nun lediglich Wellen heran. Orcas nutzen die warme Jahreszeit, um auf Robbenjagd zu gehen, doch nun kann sich das Auge an nichts festhalten, wenn man auf den Ozean blickt. Da ist nichts als Weite und Einsamkeit. Die Tiere, die bleiben, sind Möwen, wollige Ponys und Schafe. Bei ihnen findet man alle Grau- und Brauntöne, und ich sauge sie in mich auf.

Allerdings verändern sich nicht nur die Temperatur und die Fauna, das Licht ist ein völlig anderes. Während es im Sommer dreiundzwanzig Stunden lang taghell ist, erdrückt einen die Dunkelheit im Winter nahezu. Sie legt sich wie ein Trauertuch über die Inseln und erwartet, dass man sich fügt.

Ich biege auf einen kleinen Pfad ein, der mich näher an die Küste führt. Graue Steine im grünen Gras, weiße Gischt, dunkelblaues Meer. Schafe, die zu meiner Linken grasen. Und in der Ferne erspähe ich einen gelben Fleck. Gelb wie der Ginster, von dessen Blüten nicht mehr viel übrig ist, die aber im Frühjahr mit aller Macht zurückkehren werden.

Der gelbe Fleck ist eine Regenjacke. Und ich möchte genau diese Regenjacke auf eine Tasse pinseln. Ich komme näher, und bald erkenne ich, dass die Besitzerin der Jacke Marigold ist. Ich hebe meine Hand, um ihr zuzuwinken, doch sie blickt aufs Meer und nimmt keine Notiz von mir. Gegen den Wind kann man nicht anschreien, und so setze ich meinen Weg in ihre Richtung fort. Kurz bevor wir auf der gleichen Höhe sind, dreht sie sich um und erblickt mich. Ich erkenne, dass sie lächelt. Dann winkt sie.

»Fiona, Kind«, sagt sie, als ich bei ihr angekommen bin, »trotzt du auch dem Sturm?«

»Ich weiß nicht, ob man es Trotzen nennen kann«, erwidere ich und zucke mit den Schultern. Und dann platzt es einfach aus mir heraus: »In letzter Zeit habe ich eher das Gefühl, dass mich Stürme jedweder Art einfach mitnehmen. Sie geben die Richtung vor und setzen mich irgendwo wieder ab.« Ich kann mir selbst nicht so ganz erklären, warum ich ausgerechnet diesen Moment und Marigold auserkoren habe, um darüber zu sprechen. Aber das ist es wohl, was die Weite und der Wind mit mir machen. Sie befreien. Von Scheu.

»Liebes, das klingt nicht nach dir«, sagt Marigold. »Wollen wir ein Stück zusammen gehen?«

Ich schlucke, weil mich Marigolds Herzlichkeit jedes Mal wieder unvorbereitet trifft. »Gerne«, erwidere ich leise.

»Was sind das für Stürme?«, fragt sie, während wir uns langsam in Bewegung setzen.

»Innere, äußere ...«, sage ich und bleibe nun doch vage.

»Dann fangen wir mit den inneren an«, schlägt sie vor. »Ist es deine Rückkehr?«

»Ich glaube, es fängt früher an«, sage ich. »Ich glaube, der Sturm hat mit meiner Flucht angefangen.«

»Flucht?«, fragt sie und sieht mich direkt an.

»Manchmal denke ich, es war eine Flucht.«

»Du musst mir nicht erzählen, wovor du geflohen bist.« Sie streicht mir eine Haarsträhne aus dem Gesicht. »Aber ich versichere dir, dass ich dich beschütze. Vor allem, was dich vertreiben könnte. Ich weiß nicht, ob ich dir dieses Gefühl vielleicht zu wenig entgegengebracht habe, als du noch kleiner warst.«

Meine Kehle wird eng. Marigold war immer für uns da. Passte auf uns auf. Kam mit warmen Mahlzeiten vorbei. Sie urteilte nie über unseren Dad, hatte jedoch ein Auge auf uns.

»Du hast uns allen immer das Gefühl gegeben«, sage ich, denn sie hat mit meinen Entscheidungen nichts zu tun. Mit dem drückenden Gefühl, nicht mehr zu genügen. Nie wieder genügen zu können.

»Aber vielleicht habe ich irgendwann damit aufgehört, als ich dachte, ihr wärt nun alt genug?«, fragt sie.

»Nein, Marigold.« Beinahe muss ich lachen. »Du kannst für all das am allerwenigsten.«

»Es ist dein Sturm«, sagt sie und nickt, als würde sie verstehen.

»Er hat mich nach Bristol gebracht. Und ich hatte dort ein Leben. Ein gutes. Aber eins, das nicht ehrlich war, fürchte ich. Seit ich wieder hier bin und verstehe, was mir all die Jahre gefehlt hat ... ich weiß auch nicht. Ich fühle mich hier vollständiger.«

»Und du machst uns vollständiger. Du hast eine Lücke hinterlassen, die deine Schwestern nicht schließen konnten.« Auch jetzt ist kein Vorwurf in ihrer Stimme zu hören.

»Ich will sie jetzt schließen. Und alle anderen Lücken. Ich weiß nur nicht, wie.«

»Die Connal-Lücke«, sagt Marigold wissend.

»Wegzugehen erschien mir wie der Weg des geringsten Widerstands für uns alle«, erkläre ich. »Aber jetzt glaube ich, ich habe damit die größten Widerstände errichtet, gegen die man ankämpfen kann. Vielleicht kann man nicht mal mehr gegen sie ankämpfen. Vielleicht muss man sie jetzt akzeptieren.«

»Du musst dich dagegenstemmen, fürchte ich.« Sie legt einen Moment ihren Arm um meine Schultern und drückt mich an sich. »Wenn du deine Richtung wieder selbst bestimmen willst.«

Ich nicke langsam. Ich weiß, dass sie recht hat. Aber genauso richtig liegt Effie, wenn sie sagt, ich müsse der Sache Zeit geben. Beides zusammen blockiert sich. Und ich bleibe in diesem Schwebezustand dazwischen, in dem ich weder zurück- noch vorwärtskomme.

»Denkst du, es gelingt mir, eines Tages wieder wert zu sein, geliebt zu werden?« Denn das ist es eigentlich, was mir auf der Seele brennt. Ich kann es versuchen. Ich kann kämpfen. In beide Richtungen. Ich kann meinen Platz hier wiederfinden und akzeptiert werden mit meinen Makeln, mit meinen Entscheidungen, mit meiner Unzulänglichkeit. Aber das bedeutet nicht …

»Was redest du denn da?«, fragt Marigold und klingt erstaunlicherweise entrüstet. »Du bist immer wert, geliebt zu werden. Immer. Vor drei Jahren, jetzt, dazwischen, in der Zukunft.«

»Aber manche Dinge, die man tut, zerstören vielleicht zu viel.«

»Nichts, was du tust, kann so viel zerstören, Fiona. Menschen machen Fehler. Alte Menschen, junge Menschen. Die jungen vielleicht mehr als die alten. Dennoch haben sie Liebe verdient. Gerade ihr drei, die ihr immer für euch selbst kämpfen musstet.«

Ich blicke auf den nassen Kiesweg vor mir, auf die Grasbüschel in der Mitte. Mein Kopf bleibt gesenkt. Ist es das? Hat meine Entscheidung von vor drei Jahren ihren Ursprung in der Elternlosigkeit? Wog meine Unfähigkeit, eine Familie mit Connal zu gründen, so schwer, weil ich mir nichts sehnlicher wünschte als eine normale Familie?

»Fehler lassen sich meistens wiedergutmachen. Glaub mir, ich spreche aus Erfahrung.« Auf einmal sieht sie müde aus.

»Hast … hast du denn auch Fehler gemacht?«, frage ich,

weil ich mir nicht vorstellen kann, dass Marigold jemals so einen Unsinn anstellen würde.

»Wer nicht?«, fragt sie.

»Und konntest du ihn wiedergutmachen?«

»Ja, ich glaube, das ist mir gelungen. Auch wenn es dann nur von kurzer Dauer war, das Glück.«

Ich sehe sie neugierig an. Natürlich werde ich sie auch nicht dazu drängen, mir von ihren Fehlern zu erzählen. Aber Marigolds Gesicht selbst erzählt schon eine Geschichte. Von Traurigkeit, von verpasstem Glück, von Gefundenem und Verlorenem.

»Ich habe fast zu spät begriffen, dass man für die Liebe manchmal alles riskieren muss«, sagt sie, und bei der Erinnerung verzieht sich ihr Mund zu einem faltigen Lächeln. »Meine Eltern waren gegen uns. Sie brauchten mich zu Hause, damit sie meinen jüngeren Bruder in die Stadt schicken konnten. Aus ihm sollte etwas werden. Ich wurde im Haus gebraucht.«

»Aber das wolltest du nicht?«, frage ich, gebannt von ihrer Erzählung.

»Ich hatte auf einem Scheunenfest einen Fischer kennengelernt, Hugh.« In ihren Augen blitzt etwas auf. »Doch seine Frau zu werden hätte bedeutet, nach Lerwick zu ziehen. Meine Eltern im Stich zu lassen, nachdem mein Bruder nach Edinburgh gegangen war. Das brachte ich nicht übers Herz. Heute weiß ich, dass sie mich nie vor die Wahl hätten stellen dürfen. Ich versuchte es. Versuchte, ihrem Wunsch zu entsprechen. Aber mein Herz wurde krank.«

»Richtig krank?«

»Liebeskrank.« Sie lacht leise.

»Also bist du zu ihm gegangen?«, frage ich atemlos.

»Leider viel zu spät. Ich bewarb mich um eine Stelle bei

der Seenotrettung in Lerwick. Sie suchten jemanden, der die Notrufe entgegennahm. Und ich bekam den Job.« Ihr Blick schweift in die Ferne. Zur Weite des Meeres.

»War Hugh noch …«

»… du meinst, ob er noch interessiert war?« Wieder lacht sie. »O ja. Wir beide. Sehr interessiert. Wir verbrachten jede freie Minute miteinander, verlobten uns nach nur einer Woche, um so schnell wie möglich zu heiraten. Hugh wollte noch etwas Geld sparen, um mir ein neues Kleid kaufen zu können. Mir wäre es egal gewesen, aber er sollte seinen Willen bekommen.« Sie seufzt, und ich ertrage den Gedanken nicht, dass diese Geschichte kein Happy End hat. »Eine Woche vor der Hochzeit – er hatte ein Kleid gekauft und alles – gab es ein schweres Unwetter. Ich nahm den Notruf entgegen. Aber die Seenotrettung kam zu spät.« Marigold wendet sich von mir ab. »Man hat sie nie gefunden. Die ganze Crew.«

Einen Moment sagt keine von uns ein Wort. Ich bin erschüttert über Marigolds Geschichte, die junge Liebe, die viel zu früh enden musste. Auf einmal spüre ich die Kälte, die vom Meer zu uns weht.

»Du fragst dich sicher, wie dir eine so traurige Geschichte helfen soll«, sagt Marigold dann.

»Ehrlich gesagt, denke ich gar nicht mehr an mich«, sage ich.

»Die Jugend sollte immer an sich denken«, erwidert sie. »Jedenfalls habe ich dir das erzählt, weil mein Fehler, nicht sofort mit ihm zu gehen, mich beinahe das größte Glück meines Lebens gekostet hätte. Dass ich meine Familie verlassen habe, um bei ihm zu sein, brachte uns die Monate, in denen wir uns nicht gehabt hatten, zwar nicht zurück, aber die Momente, die wir teilen konnten, nachdem ich nach Lerwick gekommen war, machten jedes Zögern wieder wett.« Sie lächelt wieder. »Und er hat es mir nie vorgeworfen. Er war einfach so glücklich, mich an seiner Seite zu haben. Auch wenn es nur für eine kurze Zeit war.«

»Darf ich dich etwas fragen?«

»Alles.«

»Hattest du danach nie Sehnsucht, dich wieder an jemanden zu binden? Eine Familie zu gründen?« Macht man das nicht so auf Shetland?

»Aber wer hätte denn mithalten sollen? Das wäre doch unfair gewesen. Nein, nein, ich war gern allein. Bin gern allein. Wie Red Leg Greaves. Wahrscheinlich passen wir deswegen so gut zusammen. Allein mit meinen Erinnerungen. An diesen wunderbaren Mann. Die hätte ich nicht einmal mit meinen eigenen Kindern teilen wollen.« Ihr entfährt ein leises Kichern. »Manche Seelen sind wohl nicht dafür gemacht, Kinder zu haben.«

Ich schlucke und spüre, wie sich mein Herz zusammenzieht. Ganz klein und fest wird. Kurz glaube ich, sie müsse in mich hineinsehen können. Aber das ist unmöglich.

»Du hast deine Erinnerung mit *mir* geteilt«, sage ich leise.

»Weil du, liebes Kind, verstehst, was es heißt, zu lieben und zu verlieren.«

»Ich ...« In diesem Moment würde ich Marigold so gerne alles erzählen. Mich ihr anvertrauen. Ihr mein Herz ausschütten. »Ich konnte ... nicht ...« Doch meine Kehle ist auf einmal wie zugeschnürt. Die Worte wollen nicht über meine Lippen. Auch nach all den Jahren bringe ich es nicht fertig, darüber zu sprechen. Nicht über meine Unfähigkeit, nicht über den Moment, in dem mir bewusst wurde, dass da immer etwas fehlen würde, wenn ich bei ihm blieb. Dass ich selbst dadurch etwas verlor, was mein Leben bis zu dem Augenblick zu meinem Leben gemacht hatte, verstand ich nicht. *Manche*

Seelen sind wohl nicht dafür gemacht, Kinder zu haben, geht es mir durch den Kopf. Und manche Körper wohl auch nicht.

»Du musst mir nichts erzählen«, sagt Marigold. »Niemand hat das Recht, etwas zu erfahren, das du nicht teilen willst. Alles, was zählt, ist, dass du weißt, wo du mich findest, wenn du so weit bist.«

»Danke«, sage ich mit dünner Stimme.

15

Es wird immer noch kälter, noch dunkler, noch unwirtlicher. Herbst und Winter sind auf Shetland die Jahreszeiten, in denen man drinnen bleibt. Mit der Familie um den Kamin sitzt. Strickt. Liest. Musik macht. In den Pub geht.

Aber mich zieht es regelrecht hinaus in die Natur. Es scheint, als wäre ich ausgehungert, als hätten die drei Jahre in Bristol einen Krater aus Natursehnsucht in mir hinterlassen, den ich nun langsam füllen muss.

Heute entscheide ich mich gegen den Weg an der Küste entlang. Zu stark bläst der eisige Wind, zerrt an meiner Jacke, an meinen Haaren. Zu wütend schlagen die Wellen gegen die Klippen. *Nordpol,* schießt es mir durch den Kopf, und auf einmal habe ich das Bedürfnis, Irina das alles zu zeigen. In Bristol wollte ich nie über meine Herkunft sprechen. Nicht über meine Familie, nicht über mich. Aber nun, da ich langsam wieder zu mir selbst finde, möchte ich es teilen.

»Hi, Babe«, ertönt Irinas Stimme aus meinem Handy, noch bevor sie die Kamera so ausgerichtet hat, dass ich sie sehen kann. »Joey, sag hi zu Fiona. Ich darf ihn ›Joey‹ nennen«, flüstert sie verschwörerisch in die Kamera.«

»Das darf sie nicht.« Jimmy tritt hinter sie und drückt ihr einen Kuss auf den Scheitel. Sie sehen glücklich aus, und ich freue mich so sehr für Irina, dass sie mit London genau die richtige Wahl für sich getroffen hat.

»Joey macht uns ein Full English«, sagt Irina und richtet die Kamera auf eine kleine Kochnische im Hintergrund. »Warum schepperst du so?«

Ich lache. »Das bin nicht ich. Das ist der Wind.«

»Man kann ihn sehen und hören«, sagt Irina und streicht sich stellvertretend eine Haarsträhne aus dem Gesicht. »Was gibt's Neues? Wie geht's dir?«

Mir fällt auf, dass seit unserem letzten Gespräch einiges passiert ist, und ich hole Luft, um sie auf den neuesten Stand zu bringen. Ich erzähle ihr von meinem Job im *Drawing Room,* von meinem kleinen Atelier im Schuppen, von Nessa und Effie, von Marigold. Und von Connal.

»So viel hast du noch nie gesagt«, stellt Irina fest, als ich geendet habe. »Normalerweise sagst du ›Gut, und dir?‹ und das war's.«

Etwas peinlich berührt, kneife ich die Augen zusammen. Denn sie liegt natürlich richtig, und kurz frage ich mich, warum es in Bristol überhaupt irgendjemand mit mir ausgehalten hat. »Ja ... sorry deswegen. Ich glaube, die Stadt hat auf meine Seele gedrückt.«

»Du musst dich nicht entschuldigen. Ich mochte diese mysteriöse Seite an dir. Man hatte keine Ahnung, wer du warst. Nur dass du da warst, hat man immer gespürt.«

»Was meinst du damit?«

»Babe, deine Präsenz!« Sie macht eine theatralische Geste. »Aber ich bin sehr stolz auf dich. Es klingt, als hättest du dein Leben wieder einigermaßen im Griff. Und wenn man der Typ dafür ist, ist das sicher etwas Gutes.«

»Es fühlt sich gut an«, erwidere ich. »Es fühlt sich an, als hätte ich Zeit, weißt du? Als müsste ich mich nicht hetzen. Als hätte ich Luft zum Atmen.«

»Und die braucht man wohl. In London sind die Feinstaubwerte in den letzten Tagen so hoch gewesen, dass ich überlegt habe, das Rauchen wieder anzufangen. Immerhin atmet man dann durch einen Filter.« Sie kichert.

Feinstaubwerte. Das ist ein Wort, das auf Shetland nicht vorkommt. Hier haben wir Worte wie Torfstechen, Krabbenauktion und Kurzschwanzschaf.

Eine besonders heftige Bö erfasst mich und weht mir beinahe das Handy aus der Hand. »Willkommen am Nordpol«, sage ich lachend und stelle mich breitbeiniger hin, um mehr Stabilität zu haben.

»Das ist er also«, sagt Irina. »Zeig mal.«

Ich drehe die Kamera um und lasse das Handy einmal langsam von links nach rechts wandern. Über die lila-braune Heide, die Hügel, das wehende Gras.

»Habt ihr keine Bäume?«, fragt Irina.

»Nope, keine nennenswerten. In Vorgärten gibt es ein paar.«

»Warum hasst ihr sie?«

Ich lache. »Wir hassen sie doch nicht. Früher gab es hier tatsächlich mal Bäume. Aber die sind alle zu Feuerholz geworden. Oder zu Schiffen. Jetzt können sie nicht mehr nachwachsen, weil sie entweder von Schafen gefressen werden, solange sie noch klein sind, oder dem Wind nicht standhalten.«

»Baum-Hater seid ihr«, sagt Irina unbeeindruckt. »Dafür offenbar Schaf-Lover.«

Zu meiner Linken, wo die Heide von Weideland abgelöst wird, hat sich eine kleine Herde zum Schutz gegen den Wind zusammengedrängt. Im Maschendrahtzaun hängen Wollfetzen, und ich pflücke einen von ihnen und rolle ihn in der Hand zu einer kleinen Kugel. Sie fühlt sich hart und doch weich an. Eine drahtige Sanftheit, die mich an Kindheit erinnert.

Mit Irina in der Hand mache ich mich auf den Weg den Hügel hinauf.

»Aber ich sehe Büsche!«, sagt sie. »Wie überleben die den Sturm?«

Ich zucke mit den Schultern. »Ich schätze, ihre Wurzeln sind stark genug. Reichen tief genug.« Und nicht nur die Wurzeln der Büsche, schießt es mir durch den Kopf.

»Und habt ihr auch manchmal Sonne?«, fragt sie weiter. Sie ist nicht zu bremsen.

»Ja, manchmal.« Ich muss lachen. »Das Wetter ist unberechenbar. Es steckt mit dem Meer unter einer Decke. Die beiden machen hier oben, was sie wollen. Aber im Sommer, wenn es gar nicht mehr dunkel wird, ist es einfach nur magisch.« Ich finde es auch im Winter magisch, wenn es kaum hell wird und nachmittags schon wieder stockfinster ist, kann mir allerdings vorstellen, dass Irina, die sich nie nach dem russischen Winter zurückgesehnt hat, das schlecht nachvollziehen kann. »Wir sind so weit nördlich, dass es um die Sommersonnenwende einfach hell bleibt.«

»Nordpol, ich sag's ja.«

Kleine Steine knirschen unter meinen Schuhen, um mich herum tobt nach wie vor der Wind. Es ist die absolute Einsamkeit, die ich in diesem Moment mit Irina teile, ohne dass sie dabei leblos oder traurig ist. Alles scheint in Bewegung.

»Dass Menschen sich gedacht haben, es sei eine gute Idee, den Nordpol zu besiedeln ... Schon verrückt. Warum nicht nur warme, schöne Länder? Griechenland, Italien ... Das ergibt Sinn. Da kann man an den Strand und Eis essen. Haben wir Eis da, Joey?«

Er schwenkt drohend den Pfannenwender.

»Ich mag's hier«, sage ich und fühle es in diesem Moment ganz deutlich überall. In meiner Brust, meinem Herzen. Im Kopf, der vom Wind ordentlich durchgepustet wird, sodass dort kein Platz mehr ist für Angst oder Skepsis oder Sorge.

Ich bin etwas außer Atem, als ich auf der Hügelkuppe ankomme. Einen Moment lang halte ich inne, sehe mich um und – erstarre.

Ein paar Meter entfernt von mir parkt ein dunkelgrüner Pick-up. Ein schwarz-weißer Hund sitzt auf der Ladefläche. Und dahinter ist Connal mit einem Zaun beschäftigt. Ich war so glücklich darüber, Irina meine Umgebung zu zeigen, dass ich nicht darüber nachgedacht habe. Doch es ist nicht weiter verwunderlich, ihn hier zu treffen, denn das ist Connals Land.

»Muss Schluss machen«, sage ich immer noch atemlos in mein Telefon. Jetzt liegt es allerdings nicht mehr an der körperlichen Anstrengung. Connals Gegenwart macht mich nervös, und ich spüre, wie mein Hals heiß wird. Ich ziehe meinen Schal fester, um die roten Flecken zu verbergen.

Nachdem ich das Handy in meine Jackentasche gesteckt habe, stehe ich einen Moment lang unschlüssig herum. Gebe ich ihm den Raum, den er braucht? Soll ich mich einfach langsam entfernen? Den Weg zurückgehen, den ich gekommen bin? Doch was, wenn er aufsieht und mein Verhalten als Flucht interpretiert? Ich will nicht, dass er denkt, ich würde die Begegnung scheuen. Nicht diesmal. Nicht schon wieder.

Ich wage einen vorsichtigen Schritt und noch einen. Gehe um den Pick-up herum. Dann sehe ich, dass er nicht einfach nur einen Zaun repariert. Ein Schaf hat sich in den Maschen verfangen, und er versucht ihm zu helfen. Das bedeutet, er kann nicht weg. Ich kann nicht weg. Wir sind beide an diesem Ort. Und ich will meine Chance nutzen.

Mit einem Räuspern hebe ich meine Hand. Das leise Geräusch schafft es kaum gegen den Wind, aber Connal nimmt es wahr. Er blickt auf und mich direkt an. Mein Herz pocht schnell, pocht so laut, dass meine Ohren davon dröhnen.

»Hi«, sage ich, die Hand immer noch erhoben.

Er grunzt irgendwas, wendet sich wieder dem Schaf zu. Ganz behutsam, ohne eine schnelle Bewegung zu machen, nähere ich mich. Das Schaf ist verängstigt genug, da will ich es nicht noch zusätzlich erschrecken. Ein paar Meter von Connal entfernt lehne ich mich unter den neugierigen Blicken des Hundes, der aufspringt und an meiner Hand schnuppert, an den Pick-up. Niemand sagt etwas. Connal arbeitet, ich sehe ihm zu.

»Ist es verletzt?«, frage ich irgendwann, um die Stille zu durchbrechen.

Connal wischt sich mit dem Handrücken über die Stirn. Seine Locken werden mal in die eine, dann in die andere Richtung geweht. Sie sehen ganz weich aus. »Scheint nicht so«, erwidert er nach einer gefühlten Ewigkeit, und ich juble innerlich. Eine Antwort. Eine Antwort, die nicht vor Feindseligkeit strotzt.

»Brauchst du Hilfe?«

»Ich komme klar.«

Das war zu erwarten, aber ich gebe nicht auf. Ich will ihn in ein Gespräch verwickeln. Etwas Unverfängliches, um ein bisschen Normalität zwischen uns zu schaffen. Und der Wind, der in meinem Kopf aufräumt, macht, dass ich mich traue.

»Ganz schöner Wind heute.« Das Wetter. Das Wetter ist

gut. Inselbewohner lieben es, über das Wetter zu sprechen. Weil es immer etwas zu diskutieren gibt. Während anderswo darauf herabgeblickt wird, gehört es hier zu jeder Unterhaltung dazu. Nach der Frage nach dem Wohlbefinden *muss* man über das Wetter reden. Nur habe ich die Reihenfolge nun umgedreht, damit Connal nicht mit mir über sich sprechen muss.

»Da, wo du lebst, gibt's das wohl nicht.«

Okay, ein kleiner Rückschlag. Den gestehe ich ihm zu. Er darf mir das Gefühl geben, dass ich nicht dazugehöre. Dass ich hier nicht willkommen bin. Connal darf das. Connal darf alles. Solange er mit mir spricht.

»Ich habe mein Zimmer in Bristol gekündigt, also genau genommen wohne ich dort nicht mehr«, sage ich. Sein Blick schnellt zu mir, und für einen Augenblick lockert sich sein Griff um das Schaf, das sofort anfängt zu zappeln. Er umfasst es wieder fester und zieht eine Zange aus seiner Jacke.

»Also bist du für den Moment bei deinen Schwestern untergekommen?« Höre ich so etwas wie Neugierde aus seinen Worten? Unter der Gleichgültigkeit, der Schroffheit?

»Vielleicht auch für länger«, sage ich.

»Aha.« Er nickt und zwickt mit zwei gekonnten Bewegungen den Maschendrahtzaun durch. Das Schaf spürt sofort seine wiedergewonnene Freiheit, richtet sich auf, und mit einem Klaps von Connal springt es zurück zu seiner Herde.

Connal blickt zu mir, dann wieder auf den Zaun. »Könntest du …« Auf der Ladefläche des Pick-ups liegt Draht, auf den er zeigt.

»Klar.«

Ich reiche ihm den Draht, halte die Luft an, während er ihn entgegennimmt. Für den Bruchteil einer Sekunde streifen sich unsere Finger minimal. In Filmen würden unsere

Hände an Ort und Stelle verharren, wir würden uns erschrocken, beinahe ertappt in die Augen sehen. Doch in der Realität ist dieser Moment nichts. Der Bruchteil einer Sekunde, bevor Connal sich wieder dem Zaun widmet.

Ich sehe auf seine Hände, die jeden Griff im Schlaf beherrschen. Er ist schnell und präzise. Seine Hände sind so groß. Schwielig von der harten Arbeit. Ein bisschen schmutzig auch. Aber sie sehen warm aus. Und mein Finger erinnert sich noch an die flüchtige Berührung.

»Wie heißt dein Hund?«, frage ich, um mich von seinen Händen abzulenken.

»Den erkennst du wohl nicht mehr, was?« Connal sieht tatsächlich auf, und seine Mundwinkel wandern kaum merklich in die Höhe. Es ist ein leichter Anflug von einem Lächeln. Ein etwas spöttisches zwar, aber für einen kurzen Augenblick sieht er wieder aus wie »mein« Connal. Und ich nehme, was ich kriegen kann.

»Ist das etwa ...« Mir bleibt der Mund offen stehen, und ich blicke von Connal zu dem großen Hund und wieder zurück.

»... Laird«, beendet Connal meinen Satz.

»Er war so winzig!«, sage ich.

»Ja, nun, in drei Jahren wächst so ein Hund ganz schön.«

»Ich weiß«, beeile ich mich zu sagen, damit Connal nicht denkt, ich wäre zu einer Großstädterin geworden. »Aber ich hätte nicht gedacht, dass er es schafft.«

Laird war der kleinste und schwächste Welpe aus dem Wurf eines Nachbarhunds. Er wäre schon bei der Geburt beinahe erstickt und musste wiederbelebt werden. Und dann trank er nicht, wartete einfach nur auf den Tod. Ich erinnere mich noch daran, wie ich ihn zwei Tage lang in einem Handtuch mit mir herumtrug, versuchte, ihm Milch einzuflößen –

mit geringem Erfolg. Er zitterte und zitterte, und irgendwann hörte sogar das Zittern auf. Und dann ... ließ ich ihn zurück. Ihn, meine Zimmerpflanze, meine Schwestern, Connal, die Insel. Alles.

»Effie hat ihn aufgepäppelt.«

Ich schlucke. Meine großartige Schwester. Sofort hat sie meinen Platz eingenommen. Bei Laird. Und – für einen kurzen Moment fällt mir das Atmen schwer – bei Connal? Nein, das kann nicht sein. Das ... sie hätte es erzählt. Oder?

»Aber ohne deine Hilfe hätte er die ersten Tage nicht überlebt. Also hast du auch etwas dazu beigetragen«, sagt Connal. Ich sehe ihn an. Vollkommen perplex. Er hat etwas Nettes zu mir gesagt. Ohne dass er es hätte tun müssen. Heißt das, wir sind auf einem guten Weg?

»Und dann habe ich ihn zurückgelassen.« Ich sehe schuldbewusst zu Laird.

»Sag ihm ruhig Hallo. Er wird sich kaum an dich erinnern, aber er liebt Menschen.«

Ich strecke meine Hand nach Laird aus und locke ihn mit einem sanften Murmeln seines Namens. Sofort beginnt er mit dem Schwanz zu wedeln, bellt einmal und springt mit einem eleganten Satz von der Ladefläche. Ich streichle seinen Kopf, tätschle seine Seite, und Laird freut sich. Er hopst um mich herum, hechelt und sieht aus, als würde er grinsen.

»Ganz ruhig, Boy«, sagt Connal. »Sonst kriegst du wieder Schluckauf.«

»Er kriegt Schluckauf?«, frage ich amüsiert.

»Andauernd. Immer, wenn er aufgeregt ist. Keine Ahnung, ob das damit was zu tun hat, dass er so klein war.« Connal entfährt ein leises Lachen. »Er ist eigentlich der beste Hund, den wir je hatten. Aber das ewige Gehickse macht die Schafe nervös.«

Auch ich muss nun lachen, und es scheint fast, als hätte Connal für den Moment vergessen, mit wem er spricht. »Ein Hütehund, der durch seinen Schluckauf die Schafe stresst. Das ist großartig.« Und tatsächlich, wie auf Kommando beginnt Laird zu hicksen. Dazwischen knurrt er leise, als würde er mit sich selbst schimpfen. Er legt sich eine Pfote über die Schnauze.

»Schämt er sich?«, frage ich. »O Gott, ist das süß! O Gott, bist du süß!« Ich kraule ihn wieder am Kopf, und immerhin hört er dadurch auf, sich selbst anzuknurren.

»Glaub mir, das weiß er selbst am besten«, sagt Connal und hält kurz in seiner Arbeit inne, um seinen Hund liebevoll anzusehen. Auch unter dem Bart kann ich erkennen, dass sein Gesicht ganz sanft wird. »Eitler Kerl.«

Wieder muss ich lachen, und für einen kurzen Moment treffen sich unsere Blicke. Die Sanftheit wird von etwas abgelöst, das ich nicht zuordnen kann. Von etwas Schwerem. Und obwohl ich ihn immer ansehen könnte, wende ich den Blick ab, um Connal nicht zu überfordern. Auch wenn alles an ihm zu vertraut ist, sodass ich mich beinahe wundere, warum ich mich nicht an ihn schmiege. Wie früher. In seine offene Jacke, die er dann zuhält, um mich gegen den Wind und die Kälte zu schützen. Ich erinnere mich an die Wärme, an das Gefühl maximaler Geborgenheit. An ein Zu-zweit-kann-uns-nichts-passieren. An ein Zusammen-sind-wir-ganz. An ein Du-und-ich-für-immer. Aber aus dem Du-und-ich-für-immer konnte kein größeres Wir werden. Und so muss ich mich heute selbst gegen die Witterung schützen.

Lairds Hicksen reißt mich aus meinen Gedanken.

»Du kannst versuchen, ihn an der Brust zu kraulen. Das entspannt seine Atmung«, sagt Connal, während er ein weiteres Stück Draht festzurrt.

Ich tue wie mir geheißen, fasse in Lairds weiches, warmes Fell, kraule seine Seite, sodass er sich hinlegt und auf den Rücken rollt, um meine Streicheleinheiten besser genießen zu können. Voller Hingabe kraule ich ihn, und Laird fühlt sich sichtlich wohl unter meinen Berührungen. Als ich kurz aufsehe, merke ich, dass Connal uns beobachtet. Als hätte ich ihn ertappt, wendet er sich sogleich wieder ab. Aber ich will das nicht. Ich will, dass er mich ansieht. Ich will ... dass er sich wünscht, ich würde ihn berühren. Fast erschrecke ich vor meinen eigenen Gedanken. Denn dieses Kapitel habe ich vor langer Zeit selbst beendet. Und ich habe damit abgeschlossen. Hatte damit abgeschlossen.

»Du musst ihn ein bisschen fester kraulen. Warte, ich zeig's dir.« Mein Herzschlag beschleunigt sich, als Connal durch das Gatter kommt. Er geht auf Lairds anderer Seite in die Hocke und beginnt seine Brust zu bearbeiten. »So, siehst du? Dann atmet er ruhiger, und der Krampf löst sich.«

Ich bin völlig überfordert davon, dass unsere Hände nun so nah beieinander sind. Laird genießt es sichtlich, dass er nun von beiden Seiten Zuwendung bekommt, jedoch kann ich nur daran denken, wie nah wir uns sind. Wie vertraut es auf einmal zwischen uns ist. Ich sehe Connals Atem und wünschte, ich könnte nur noch ihn atmen. Er riecht nach Heimat. Nach Erde und Wolle und Connal und ... Er benebelt meinen Verstand.

Unsere Blicke treffen sich erneut, und wieder habe ich keine Ahnung, was seiner sagt. Und meiner? Sieht er die Sehnsucht? Die Scham? Kaum merklich neige ich meinen Kopf in seine Richtung. Nur ein bisschen. Nur, um ihm noch ein wenig näher zu sein. Ich sehe seine Lippen, die von Bart umgeben sind. Und doch sind sie da. Die Lippen, die ich so oft geküsst habe, die mich geküsst haben. Die alles von mir kennen.

Neigt er seinen Kopf ebenfalls? Sind wir uns näher? Ich komme ihm noch ein kleines Stück entgegen. Das hier sind wir, Connal und Fiona. Wie vor drei Jahren. Und ich will ihn küssen, will ihm nah sein. Näher als nah. Ich will er sein, und er soll ich sein. Ich höre unseren Atem, höre mein Blut, das mir in den Ohren rauscht. Meinen Herzschlag – und Lairds Hicksen. Aber der Moment bleibt. Nichts kann ihn unterbrechen, nichts kann uns herausreißen.

Fast nichts. »Connal?«, sage ich vorsichtig, denn ich muss noch etwas loswerden. Der Wunsch, die Dinge geradezubiegen, ist mächtiger als das hier, wenn es denn überhaupt etwas ist. Bis ich nicht alles gesagt habe, kann nichts zwischen uns passieren. Es wäre nicht richtig, sosehr ich es mir auch wünsche. Und während ich auf dem Boden kauere und seinen Hund vom Schluckauf befreie, ist meine Position vielleicht reuig genug.

»Fiona?« Mein Name aus seinem Mund lässt mich zusammenzucken, sodass ich fast selbst einen Schluckauf bekomme.

»Ich ... also ...« Wieder hickst Laird, und Connal fährt mit den massierenden Bewegungen auf seiner Brust fort. Unsere Köpfe sind nun wieder weit entfernt voneinander. So weit, dass es mir fast surreal vorkommt, wie nah wir uns gerade noch waren. Aber das hier ist richtig. Und einmal im Leben muss ich das Richtige tun. »Ich will, dass du ...« Warum ist es so schwierig, die richtigen Worte zu finden? Gibt es überhaupt die richtigen Worte nach allem, was war? »Es tut mir so leid.« Da. Da ist es. »Es tut mir leid, was ich getan habe. Dass ich abgehauen bin. Ohne ein Wort zu sagen. Es ... es hatte nichts mit dir zu tun. Ich war nicht ... ich konnte nicht ...« Ich schlucke, und Laird hickst. »Aber ich will, dass du weißt, dass es mir von Herzen leidtut. Und dass ich ... dass ich ... dass ich dir nie wehtun wollte, und ich weiß, dass ich es trotzdem gemacht habe. Aber ... das wollte ich nicht. Das wollte ich am allerwenigsten.«

Connal sieht mich ungläubig an, als hätte ich ihm soeben eröffnet, ich wäre in England zur Tory-Wählerin geworden, weil ich Gefallen an Fuchsjagden gefunden hätte. Im nächsten Moment hat er seine Mimik wieder unter Kontrolle.

»Lass gut sein, Fiona.«

»Aber ...«

»Ich sollte wirklich weitermachen. Hab viel zu tun.«

»Aber ...«

Connal erhebt sich, kehrt mir den Rücken zu. Erst jetzt nehme ich das Peitschen des Windes wieder wahr, das bis vor wenigen Sekunden in meinem Bewusstsein vollkommen verstummt war. Laird merkt, dass etwas passiert ist, rappelt sich auf und setzt sich hechelnd vor sein Herrchen. Beinahe abwesend tätschelt Connal seinen Kopf. Dann läuft er zurück zum Zaun und macht sich daran, seine Arbeit zu beenden.

»Okay, dann ... ich geh dann mal«, murmle ich und trete vorsichtig den Rückzug an. Ich drehe mich um und verlasse diesen Ort auf dem Weg, den ich gekommen bin, mit dem Gefühl, dass es ein Schritt in die richtige Richtung war. Und zwei zurück.

Was du willst und was du tust
sind zwei Paar Lügen.
Sagst das eine, willst das andere, tust das Dritte.
Würde gerne mal
In deinen Kopf sehen.
Um herauszufiltern, was wahr ist und was nicht,
Um herauszufinden, was kaputtgegangen ist,
Um herauszufischen, was kaputt gemacht hat,
was ganz war.
Es tut dir leid
Was du getan hast
Dass du abgehauen bist
Ohne ein Wort
Hatte nichts mit mir zu tun.
Warst nicht
Konntest nicht
Und tut dir leid von Herzen.
Wolltest mir nicht wehtun
UND HAST MICH ZERSTÖRT.

16

»Bist du dir sicher, dass es in Ordnung ist, wenn wir tauschen?« Es ist das dritte Mal, dass Edith mich in der letzten halben Stunde gefragt hat. Sie wurde spontan gebeten, bei ihrer Tochter zu babysitten, obwohl sie heute eigentlich bis zum Schluss bleiben sollte.

»Natürlich. Ich habe keine Verpflichtungen«, sage ich zum dritten Mal. Je mehr ich arbeite, desto weniger denke ich nach. Je weniger ich nachdenke, desto seltener höre ich das Echo von Connals Worten. Doch Edith wirkt nach wie vor nicht überzeugt. Wahrscheinlich findet sie es traurig, dass eine junge Frau an einem Freitagabend nichts vorhat.

»Also gut, dann mache ich mich auf den Weg. Hast was gut bei mir, Fiona.«

»Hau schon ab«, sage ich und tue so, als würde ich sie mit einem Küchenhandtuch verscheuchen wollen. Mit einem für ihr Alter erstaunlich eleganten Hopser weicht sie mir aus, holt ihre Sachen aus dem Lager und verabschiedet sich.

Ich mag es, wenn es im *Drawing Room* ruhig ist. Das gemütliche Café für mich allein zu haben versetzt mich jedes Mal in eine aufgeräumte Stimmung. Aus dem Laden hört man Marigold leise rumoren. Sie schließt ebenfalls bald ab, und weil es nach einem ruhigen Abend aussieht, beginne ich schon einmal, klar Schiff zu machen.

Ich schalte meine Bristol-Playlist an, wie früher, wenn ich dort die Spätschicht hatte, und lasse mich von der Musik in eine Zeit zurückversetzen, in der die Organisation einer studentischen Ausstellung wie die größte Herausforderung wirkte, mit der man es je zu tun bekommen könnte. In der mein Herz leer geworden und mein Kopf voller perfekter Ausreden gegen mein schlechtes Gewissen war.

Heute ist mein Herz so voll. Seit ich wieder auf dieser Insel bin, füllt es sich beständig. Dafür sind die Ausreden verstummt, und das schlechte Gewissen nagt und zerrt. Besonders seit der erneuten Begegnung mit Connal. Da war etwas zwischen uns. Ein Funke. Als hätte ich unser Feuer zwar zu Asche werden lassen, aber unter der Asche ist noch etwas Glut. Oder war. In Gedanken bin ich den Moment wieder und wieder durchgegangen. In meiner Erinnerung bin ich mir nicht einmal sicher, ob sich unsere Köpfe wirklich näher kamen. Sicher ist nur, dass mein Herz es will. Dass es beim Gedanken an Connal noch voller und immer voller wird. Und dass ich es ruiniert habe.

»Gibt's noch was von dem Red Velvet Cake?«

Ich zucke zusammen, weil ich nicht gemerkt habe, dass jemand ins Café gekommen ist. Doch sofort weiß ich, dass die Kombination aus glucksender Stimme und der Frage nach Red Velvet Cake nur von Effie stammen kann.

»Hi, Schwesterherz«, sage ich, während sie ihre selbst gestrickte Mütze von den hellroten Haaren zieht und ihre Frisur durcheinanderwuschelt.

Effie stützt sich auf dem Tresen auf, hinter dem ich gerade die Spülmaschine eingeschaltet habe. »Ist noch ein Stück da?« Sie beugt sich so weit über den Tresen wie irgend möglich, um einen Blick auf die Kuchenreste zu erhaschen.

»Du hast Glück«, sage ich und reiche ihr einen kleinen Teller und eine Kuchengabel.

»Ich hab doch irgendwie immer Glück.« Sie strahlt.

Ihre Unbeschwertheit versetzt mir einen kurzen Stich. Wie gerne wäre ich ebenfalls die mächtigen Gedanken los – ein leeres Herz hat auch Vorteile. Aber natürlich hat Effie jede Unbeschwertheit der Welt verdient.

»Wie war dein Tag?«, fragt sie und schiebt sich vergnügt eine Gabel Kuchen in den Mund.

»Normal.« Ich war am Morgen spazieren und hatte ein paar Stunden in meinem kleinen Atelier, ehe ich in den *Drawing Room* aufbrechen musste. »Der Nebel heute Morgen war irre. Ich wollte ihn sofort einfangen. Was damit machen.«

»Du solltest mal Richtung Bixter fahren. Da oben hängt er immer am tiefsten. So eine richtig dicke Nebelsuppe. Wunderschön.«

»Da komme ich zu Fuß nicht hin«, sage ich. »Das ist zu weit.«

»Nimm einfach mein Auto«, sagt sie mit vollem Mund und schließt genüsslich die Augen.

»Bist du sicher?« Denn natürlich hätte ich Lust, meinen Radius zu vergrößern. Die Insel in ihrer Gesamtheit neu zu entdecken.

»Na klar. Es steht ja ohnehin meistens nur rum.« Effie ist absolut hartgesotten und fährt bei jedem Wind und Wetter mit dem Fahrrad.

»Okay, cool, danke.« Mit einem kleinen Eimer und einem Lappen bewaffnet mache ich mich daran, die Tische abzuwischen. Als ich einen Stuhl verrücke, faucht mich Greaves an, der sich hier offenbar für ein kleines Nickerchen niedergelassen hatte. »Verzeihung«, sage ich und schiebe den Stuhl zurück. »Was gibt's bei dir Neues?«, frage ich dann und freue mich über die Vertrautheit von Effies Gesellschaft. Es fühlt sich an wie Alltag. Schwesternalltag.

»Ich glaube, Dr. Beattie wird langsam alt. Heute hat er einfach vergessen, dass die Praxis am Nachmittag geöffnet ist.«

»Wie alt ist er inzwischen?«

»Bestimmt über siebzig. Aber er denkt nicht ans Aufhören. Seine Frau denkt allerdings an nichts anderes.« Sie lacht.

Mir liegt eine Frage auf der Zunge. Seit meiner Begegnung mit Connal trage ich sie mit mir herum und warte auf einen Moment, in dem ich mich überwinde, sie zu stellen. Vielleicht sollte ich sie auch einfach hinunterschlucken, vergessen, dass sie je den Weg in meinen Kopf gefunden hat. Es geht mich nichts an. Ich habe kein Recht, sie zu fragen. Aber gleichzeitig ... Ich blicke auf. Sehe mein Spiegelbild im Fenster. Draußen ist es bereits stockdunkel, was die gemütliche Atmosphäre im warm beleuchteten Café noch verstärkt. Ich sehe ein bisschen müde aus. Erschöpft. Vielleicht nehme auch nur ich das wahr, weil ich weiß, wie es in mir drin aussieht.

»... jedenfalls hat sie keine Lust mehr, ihm zur Hand zu gehen. Redet eigentlich nur noch davon, dass sie auswandern will, nach Lanzarote oder so. Ihr Neffe hat dort wohl ein Haus. Kannst du dir das vorstellen? Sonne und Wärme dreihundertfünfundsechzig Tage im Jahr?«

Mir fällt auf, dass ich die Hälfte verpasst habe. »Hm«, mache ich.

»Also ich nicht. Das muss doch fundamental langweilig sein. Wenn es immer nur schön ist, weißt du ja gar nicht mehr, was Schönheit ist. Du musst sie von irgendetwas abgrenzen.«

»Ja.«

Eine weitere Gabel mit Red Velvet Cake unterbricht Effies Redefluss.

»Du, Effie?« Hitze steigt mir ins Gesicht, und ich traue mich nicht einmal, mich zu ihr umzudrehen. Ich blicke einfach nur mein Spiegelbild an, das sich schämt und windet.

»Du, Fiona?«

»Ich hab eine Frage.«

»Her damit.«

»Ich will nicht, dass du sie falsch verstehst oder so.«

»Die Frage?«

»Ja.«

»Werd ich nicht.«

»Das kannst du gar nicht wissen.«

»Willst du sie dann lieber nicht stellen?«

Nein. Doch. Ich weiß es nicht.

»Geht's um Nessa?«

»Nein. Es geht um ... Connal.«

»Wäre meine zweite Vermutung gewesen.« Ich höre das Grinsen aus ihrer Stimme heraus.

»Ich habe ihn neulich getroffen. Ihn und Laird.«

»Ich wollte ihn ja in Hiccup umbenennen, aber das hat sich nicht durchgesetzt. Hätte wohl auch seine Autorität bei den Schafen untergraben.« Sie kichert.

»Du spielst eine ganz schöne Rolle in seinem Leben.«

»In Lairds?« Ich höre, dass sie sich umdreht, und widme mich deswegen wieder dem Tisch, um beschäftigt zu wirken.

»In Connals«, sage ich leise.

»Na ja ...«

Ich weiß nicht, was dieses »Na ja« bedeutet. *Na ja, nicht so sehr? Na ja, was blieb uns anderes übrig?* »Als ich weg war ...«

»Du willst wissen, ob da mal was zwischen uns lief.« Es

ist keine Frage, sondern eine Feststellung. Sie klingt dabei nicht gekränkt oder überrascht. »Ich hab mich schon gefragt, wann du damit ankommst.«

»Bist du böse?«

»Hmmm.« Sie denkt kurz nach. »Ich glaub nicht.«

»Ich würde es dir nie übel nehmen oder zum Vorwurf machen.«

»Okay.«

»Ich habe mich eben nur gefragt, ob du …«

»… was mit ihm hattest.«

»Ja.«

Ich stelle den Eimer auf den nächsten Tisch. Meine Hand zittert etwas, und ich verschütte Wasser.

»Fi«, sagt Effie, und ich zucke zusammen. Sie ist auf einmal ganz nah. Ein Blick ins Fenster verrät mir, dass sie direkt hinter mir steht. Sie legt ihre Hand auf meinen Arm.

Plötzlich will ich es nicht mehr hören. Es ist okay, sie hat jedes Recht, zu tun, was immer sie möchte. Aber ich will es nicht mehr wissen. Ich mache mich los und wische etwas ungestüm über die Tischplatte. Greaves hat offenbar nun endgültig genug von meiner Hektik, denn ich sehe aus dem Augenwinkel, wie er mit erhobenem Schwanz zurück in Marigolds Laden stolziert.

»Hörst du mal kurz auf?«

»Ich glaube …«, krächze ich, und meine Kehle ist auf einmal eng.

»Da war nie was zwischen Connal und mir.«

Nun halte ich doch inne und drehe mich langsam zu ihr um. »Nicht?«

»Nein.« Sie lächelt. »Connal war immer wie ein großer Bruder für mich. Das wäre … richtig schräg.«

Ich stoße erleichtert Luft aus.

»Nessa hingegen ...«

»Was?« Ich bemühe mich nicht einmal darum, meinen Schrecken zu kaschieren, so perplex bin ich.

»Scherz. Was denkst du denn? Glaubst du, wir haben nichts Besseres zu tun, als deinen Ex über dich hinwegzutrösten?«

»So habe ich es nicht gemeint ...« Ich sehe zu Boden. Mir ist das Gespräch auf einmal so peinlich, dass ich wünschte, ich hätte es nie angebracht.

»War's das?«

Ich nicke. »Sorry, dass ich ... Ich musste es wissen.«

»Ist schon gut. Ich an deiner Stelle hätte auch gefragt.«

»Im Ernst?«

»Natürlich. Ich hätte mir die letzten drei Jahre in Echtzeit nacherzählen lassen. Aber dann hättest du damit die jetzigen drei Jahre verpasst, die man dir dann in Echtzeit hätte nacherzählen müssen. Und immer so weiter. Auf diese Weise lebt man ja gar nicht mehr.«

Ein vorsichtiges Lächeln tritt nun auch auf mein Gesicht. »Ich glaube, ich hatte das Gefühl, ich hätte nicht das Recht, Dinge zu wissen. Weil es meine eigene Schuld ist, dass ich sie verpasst habe.«

»Na und? Schuld schützt doch nicht vor Neugierde.« Sie zuckt mit den Schultern und kehrt zu ihrem Kuchen zurück. »Und jetzt beeil dich, ich hab Hunger.«

»Du isst gerade Kuchen.« Ich runzle die Stirn.

»Ja, aber nicht gegen den Hunger. Außerdem macht Nessa Steak and Ale Pie.«

Ich lache und merke, dass es trotz allem gut war, eine Antwort auf meine Frage zu haben. Mein Hinterkopf hat nun wieder andere Kapazitäten.

Die Kruste des Pies knuspert perfekt, als Nessa sie mit dem Messer durchsticht, und die dampfende Füllung fließt heraus und erfüllt das Wohnzimmer mit ihrem betörenden Duft. In den letzten Jahren habe ich höchstens mal im Pub Steak and Ale Pie gegessen. Für mich allein zu kochen, erschien mir immer wie reine Zeitverschwendung. Doch als ich nun mit Nessa und Effie am Esstisch sitze, das prasselnde Kaminfeuer im Rücken, habe ich das Gefühl, sich um sich selbst zu kümmern, kann eigentlich nie Zeitverschwendung sein.

»Nessa, das riecht so gut, dass ich am liebsten ein Bad drin nehmen würde«, sagt Effie.

Nessa grinst. »Lass es vorher ein bisschen abkühlen, sonst verbrennst du dich.« Sie wendet sich an mich. »Da ist ein Brief für dich gekommen. Von der Uni. Liegt auf dem Tisch im Flur.«

»Okay?« Ich habe keine Ahnung, was die von mir wollen könnten, und stehe auf, um ihn zu holen.

»Hat aber Zeit bis nach dem Essen«, sagt Nessa und klingt ganz mütterlich dabei.

»Es macht mich unruhig, wenn ich nicht weiß, was drinsteht«, erwidere ich und blicke auf Lulus Handschrift. Sie hat den Brief mit dem Stempel der University of the West of England an meine neue Adresse weitergeschickt. Ein *Liebe Grüße, Lulu* steht unten in der Ecke des Umschlags, und diese kleine Geste rührt mich.

Ich öffne den Umschlag und lese. »O nein«, entfährt es mir.

»Was?«, fragt Nessa. »Geben sie dir deinen Abschluss nicht?«

»Quatsch«, sagt Effie. »Den hat sie doch längst.«

»O nein«, sage ich erneut und lasse den Brief sinken. »Da sind noch ein paar Skulpturen von mir. Etwas, woran ich im letzten Jahr gearbeitet habe. Mein Abschlussprojekt. Sie wollen, dass ich sie abhole.«

»Was sind das für Skulpturen?«, fragt Effie.

»Frauenfiguren. Sie ...« Aber ich habe gerade keinen Nerv, das unfertige Rohkonzept der Ausstellung zu erklären, die ich eigentlich für die Galerie in Bristol vorgesehen hatte. »Ich hatte sie ganz vergessen.«

»Und jetzt?«

»Sie schreiben, sie brauchen den Platz, und da ich keine Studentin mehr bin, muss ich mich darum kümmern, dass sie abgeholt werden, sonst entsorgen sie sie. Sie geben mir zwei Monate.« Blöde Verwaltung.

»Kannst du diesen James noch mal fragen?«, erkundigt sich Effie. »Der, der dir deine Sachen geschickt hat?«

»Von wie vielen Frauenfiguren sprechen wir denn?«, will Nessa wissen. »Und wie groß sind sie?«

»Es sind vier. Sind vielleicht so hoch wie der Tisch. Ich weiß ja nicht mal, was ich hier mit ihnen machen soll ... falls sie den Transport überleben. Vielleicht wäre es einfacher, sie würden sie ...«

»Kommt nicht infrage«, sagt Nessa streng, und Effie und ich sind so überrascht, dass wir sie mit aufgerissenen Augen anstarren. »Das ist deine Kunst, Fiona. Wir finden einen Platz dafür.«

»Du weißt ja gar nicht, ob sie dir gefallen«, sage ich unsicher.

»Sei nicht dumm. Du hast sie gemacht, da spielt es keine Rolle, ob sie mir gefallen. Du bist meine Schwester, und ich unterstütze dich. Das ist ein absoluter No-Brainer.«

Das ist es nicht, würde ich gern sagen. *Du hast jedes Recht, dich null Komma null für mich und meine Kunst zu interessieren, nach allem, was war.* Stattdessen sage ich: »Danke.«

»Und es wird ja wohl Speditionen geben, die auf so was spezialisiert sind«, sagt sie weiter. »Ich kann mir nicht vorstellen, dass du die Erste bist, die das Problem hat.«

»Aber die sind sicher irre teuer.«

»Wir können ja mal ein paar Angebote vergleichen.«

Es fühlt sich gut an, damit nicht allein zu sein. Dass Nessa sofort in ihren Problemlösungsmodus umschaltet, verschafft meinem Kopf Ruhe. Bestimmt schreibt sie bereits geistige To-do-Listen. Doch dann fällt mir etwas ein. »Ich kümmere mich darum. Wenn ich Hilfe brauche, sage ich Bescheid, aber ich will nicht, dass du dich verantwortlich fühlst, Nessa.«

Nun ist es an ihr, überrascht auszusehen. »Okay?«

»Das ist mein Problem, und ich werde versuchen, es zu lösen.«

»Aber wenn du Hilfe brauchst ...«

»Keine Sorge. Dann bist du die Erste, die ich frage.«

Als wir uns wenig später auf die Sofas vor dem Kamin verteilen, Effie ihr altes Spinnrad im gleichmäßigen Takt antreibt und ich Irina eine Nachricht schreibe, in der ich sie frage, ob sie durch ihr Studium oder ihre Praktika jemanden kennt, der vier Skulpturen zu einem bezahlbaren Preis an den Nordpol bringen würde, räuspert sich Nessa, als würde sie etwas sagen wollen.

Ich blicke auf, aber sie blättert nur in ihrem Magazin über Whisky. Dann: »Danke.«

»Wofür?«, frage ich in dem Moment, in dem Effies Handy beginnt, wie wild zu vibrieren.

»Du weißt schon.«

17

»Hallo?«, meldet sie sich. »Was? … O nein …« Nessa und ich sehen uns an. Effie klingt alarmiert.

»Mach dir keine Sorgen«, sagt sie, was Nessa und mich noch mehr aufhorchen lässt. »Seit wann, sagst du, ist er verschwunden? … Okay. … Okay. … Bestimmt nicht. … Nessa und Fiona sind auch da und können helfen. … Ja. … Ja. Das mach ich.« Sie legt auf.

»Was ist los?«, fragt Nessa.

»Das war Connal.«

Sofort fängt mein Herz an, wilde Dinge in meinem Innern anzustellen. Tänze. Sackhüpfen. Etwas in der Art.

»Laird ist verschwunden.«

»Was?«, frage ich.

»Er war mit ihm unterwegs zu einem Treffen mit einem Futterlieferanten vom Festland. Und während sie sich vor dem *Hideout* verabschiedet haben, ist Laird wohl vor einer Sirene erschrocken und abgehauen.«

»Ist das nicht normal?«, fragt Nessa. »Dass so ein Hund mal ausbüxt?«

Mir fällt ein, was Connal gesagt hat, und meine Brust wird

eng. »Laird ist der beste Hund, den er je hatte. Er hätte zurückkommen müssen. Deswegen macht er sich Sorgen.« Was, wenn ihm etwas passiert ist? In Lerwick ist um diese Uhrzeit zwar kaum Verkehr, aber es ist dunkel. Ein Hund wird leicht übersehen. Ich erinnere mich noch daran, als Cassies Katze überfahren wurde. Wir suchten stundenlang nach ihr, während wir eigentlich Unterricht gehabt hätten. Und dann fand sie sie am Straßenrand.

»Ich gehe ihn suchen.« Effie hat sich bereits ihre Jacke angezogen.

»Ich auch«, sage ich, und Effie nickt mir mit einem sorgenvollen Lächeln zu.

Nessa legt ihr Magazin ebenfalls nieder. »Ich mache ein paar Anrufe, vielleicht hat ihn jemand gesehen.«

»Danke«, sagt Effie und hält mir kurz darauf die Tür auf.

Kalte Luft schlägt uns entgegen, und der Wind bläst eisigen Regen in unsere Gesichter. Aber es ist völlig egal, wie gemütlich es drinnen vor dem Kamin war oder wie scheußlich es draußen ist. Wir müssen Laird finden. Nicht nur wegen der Autos, sondern auch, weil es nachts viel zu kalt wird. Vielleicht hat er sich irgendwo versteckt, ist durchgefroren und verängstigt ... Mein Herz zieht sich zusammen.

»Wir finden ihn, oder?«, fragt Effie.

Ich würde gern sagen, dass sie sich keine Sorgen machen muss, so wie sie es vor ein paar Minuten noch zu Connal gesagt hat, aber ich kann nicht. Die Bilder der toten Katze sind auf einmal viel zu präsent in meiner Erinnerung.

»Natürlich finden wir ihn«, sagt sie nun selbst. »Keine Frage.«

An der großen Straße biegt Effie nach links ab, um die dunkle Nachbarschaft zu durchkämmen, während ich mich nach rechts Richtung Stadtzentrum wende. Immer wieder rufe ich nach Laird. Mal laut, mal leise. Zunächst gehe ich langsam, um in jeden Vorgarten hineinzuspähen, doch schnell beschleunige ich meine Schritte, verfalle in einen joggenden Rhythmus. Mein Atem ist eine weiße Wolke vor mir, meine Finger sind nach ein paar Minuten eiskalt, obwohl ich mich bewege. Ich hätte Handschuhe anziehen sollen, aber dafür war keine Zeit.

»Laird?«, rufe ich, als ich am Kreisverkehr in die Commercial Road einbiege. Kein Mensch ist um diese Uhrzeit auf der Straße. Besonders nicht bei diesem Wetter. Einige Häuser sind hell erleuchtet, in anderen haben sich die Menschen bereits hingelegt.

»Laird!«

Die kalte Luft brennt in meiner Lunge, aber ich gönne mir keine Verschnaufpause. Es geht nicht einmal nur darum, Connals Hund zu finden, den Hund, den ich bereits einmal im Stich gelassen habe. Hier geht es um mehr. Um alles. Fast kommt es mir so vor, als könnte ich etwas von der Schuld, die ich auf mich geladen habe, abtragen, wenn ich ihn nur finde. Wenn ich Laird nicht ein zweites Mal in meinem Leben im Stich lasse. Wenn ich Connal seinen Hund zurückbringe.

»Laird!« Ich biege in die Burgh Road ein, jogge den Berg hinauf, der entfernt an die Straße erinnert, in der ich in Bristol gewohnt habe. Die Schornsteine der Häuser, die sich gegen das sternenbesetzte Dunkelblau erheben, bilden eine gespenstische Treppe vor dem Nachthimmel.

»Ruhe!«, brüllt eine Männerstimme.

»Ich suche meinen Hund«, rufe ich.

»Dann viel Glück«, erwidert er, und wäre die Situation nicht ernst, würde ich lächeln.

Meine Beine werden müder, meine Schritte langsamer.

Als mein Handy klingelt, bin ich beinahe froh über die Pause, die ich mir gönnen muss.

»Und?«, fragt Effie am anderen Ende der Leitung.

»Nichts ... bislang ...«, keuche ich außer Atem.

»Nessa hat gerade angerufen. Keiner hat ihn gesehen. Wie kann ein Hund einfach verschwinden? In einer Stadt, in der alle immer alles mitkriegen?«

»Ich weiß ... es nicht«, sage ich immer noch keuchend. Und gleichzeitig schwant mir Übles.

»Ich halte dich auf dem Laufenden. Muss weitersuchen.« Damit legt sie auf.

Ich will gerade nach links in die King Haakon Street einbiegen, um weiter Vorgärten zu durchsuchen, als mein Blick auf den dunklen Gilbertson Park fällt. Eine große Rasenfläche, die in vollkommener Nachtschwärze liegt. Kurz entschlossen springe ich über die niedrige Mauer aufs Rugby-Feld. Die Stangen der Tore links und rechts von mir kann ich nur erahnen. Mein Gesicht ist eine seltsame Mischung aus erhitzt und schmerzhaft kalt und erinnert mich an meine eigenen Rugby-Versuche in der Schule, die sich allesamt im Winter zutrugen. Im eisigen Schlamm auf genau diesem Feld. Ich erinnere mich an die Rufe meiner Mitschülerinnen, unseres Coaches. An das Surren des Rugby-Eis, das durch die Luft flog, an das Gefühl, wenn man es aus der Luft fing, sich unter den Arm klemmte und damit lossprintete, bis man von den Füßen gerissen wurde. Und genauso renne ich nun über das Feld, mit brennender Lunge und zitternden Händen.

»Laird?«, rufe ich, doch weil ich ganz allein in dieser Finsternis bin, kommt es ein bisschen leiser heraus als noch vor ein paar Minuten.

Ich werde etwas langsamer, versuche mich in der Dunkelheit zu orientieren. Mit eisigen Fingern gelingt es mir nach ein paar Sekunden, meine Handytaschenlampe einzuschalten.

»Laird!«, rufe ich noch einmal, doch meine Stimme scheint nicht einmal über das Spielfeld zu tragen, derart kümmerlich klingt sie. Es ist unheimlich hier, so menschenleer. Aber es spielt keine Rolle. Meine Angst spielt keine Rolle. Die Angst ist ohnehin irrational. Mir passiert nichts. Um mich geht es nicht. Es geht hier um Laird.

Hinter dem Feld liegt das Clubhaus des Shetland Football Club, der hier ebenfalls seine Spiele austrägt. Mit der Taschenlampe beleuchte ich das weiße Gebäude. Die Fenster sind vollkommen schwarz, die Tür ist verschlossen.

»Laird?«, rufe ich erneut, doch mit jedem Mal schwindet die Hoffnung, die Antwort eines schwanzwedelnden Hundes zu erhalten. »Laird?«

Mir ist, als würde ich etwas hören, aber vermutlich ist es mein eigenes Schnaufen oder mein viel zu schneller Herzschlag. Doch da ist es wieder. Ich halte die Luft an, versuche, meinen Puls zu beruhigen, um mich selbst als Quelle des Geräuschs auszuschließen. Und wieder ist da dieses Geräusch, das klingt, als ... hätte jemand Schluckauf. »Laird?«, frage ich leise. »Bist du das?«

Als Antwort hickst es nun hörbar.

»Wo steckst du?«, frage ich aufgeregt. »Wo bist du denn, Laird?«

Ein leises Bellen ist seine Antwort, und auf einmal durchströmt mich ein Gefühl der Wärme und Erleichterung.

»Wie zur Hölle bist du hierher gekommen?« Und wo genau steckt er?

Ich gehe um das Gebäude herum. Hier, an der Seite, befindet sich ein Verschlag, der mit einem Vorhängeschloss gesichert ist. Und ich meine es dahinter hecheln und hicksen zu hören. Ich rüttle an der Holztür, und tatsächlich, dahinter höre ich Laird. Er winselt und hickst und bellt.

»Wie zur Hölle bist du da reingekommen?«, frage ich und leuchte mit meinem Handy die Holzbretter ab. Und dort unten an der hinteren Ecke sehe ich es. Ein loses Brett, das man bewegen kann. Aber nur, wenn man weiß, wie. Er muss es auf der Suche nach einem Unterschlupf von außen zur Seite geschoben haben. Doch als er einmal drin war, kam er nicht wieder raus. Ich schiebe das Brett zur Seite und werde beinahe umgerannt. In seiner Erleichterung drängt sich Laird so eng an mich wie nur irgend möglich. Er zittert am ganzen Körper, und sein Fell ist eiskalt.

Ich reibe seine Seiten, um ein bisschen Wärme zu erzeugen. Dann nehme ich ihn mit der einen Hand am Halsband, mit der anderen wähle ich Effies Nummer.

»Ich hab ihn«, sage ich mit einem unterdrückten Glucksen in der Stimme, das meine Erleichterung nicht einmal annähernd ausdrückt.

»Im Ernst?« Effie jubelt. »Wie geht's ihm? Ist er okay?«

Ich schildere ihr knapp die Situation. Dann: »Sagst du Nessa und Connal Bescheid?«, frage ich.

»Ich rufe Nessa an. Kümmere du dich um Connal«, erwidert sie und hat im nächsten Moment aufgelegt, ohne dass ich ihr hätte widersprechen oder sie wenigstens nach Connals aktueller Nummer hätte fragen können.

Oder hat er noch dieselbe Nummer wie vor drei Jahren? Die Nummer, mit der er mich während der ersten Wochen jeden Tag anrief. Und jedes Mal ignorierte ich ihn, und mir wurde schlecht vor Kummer und Sehnsucht. Ich habe sie nie gelöscht, habe sogar manchmal mit dem Gedanken gespielt, ihn anzurufen. Aber ich wusste, dass es ihm gegenüber nicht fair gewesen wäre.

Jetzt schwebt mein Daumen über seinem Namen, zitternd vor Kälte und Nervosität.

»Hallo?«, meldet sich seine Stimme, und wieder will ein Glucksen aus meiner Kehle entweichen. Warum nur macht es mich froh, dass er diese Nummer nie gewechselt hat?

»Connal? Hier ist Fiona.«

Connal schweigt, wartet ab, was ich zu sagen habe.

»Ich habe Laird gefunden.«

»Was?«

»Ich habe ihn.« Und nun gluckse ich tatsächlich und streichle über Lairds Kopf. »Es geht ihm gut.«

»Wo ... wo bist du?«, fragt er, und die Erleichterung in Connals Stimme macht mich doppelt und dreifach froh.

»Gilbertson Park. Er hatte sich irgendwie beim Clubhaus eingesperrt. Wo bist du? Wir kommen dir entgegen!« Meine Stimme überschlägt sich fast.

Auf dem Weg zerrt Laird an seinem Halsband, weil er ahnt, dass es zu seinem Herrchen geht. Dann kommt Connals Silhouette in unser Blickfeld. Er joggt uns entgegen. Und ich lasse Laird los, damit er auf sein Herrchen zurennen kann. Und das tut er. Connal läuft noch ein paar Meter, dann geht er in Erwartung seines Hundes in die Hocke. Ich muss mir die Hände vor den Mund pressen, so sehr bewegt mich der Anblick seiner ausgebreiteten Arme. Laird wirft sich in Connals Umarmung, und je näher ich komme, desto deutlicher höre ich, wie Connal sanft mit ihm schimpft. Und wie Laird wieder hickst.

»Du dummer Hund«, sagt er und klingt dabei so liebevoll, dass sich mein Herz zusammenzieht. »Du hast mir eine Heidenangst eingejagt.«

Ein paar Meter von den beiden entfernt, bleibe ich stehen, betrachte sie nur. Wie zärtlich Connal mit Laird ist. Wie begeistert Laird darüber, in Sicherheit zu sein. Sein Schluckauf wird zwar immer schlimmer, aber das interessiert weder ihn selbst noch Connal sonderlich. All das Mürrische, das Abweisende ist aus Connals Gesicht gewichen. Seine gesamte Körperhaltung ist offen und warmherzig.

Nachdem Laird sich einigermaßen beruhigt hat, steht Connal auf und sieht mich an, als sei ihm jetzt erst aufgefallen, dass ich hier bin.

»Fiona«, sagt er, und es fühlt sich ganz und gar unwirklich an, meinen Namen aus seinem Mund zu hören, ohne dass er hasserfüllt klingt.

Connal kommt einen zögerlichen Schritt auf mich zu. Dann noch einen. Und noch einen. Bis er vor mir steht. Er öffnet seine Arme und zieht mich in eine Umarmung. Ich bin so überrumpelt, dass ich vergesse zu atmen. Doch dann erwidere ich sie. Schlinge meine Arme um Connals Körper, bin im ersten Moment überrascht, wie viel breiter er geworden ist. Im Gegensatz zu Laird ist Connal ganz warm, als könne ihm die Kälte nichts anhaben. Er riecht nach Wolle und Salz, nach Heimat.

»Danke«, sagt er leise. »Danke, dass du ihn gefunden hast.«

»Bitte«, erwidere ich, und als er sich langsam wieder von mir löst, will ich eigentlich noch nicht loslassen. Eigentlich möchte ich ihn festhalten, ganz fest. Ihn an mich drücken, seinen Geruch inhalieren. Mich an seine neue, unbekannte Statur gewöhnen. Die Vibration seiner Stimme an meinem Ohr spüren. Aber ich weiß, dass das zu viel verlangt ist.

»Ich glaube, du solltest den Ausreißer ins Warme bringen«, sage ich, denn Laird hat zusätzlich zu seinem Schluckauf nun auch wieder angefangen zu zittern.

»Ja.« Connal sieht von Laird zu mir. »Soll ich dich … noch

nach Hause bringen? Ich parke gleich da vorne.« Er nickt Richtung South Road. Erst will ich abwinken, denn die fünfzehn Minuten könnte ich auch laufen, doch dann sagt er: »Ist das Mindeste, was ich tun kann. Außerdem liegt es ohnehin auf dem Weg.«

»Okay, gern«, erwidere ich, denn die Kälte ist inzwischen auch durch meine Jacke hindurchgekrochen und macht sich in meinen Knochen breit.

Die Autoheizung bläst mir warme Luft ins Gesicht, Laird hechelt zu meinen Füßen. Connal lenkt seinen Pick-up durch die nächtlichen Straßen von Lerwick, und auf einmal kommt mir die schlafende Stadt überhaupt nicht mehr einsam oder bedrohlich vor, sondern nur noch gemütlich.

Zwei viel zu kurze Minuten später, in denen ich nicht einen Satz herausgebracht habe – weil meine Zähne anfangen zu klappern, sobald ich sie nicht mehr aufeinanderpresse, und weil ich nicht weiß, womit ich die Stille zwischen uns durchbrechen soll –, parkt Connal seinen Wagen vor unserer Einfahrt. Wie er es schon Hunderte von Malen gemacht hat. Früher hätte er mich jetzt geküsst. Und ich ertappe mich bei dem Gedanken, wie ich mich zurücksehne. Zurück zu unseren Küssen. Und dann sage ich das Einzige, das mir in diesem Moment richtig genug vorkommt. »Es ist okay, dass du mich nicht in deiner Nähe haben möchtest, Connal.«

Er stellt den Motor ab, wendet sich zu mir um. Er atmet ein und aus, als koste es ihn Mühe, zu reagieren. »Das ist es nicht«, sagt er dann leise. »Es wäre einfacher, wenn es so wäre.«

Ich will etwas erwidern, aber es kommt kein Ton über meine Lippen.

»Besonders, seit du …« Er bricht ab, richtet den Blick wieder geradeaus auf die nasse Windschutzscheibe, auf der sich kleine Tropfen zu großen zusammenfinden, immer weiter wachsen, bis sie sich lösen und langsam nach unten kullern. Als wären es Tränen, äußere Tränen, die den inneren Tumult spiegeln.

»Seit ich was?«, frage ich so leise, dass ich mir sicher bin, Connal könne es gar nicht gehört haben.

»Seit du wieder da bist.« Seine Stimme ist monoton, als wäre es nicht er selbst, der da spricht.

»Vielleicht …«, sage ich vorsichtig, »… können wir ja eines Tages … Freunde sein?« Ich wünsche es mir so sehr. Wünsche mir nichts mehr, als dass der Mensch, der der wichtigste in meinem Leben war, wieder Teil dieses Lebens ist. Und was auch immer ich dafür tun muss, ich bin bereit.

»Freunde. Genau.« Er stößt ein Geräusch aus, das klingt wie ein Lachen, aber es ist keins. »Danke, dass du Laird gefunden hast.« Er löst seinen Anschnallgurt, beugt sich zu mir, immer näher, immer weiter in meine Richtung, und ich glaube, mein Herz explodiert jeden Moment. Ich bin ihm so nah. Er streckt den Arm aus und – öffnet die Autotür auf der Beifahrerseite. »Gute Nacht.«

Du bist so nah. Viel zu nah.
Ich kann dich riechen.
Deinen Atem hören.
Deine Haare zählen.
So nah.
Doch ich muss meinen Blick geradeaus richten.
Auf das, was vor mir liegt, nicht zurücksehen.
Nicht neben mich blicken.
Wo du bist. Wieder.
Wie könnten wir
Jemals
Freunde sein.
Wie könnten wir
Jemals
Nicht angezogen sein voneinander.
Wie könnten wir
Jemals
Loskommen vom anderen?
Ich von dir, du von mir.
Sind so eng miteinander verstrickt,
dass Nähe nicht zu Freundschaft führt,
dass Freundschaft nicht zu Frieden führt.
Denn ich bin in Aufruhr, alles an mir,
in mir, durch dich.
Und muss mich doch um meiner selbst willen
Abwenden.
Schützen.

18

In der nächsten Zeit wechsle ich in meinem improvisierten Atelier zwischen Geschirr für Marigolds Laden und einer vorsichtigen Fortführung meines Abschlussprojekts. Die Arbeit an den Frauenfiguren hat mich über so viele Monate begleitet, und dennoch habe ich das Gefühl, noch nicht genug zu haben. Ich liebe es, die feinen, runden Gesichter zu modellieren, die kegelförmigen Körper, ihnen durch Mimik Leben einzuhauchen. So unterschiedlich sie alle sind, auf den ersten Blick haben sie eine Sache gemeinsam: Sie wirken einfach. Doch je länger man sich mit ihnen beschäftigt, desto ausdrucksstärker, individueller werden sie, desto eigenständiger. Das Thema war Frauen in der Mythologie, und ich konzentrierte mich auf Griechenland und unterschätzte oder vergessene Frauenfiguren. Dike, eine Hore und Göttin der Gerechtigkeit; Leto als eine der vielen Geliebten des Zeus und in meiner Interpretation stellvertretend für alleinerziehende Frauen; Terpsichore, eine Muse, die fröhlich tanzt und für mich für die Sexualisierung des weiblichen Körpers stand; und Pleione, eine der Okeaniden, die von Orion bedrängt wurde und deswegen in meiner Interpretation für sexualisierte Belästigung steht. Sie alle existieren bereits, doch in meinem Kopf habe ich weitere Ideen, auf die ich bei meiner Recherche gestoßen bin. Gaia, Tisiphone, Hekate, klangvolle Namen, große Bedeutungen.

Als Effie mich an diesem Abend fragt, ob ich noch Lust habe, in den *Hideout* zu gehen, bin ich gerade dabei, eine spitze Nase zu formen.

»Nessa kommt direkt von der Arbeit hin. Sie sagt, sie hat Lust auf fettiges Pub Food. Also wenn du magst, können wir gleich los.«

Eigentlich bin ich vertieft in meine Arbeit, doch Zeit mit meinen Schwestern zu verbringen ist einer der Gründe, warum ich hier bin.

»Gib mir zehn Minuten. Ich muss hier noch kurz aufräumen.«

»Cool«, sagt Effie und hüpft ein wenig auf dem Weg nach draußen.

Nessa und Henry sitzen bereits an einem Tisch im hinteren Teil des Pubs und winken, als wir uns suchend umsehen. Nach einem kleinen Zwischenstopp an der Bar nehmen wir Platz.

»Schau, wer wieder da ist«, sagt Nessa und nickt in meine Richtung, »Fiona.«

»Wie schön!« Henry steht auf und gibt mir etwas umständlich, aber dennoch herzlich die Hand. Er trägt seine blonden Haare inzwischen wirr gestylt, mit kurz geschorenen Seiten, und sieht ganz anders aus als der Henry aus meiner Erinnerung. Immer noch nerdig genug, inzwischen jedoch auf modische Weise. Ein hoch zugeknöpftes gestreiftes Hemd mit weißem Kragen, enge Ankle Jeans.

»Wisst ihr schon, was ihr essen wollt?«, fragt Nessa. »Ich

kann nicht mehr warten. Brauche Frittiertes. Langer Tag«, fügt sie hinzu, als sie Effies fragenden Blick bemerkt.

»Boyd?«, erkundigt sich Effie, und Henry nickt.

»*The World of Whisky* hat eine Anfrage für ein Interview im nächsten Jahr geschickt.«

»Wie cool!«, sage ich, doch Henry hebt die Hand, um meine Euphorie zu bremsen.

»Es hätte ein Doppelinterview zur Whiskyszene in Shetland werden sollen.«

»Mit Boyd?« Effie verdreht die Augen.

»Haargenau.«

»Hört auf zu reden«, sagt Nessa erstickt. Sie hat den Kopf in den Armen vergraben.

»Aber weil Nessa eine Frau mit Klasse ist, hat sie trotzdem zugesagt. Wäre ja auch tolle Publicity für uns gewesen.«

Nessa stöhnt.

»Zwei Stunden später haben sie angerufen und das Angebot zurückgezogen. Die Begründung: Boyd Tulloch bekommt nun das gesamte Interview.«

»Was?«, sagen Effie und ich wie aus einem Mund, und Henry tätschelt Nessas Hinterkopf.

»Deswegen gibt es jetzt Scampi and Chips. Und danach Toffee Pie. Oder Chocolate Stout Cake. Oder Chocolate Lava Cake. Oder Salted Caramel Cheese Cake. Oder alles auf einmal.«

»Das diskutiert er seit heute Nachmittag.« Nessa taucht wieder auf.

»Mich hat es auf andere Gedanken gebracht«, sagt Henry grinsend.

»Ich check einfach nicht, was ich ihm getan habe. Es ist nicht so, als hätten wir je viel miteinander zu tun gehabt. Selbst als ich das Praktikum bei den Tullochs gemacht habe, war er kaum präsent. Und sein Vater war völlig okay zu mir. Es ist fast, als hätte er ernsthaft Angst vor uns. Aber das kann doch nicht sein, oder? Das ergibt überhaupt keinen Sinn. Ich meine, das ist doch lächerlich.«

»David hat auch gegen Goliath gewonnen«, gibt Henry zu bedenken.

»David hat gegen Goliath *gekämpft*«, sagt Nessa. »Haben wir je gegen die Tullochs gekämpft? Dein Vergleich hinkt. Es ist eher so, als wären wir eine Maus und Boyd eine Katze. Aber er will uns nicht einmal fressen. Er will nur mit uns spielen. Auf eine echt fiese Weise.«

Effie zuckt mit den Schultern. »Manche Leute sind einfach doof. Da kann man nichts machen, außer noch breiter zu lächeln.«

»Ich will dich mal sehen, wie du Boyd Tulloch anlächelst«, sagt Nessa, rudert allerdings im gleichen Moment zurück. »Nein, bitte lächle ihn nicht an. Das Letzte, was ich brauche, ist, dass er eines Morgens bei uns am Frühstückstisch sitzt.«

»Keine Sorge, zum Frühstück würde er nicht bleiben«, sagt Effie grinsend und wird dafür von Nessa mit einem Bierdeckel beworfen.

»Ich hol dir mal was Frittiertes.« Henry erhebt sich. »Was wollt ihr?«

»Haggis, Neeps and Tatties«, bestellt Effie.

»Sind die Fish and Chips noch so gut wie früher?«, frage ich.

»Machst du Witze? Die besten!«, sagt Henry, dann geht er zur Bar.

»Henry sieht ... verändert aus.« Ich blicke ihm nach. Seine Schritte sind immer noch so federnd wie früher, und er ist nach wie vor schlaksig mit irre langen Armen und viel zu großen Händen. Aber sein Auftreten ist ganz anders. Die Art und Weise, wie er unser Essen bestellt und gerade über etwas lacht, das Joseph gesagt hat.

»Ja, er hat ...« Nessa bricht ab, nimmt einen Schluck Ale. »Das soll er dir vielleicht selbst erzählen.«

»Was soll er dir selbst erzählen?« Henry ist mit einer Flasche, auf der die Nummer unserer Bestellung steht, zurückgekehrt.

»Fiona hat gerade gesagt, du hättest dich verändert.«

»Aber ... also ...« Es ist mir unangenehm, dass Henry nun weiß, dass ich über ihn geredet habe. »Aber ich meinte es nur positiv.«

Er lächelt. »Erst mal: Nessa, du darfst drüber reden, vor allem deinen Schwestern gegenüber. Es ist kein Geheimnis mehr. Und dann, Fiona: Ich hatte mein Coming-out.« Sein Lächeln wird breiter. »Und ja, ich weiß, das war jetzt für niemanden überraschend, trotzdem ein großer Schritt in einem Kaff wie Lerwick.«

»Herzlichen Glückwunsch«, sage ich und meine es von Herzen. Ich kann mir zwar nicht vorstellen, wie es für Henry gewesen sein muss, aber auch ich weiß, je kleiner der Ort, desto schwieriger ist es, von der Norm abzuweichen. Und die Norm in Shetland ist Mutter, Vater, Kinder.

»Der Rest«, er zeigt an sich selbst hoch und runter, »kam dann von allein. Denn es hat sich herausgestellt, man selbst zu sein, befreit ganz schön.«

»Das ist toll, Henry«, sage ich.

»Und es hat sehr geholfen, dass Ben zurückgekommen ist.«

»Ben ist wieder da?«, frage ich. Henrys großer Bruder war direkt nach seinem Schulabschluss zum Studieren nach Edinburgh gegangen und nur noch während der Ferien nach Hause gekommen. Und irgendwann nur noch an Weihnachten, weil er in der Stadt eine Freundin hatte.

»Ja, seit ein paar Jahren. Dass er da war, hat bei mir irgendwie Druck rausgenommen. Alle waren mit Mias Schwangerschaft beschäftigt. Das ist seine Frau.« Er hebt sein Glas. »Aufs Man-selbst-Sein.«

Aufs Man-selbst-Sein, was erstaunlicherweise in Lerwick doch nicht so schwer ist. Und das überrascht mich selbst vermutlich am meisten.

Das Essen kommt, und Nessa stürzt sich auf ihre frittierten Scampi. Die Ale-Kruste meines Kabeljaus ist perfekt knusprig, und der Malzessig, den ich mir daraufkippe, macht den Teig herrlich sauer. Der weiße Fisch ist saftig und zergeht auf der Zunge. Zusammen mit der selbst gemachten Tartar-Sauce sind es wahrhaftig die besten Fish and Chips, die ich kenne.

An diesem Abend und an den kommenden Tagen merke ich, wie ich mich entspanne. Wie meine Rückkehr in den Hintergrund tritt und das Hier und Jetzt an Gewicht gewinnt. Durch Geschichten wie Henrys wird mir zwar immer wieder vor Augen geführt, dass ich viel verpasst habe, aber ich hole auf. Ich lerne über die Zeit, die vergangen ist, begreife, dass nur auf den ersten Blick alles beim Alten geblieben ist. Auf den zweiten, dritten, vierten ist jeder hier – ebenso wie ich – in den letzten Jahren gereift. Hat mehr zu sich gefunden. Weichen gestellt fürs Leben, ist vielleicht zurückgerudert, um noch einmal von vorne anzufangen. Und auch das ist okay.

19

Der Nebel umgibt mich vollkommen. Er hüllt mich ein wie ein überdimensionaler Wattebausch. Ich hatte eigentlich vor, an meinem freien Tag Effies Empfehlung zu folgen und Richtung Bixter zu fahren, doch der Nebel um Lerwick herum ist heute so dick, dass ich niemals bis Bixter kommen werde. Ich fahre ohnehin Schrittgeschwindigkeit, weil ich nur wenige Meter vor mir sehen kann. Straße und dichte Nebelsuppe. Ein neuer Meter Straße, dahinter mehr Nebel. Normalerweise hat er sich zu dieser Zeit längst gelichtet, zumindest so weit, dass man gefahrlos auf den Straßen unterwegs sein kann.

Von hinten höre ich Motorenlärm und vergewissere mich noch einmal, dass ich auch die Nebelschlussleuchten eingeschaltet habe. Aber so etwas vergesse ich nicht. Nebelschlussleuchten sind auf Shetland so wichtig wie anderswo der Blinker. Das Auto rauscht viel zu schnell heran, und ich reiße das Lenkrad herum, fahre links aufs Gras. Im nächsten Moment rast ein Auto an mir vorbei, und ich drücke wütend auf die Hupe. Ist er lebensmüde? Einen Augenblick lang sitze ich in Effies Wagen und atme einfach nur, so erschrocken bin ich.

Schneller als Schrittgeschwindigkeit kann man bei diesem Nebel einfach nicht fahren. Und er war sicher mit zwanzig Meilen pro Stunde unterwegs.

Ich weiß, dass hinter dem nächsten Hügel ein Wanderweg querfeldein beginnt. So weit komme ich normalerweise nicht, und gerade bei diesem Licht – oder besser gesagt, dessen Abwesenheit – stelle ich mir die Schafweiden, die auf wilde Klippen zuführen, atemberaubend vor. Wenn man nur hören kann und kaum etwas sieht, nimmt man die Welt ganz anders wahr.

Also beiße ich die Zähne zusammen und lasse den Wagen langsam auf die Straße zurückrollen. Eine Biegung, den Berg hinab. Glücklicherweise begegnet mir kein Auto mehr. Bei diesem Wetter bleiben alle, die nicht dringend irgendwohin müssen, drinnen in der warmen Gemütlichkeit. Wie ich es auch hätte machen sollen.

Auf einmal erregt etwas meine Aufmerksamkeit. Es liegt auf der Straße, und ich trete auf die Bremse. Fast hätte ich es nicht gesehen, weil es mit dem Nebel verschmilzt. Es ist ... ein Schaf.

Wieder fahre ich das Auto links ran. Was ist mit ihm? Ich steige aus, und kalte, frische Luft schlägt mir entgegen und öffnet meine Lunge, meinen Geist.

»Shit«, entfährt es mir, als ich näher komme. Das Schaf ist verletzt. Ich kann nicht erkennen, wie schwer, aber das rechte Hinterbein steht in einem komischen Winkel ab, und das arme Ding hat es aufgegeben, weghumpeln zu wollen. »Dieses Arschloch«, sage ich durch zusammengebissene Zähne, die Hände zu Fäusten geballt. Genau deswegen fährt man langsam, bei diesen Verhältnissen, verflucht noch mal! Weil dauernd Schafe auf die Straße laufen.

Ich will dem armen Tier keine Angst machen, aber ich

kann es nicht einfach auf der Straße liegen lassen. Beim nächsten Mal ist es vielleicht nicht nur das Hinterbein. Wer weiß, was für Irre hier noch vorbeifahren.

Ganz langsam nähere ich mich, gehe in die Hocke, um mich kleiner zu machen. Das Schaf blickt mich mit weit aufgerissenen Augen an. Es würde weglaufen, wenn es könnte, und es bricht mir das Herz, zu wissen, dass ich in diesem Moment sein Leiden noch verschlimmere.

»Alles gut, ich will dir nur helfen«, sage ich leise. »Du bist verletzt, wir müssen dich zum Tierarzt bringen. Hab keine Angst, kleines Schaf.« Es zuckt und macht Anstalten, aufzustehen, doch die Schmerzen halten es davon ab. »Nicht bewegen«, sage ich, als könnte es mich verstehen.

Als ich direkt bei dem Schaf angekommen bin, überlege ich. Wie fasst man noch mal ein Schaf an? Ich weiß, wie Connal sie zum Scheren hält oder wie er sie einfängt und hochhebt, aber ich glaube nicht, dass ich stark genug bin, um ein ausgewachsenes Schaf hochzuheben. Zumindest nicht, ohne es noch mehr in Panik zu versetzen. Außerdem würde ich es niemals in Effies kleines Auto kriegen.

Ein Tierarzt. Ich muss einen Tierarzt rufen. Doch natürlich hat mein Handy keine Internetverbindung. Ich versuche, Effie zu erreichen, damit sie die Nummer für mich nachschauen kann.

Es ertönt das heisere Freizeichen. Aber Effie geht nicht an ihr Handy. Natürlich nicht, sie ist in der Arbeit, hat vermutlich genug zu tun.

Als Nächstes probiere ich es bei Nessa, habe bei ihr jedoch ebenfalls keinen Erfolg. Währenddessen wird das Schnaufen des Schafs lauter. Es versucht mehrfach aufzustehen, und ich habe beinahe körperliche Schmerzen allein vom Zusehen.

Connal. Connal weiß nicht nur, wie man Schafe hält, er

weiß auch alles andere. Eigentlich will ich ihn nicht um Hilfe bitten, will ihm den Freiraum geben, den er braucht, aber hier geht es um das Wohl eines Tieres, und das rechtfertigt alles, oder?

Zum zweiten Mal, seit ich wieder hier bin, wähle ich seine Nummer und spüre bereits, wie sich auf meinem Hals rote Flecken vor Nervosität bilden.

»Ja?«, ertönt sogleich seine Stimme, und die Nervosität wird von Erleichterung verdrängt. Er wird helfen.

»Connal? Hier ist Fiona.«

»Oh.«

»Hör zu, es tut mir leid, dass ich dich einfach so überfalle, aber hier ist ein verletztes Schaf und ich brauche Hilfe.«

»Wo bist du?«

»Hinter Veensgard, vielleicht eine Meile vom Aussichtspunkt entfernt.«

»Was machst du denn da oben bei dem Wetter? Ach, vergiss es. Was ist mit dem Schaf?«

Ich höre, wie er sich eine Jacke anzieht, seine schweren Schritte, das Knirschen von Kies, die Entriegelung seines Autos. Dann einen Pfiff und ein »Come on, Boy«. Er ist unterwegs.

»Ich ... ich weiß nicht. Es versucht aufzustehen, kann aber nicht. Ich glaube, vor Schmerzen. Das eine Hinterbein ist auf jeden Fall gebrochen, vielleicht aber auch mehr.«

»Ich bin in zehn Minuten da. Hast du ein Warndreieck aufgestellt?«

»Noch nicht.«

Er schnaubt, und kurz ist es mir peinlich, aber ich wollte mich erst um das Schaf kümmern. Doch natürlich geht die eigene Sicherheit vor.

Nachdem wir aufgelegt haben, hole ich das Warndreieck

aus Effies Kofferraum. Eigentlich muss ich es vor der Kurve platzieren, damit man es rechtzeitig sieht. Und so jogge ich neben der Straße den Hügel hoch. Meine Lunge brennt, mein Herz rast. Die kalte Luft fühlt sich an, als würde sie in mich hineinschneiden. Langsam lichtet sich der Nebel etwas, aber die Sicht ist nach wie vor schlecht.

Ich stelle das Warndreieck in die Mitte der Fahrspur, damit es nicht übersehen werden kann. Auch nicht in der undurchsichtigen Nebelsuppe.

Zurück beim Wagen, hat sich das Schaf keinen Millimeter bewegt. »Hilfe ist unterwegs«, sage ich und beruhige damit vor allem mich.

»Du weißt, dass du ein verfluchtes Glück hattest, oder?«, sind die ersten Worte, die Connal an mich richtet, nachdem er seinen Pick-up vor Effies Wagen geparkt hat. »Bei dem Wetter mit dem Auto unterwegs zu sein ...« Er schüttelt den Kopf. »Das sollte verboten sein.«

Laird streckt den Kopf zur offenen Tür heraus, hechelt. Fast habe ich das Gefühl, er würde lächeln.

Connal geht ohne jede Scheu auf das Schaf zu. Die schweren Stiefel verleihen seinem Gang etwas Raues, Wildes. Über seinem abgenutzten Pullover trägt er eine dunkelblaue Daunenweste. Er beugt sich über das Schaf, und bei ihm scheint es nicht in Panik zu geraten. Wahrscheinlich merkt es, dass Connal weiß, was er tut.

»Wie schnell bist du überhaupt gefahren? Hast du das Schaf nicht gesehen? Du musst das melden.«

»Aber ...«

»Und wer bei diesem Wetter unterwegs ist, sollte außerdem Schadensersatz zahlen müssen. Meine Meinung. Ein absoluter Irrsinn ist das.«

»Aber ich war das nicht.«

»Was?« Er sieht vom Schaf zu mir. Seine Augen sehen wach aus. Schön. Er ist wütend, und auch das ist schön.

»Ich hab es nur gefunden. Das war dieses Arschloch, das an mir vorbeigerast ist.«

»Siehst du, wie gefährlich das ist? Bei diesem Wetter bleibt man zu Hause.«

Er entschuldigt sich nicht dafür, mich fälschlicherweise verdächtigt zu haben, für den Unfall verantwortlich zu sein, aber trotzdem stiehlt sich ein vorsichtiges Lächeln auf meine Lippen. Er macht sich Sorgen.

»Das Bein ist definitiv gebrochen. Ich nehme es mit zu mir und versuche dann herauszufinden, wem es gehört. Außerdem sollte sich das der Tierarzt genauer ansehen. Vielleicht hat es noch andere Verletzungen.«

»Kann ich mitkommen?«

»Wie bitte?« Er blickt wieder auf.

»Ich würde gern sichergehen, dass alles okay ist.«

»Ich kann dir Bescheid geben, wenn der Arzt da war.«

»Ich wäre trotzdem gern dabei.«

»Wozu soll das gut sein, Fiona?«

»Na ja ...« Ich habe keine richtige Antwort auf seine Frage. Aber ich fühle mich für das Tier verantwortlich. Natürlich ist es bei Connal in den besten Händen. In den besten Händen, die das Schaf gerade einfach so hochheben. Auf seinen Unterarmen trägt er das Tier zu seinem Pick-up und legt es behutsam auf der Ladefläche ab. »Ich will es nicht alleinlassen.«

Connal lacht. »Es ist ein Schaf, Fiona.«

»Wir haben uns angefreundet«, platzt es aus mir heraus. »Das ist Paula.«

»Paula?« Connal lacht. »Seid ihr schon bei Vornamen?«

»Ja, sind wir«, sage ich mit Nachdruck.

»Erstaunlich, dass er dir dann einen weiblichen Namen genannt hat. Ein Widder mit Humor. Hab ich auch noch nicht erlebt.«

Ich merke, wie ich rot werde. »Du hast mich ja nicht ausreden lassen. Paul-Anthony. Das ist sein Name. Er legt Wert auf beide Vornamen.«

»Fiona, es ist besser, du fährst jetzt nach Hause. Langsam und vorsichtig.«

»Aber ...«

»Ich kümmere mich um ihn und sag dir dann Bescheid, wie es ihm geht.«

»Aber ...«

Connal sieht mich über die Ladefläche seines Wagens an. Sein Kiefer zuckt unter dem Bart, der heute etwas gestutzter aussieht. Oder ich gewöhne mich langsam an den Anblick von Connal mit Bart? Von Connal als Mann?

»Bitte?«

Ich kann sehen, dass er mit sich ringt. Er will mich nicht dabeihaben. Aber Connal ist schlecht darin, Nein zu sagen. Zumindest war er das immer.

»Bitte?«, frage ich noch einmal, versuche es mit etwas, von dem ich hoffe, dass es ein Dackelblick ist.

»Das sieht bescheuert aus«, sagt Connal, ich meine jedoch den Anflug eines Lächelns in seinem Gesicht zu erkennen.

»Bitte?« Ich ziehe meine Augenbrauen noch weiter nach oben, schiebe die Unterlippe nach vorne. »Bitte?«

»Hör auf damit, Fiona.«

Da kommt mir eine Idee. »Ist es nicht viel zu gefährlich, bei der schlechten Sicht wieder allein zurückzufahren?«

»Du bist ja wohl auch hierhergekommen.«

»Ja, aber es ist, wie du gesagt hast. Absolut leichtsinnig. Und richtig gefährlich. Stell dir vor, ich hätte einen Unfall ...«

»Über so was macht man keine Witze.« Doch ich sehe, dass es in seinem Kopf arbeitet. Dass er kurz davor ist, mich mitzunehmen. Er seufzt. »Du fährst mir nach«, sagt er dann.

»Ja!« Es klingt beinahe wie ein Jubelschrei. »Danke, Connal. Du wirst gar nicht merken, dass ich da bin. Ich setze mich in eine Ecke und leiste Paul-Anthony seelischen Beistand.«

»Versprich nichts, was du nicht halten kannst.« Mit diesen Worten öffnet er seine Autotür und steigt ein. Das Geräusch der zuschlagenden Tür klingt nach Resignation, aber es ist mir egal. Ich habe Paul-Anthony gefunden, ich will dabei sein, wenn er verarztet wird. Und dass ich dabei in Connals Nähe bin, ihn vielleicht ein klitzekleines bisschen davon überzeugen kann, dass ich keine verabscheuenswürdige Kreatur bin, ist mein ganz persönlicher Bonus.

20

Connal fährt vorsichtig. Obwohl der Nebel sich beinahe ganz verzogen hat, tritt er kaum aufs Gas und verringert vor jeder Kurve merklich das Tempo. Seine Behutsamkeit macht, dass sich mein Herzschlag beschleunigt. Je vorsichtiger Connal ist, desto ungestümer wird mein Inneres, und ich muss mich ermahnen, ruhig zu bleiben. Hier geht es um die Gesundheit eines Tieres, nicht darum, alte Wunden wieder aufzureißen oder neue hinzuzufügen. Was vorbei ist, ist vorbei. Zu seinem Besten. Zu unserem Besten.

Für zehn Minuten folgen wir dem Weg, den ich gekommen bin. Dann biegt Connal auf eine kleinere Straße ein. Links und rechts von uns sind Schafweiden, hinter der nächsten Kuppe würde man aufs offene Meer hinausblicken. Doch vorher nehmen wir eine weitere Abzweigung. Uralte knubbelige Steinmauern grenzen die Grundstücke voneinander ab, versperren uns die Sicht. Ein paar wilde Rosenbüsche – kahl bis auf die kleinen Hagebutten an den Zweigen – wiegen sich im Wind.

Die Straße ist hier in schlechterem Zustand. Connal verringert erneut das Tempo, weicht immer wieder Schlaglöchern aus. Er kennt hier jeden Zentimeter. Jeden Stein, jeden Busch. Und ich frage mich, ob ich je wieder irgendwo so sehr zu Hause sein werde wie er an diesem Ort. Wie ich damals an diesem Ort.

Durch das Heckfenster sehe ich die Umrisse seines Kopfes. Die zerzausten Haare. Daneben Laird. Und eine Welle der Nostalgie bricht über mich hinein. Das ist meine Superkraft. Aus Vertrauen Fremdheit zu machen und dann darüber nachzugrübeln. Ein Schritt vor, zwei Schritte zurück. Und währenddessen weiche ich emotionalen Schlaglöchern links und rechts und in der Mitte aus. Der Pfad zur Vergebung ist ein holpriger.

Als wir auf den Hof fahren, knirscht der Kies unter den Reifen. Connal steigt aus, Laird springt ihm mit einem eleganten Satz hinterher. Nicht ein einziges Mal blickt Connal in meine Richtung. Aber das ist okay. Ich habe mich schließlich aufgedrängt. Die Erkenntnis trifft mich, ich habe jedoch keine Zeit, mich damit zu beschäftigen. Oder keine Kraft. Ich will nur etwas wiedergutmachen. Irgendetwas.

Connal hievt sich Paul-Anthony erneut auf die Arme und geht mit schnellen, langen Schritten zum Stall. Als wäre ich aus einer Trance erwacht, ziehe ich endlich den Zündschlüssel und eile ihm nach. Die Tür fällt mir genau vor der Nase zu, doch ich fasse mir ein Herz und ziehe sie wieder auf. Trete hindurch in den warmen, duftenden Stall.

Man hört das Rascheln von Stroh, leises Blöken aus einer der hinteren Boxen. Laird sieht mich, bellt einmal und kommt dann mit wedelndem Schwanz auf mich zugerannt.

»Bleib«, ertönt Connals Stimme von irgendwoher, und Laird zögert kurz. Unentschlossen tänzelt er hin und her. »Laird!« Connals Stimme wird strenger, und der Hund trifft die Entscheidung gegen mich und für sein Herrchen. Wie es sich für einen Hütehund gehört.

»Was kann ich tun?«, frage ich zögerlich und gehe in die Richtung, aus der Connals Stimme gekommen ist. Der Stall liegt in einem trüben Zwielicht, doch seltsamerweise ist meine Erinnerung an diesen Ort so lebendig wie an beinahe nichts anderes, und so finde ich mühelos meinen Weg in den hinteren Teil. Ich gehe zwischen Boxen hindurch. Hier, wo Heu und Stroh lagern, hat Connal Paul-Anthony in eine leere Box gebracht.

»Du kannst nichts tun«, erwidert Connal etwas weniger schroff, als ich erwartet hatte. »Du wolltest mitkommen, um zu sehen, wie es dem Schaf geht. Setz dich irgendwo hin, und steh nicht im Weg.«

Ich schlucke. »Okay.«

In einer kleinen Nische finde ich einen Schemel, auf den ich mich kauere. Durch die offene Tür beobachte ich Connal dabei, wie er erneut Paul-Anthony untersucht.

»Und?«, frage ich.

»Es geht ihm nicht schlechter, was wohl bedeutet, dass er keine inneren Verletzungen hat«, sagt Connal und wendet sich kurz um. Unsere Blicke treffen sich, und es kommt mir so vor, als schneide seiner tief in mich hinein. Durch meine Eingeweide hindurch. Ich muss Luft holen, um das Gefühl in meinem Magen einigermaßen unter Kontrolle zu bringen.

»Sollen wir den Tierarzt rufen? Wenn du mir seine Nummer gibst …«

»Längst erledigt.«

»Oh, okay.« Kurz überlege ich, ob ich scherzhaft etwas darüber sagen soll, dass Telefonieren beim Autofahren auch nicht gerade der Definition von Sicherheit entspricht, aber wir sind nicht mehr in dem Stadium, in dem wir uns necken. Wir sind in einem Stadium, in dem man überall auf Minen tritt, wo immer man hinsieht. Also schlucke ich meinen Kommentar hinunter und schweige.

Ich beobachte Connal, wie er in einem Napf Wasser mit irgendwelchen Präparaten mischt. Als würde er meiner Frage zuvorkommen wollen, sagt er: »Etwas zur Beruhigung und zur Stärkung.« Ich nicke, obwohl er das in seinem Rücken natürlich nicht sehen kann.

Die Art und Weise, wie Connal sich vor das Schaf kniet, hat etwas rührend Demütiges. Er kümmert sich. Kümmert sich, damit es einem verletzten Tier besser geht. Er hält es fest, sodass es nicht aus Angst schnelle Bewegungen macht. Mit ruhigen Worten flößt er ihm etwas von dem Wasser ein. Das gestresste Schnaufen des Schafs wird leiser, und der wache, beinahe wütende Blick weicht der Erschöpfung.

»Connal?«, ertönt auf einmal eine Männerstimme von der Tür her.

»Hier hinten.«

Mit schnellen Schritten nähert sich ein Mann, den ich auf den ersten Blick nicht erkenne. Er hat eine Tasche dabei, trägt funktionsmäßige Kleidung.

Connal erhebt sich, streckt ihm die Hand hin.

»Connal.«

»Ben.«

»Ben! Benjamin Carlisle!«, entfährt es mir. Henrys großer Bruder.

»Das ist mein Name«, sagt Ben und nickt mir zu. »Hab schon gehört, dass du wieder da bist.« Es ist zu dunkel, um zu erkennen, ob das in seinen Augen etwas Gutes ist. In Connals Augen ist es definitiv nichts, worüber man spricht, denn er lenkt Bens Aufmerksamkeit sofort auf das verletzte Schaf.

»Das ist eins von Murrays«, sagt Ben mit einem Blick auf das Schild an Paul-Anthonys Ohr. »Dann wollen wir mal.«

Wie zuvor Connal kniet sich nun Ben neben das Schaf und unterzieht es einer gründlichen Untersuchung. Er tastet den Bauchraum ab, die Rippen. Leuchtet in seine Augen. Knickt ein Bein nach dem anderen. Nur das offensichtlich gebrochene lässt er in Ruhe.

Laird, der bislang unentschlossen zu seinem Herrchen aufgeblickt hat, beschließt, dass es nun sicher ist, sich zu mir zu gesellen. Er kommt hechelnd auf mich zu und legt seinen Kopf auf mein Knie. Es ist gut zu wissen, dass Hunde nicht nachtragend sind, und ich kraule ihn am Kopf. Allerdings vorsichtig, damit er nicht wieder Schluckauf bekommt.

»Wenn das für dich in Ordnung wäre, würde ich vorschlagen, dass unser Patient eine Nacht hierbleibt. Zu viel Stress verlangsamt die Heilung. Und für einen Tag hatte der Gute definitiv genug Stress«, sagt Ben, nachdem er das Bein geschient und Paul-Anthony noch ein paar Spritzen gegen Schmerzen und für heilsamen Schlaf gegeben hat.

»Ich sage Murray Bescheid«, antwortet Connal und entfernt sich ein paar Schritte von uns, um einen Anruf zu tätigen. Und dann geht er noch weiter weg. Bis man die Stalltür quietschen hört.

»Und? Wie geht's dir?«, fragt Ben, während er seine Sachen zusammenpackt.

»Ganz okay, schätze ich.« Meine Stimme klingt etwas heiser, weil ich so lange nicht gesprochen habe, und ich räuspere mich.

»Scheinst die Menschen ganz schön durcheinanderzubringen.« Jetzt sehe ich, dass Ben tatsächlich lächelt. Aber auf eine – ich weiß es nicht – wissende Art?

»Was meinst du damit?« Hat Connal mit ihm geredet?

Bringe ich ihn durcheinander? Seltsame, unpassende Hoffnung durchzuckt mich.

»Nessa ist wohl ein paarmal etwas ausgeflippt«, sagt Ben, und mein Herz sinkt. Sinkt spürbar. Aus einer der Boxen hört man erneut ein Blöken.

Ich schlucke. »Oh.«

»Aber ihr kriegt das schon wieder hin, ihr drei«, sagt Ben und wirft einen Blick in die Box, aus der wieder und wieder ein Blöken dringt.

Es ist schön, dass Ben so zuversichtlich ist. Aber er weiß natürlich nichts über unsere Beziehung. Über meine und Nessas. Er ist ein paar Jahre älter als wir, und Nessa himmelte ihn zwar ein paar Jahre auf eine etwas pubertäre Weise an, aber eigentlich war er immer nur Henrys großer Bruder.

»Seit wann bist du wieder hier?«, frage ich.

»Seit drei Jahren ungefähr«, sagt er.

»Warum bist du zurückgekommen?«

»So neugierig kenne ich die Linklater-Schwestern gar nicht«, sagt Ben. »Meine Frau wurde schwanger. Und ich hatte irgendwie immer diese romantische Vorstellung davon, wie meine Kinder auf Shetland groß werden. Sie war einverstanden.«

»Hat es lange gedauert, bis du dich wieder zu Hause gefühlt hast?«

»Hm«, macht er und streckt seine Hand in die Box, aus der es jetzt unaufhörlich blökt. »Shetland war immer mein Zuhause. So richtig ist mir das erst in der Fremde aufgefallen, glaube ich. Versteh mich nicht falsch, ich war gern in Edinburgh, aber auf die Dauer war es mir zu anonym. Zu wenig familiär.«

Ich nicke. Anonymität dort, Familie hier. Die beiden Beweggründe für meine Flucht.

»Das Kleine muss gefüttert werden«, stellt Ben fest und winkt mich her. »Kannst du ihm deinen Finger geben, bis ich die Milch angerührt habe?«

»Connal kommt bestimmt gleich wieder«, sage ich, weil ich mich nicht aufdrängen möchte.

»Connal kann jede Hilfe gebrauchen, wenn du mich fragst.« Als wäre damit alles gesagt, verschwindet Ben um die Ecke, während ich dem kleinen Lamm meinen Finger hinhalte. Es fängt sofort an, zu saugen, und ich muss leise kichern, weil das Gefühl an meinem Finger so komisch ist.

»Dein richtiges Essen kommt gleich«, sage ich. Ich fühle mich ein bisschen schlecht, weil mein Finger eine herbe Enttäuschung sein muss, wenn man sich auf Milch gefreut hat.

»Am besten, du setzt dich ins Stroh«, sagt Ben, als er mit einer Flasche zurückkommt. »Dann kannst du die Kleine festhalten.«

Ich öffne die Tür und lasse mich in der Box nieder. Das Lamm ist ungehalten, weil ich ihm meinen Finger dafür entreißen musste.

»Gleich gibt's Milch«, sage ich, als könnte es mich verstehen. Mit seinem kleinen Kopf rammt es ungeduldig mein Bein, und ich muss lachen.

»Hier«, sagt Ben und gibt mir die warme Flasche. »Klemm das Lamm zwischen deine Beine, damit es beim Trinken steht. Und achte drauf, die Flasche hochzuhalten, sonst schluckt es zu viel Luft. Ich muss leider wieder los.«

»Danke«, erwidere ich etwas überrumpelt. Dass ich jetzt hier allein mit einem von Connals Lämmern sitze, kommt mir ein bisschen übergriffig vor. Andererseits habe ich wohl keine andere Wahl mehr, denn das Kleine saugt inzwischen völlig ekstatisch an der Flasche, sodass auf allen Seiten Schaum hinuntertropft.

»Hat mich gefreut. Und, Fiona?«

»Ja?« Ich blicke auf.

»Herzlich willkommen zurück.« Mit diesen Worten stößt er sich von der Box ab und verlässt den Stall.

Das kleine Lamm saugt wie wild, rammt immer wieder mit seinem Kopf gegen meine Hand und wackelt aufgeregt mit seinem kleinen Schwänzchen. Es ist weiß mit braunem Kopf. Und mir wird klar, dass ich nun an der Stelle sitze, an der ich vor ein paar Wochen Connal beobachtet habe. Wie er – ebenso wie ich jetzt – das Lamm fütterte.

»Wie niedlich kann man eigentlich sein«, sage ich und fahre einmal über die weiße Wolle. »Niedlich und hektisch.« Die Flasche ist schon zur Hälfte leer getrunken.

Ich bin so versunken in die leisen Schmatzgeräusche und die Gier, mit der das Lamm an der Flasche saugt, dass ich sogar vergesse, mich unwohl zu fühlen. Ich streichle sein Fell, sage ihm ab und zu, es soll langsamer machen, was natürlich keinerlei Effekt hat.

Auf einmal höre ich ein anderes Geräusch. Ein Rascheln. Ein menschliches Rascheln. Ich schaue auf und sehe direkt in Connals Augen. Ich weiß nicht, wann er zurückgekommen ist oder wie lange er schon an den Balken gelehnt dort steht. Die Arme verschränkt, die Beine überkreuzt. Sein Blick ist – warm.

»Ben hat ... entschuldige, ich wollte nicht ... er hat gesagt ...« Aus meinem Mund kommt nur ein Stammeln, während das Lamm vollkommen unbeeindruckt weitersaugt.

»Ben hat mir draußen Bescheid gegeben.« Connals Stimme ist leise. Beinahe sanft. Und mir wird ganz heiß. »Durch die Schaf-Rettungsaktion ist ihr Mittagessen ein bisschen in Vergessenheit geraten.« Er nickt in Richtung Lamm.

Die Tatsache, dass Connal nicht wütend ist, verursacht

ein kribbeliges Gefühl überall auf und in meinem Körper. Er hat mich beobachtet. Er hat mich angesehen.

»Wie heißt sie?«, frage ich leise, wage es, erneut Connals Blick zu begegnen.

»Sie hat keinen Namen. Nur eine Nummer.« Er zuckt mit den Schultern, wendet den Blick immer noch nicht ab.

Das Lämmchen saugt inzwischen nur noch an der leeren Flasche. Connal kommt auf die Box zu und streckt seine Hand aus, um sie mir abzunehmen. Seine Finger sind so nah. Viel zu nah. Viel zu weit weg. Ich will sie berühren. Aber sofort sind sie wieder unerreichbar.

Connal stellt die Flasche neben den Hocker, auf dem ich eben noch saß. Ich nehme jede seiner Bewegungen wahr. Jede intensiver als die davor. Wie sich seine Schultern unter dem dicken Strickpulli heben, senken, wie sich seine Oberarme anspannen, wie seine Wangenknochen im einen Moment ganz hart, im nächsten entspannt wirken.

Er öffnet die Tür der Box, vielleicht sucht er meine Nähe, denke ich. Da sehe ich, dass er mit einer Mistgabel einfach nur das Stroh aus der hinteren Ecke entfernt. Er ist schnell, jedoch ohne jede Hektik. Mit den Händen nimmt er frisches Stroh aus einer Schubkarre. Kurz flackert sein Blick wieder zu mir, aber es kann zufällig gewesen sein. Das kleine Lamm zwischen meinen Beinen blökt leise, will meine Aufmerksamkeit auf sich ziehen, und ich muss lächeln. Es ist ein vorsichtiges Lächeln. Als könne jede zu deutliche Gefühlsregung das friedliche Gleichgewicht stören, das auf einmal zwischen uns herrscht.

Connal lässt das duftende Stroh in die Ecke fallen, verteilt es mit den Spitzen seiner Schuhe. Dann dreht er sich um. Verschränkt die Arme vor der Brust. Steht unentschlossen in der Box.

»Gib ihr doch einen Namen, wenn du willst«, sagt er leise.

Ich schlucke. Ist das ein Friedensangebot? Wieder hält sein Blick meinen gefangen. Oder mein Blick den seinen. Sein Adamsapfel hüpft. Langsam.

»Okay?«, sage ich, und das Lächeln auf meinem Gesicht breitet sich aus. In meinem Körper. Bringt ihn innerlich ebenfalls zum Lächeln. »Wie könntest du wohl heißen?«, frage ich das Lämmchen, während ich aus dem Augenwinkel sehe, dass Connal sich langsam an der Holzwand herunterrutschen lässt. Bis er ebenfalls auf dem Boden sitzt. Vielleicht anderthalb Meter von mir entfernt.

Als würde mein Mund einfach machen, was er will, ohne dass ich irgendetwas dazutun kann, sage ich: »Leannan.« Das gälische Wort für *Liebste.* Und Connals Spitzname für mich. Als alles noch gut war.

Beinahe erschrocken sehe ich zu ihm. Doch Connal sitzt weiterhin einfach nur da. Mir gegenüber. Und sein Adamsapfel hüpft erneut. Mein Inneres zieht sich zusammen vor Sehnsucht. Sehnsucht nach Vergebung. Nach den alten Zeiten. Sehnsucht nach *alles gut.*

»Leannan«, wiederholt er leise und rau. Als wäre ein Druck auf seiner Kehle. Als wäre es das erste Mal, dass er das Wort ausspricht und ausprobieren müsste, wie es klingt. Er hat es vergessen.

»Danke, dass du mich mitgenommen hast, Connal«, sage ich, um das brennende Gefühl der Scham, das sich aufgrund meiner Naivität in mir ausbreitet, zu überdecken.

»Kein Ding«, erwidert er. »Ich schätze, das war dein gutes Recht, nachdem du den Widder gerettet hast.«

»Du hast ihn gerettet.«

»Du hast mich angerufen«, murmelt er. Ist das Hoffnung

in seiner Stimme? Was ist es? Es macht mich wahnsinnig, dass ich ihn nicht lesen kann.

»Ja …« Kurz überlege ich, ob das hier eine gute Idee ist. Ob man es gut sein lassen sollte. Babysteps. Aber dann: »Du hast immer noch die gleiche Nummer.«

»Und du scheinst sie noch eingespeichert zu haben.« Er zieht die Augenbrauen nach oben, als überrasche ihn diese Tatsache.

»Natürlich«, sage ich mit etwas mehr Vehemenz, als gut ist.

»So natürlich ist das, ehrlich gesagt, nicht.« Connal spricht so leise, dass ich nicht einmal weiß, ob ich ihn richtig verstanden habe. »Erzählst du mir, wo du die letzten Jahre warst?«

Ich erstarre beinahe. Ist das sein Ernst? Will er das wirklich wissen? Innerlich stehe ich vollkommen unter Strom. Aber ich versuche, meine Aufregung unter Kontrolle zu halten. Das hier soll so normal wie irgend möglich wirken. Zwei alte Freunde, die sich unterhalten. Kein Druck.

»Ich war in Bristol.« Ich schlucke. Sehe ihn an, doch er hat den Blick auf Leannan gerichtet, die sich ein Stück von mir entfernt hat und den Kopf in das frische Stroh steckt. »Ich habe Kunst studiert.«

»Ja, hat Effie erzählt«, sagt Connal. »Das passt.«

Das schlechte Gewissen drängt mit aller Macht an die Oberfläche. *Ich bin nicht deinetwegen gegangen. Ich bin* für *dich gegangen.* Aber ich schweige.

»Und du?«

Er lacht auf. Ein bisschen bitter, ein bisschen freudlos, als wäre die Frage albern. »Ich war hier.«

»Ja.«

»Ich war immer hier. Wo man mich finden konnte.«

21

»Ja.« Es ist kaum mehr als ein Hauchen, und auch ich muss nun den Blick abwenden, doch nur für eine Sekunde. Denn ich kann nicht anders, als ihn anzuschauen.

»Wenn man das gewollt hätte.« Auf einmal sieht er so müde aus. Herzzerreißend müde.

Ich wollte. Ich wollte nichts so sehr wie dich und mich. Ich zucke zusammen bei diesem unausweichlichen Gedanken, der alles, was ich getan habe in den letzten Jahren, alles, was ich seit diesem furchtbaren Tag getan habe, in den Hintergrund drängt. Mit meiner Schuhspitze stoße ich versehentlich an Connals Bein, woraufhin er seine Aufmerksamkeit wieder auf mich richtet.

»Ich habe dich angerufen. Immer wieder.«

»Ja.« Und ich habe ihn ignoriert. »Ich konnte nicht …«

Einen Moment schweigen wir.

»Danke für deine Hilfe beim Füttern«, sagt er, als wolle er nun das Gespräch auf unverfänglicheres Terrain lenken. Als wolle selbst er den Vorwürfen, die unweigerlich kommen müssen, im Moment keinen Platz einräumen. Als könne er sie nicht ertragen.

»Ben hat mich sozusagen dazu genötigt«, sage ich und spüre gleichzeitig, wie sich Connals schwerer Stiefel vorsichtig gegen mein Bein drückt. Es kann Zufall sein. Es kann Absicht sein. In seinem Gesicht erkenne ich es nicht. »Ich hatte kurz Angst, dass es übergriffig ist. Dass es dir lieber wäre, ich würde gehen …«

Connal schweigt. Sieht mich an und schweigt. Den Stiefel nach wie vor gegen mein Bein gedrückt.

»… aber Ben meinte, du könntest Hilfe gebrauchen.«

Wieder entfährt ihm ein Lachen. Ein echteres diesmal. »Da könnte er sogar recht haben.«

Fragend blicke ich ihn an.

»Einer unserer Farmmitarbeiter, Tom, ist krank, und mein Dad schafft nicht mehr so viel wie früher. Deswegen bleibt einiges an mir hängen. Aber das ist schon okay.«

Ich merke, wie ich beginne, mich zu entspannen. Wie irgendwann in den letzten Minuten die Angst, etwas falsch zu machen, einer Behaglichkeit gewichen ist. Der Geruch des Strohs, Leannans leises Atmen, während sie einschläft, das Gefühl von Connals Schuh an meinem Bein. Die Vertrautheit, die vielleicht nur eingebildet ist, mich jedoch in Sicherheit wiegt. Meine Atmung vertieft sich, und ich wage es, meine Sitzposition etwas zu verändern, um erneut Connals Bein zu streifen – denn wenn seine Berührung kein Versehen ist, will ich sie nicht unbeantwortet lassen. Außerdem sehne ich mich danach, ihn zu berühren. Ihn wissen zu lassen, dass ich da bin. Hier. Und nirgendwo anders.

»Seit wann trägst du denn die Verantwortung?«, frage ich in einem Versuch, ein paar Lücken zu schließen. Lücken, an denen ich und ich allein die Schuld trage.

»Eine Zeit lang haben Dad und ich das gemeinsam gemacht. Letztes Jahr hatte er zwei Bandscheibenvorfälle, und das war dann das Zeichen dafür, dass er kürzertreten muss. Aber ...« Einen Moment lang zögert er. »... du kennst ihn ja.« Und auf einmal klingt es, als wären wir alte Freunde.

»Er hat sich vermutlich mit Händen und Füßen gewehrt.«

»Genau das. Er lag vollkommen unbeweglich im Bett und hat gewütet und geflucht. Bis Mum ihm den Mund verboten hat. Wenn er nichts Gehaltvolles zu sagen hätte, solle er still sein. Sie würde sonst eigenhändig sein Bett in die Scheune stellen.« Connal ahmt die Strenge seiner Mum ziemlich gut nach und fuchtelt im Takt der Worte mit dem Zeigefinger. »Am nächsten Tag hatte er etwas Gehaltvolles für uns. Nämlich, dass er sich zurückzieht.« Er lacht. Und ich lache mit. Und währenddessen setzt Connal sich näher zu mir und in den Schneidersitz, sodass nun durch den Stoff unserer Jeans Körperwärme auf Körperwärme trifft. Sich ausbreitet. Bis in mein tiefstes Inneres.

»Ein paarmal hat er versucht, seine Entscheidung zurückzunehmen.«

»Aber Alice hat ihn nicht gelassen?« Kurz habe ich Sorge, ihr Vorname könnte zu viel Vertrautheit suggerieren. Doch Connal geht darüber hinweg.

»Sie hat ihn, ehrlich gesagt, einfach ausgelacht. Hat gesagt, er könne es ja mal versuchen. Bis zum nächsten Bandscheibenvorfall.«

»Sie ist großartig.« Das war sie schon immer. Praktisch veranlagt, herzensgut, voller Elan. Ich erinnere mich daran, wie sie Connal und mich eines Tages zur Seite nahm – wir waren vielleicht ein paar Monate zusammen – und sagte, ihr sei das Gespräch vermutlich unangenehmer als uns, deswegen sollten wir einfach still sein und zuhören. Sie fragte uns, ob wir uns über Verhütung Gedanken gemacht hätten, legte uns Broschüren auf den Tisch. Sie forderte uns auf, zu zweit darüber zu sprechen. Wenn wir danach mit einem Termin bei der Gynäkologin oder der richtigen Kondommarke Hilfe bräuchten, könnten wir auf sie zurückkommen. Und so war sie diejenige, die den ersten Termin für mich vereinbarte. Bei der gleichen Praxis, bei der ich ein paar Jahre später die Diagnose bekam. »Geht's ihr gut? Deiner Mum, meine ich?«

»Wie immer.« Connal zupft am Stroh und streift mit seiner Hand für den kürzesten, flüchtigsten Augenblick mein Knie. »Heute sind sie beim Geburtstag meiner Tante in Billister. Eigentlich hätte ich dort auch sein sollen. Glück für den Widder, dass Tom krank ist.«

Und Glück für mich, denke ich, und mein Herz pocht auf einmal ganz laut, weil ich im Begriff bin, etwas zu tun. Etwas zu sagen. »Und Glück für mich.« Es ist raus. Ich atme ein und aus, ein und aus, sehe ihn an. Schlucke, ohne zu schlucken. Schlucke erneut. »Denn Connal ...« Ich will sagen, dass ich den Gedanken nicht ertrage, dass er mich nicht mehr leiden kann. Will mich an ihn pressen, ihn halten, mich von ihm halten lassen. Will, dass wir uns gegenseitig halten, bis alles gut ist. Oder zumindest besser.

»Fiona«, sagt er und wendet den Blick ab. »Ich weiß nicht, ob ...« Sein Fingernagel wandert zwei winzige Zentimeter an der Naht meiner Hose entlang, verharrt dort. Meine eigene Hand, die auf meinem Oberschenkel liegt, zuckt kaum merklich. Mein Herz pocht so schnell, dass es in meinen Ohren dröhnt. Mein Inneres zieht und zerrt und will mich in eine Richtung drängen. In Connals Richtung. Richtung Vergangenheit.

»Ich auch nicht«, flüstere ich, während sein Finger dieselben zwei Zentimeter zurückwandert.

»Dass du wieder da bist ...« Connal blickt starr auf seine Hand an meinem Bein. »... Als ich dich nach der Beerdigung deines Vaters im Pub gesehen habe …« Er klingt verwirrt, beinahe hilflos. Und ich will nichts lieber, als ihn erneut zu umarmen, wie neulich Nacht in der Kälte von Lerwick, als er jede Hemmung überwand und seinen Gefühlen einfach freien Lauf ließ. »… Man ist nicht einfach über eine Person hinweg, nur weil sie auf einmal nicht mehr da ist.«

Ich nicke kaum merklich. »Ich weiß.« Meine Kehle ist wie zugeschnürt.

»Verflucht noch mal, deine Anwesenheit verwirrt mich.«

Mich verwirrt sie auch, würde ich gern erwidern. *Lass uns zusammen verwirrt sein.*

Aber in diesem Moment spreizt Connal seine Finger und legt seine gesamte Hand auf meinen Oberschenkel. Einfach so. Seine Wärme geht sofort auf mein Bein über, brennt sich süß durch den Jeansstoff meiner Hose.

Ich blicke auf, sehe ihn, spüre seine Hand, fühle, wie ich in Tränen ausbrechen und gleichzeitig jauchzen will, weil mich die Nähe zu ihm so aufwühlt. Wie automatisch hebt sich meine Hand und legt sich auf seine. Meine kleinen Finger mit Tonresten unter den Nägeln auf seinen großen, schwieligen.

»Und vorhin, als du das Lamm – Leannan – gefüttert hast …«

Seine Finger umfassen meine. Und ich verstehe nicht, was passiert. Ist es Nostalgie? Ist es Vergebung?

Dieser Gedanke wirft mich kurz aus der Bahn, aber der Moment ist zu schön, zu aufgeladen, zu mächtig, um sich ablenken zu lassen. Und so schiebe ich all das, was zwischen uns stehen muss, beiseite. Entscheide mich dafür, zuzulassen, was hier geschieht. Entscheide mich gegen meine Unsicherheit. Ich rutsche näher an ihn, rieche ihn, streiche mit meiner Hand über den Ärmel seines Wollpullis, betrachte das eng gestrickte Muster, zupfe vorsichtig an einem losen Faden, um mich kurz zu sammeln.

Und dann entfährt Connal ein Seufzen – ein Stöhnen beinahe –, das so schwer klingt, so tief und voller Verzweiflung, dass es mein Herz erschüttert. Seine eine Hand wandert an meinem Oberschenkel entlang, die andere streicht über meinen Oberarm, meine Schulter. Quälend langsam und doch zielstrebig. Und überall dort, wo seine Finger waren, kribbelt meine Haut einfach weiter und steckt den Rest meines Körpers an. So wie nur Connal es bislang geschafft hat. Ein Gefühl, das ich nicht mehr kannte, das mir in den letzten Jahren abhandengekommen war. Das ich vielleicht nicht einmal gesucht habe.

»Wir müssen nicht …«, höre ich mich sagen und würde mich am liebsten selbst dafür ohrfeigen.

Aber im selben Moment ist es egal. »Sag nichts. Sag jetzt bitte nichts.« Connal klingt erstickt, während sein Gesicht näher und näher kommt.

Meine Finger tasten nach seinem Bart, hektisch, beinahe ungeübt. Er fühlt sich fest und weich zugleich an. Ist neu in all dem Bekannten. Facht das Chaos in mir nur noch weiter an. Es ist aufregend und doch nicht. Es macht mir Angst und doch nicht. Es …

Ich höre auf zu denken in dem Augenblick, da Connals Lippen bebend meine berühren. Spüre, wie er zitternd ausatmet, wie er innehält, als müsse er mich erst kennenlernen. Als ringe er mit sich selbst.

Und dann ist er bei mir. Auf mir und über mir. Seine Lippen drängen gegen meine, während er die Arme um meinen Körper schlingt. Ich vergrabe meine Finger in seinen Haaren, diesen schönen dunklen Locken. Meine Eingeweide knoten sich um sich selbst, immer fester und fester, je drängender sich Connals Lippen auf meine pressen. Sie sind so warm. So weich. Sie sind Vergangenheit und Gegenwart. Und alles, was dazwischen war, ist in dieser Sekunde wie ausgelöscht.

Ich lasse mich nach hinten sinken, öffne meine Lippen, lade ihn ein, mehr von mir zu nehmen. Alles von mir zu nehmen, wenn es das ist, was er will. Denn es ist alles, was ich jemals wollen könnte – so scheint es in der unwirklichen Ekstase des Moments. Meine Hände zittern vollkommen unkontrolliert, und ich kralle sie fester in seine Haare. Ich möchte schreien und stöhnen vor Sehnsucht, vor unerfülltem Verlangen, das gelindert wird, aber nicht genug. Nicht schnell genug.

Seine Zunge trifft auf meine, und es kommt mir vor, als kippte die Welt. Ich falle, und Connal hält mich. Bettet mich ins Stroh, das durch meine Kleidung sticht. Es ist das schönste Gefühl der Welt. Überwältigt zu sein.

Er dringt in mich, drängt meine Zunge zurück, und ich lasse ihn. Ich will ihn in mir. Sein Keuchen und Schnaufen, seine fahrigen Bewegungen mit der Hand an meinem Körper – ich will alles wahrnehmen, und doch ist mir schwindelig, sodass ich mich ermahnen muss, mich auf eins nach dem anderen zu konzentrieren. Seine feste Zunge, die weichen Lippen. Der Geruch von Stroh, von Connal. Vergangenes, Gegenwärtiges. Der Geschmack von allem, was gut ist, die Verdrängung von allem, was schlecht ist.

Connals Zunge streicht über meine, ringt mit ihr, unsere Lippen finden ihren ganz eigenen Rhythmus. Und ich möchte weinen. Um all das, was wir nicht hatten. Meinetwegen. Doch ich kann nur hier sein. Hier bei ihm und ihn mich erobern lassen. Weil nichts anderes Gewicht hat. Ihm geben, was ich niemandem sonst je geben wollte. Seinetwegen.

Unsere Münder, unser zitternder Atem, unser sehnsüchtiges Schnaufen – es wird alles eins. Wir beide werden zu einem

Ganzen. Sind völlig entfesselt, fallen übereinander her, als würden wir uns verschlingen wollen. Ausgehungert, nach Nähe, Wärme, Liebe lechzend.

Connals Hand zieht hektisch am Reißverschluss meiner Jacke, ich zerre mit ihm. Wir unterbrechen den Kuss für eine Sekunde, kämpfen mit dem kleinen Metallteil, gewinnen. Gemeinsam. Ich entledige mich der Jacke, spüre Connals Hand unter meinem Pullover, fahre unter seinen. Seine Haut ist heiß, beinahe *zu* heiß. Ich könnte mich verbrennen, doch das ist es wert. Connal ist es wert.

Er schiebt meinen Pullover hoch, umfasst mit der Hand meine Brust, knetet sie gierig, und ich wünschte, er würde mir den blöden BH einfach runterreißen. Aber ich will nicht schon wieder aufhören, ihn zu küssen. Ich brauche seinen Mund auf meinem Mund. Bäume mich ihm entgegen, spüre als Nächstes seine Hand zwischen meinen Beinen. Da ist zu viel Jeans zwischen uns. Nervös nestle ich an seinem Gürtel, ziehe daran, bis er mir zu Hilfe kommt und mit einer einzigen Bewegung die Schnalle löst. Unter dem schweren Stoff ist er hart, ich spüre es, will es. Er macht sich an meiner Hose zu schaffen, und ich habe das Gefühl, als hätte ich in meinem ganzen Leben noch nie so sehr auf etwas hingefiebert wie auf die Nähe, die gleich zwischen uns herrschen wird.

Auf einmal ist da ein Gedanke in meinem Kopf. Er blitzt für den Bruchteil einer Sekunde auf. *Das ist nicht richtig,* sagt er. Warum? Warum soll es nicht richtig sein, wenn es sich so richtig anfühlt? *Es ist nicht fair,* sagt er. Aber warum kann es nicht ein einziges Mal darum gehen, was ich will? Nur in diesem einen Moment? Während es doch so offensichtlich ist, dass er das auch will? *Weil er die Wahrheit nicht kennt.*

Und das ist es. Ich bin gegangen, um ihn freizugeben. Und das hier – das ist genau das Gegenteil von Freigeben.

»Connal, warte.« Ich schiebe ihn sanft von mir weg.

»Will nicht warten«, stöhnt er.

»Ich auch nicht, aber ...«

Er löst sich von mir, sieht mich an mit diesem lustverschleierten Blick, in den sich auf einmal noch etwas anderes mischt. Als würde er aufwachen aus einer Trance. Er keucht, fährt sich mit der Hand über die Haare, lässt den Kopf sinken, schließt die Augen.

»O Gott«, flüstert er, reibt sich das Gesicht. »O Gott.«

Ich ertrage nicht, dass es aufhört. Alles in mir schreit danach, dass er weitermachen soll, doch gleichzeitig weiß ich, dass es so besser ist. Wir setzen uns beide auf, kommen in diesem Moment zur Besinnung.

»Connal ...« Ich berühre ihn zaghaft am Arm.

»Entschuldige«, sagt er.

»Es gibt nichts, wofür du dich entschuldigen musst.«

»Wir hätten nicht ... Ich hätte nicht ... Das hätte nicht passieren sollen, oder?«, sagt er monoton. Und es ist nur dieses eine Wort, das macht, dass mir schlecht wird. *Oder.* Er hat es nicht verdient, dass ich ihn im Unklaren lasse. Wenn ich Vergebung will, wenn ich Freundschaft will, wenn ich eine Chance haben will, etwas wiedergutzumachen, ist Sex nicht die Lösung, sondern eine Komplikation, die nicht rückgängig zu machen ist. Und davon habe ich genug.

Er steht auf, zieht seinen Gürtel wieder zu, und das Geräusch besiegelt die Endgültigkeit.

Ich kann nichts tun, als ihn anzusehen. Ich taste nach meiner Jacke, um mich einzuwickeln gegen die Scham, die ich auf einmal empfinde. Scham, die auf Intimität folgt, ist die lauteste.

»Du hast eine Erklärung verdient«, sage ich, den Blick gesenkt.

Er lacht auf. »Ich glaube, ich verstehe schon. Es ist ja nicht so, als wärst du für mich zurückgekommen.«

Ich schlucke. Es stimmt. Und vielleicht wäre es für alle das Einfachste gewesen, ich wäre fortgeblieben, statt Connal im Stroh zu küssen wie ein verdammter hormonbesoffener Teenager. »Du hast recht, ich bin nicht für dich zurückgekommen«, sage ich leise, den Blick gesenkt. »Vielleicht war ich egoistisch. Vielleicht ...« Ich kann kaum weitersprechen. »Aber eins musst du mir glauben, Connal. Ich bin *für dich gegangen.*« Meine Stimme bricht.

Connal blickt mich vollkommen entgeistert an, schüttelt den Kopf, als hätte ich den Verstand verloren, sagt jedoch nichts.

»Ich bin gegangen, weil ich dachte, vollendete Tatsachen sind für uns beide leichter zu ertragen.«

»Leichter zu ertragen als was?«

»Als ... ein enttäuschtes Leben.« Meine Stimme ist so leise, dass ich mich einmal räuspern muss. »Als ein enttäuschtes Leben«, sage ich noch einmal fester.

»Ein enttäuschtes ... Was?«

Alles, was ich sage, ist zu kryptisch. Er kann damit nichts anfangen. Wenn es doch nur nicht so schwer wäre! »Ich habe aus Versehen ein Gespräch mit angehört. Vor drei Jahren. Zwischen dir und deiner Mum.«

»Okay?«

»Du klangst so ... so ... voller Vorfreude. Zuversicht. Hast ihr erzählt, wie sehr du dich darauf freust, eine Familie mit mir zu haben.«

Er runzelt die Stirn, als hätte er keine Ahnung, worüber ich spreche.

»Und ich ...« Ich schlucke. Ich sollte ihm alles erzählen. Sollte diesen Moment nutzen. Obwohl ich mich vollkommen verletzlich fühle, vollkommen nackt. Aber er hat die Wahrheit verdient. »Ich kann keine Kinder kriegen.« Ich habe es laut ausgesprochen. Zum ersten Mal in meinem Leben vor jemand anderem. Es kommt mir beinahe absurd vor, so lange ist es schon ein Teil von mir.

»Was redest du da, Fiona?« Er klingt beinahe panisch, so als könne er nicht glauben, was ich sage. Und natürlich kann er es nicht glauben. Natürlich schockiert es ihn, weil jetzt alles Sinn ergibt.

»Es ist wahr. Ich bin unfruchtbar. Ich habe die Diagnose am gleichen Tag …«

Aber er lässt mich nicht einmal ausreden. »Willst du damit sagen, du hast dich von mir getrennt – ohne mir einen verfluchten Grund zu nennen, ohne mir auch nur die Chance zu geben, mit dir zu sprechen –, weil ich meiner Mum gesagt habe, dass ich mich auf eine Familie freue? Das kann nicht dein Ernst sein, Fiona. Das kann nicht wahr sein.«

»Weil ich sie dir nicht geben konnte«, sage ich kleinlaut. »Ich habe es für dich getan, das musst du mir glauben.« Ich vergrabe das Gesicht in meinen Händen, weil die Erinnerung so schmerzhaft ist. Die Erinnerung, meine eigene Unzulänglichkeit und die Ungläubigkeit in Connals Stimme.

»Das ist doch Wahnsinn.« Es ist kaum mehr als ein Hauchen. »Als hätten wir nicht darüber sprechen können. Als hätten wir keine Lösung gefunden. Als hätten wir nicht …« Er rauft sich die Haare, schlägt mit der Faust so fest gegen die Wand der Box, dass ich zusammenzucke. »Du hast mir keine Chance gegeben? Mir keine Wahl gelassen?« Er schluckt. »Du hast mir nicht einmal die Möglichkeit gegeben, mich für dich zu entscheiden. Das ist … das ist …« Ihm bleiben die Worte im Hals stecken.

»Aber ja genau aus dem Grund!«, sage ich flehend, denn

das hier geht alles so fürchterlich schief. »Damit du dich nicht entscheiden *musstest,* Connal.« Leiser füge ich hinzu: »Damit du frei bist.«

»Und wenn ich es gewollt hätte? Hast du darüber mal nachgedacht?« Er dreht sich um, sieht mich direkt an. Er atmet zitternd ein. »Was, wenn ich mich für dich entschieden hätte?«

Wie vor drei Jahren bricht mein Herz auch jetzt. »Das ist ja das Problem«, sage ich, während ich gegen die Tränen ankämpfe. »Ich habe keinen Zweifel daran. Hatte nie den leisesten Zweifel, dass du dich für mich entschieden hättest. Aber das konnte ich nicht zulassen, verstehst du? Denn eines Tages hättest du begonnen, mich dafür zu hassen, dass ich dir nicht das geben kann, was du dir am meisten auf der Welt wünschst.«

Connal schnaubt. »Vielen Dank für diese sehr objektive Einschätzung meines Charakters.« Er wendet sich ab, öffnet die Tür der Box, tritt hinaus. »Aber darüber musst du dir glücklicherweise keine Sorgen mehr machen. Denn ich habe bereits vor drei Jahren angefangen, dich zu hassen.« Mit energischen Schritten entfernt er sich von der Box. »Scheiße, verfluchte!«, ruft er, und ich zucke erneut zusammen. Dann höre ich die Stalltür zuschlagen.

Mit zitternden Fingern mache ich den Knopf meiner Jeans wieder zu, will diesen absurden Beweis dessen, was soeben geschehen ist – oder nicht geschehen ist –, so schnell wie möglich verwischen. Mein Blick fällt auf Leannan, die am anderen Ende der Box friedlich schläft und von all dem hier nichts mitbekommen hat.

Tränen brennen hinter meinen Augen, und eine einzelne findet ihren Weg meine Wange hinunter. Ich habe das Richtige getan. Vor drei Jahren und heute. Ich habe ihn beschützt.

Vor sich selbst. Auch wenn er das nicht sehen kann. Auch wenn er mich hasst.

Mühsam erhebe ich mich. Das Richtige. Ich wiederhole es noch mal und noch mal. Warum nur fühlt sich das Richtige immer so falsch an? Und das Falsche so richtig? Das ist die große, schmerzhafte Ungerechtigkeit meines Lebens, die ich lernen muss, zu ertragen.

Auf meinem Weg nach draußen ziehe ich mir wie zum Schutz meine Kapuze über. Ich öffne die Stalltür einen Spaltbreit, um mich zu vergewissern, dass die Luft rein ist. Auf dem Hof ist kein Mensch zu sehen. Kein Geräusch zu hören.

Ich schleiche mich zu Effies Auto und lasse den Kopf auf das Lenkrad sinken. *Scheiße verfluchte.* Damit hat Connal jedenfalls recht.

Dass ich dich nicht hasse.
Damit bist du um Jahre zu spät.
Denn dich nicht zu hassen wäre, dich zu lieben.
Dich zu lieben wäre –
Folter.
Dass ich dich nicht hasse.
Das hast du verkackt.
Denn dich nicht zu hassen wäre, dir zu vergeben.
Dir zu vergeben wäre –
Untergang.
Dass ich dich nicht hasse.
Doch es ist deine Schuld.
Denn dich nicht zu hassen wäre, dich zu
begehren, mich zu verzehren nach dir.
Jeden Tag
Jede Stunde
Jede Minute
Jede Sekunde
Dich zu begehren, mich zu verzehren nach dir
wäre –
Realität.
Dass ich dich nicht hasse, sagst du. Siehst mich
an mit diesen flehenden Augen,
die Folter und Untergang und Realität sind.
Zu spät. Deine Schuld. Ich hasse dich.
Nicht.

22

Als ich nach Hause komme, sitzt Effie strickend auf dem Sofa. Sie ist dabei, wollene Fäustlinge für Marigold zu produzieren. Ohne die raschen Bewegungen zu unterbrechen, sieht sie auf.

»Was ist denn mit dir passiert?«, fragt sie.

Ich bin zu ausgelaugt, um ihr zu erzählen, was geschehen ist. Will mich eigentlich nur auf meinem Bett zusammenrollen und weinen. Aber gleichzeitig fällt meinem matten Gehirn auch keine Ausrede ein. Also stehe ich einfach nur da, starre auf den Boden, höre meinem viel zu kaputten Herzen beim Schlagen zu.

Dem Ausbleiben des Stricknadelklapperns nach zu urteilen, hat Effie ihre Arbeit niedergelegt. »Was ist das in deinen Haaren?«

»Hm?« Ich sehe auf. »Was meinst du?«

Effie kommt auf mich zu und zieht – wie sollte es anders sein – einen Strohhalm aus meinen strubbeligen Haaren.

»Okay. Erzähl mir alles«, sagt sie. Und es ist keine Frage, keine Bitte.

Aus dem Wohnzimmerschrank nimmt sie zwei bauchige

Gläser und eine Flasche von Nessas Whisky. »Was Stärkeres haben wir nicht da.« Sie grinst vorsichtig, ist sich unsicher, wie viel Humor diese Situation verträgt.

Wir setzen uns an den Tisch, und ich nehme einen kleinen Schluck aus dem Glas, das Effie mir reicht. Es ist gut, dass Nessas Whisky den Schmerz, die Unsicherheit ein wenig dämpft. Außerdem wärmt er innerlich. Ich betrachte das Etikett der Flasche. *Golden Plover Whisky* steht darauf, und ein hübsch stilisierter Goldregenpfeifer ziert den eleganten goldenen Schriftzug. Es schnürt mir die Kehle zu, dass ich all diese Dinge in Nessas Leben verpasst habe. Die Namensfindung. Das Logo. Ihren Mut, aus einer Leidenschaft einen Beruf zu machen. Und dass ich vielleicht gar nicht erst hätte zurückkommen sollen, um keine Wunden aufzureißen, die Ewigkeiten brauchen, um zu verheilen.

»Fang einfach an«, sagt Effie, als hätte ich keine Wahl. Als müsse ich ihr sofort das gesamte Ausmaß meines katastrophalen Lebens erzählen.

Ich sehe auf und blicke in ihr erwartungsvolles Gesicht. Sorge und Neugierde wechseln sich ab. Aber ich kann nicht. Kann ihr nicht erzählen, was passiert ist. Denn ich bin so verflucht müde. Vollkommen ausgelaugt von meinem Nachmittag. Von dem Glück unseres Kusses, von der Grausamkeit unseres Streits. Von Connals Hass.

»Nessa oder Connal?« Als Effie meinen verdutzten Gesichtsausdruck bemerkt, schiebt sie hinterher: »Na ja, die üblichen Verdächtigen, oder?«

Ich nicke, seufze, wende den Kopf zum Fenster. Der Nebel ist Nieselregen gewichen. Als ich meinen Blick wieder zurückdrehe, versuche ich mich an einer albernen Imitation eines Lächelns. »Connal.«

»Was ist es diesmal?«

Ich habe keine Kraft, noch einmal alles zu erzählen. »Wir, also … ähm …«

»Ja?«

»Wir haben uns geküsst«, sage ich, weil es der Wahrheit entspricht, aber keine weiteren klaffenden Wunden aufreißt.

»Was?« Effies Augen werden, wenn das überhaupt möglich ist, noch größer.

»Und dann hat er gesagt, dass er mich hasst.«

»Was?«, wiederholt sie. »Das ist eine merkwürdige Kombination.«

Ich nehme noch einen Schluck von Nessas goldenem Whisky, atme tief ein. Es hat keinen Sinn, sich zu wehren. Effie ist hartnäckig, weil sie darauf besteht, dass Reden besser ist als In-sich-hinein-Fressen. Und es ist durchaus möglich, dass sie recht hat. Also beginne ich zu erzählen. Vom Nebel, von Paul-Anthony. Von Connals Schafrettung und meiner Lammfütterung. Ich erzähle so viel, wie ich kann, ohne in Tränen auszubrechen. Von unserem Gespräch und davon, wie wir uns näherkamen. Und immer näher. Mein Körper zieht sich schmerzhaft zusammen, als ich mich daran zurückerinnere, wie sich Connals Lippen auf meinen angefühlt haben, und noch schmerzhafter, als ich erzähle, wie ich den Kuss unterbrach. Eine einzelne Nachzüglerträne kullert meine Wange hinunter, so elend wird mir beim Gedanken daran, dass ich nicht mit ihm zusammen sein kann. Und ich spüre, wie Connals Schmerz – und mein eigener – Zweifel sät. Doch das spare ich aus.

»Ich habe mich bei ihm dafür entschuldigt, dass ich gegangen bin. Und dann hat er gesagt, dass er mich seit drei Jahren hasst«, schließe ich meine Erzählung und zucke mit den Schultern, als müsste ich mir selbst beweisen, dass es mich eigentlich kaltlässt. Als könnte ich es.

»Oh«, sagt Effie, und ich bin ihr dankbar, dass sie nicht tiefer bohrt. Auch jetzt nicht nach dem Grund fragt. Sie gibt mir Zeit.

»Ja …« Kurz schweigen wir. »Weißt du, wir waren auf einem echt guten Weg. Aber er war so kalt … Er hasst mich. Zu Recht.«

»Er hasst dich nicht.«

»O doch.« Mir entfährt ein freudloses Lachen. Dann sage ich: »Es ist einfach zu viel, weißt du? Im einen Moment kann er meine Anwesenheit nicht ertragen, dann umarmt er mich. Dann flieht er vor mir. Dann reden wir. Dann schickt er mich weg. Dann rettet er ein Schaf, und wir küssen uns. Und dann …«

»Fiona?«, unterbricht Effie meinen Redeschwall.

»Hm?«

»Ich glaube, vielleicht musst du was verstehen. Ich habe keine Ahnung, ob ich es dir erzählen darf, eigentlich ist es Connals Geschichte, aber vielleicht solltest du wissen, dass es für ihn … na ja … auch alles viel ist. Vielleicht sogar noch mehr als für dich, das kann ich nicht sagen. Ich bin mir jedenfalls sicher, dass er dich nicht hasst. Dass ihr euch geküsst habt, ist der beste Beweis dafür. Du musst einfach Geduld mit ihm haben.«

»Wie meinst du das?«

»Als du gegangen bist … Das hat ihm den Boden unter den Füßen weggezogen. Er wurde von einem Tag auf den anderen ein anderer.«

»Aber …«

»Er hat sich komplett zurückgezogen. Hätte ich ihn nicht gezwungen, mich zu sehen, wäre er völlig vereinsamt. Er hat sich einfach eingesperrt. Physisch … und emotional.«

Ich sehe sie erschrocken an. Ich wusste, dass es ihm wehtun würde, wenn ich ging. Aber es wäre viel schlimmer gewesen, wäre ich geblieben. Für uns beide. Und vermutlich passiert nun genau das. Das größere zweier Übel.

»Und er ist immer noch nicht wieder derselbe. Lässt eigentlich niemanden an sich heran.«

»Wie meinst du das?«, frage ich tonlos, die Schwere ihrer Worte drückt auf meine Brust.

»Na ja, er hat komplett den Kontakt zu allen abgebrochen. Brütete in seinem Zimmer. Und so richtig aus sich heraus ist er seitdem nicht mehr gekommen, verstehst du? Er geht in den Pub, aber das ist das höchste der Gefühle. Und selbst da ist er lieber für sich.«

»Warum …?« Ich klammere mich an jeden Strohhalm, um nicht zu hören, was ich eigentlich schon weiß. Dass ich nicht hätte zurückkommen dürfen.

»Ich mache dir keinen Vorwurf. Du hast getan, was du tun musstest. Für dich.« Sie sieht mich fragend an, als suche sie nach Bestätigung für ihre Worte. »Es ist nur so, Connal hat lange gebraucht, um einigermaßen darüber hinwegzukommen. Manchmal frage ich mich, ob es ihm je ganz gelungen ist. Fakt ist, er hat einen Umgang gefunden. Keinen sehr gesunden, meiner Meinung nach. Einen Umgang eben, der für ihn funktioniert hat – während du weg warst. Aber jetzt bist du wieder da und … Ich kann mir vorstellen, dass ihm das ganz schön zusetzt, weißt du?«

Mir wird schlecht. Effies Worte erschüttern mich. In meiner Vorstellung, meiner naiven, neunzehnjährigen Vorstellung war ich nach Bristol gegangen, um Connal freizugeben. Ich war mir sicher gewesen, er würde in ein paar Monaten über mich hinweg sein – eine Hoffnung, die ich mir für mich selbst nicht herausgenommen habe. Ich sah ihn mit einer anderen vor mir. Mit einer anderen, mit der er alles haben konnte. Aber nach Effies Worten, nach dem, was vorhin zwischen uns passiert ist, verschwimmt alles zu einer verqueren, drängenden Wahrheit, der ich mich nicht widersetzen kann.

»Warum hat er nicht weitergemacht?«, frage ich. »Warum ist er nicht darüber hinweggekommen?« Wieso zur Hölle ist er nicht glücklich geworden? Meine Stimme ist heiser, Hitze breitet sich in meinem Innern aus, Hitze, die mit dem Whisky nichts zu tun hat.

»Weil er dich so sehr geliebt hat, Fiona.«

Ich starre auf die goldene Flüssigkeit in meinem Glas, schlucke. Die Hitze wird von Kältewellen durchbrochen, und mir wird schlecht. »Ich ihn doch auch«, presse ich hervor und spüre, wie alles, worauf ich mich in den letzten Jahren gestützt habe, zu zerbröseln beginnt. Meine Selbstlosigkeit, die Gewissheit, Connals Glück nicht im Weg gestanden zu sein, hielt mich am Leben. Und gleichzeitig war sie der Grund, warum ich keinen Kontakt zu irgendjemandem aus meiner Vergangenheit halten konnte. Und ich verstehe: Eine Entscheidung wie ich sie getroffen habe, kann nicht zurückgenommen werden. Sie kann nur mit der gleichen Konsequenz fortgeführt werden.

»Dass du weg warst, war schlimm«, sagt Effie. »Und dass du wieder da bist, ist es auch, nur auf gegenteilige Weise, verstehst du? Schön schlimm. Weil es alte Wunden aufreißt. Und weil man immer Angst haben muss, dass du wieder gehst.« Sie zuckt wie ich vorhin mit den Schultern in einem Versuch, das Gewicht ihrer Worte abzuschwächen. Aber sie sinken in mich ein. Tief, so tief, dass ich es spüre.

»Ich will nicht, dass es so ist. Wollte es nie.«

»Keiner von uns. Und keiner von uns will, dass du wieder gehst.«

»Ich will auch nicht wieder gehen.« Aber was, wenn es die einzige Chance ist, die Dinge nicht noch schlimmer zu machen?

»Das ist doch schon mal was«, sagt Effie und lächelt. Und ihr Lächeln macht, dass sich mein Herz noch fester zusammenzieht. »Vielleicht solltest du dich für eine Weile auf etwas anderes konzentrieren als auf Connal.«

Ich nicke. *Nessa oder Connal?,* hat Effie gefragt.

»Vielleicht auf Nessa?«, schlage ich vor. »Ich glaube, da ist mehr zu kitten, als kaputt zu machen …«

»Da ist ja schon viel gekittet.«

»Aber ich würde gerne etwas für sie machen.« Etwas mit meinen Händen. Etwas, das meinen Kopf entspannt. »Etwas, das ihr zeigt, wie ernst es mir ist. Etwas wie …« Ich denke nach. »Einen Geburtstagskuchen!«

»Ihr Geburtstag war vor Wochen.«

»Ich weiß. Ich hab ihn allerdings verschwitzt.«

Effie verdreht grinsend die Augen.

»Hilfst du mir? Honey-Whisky-Cake?«

»Immer.«

Als Nessa am Abend nach Hause kommt, duftet es im ganzen Haus. Effie hat den Kamin angefeuert, sodass sich die Wärme im gesamten unteren Stockwerk ausgebreitet hat.

»Was habt ihr denn hier veranstaltet?«, fragt sie mit einem skeptischen Blick in die Küche.

»Ist eine Überraschung«, erwidere ich grinsend. Der Whisky, den Effie und ich beim Backen getrunken haben, hat meine Laune deutlich gebessert.

Ich führe Nessa ins Wohnzimmer, bedeute ihr, sich auf ihren Platz am Tisch zu setzen. »Mach die Augen zu, ja?«, sage ich.

»Sei nicht albern«, antwortet sie, hält sich aber dennoch die Hände vors Gesicht.

Der Kuchen war zwar eigentlich noch zu warm, als wir die Honig-Glasur darauf verteilt haben, doch es ist egal, dass er nicht schön aussieht. Mit den fünfundzwanzig Kerzen, die Effie eine nach der anderen anzündet, fällt es ohnehin nicht mehr auf.

Ich trage den Kuchen ins Wohnzimmer, stelle ihn Nessa hin.

»Alles Gute zum Geburtstag, Schwesterherz«, sage ich. »Ich werde ihn nie wieder vergessen, das verspreche ich.«

»Du riechst nach Whisky«, sagt sie, lächelt aber sanft.

»Wir konnten ja nicht alles in den Kuchen tun ...«

»Ihr habt nicht wirklich meinen guten Whisky zum Backen verwendet?«, fragt sie, und ihr Lächeln verblasst.

»Keine Sorge.« Effie eilt mir zu Hilfe. »Im Kuchen ist Tulloch-Whisky.«

»Als Backzutat eigentlich ganz okay«, sage ich.

»Ihr habt nicht wirklich Tulloch-Whisky getrunken, oder?«, fragt Nessa weiter, während ihre Mundwinkel wieder leicht nach oben wandern.

»Nee, getrunken haben wir deinen«, sagt Effie, und das Lächeln, das nun auf Nessas Gesicht tritt, erzeugt mehr Wärme als der Whisky und der Kamin zusammen.

23

»Ach komm, Nessa. Sei keine Spielverderberin«, sagt Effie.

Seit dem nachträglichen Geburtstagskuchen, den wir gebacken haben, sind ein paar Tage vergangen, und ich habe das Gefühl, als hätte er die Wogen zwischen uns tatsächlich geglättet.

»Ich hatte eine echt anstrengende Woche.« Nessa lässt sich aufs Sofa sinken. »Das Einzige, was ich heute noch machen will, ist, ein bisschen lesen, um runterzukommen, und dann ins Bett fallen.«

»Das Einzige, was dich heute runterbringen wird, ist Karaoke im *Hideout*«, beharrt Effie. »Mit Fiona und mir.«

»Vielleicht sollten wir einfach alle zu Hause bleiben?«, frage ich vorsichtig. Denn bevor Nessa sich Effies Bitten widersetzen musste, war ich diejenige, die versuchte, Ausreden zu finden. Mit dem Argument »Schwesternzeit« traf Effie bei mir schließlich ins Schwarze. Aber wenn Nessa nicht mitkommt, ist das auch für mich ein willkommenes Schlupfloch. Ich könnte mich in mein Zimmer zurückziehen, schwere Gedanken wälzen.

»Nichts da!«, sagt Effie. »Wisst ihr, wann es bei Joseph das letzte Mal eine Karaoke-Night gab?« Ich weiß nicht einmal, wann es bei Joseph das erste Mal Karaoke-Night gab. Noch so etwas, das ich verpasst habe. »Vor zwei Monaten. Das ist nichts, was wir einfach nachholen können.«

»In zwei Monaten schon«, gebe ich zu bedenken und ignoriere den Kloß im Hals, wenn ich an diese Zeitspanne denke.

»Halt die Klappe, Fi, du bist keine Hilfe.«

Ich verkneife mir, ihr zu sagen, dass ich das auch gar nicht beabsichtige, sondern klammere mich an meinen warmen Tee. Draußen pfeift der Wind, und ich verstehe beim besten Willen nicht, warum Effie so erpicht darauf ist, das Haus noch mal zu verlassen.

»Schwesternzeit«, sagt Effie jetzt, und ich fürchte, damit ist auch Nessa schachmatt gesetzt.

»Schwesternzeit zu Hause?«, fragt Nessa.

»Dann ist es ein normaler Abend. Ich will, dass wir was zusammen *machen.*«

Nessa stöhnt. »Dein Energielevel sollte man haben.« Aber sie lächelt. »Kann ich ein paar Minuten meine Beine hochlegen und einfach nichts hören? Währenddessen versuche ich, mich mit dem Gedanken anzufreunden, nicht sofort ins Bett zu gehen.«

»Du bist die Beste!«, jubelt Effie, wie schon vor einer Stunde, als ich endlich einknickte.

»Ich weiß nicht mal, was ich anziehen soll«, sage ich unsicher. Ist die Karaoke-Night ein legeres Event?

»Was immer du willst. Das ist Lerwick, Fiona, schon vergessen?«, sagt Nessa grinsend. »Außerdem ist es schweinekalt und fängt sicher jeden Moment an zu regnen. Am besten also was Wetterfestes.« Sie massiert sich die Schläfen, und mir fällt auf, dass sie wirklich müde aussieht. So müde, wie ich mich fühle. Gerade will ich vorschlagen, unseren Abend doch zu verschieben, da klatscht sie in die Hände. »Also gut. Dann lasst uns gehen. *Schwesternzeit.*« Sie steht auf und lächelt Effie und mich an. Effie *und* mich. Es ist nicht einmal so, dass sie Effie anlächelt und das Lächeln noch auf ihren Lippen liegt, als ihr Blick auf mich fällt. Nein, es ist ein aktives Lächeln in meine Richtung, und das macht alles nur noch viel schwerer zu ertragen.

In Bristol leistete ich vor dem Weggehen Irina oft stundenlang beim Fertigmachen Gesellschaft, warf mich selbst in figurbetonte Outfits und legte wenigstens ein bisschen Makeup auf. Als ich Nessa nun dabei beobachte, wie sie in ihre Gummistiefel schlüpft und sich eine Strickmütze aufsetzt, die jede Frisur ruiniert, die sie jemals gehabt haben könnte, muss ich trotz meiner gedrückten Stimmung in mich hineingrinsen. Effie trägt zwar immer einen dicken, schwarzen Kajalrand um die Augen, aber auch sie macht äußerlich keinerlei Aufhebens um diesen Freitagabend. Es ist unser Abend. Unser Schwesternabend, egal, was ich bezüglich meiner Zukunft hier entscheide. Und die Gummistiefel, Strickwaren und Regenjacken scheinen die Intimität noch zu unterstreichen.

Der nächtliche Weg zum *Hideout* ist kalt, aber entgegen Nessas Befürchtungen regnet es nicht. Am Himmel stehen die Sterne, der Mond scheint hell über dem leise rauschenden Ozean, spiegelt sich in den sanft heranbrandenden Wellen. Die Luft ist so klar und frisch und salzig, und in diesem Moment kommt mir die Vorstellung, etwas anderes atmen zu können, völlig abwegig vor. Luft und Liebe, sagt man. Aber vielleicht reicht auch einfach Luft und Salz.

Der Kontrast der warm-feuchten, Ale-geschwängerten

Luft im Pub könnte zur Frische draußen kaum größer sein, und doch überkommt mich ein wohliger Schauer der Gemütlichkeit, als wir den *Hideout* betreten. Eine mittelalte Frau in hautenger schwarzer Lederhose singt auf der Bühne ganz hinten gerade eine eigentümliche Interpretation von *More Than A Feeling.* Vielleicht gelingt es mir, einen schönen Abend mit meinen Schwestern zu haben. Nicht an morgen zu denken. Oder an nächste Woche. Oder überhaupt an die Zukunft.

Mit verblüffender Routine hat Effie sofort den gesamten Raum gescannt und läuft zielstrebig auf den einzigen noch freien Tisch zu.

»Ich hole die erste Runde«, sage ich zu Nessa und bedeute ihr mit einem Nicken, schon mal Effie zu folgen. Ich atme tief ein, dann wende ich mich zur Bar.

»Fiona Linklater«, sagt Joseph hinter dem Tresen. »Haste immer noch nicht genug von unserer kleinen Insel?«

Nein, würde ich am liebsten sagen. Nein, ich habe nicht genug. Und auf einmal fällt mir das Schlucken schwer.

»Na, na«, sagt einer der beiden alten Männer am anderen Ende der Bar und klopft auf den Tresen. »Gib der Kleinen was zu trinken, Jo, und lass sie in Ruhe.«

»Drei Pints Shetland-Ale«, sage ich und ärgere mich darüber, dass ich so piepsig klinge. Doch wenigstens erwidert Joseph nichts mehr und macht sich daran, Gläser zu holen.

Ich sehe mich kurz nach Effie und Nessa um. Die beiden sitzen inzwischen am Tisch und singen gemeinsam mit ungefähr zwei Dritteln der Gäste den Refrain mit. Und mich überkommt eine seltsame Wehmut. Denn einerseits bin ich so froh über die Verbundenheit mit diesen beiden wunderbaren Frauen, mit denen ich so viel mehr teile als nur die

Haarfarbe. Ohne meine Rückkehr wären wir niemals an diesen Punkt gekommen. Aber gleichzeitig ist da dieses nagende Gefühl in mir, die Angst, mein Zuhause wieder aufgeben zu müssen, um erneut das Richtige zu tun.

Während Joseph das Bier zapft, erklingen die letzten Töne von *More Than A Feeling*, und die Frau in Lederhose erntet ihren verdienten Applaus.

»Der Nächste heute Abend auf dieser Bühne ist ein alter Bekannter«, sagt Henry, der offenbar den Abend moderiert. »Er hat uns in der Vergangenheit schon öfter mit seiner engelsgleichen Stimme begeistert, und heute wagt er sich an einen absoluten Klassiker der schottischen Karaoke-Kunst: *500 Miles* von den Proclaimers, gesungen von Anthony!«

Der gesamte Pub johlt, und zu meiner Überraschung rutscht einer der beiden alten Männer von seinem Barhocker und schlurft auf die Bühne. Ich bin so perplex, dass ich für einen Moment all meine Gedanken hinter mir lasse und mir völlig sprachlos seine Show ansehe. Eine Show, mit der er sich bei *Britain's Got Talent* nicht verstecken müsste. Anthonys Stimme ist stark und schön, seine Bewegungen perfekt getimt. Der Song macht allen gute Laune, und wie gerade eben stimmt beim Refrain fast der gesamte Pub mit ein – inklusive mir diesmal, wenn auch noch etwas gehemmt.

Joseph stellt das dritte Pint vor mich, und als ich ihm meine Debit-Card reichen will, winkt er ab. »Nee, lass mal, die Runde geht auf mich, Fiona Linklater. Will dich ja nicht vergraulen.«

Ich versuche mich an einem Lächeln, nehme die drei vollen Pintgläser in einen zweihändigen Klammergriff und bahne mir meinen Weg vorbei an voll besetzten Tischen und herumstehenden Grüppchen.

»Dann geht eben die zweite Runde auf mich«, sage ich, als

ich die drei Pints vorsichtig auf den Tisch stelle. »Die hier hat Joseph spendiert.«

»Der alte Charmeur«, sagt Effie und prostet ihm zu. Dann: »Auf uns!«

»Auf uns«, echot Nessa.

»Auf uns«, sage ich etwas verhaltener, obwohl ich es genauso meine.

Wir lassen die Gläser aneinanderklirren und nehmen jede einen großen Schluck vom bernsteinfarbenen Ale.

Anthonys Proclaimers-Song endet, ein Mädchen, das Effie zu kennen scheint, singt *These Boots Are Made For Walking*, und durch die Wärme im Pub, die ausgelassene Stimmung und das Ale gelingt es mir, ein bisschen was von dem emotionalen Chaos loszulassen.

»Erzählt mal«, sagt Effie. »Wie war eure Woche? Highlights? Lowlights?«

»Boyd Tulloch, mein Lowlight, wie jede Woche.« Nessa legt gleich los.

»Was hat er diesmal gemacht?«, frage ich und merke, wie schön es ist, sich als Teil dieses Dreiergespanns zu fühlen.

»Er hat Marigold Geld geboten, wenn sie nur noch seinen Whisky im Schaufenster ausstellt. Als hätte er es nötig, in einem kleinen Touristenladen ein Monopol zu haben.«

»Kotzbrocken«, sagt Effie und gestikuliert irgendwas in Richtung Bühne, das Henry zu verstehen scheint. Denn er kommt mit einer Liste und einem Ordner an unseren Tisch.

»Und dein Highlight?«, frage ich.

»Bildet euch nichts drauf ein, aber das war euer nachträglicher Geburtstagskuchen.« Sie grinst und nimmt schnell einen Schluck Ale, als wäre es ihr unangenehm, so etwas wie Gefühle zu zeigen.

»Mein Highlight ist definitiv heute Abend«, sagt Effie.

»Und der Tee mit Marigold gestern. Und die Tatsache, dass Lydia, eine meiner Schülerinnen, endlich die binomischen Formeln kapiert hat. Und ... eigentlich war meine ganze Woche ein Highlight.« Sie strahlt und schlägt den Ordner auf.

»Und du, Fi?«, fragt Nessa, und es ist das erste Mal, dass sie mich bei meinem alten Spitznamen nennt.

»Die Schwesternzeit ist auch mein Highlight«, gebe ich zu, und Effie sieht so selbstzufrieden aus, dass ich lachen muss. »Und mein Lowlight ... na ja ...« Kurz denke ich darüber nach, ob ich von Connal erzählen soll. Effie weiß ohnehin schon über das meiste Bescheid. Mit Nessa habe ich noch nicht darüber gesprochen.

Effie wirft mir einen Blick zu, der zu sagen scheint: *Ich kümmere mich.* Dann verkündet sie: »Ich singe auf jeden Fall *Fairytale of New York.* Es ist fast Dezember, da darf man das.«

»Ist das nicht ein Duett?«, frage ich, dankbar für den Themenwechsel.

»Erwin singt bestimmt mit mir«, erwidert sie. »Stimmt's, Erwin?«, ruft sie hinter sich.

»Hm?«, fragt Erwins Stimme, und kurz darauf schiebt sich sein Kopf an einer Säule vorbei in mein Blickfeld.

»Du singst mit mir.«

»Was denn?«

»Spielt das eine Rolle?«

»Nee, eigentlich nicht.« Damit verschwindet Erwin wieder hinter der Säule.

»Und ihr beide ... ihr solltet *Don't Go Breaking My Heart* singen!«

»Ernsthaft, Effie?«, fragt Nessa.

»Ich glaube nicht, dass ich was singen will«, versuche ich es, auch wenn ich weiß, dass ich gegen Effie kaum eine Chance habe.

»Natürlich singst du. Und natürlich singt ihr zusammen. Das ist sicher richtig kathartisch und so.«

Mit bangem Gefühl sehe ich, wie Effie einige Zeilen weiter unten Nessas und meinen Namen einträgt. Und daneben tatsächlich *Don't Go Breaking My Heart*, was so ungefähr die zynischste Musikauswahl des Abends sein muss.

»Und willst du auch solo singen?«, fragt Effie.

»Ich glaub nicht«, sage ich, weil mir ein bisschen unwohl bei dem Gedanken ist, so vollkommen im Zentrum der Aufmerksamkeit zu stehen.

»Ich schreib dich einfach auch auf die Liste. Kannst ja noch mal überlegen. Und euer Duett wird dann das große Finale!«

Nessa prustet. »Ich hoffe, wir erfüllen die Erwartungen.«

Und ich hoffe, ich enttäusche sie nicht, denke ich und nehme noch einen Schluck Ale.

»Als Nächstes darf ich unsere hauseigene Amy Macdonald auf die Bühne bitten«, sagt Henry begeistert ins Mikrofon, während die ersten Takte von *This Is The Life* erklingen. »Cassie?«

Ich verfolge mit den Augen den Weg der jungen Frau zwischen den Tischen hindurch. Cassie sieht älter aus.

»Sie hat inzwischen einen Sohn«, sagt Nessa.

»Alec, ich weiß«, erwidere ich. »Andrea hat es mir erzählt, als ich die Blumen bestellt habe.«

»Sie zieht ihn ganz allein groß.« Effie nickt anerkennend in Richtung Bühne. »Voll schön, dass sie heute da ist.«

»Was ist mit dem Vater?«, frage ich. Denn davon hat Andrea nichts erzählt.

»Ein nichtsnutziger Typ von einem Kreuzfahrtschiff. Eine Woche große Liebe, neun Monate Schwangerschaft, zero Unterstützung.«

Cassie beginnt zu singen, und ihre Stimme klingt noch genau wie damals. Voll und ganz eigen.

Effie zeigt auf unsere fast leeren Gläser und erhebt sich, um Nachschub zu holen.

»Ich bin froh, dass wir heute hier sind«, sagt Nessa. »Effie hat schon recht. Wir sollten öfter was zusammen machen. Quality Time, meine ich. Nicht einfach nur zu Abend essen und ins Bett gehen.«

»Ja«, sage ich. Denn es *ist* schön. Es ist das Schönste, etwas von meinem alten Leben wiedergewonnen zu haben. Mein altes Leben, das ich so geliebt habe. Aber wie hoch ist der Preis, den ich, den andere am Ende dafür zahlen?

»Wir sind dran, Effie«, ruft Erwin durch den Pub, während Henry mit seinen Händen ein Fernglas formt und den Raum nach Effie absucht.

»Ich hol dann mal die Pints«, sagt Nessa.

Effie hüpft auf die Bühne. Sie strahlt. Strahlt so breit, wie nur Effie es kann.

»Erwin und Effie!«, ruft Henry, doch im tosenden Applaus gehen seine Worte unter. Und schon bei den ersten Takten von *Fairytale of New York* ist der gesamte Pub vollkommen entfesselt. Sie singen und grölen, sie schunkeln, wiegen sich hin und her. Eine kollektive Weihnachtsstimmung, ein Zusammenhalt, der fester ist als die Knoten der Schiffstaue im Hafen, ein allgemeines Glücksgefühl erfasst uns alle. Man hört kaum Effies und Erwins Stimmen heraus, so laut schmettern wir alle mit. Manche stehen auf und schwenken ihre Pints im Takt. Andere bleiben sitzen, legen den Arm um ihren Sitznachbarn.

Erwin gibt einen hervorragenden Shane MacGowan ab. Er imitiert das betrunkene Nuscheln perfekt, während Effie beeindruckender flucht als Kirsty MacColl selbst.

»Sie ist großartig«, sage ich über den Lärm zu Nessa, die mit den drei frischen Pints gerade wieder neben mir Platz nimmt.

»Das ist sie.« Nessa nickt, ohne den Blick von unserer kleinen Schwester zu lösen.

»Wie wohl sie sich fühlt. Als sie selbst. Beinahe beneidenswert.«

»Du siehst nur die Oberfläche«, erwidert sie, doch bevor ich die Chance habe, herauszufinden, was sie damit meint, verbeugen sich Effie und Erwin. Die lauten Jubelschreie und Pfiffe übertönen jede Frage, die ich stellen könnte.

Während ein paar fragwürdiger Darbietungen und noch mehr Freude dabei trinken wir die zweite Runde. Meine Stimmung wird deutlich gelöster. Noch ist keine Entscheidung getroffen. Es gibt keinen Grund, diesen Abend nicht zu genießen. Die Zeit mit meinen Schwestern, die mal gute, mal schlechte Musik. Nessa holt zu *Penny Lane* eine weitere Runde Bier und spendiert uns außerdem Whisky – »den guten, nicht den Tulloch«.

Als ich wieder an der Reihe bin, bleibe ich kurz an Cassies Tisch stehen. Der Alkohol hat mich euphorisiert, sodass ich mich nicht mehr hinter meiner Unsicherheit verstecken muss. Ich erkenne ein paar andere bekannte Gesichter, Leute, mit denen wir zur Schule gegangen sind. Jeder von ihnen lächelt mich freundlich an. Einer fragt, wie lange ich schon wieder zurück bin, ein anderer erkundigt sich, was ich getrieben habe in den letzten Jahren. Ich verspreche, mich später zu ihnen zu setzen, und laufe dann federnden Schritts zur Bar, damit Nessa und Effie nicht länger auf dem Trockenen sitzen müssen.

»Noch mal drei Pints von dem Shetland-Ale«, sage ich und merke, dass meine Zunge ein bisschen schwer wird. Aber das macht nichts. Umso lustiger wird das Singen nachher. Mein Blick wandert von Joseph zu den beiden alten Männern zu …

Mein Herz setzt einen Schlag aus. Neben mir steht Connal. Ich kam so beschwingt an die Bar, dass ich es nicht gemerkt habe. Aber hier ist er, in einem braunen Strickpullover lehnt er am Tresen, seine Hand umklammert ein Glas.

»Hi«, formen meine Lippen, doch es kommt kein Ton heraus.

»Hi«, sagt er, ohne mich anzusehen. Stattdessen nimmt er einen Schluck Bier.

»Sorry, wusste nicht, dass du …«

»Ich hatte auch nicht erwartet, dass du hier sein würdest«, gibt er zurück. Warum ist er in der Lage, ganze Sätze zu formulieren?

Joseph stellt das erste Pint vor mich. Verflogen ist meine Euphorie. Stattdessen drückt etwas fest auf meine Brust. Es fühlt sich an wie ein Schrei, der raus will. Ein »Verzeih mir« oder ein »Küss mich noch mal!«. In meinem Ale-induzierten Verstand verschwimmen sie beide zu einem.

Der Schaum auf dem zweiten Pint läuft über den Rand und fließt in einer weißen Schliere hinunter. Ich würde so gern etwas sagen. Etwas, das die Situation zwischen uns besser macht. Etwas, das nicht wehtut, doch mir kommt nichts über die Lippen. Und Connal macht keine Anstalten, das Schweigen zu durchbrechen.

Mir fallen Effies Worte ein. *Dass du weg warst, war schlimm. Und dass du wieder da bist, ist es auch.* Ich schlucke, lege wie mechanisch meine Karte auf das Lesegerät. Es piepst, und ich umfasse alle drei Gläser, die inzwischen vor mir stehen. Jeder Schritt, der mich vom Tresen und von Connal wegbringt, schmerzt.

»Fiona«, ruft Henry ins Mikrofon. »Hier steht dein Name, aber leider ohne Song.«

Richtig, Effie hat mich einfach auf die Liste geschrieben. Ich habe keine Ahnung, was ich singen will. Unentschlossen stehe ich mit den drei Pints in der Hand in der Mitte des Pubs.

»Was ist, kommst du?«

»Ja, Fiona, was ist?«, ruft Effie, die vermutlich nicht mitbekommen hat, dass Connal aufgetaucht ist.

Wie in Trance gehe ich auf unseren Tisch zu, stelle die Gläser hin.

»Ab mit dir!«, sagt Effie grinsend und zeigt auf die Bühne, und ich weiß nicht einmal, warum ich es tue, aber ich gehe tatsächlich langsam nach vorne.

»Fiona Linklater, zum ersten Mal bei der Karaoke-Night«, sagt Henry, und ein paar Leute pfeifen.

Ich spüre die roten Flecken auf meinem Hals, der so heiß ist, als hätte ich direkt vor einem offenen Feuer gesessen. Henry reicht mir ein Mikrofon, und ich stelle mich neben ihn. Sehe in den Raum. Sehe Effie, die beide Daumen nach oben reckt, sehe Nessas erwartungsvolles Lächeln. Sehe Cassie und ihre Freunde, die leise klatschen. Sehe Connal.

»Und?«, fragt Henry. »Was willst du singen?«

Sehe Connal.

»Fiona?«

Sehe Connal.

»Brauchst du noch einen Moment? Kein Problem, ich bin zufällig Lerwicks beliebtester Stand-up-Comedian.«

Ich höre, wie einige Leute lachen.

»Weil du verflucht noch mal der einzige bist, Henry«, ruft einer.

Sehe Connal.

»Der einzige, vielleicht. Aber damit auch der lustigste!« Henry räuspert sich.

»Erlöse uns von ihm, Fiona«, ruft jemand.

Sehe Connal.

»Canthlp«, murmle ich, schlucke.

»Wie bitte?«

»Can't Help ... Falling In Love«, sage ich erstickt.

»Ein absoluter Klassiker«, antwortet Henry und tippt etwas in einen Laptop, der neben der Bühne steht.

Die ersten Takte ertönen. Ich habe den Kopf gesenkt, weil die Hitze auf meiner Haut unerträglich ist. Und dann hebe ich den Blick, sehe Connal an und beginne zu singen.

Der Song, der bei unserem ersten Kuss im Hintergrund lief. Der Song, den ich seit drei Jahren kein einziges Mal gehört habe, weil ich ihn nicht ertragen habe. Weil ich das Gefühl, dass mir das Herz zerreißt, nicht aushalten konnte.

Ich singe, und während der ersten Takte ist meine Stimme noch leise, brüchig beinahe. Doch dann lege ich alles hinein, was ich habe. Ich sehe Connal an und singe. Singe, dass ich nichts dagegen tun kann, mich in ihn zu verlieben, ebenso wie ich damals nichts tun konnte. Und er sieht zurück. Unsere Blicke begegnen sich, und ich wünschte, ich könnte mich an etwas Stabilerem festhalten als an diesem Mikrofon in meiner Hand. Ich spüre, wie sich eine Träne aus meinem Auge löst. Ich weiß nicht einmal, wo sie herkommt. Aber da ist sie, rinnt meine Wange hinab.

»Shall I stay? Would it be a sin?«, singe ich und sehe ihn an. Seine Augen. Sie ... sind so ernst. So traurig. Sein Blick wird glasig, und eine weitere Träne kullert meine Wange hinunter.

»Take my hand. Take my whole life too«, singe ich und sehe ihn an. Und ich weiß, ich kann mich nicht nicht in ihn verlieben. Es ist zu spät. Es hätte nicht einmal diesen Kuss ge-

braucht. Es hätte nichts gebraucht als seine Existenz auf dieser Welt. Denn die letzten drei Jahre haben nichts daran geändert, dass er der Eine für mich ist.

»For I Can't Help Falling in Love With You«, singe ich, als der Song zum Ende kommt, und kann nichts dagegen tun, dass die Tränen nun eine nach der anderen mein Gesicht hinabkullern. *»For I Can't Help Falling in Love With You«*, wiederhole ich. Und dann ist es vorbei, und ich komme zu mir. Höre den Applaus, sehe aus dem Augenwinkel, wie Effie aufspringt und begeistert klatscht. Und dann sehe ich, wie Connal sein leeres Glas auf den Tresen knallt und aus dem Pub läuft, als wäre er auf der Flucht.

24

»Connal!« Was für ein Déjà-vu. Zum zweiten Mal seit meiner Rückkehr laufe ich ihm nach draußen hinterher. Zum zweiten Mal sehne ich mich danach, mich ihm zu erklären, die Dinge zwischen uns besser zu machen. Irgendwie wieder hinzubiegen. »Connal, bleib stehen, verdammt!« Die Nacht ist immer noch klar. Nur dass es jetzt noch kälter ist. Ich habe meine Jacke drinnen gelassen, und der Wind pfeift beim Rennen durch meinen Sweater. Die eisige Luft sticht in meiner Lunge, als ich versuche, zu Atem zu kommen.

»Was soll das?«, fragt Connals Stimme, die direkt aus der Dunkelheit zu kommen scheint. Ich kann hören, dass er versucht, kalt zu klingen. Aber seine Stimme zittert. Wie ich. »Warum machst du das?«

Darauf habe ich keine Antwort. Es war nicht geplant. Ich hatte nicht vor, *unser* Lied zu singen. Hatte nicht vor, im Pub vor der ganzen Stadt in Tränen auszubrechen. Nichts von alledem hätte passieren sollen. Die Überforderung aufgrund meiner Gefühle für ihn, gepaart mit dem Alkohol … »Ich weiß es nicht«, gebe ich leise zu und könnte mich in diesem Moment ohrfeigen. »Ich mache alles falsch.«

Inzwischen habe ich Connal eingeholt, weit ist er nicht gekommen. Wir stehen einander gegenüber, ich sehe in sein Gesicht, das heute Abend noch schöner, noch wilder, noch verletzlicher wirkt.

»Bitte, können wir reden?«, frage ich und reibe mit den Händen über meine Oberarme, um ein wenig Wärme zu erzeugen.

»Ich kann das nicht.« Seine Augen scheinen überall hinzusehen, nur nicht auf mich.

»Ich weiß. Ich verstehe. Connal, ich verstehe das.«

Er blickt auf zu den Sternen, verharrt einen Moment in dieser Pose. Dann fährt er sich mit den Händen durch die Haare. »Es ist zu viel. Es …«

»Ja.« Ich kann es nicht leugnen. Wozu auch? Für mich ist es ebenfalls zu viel. Mein gesamter Körper, mein gesamter Geist sind in Aufruhr. Sie sind nicht mehr zurechnungsfähig, besonders nicht in Kombination. Wo soll das alles hinführen? Wir beide auf dieser Insel – der Kummer ist einfach zu groß. Ich wusste es damals und ich weiß es heute. An manchen Wahrheiten kann man nichts ändern. »Ich will nicht, dass es dir schlecht geht. Und ich will vor allem nicht der Grund dafür sein. Wenn es dir wehtut, mich zu sehen, Connal, werde ich wieder gehen. Ich wollte dir nie wehtun, sondern im Gegenteil dir das Leben ermöglichen, das du dir wünschst. Es ist für mich das Wichtigste, zu wissen, dass du okay bist, Connal. Das ist das Wichtigste. Ich kann sofort meine Sachen packen.« Meine Kehle wird eng, und das Sprechen fällt mir schwer. Die Wärme des *Hideout* und das Ale sind eine halbe Ewigkeit entfernt, so sehr zittern meine Knochen, so trocken ist mein Mund. »Ich … ich kann morgen auf dem Weg zurück nach Bristol sein, wenn es das ist, was du möchtest.«

»Was?« Doch es ist nicht Connal, der spricht. Seine Lippen beben, aber sie haben sich nicht geöffnet. Es ist eine Frauenstimme. Nessas Stimme.

Ich wirble herum. Und da steht sie, im warmen Licht des Pubs, die Augen weit aufgerissen.

»Nessa!« Nein!

Sie macht auf dem Absatz kehrt, schiebt energisch die Tür zum *Hideout* wieder auf. Ich kann nicht glauben, dass sie ausgerechnet diesen letzten Satz gehört hat.

Ich wende mich wieder zu Connal, um wenigstens eine Reaktion von ihm zu bekommen. Irgendeine. Irgendetwas. Will er, dass ich verschwinde? Bei diesem Gedanken sticht alles in mir. Doch ich sehe nichts als schwarze Nacht und meinen Atem, der stoßweise in weißen Wölkchen in die Dunkelheit dampft. Connal ist verschwunden.

»Fuck!«, rufe ich verzweifelt und stampfe mit dem Fuß auf. »Fuck, fuck, fuck!« Das darf doch alles nicht wahr sein!

Mit schnellen Schritten bin ich zurück beim Pub. Durch die Fenster höre ich, wie sich der Refrain von *Like A Virgin* mit Gelächter und fröhlichen Unterhaltungen vermischt. Ich schließe die Augen, atme tief ein, um mir selbst Mut zu machen. Dann drücke ich die Tür auf.

Sofort umfängt mich die gemütliche Wärme. Meine kalten Finger kribbeln. Ebenso wie der Rest von mir, doch aus einem anderen Grund. Zielstrebig bahne ich mir den Weg zu unserem Tisch, an dem eine blasse Nessa gerade einen tiefen Schluck von ihrem Bier nimmt.

»Es tut mir leid«, bringe ich hervor und kralle die Hände in die Lehne meines Stuhls, als wagte ich nicht, mich zu setzen. Als wäre das nicht mehr mein Tisch. »Es tut mir leid, dass du das gehört hast, Nessa.«

Nessas Arme sind vor ihrer Brust verschränkt, Effie sieht

fragend von ihr zu mir, runzelt die Stirn.

»Es tut dir leid, dass ich es gehört habe«, sagt sie giftig. »Aber dass du es gesagt hast, nicht?« Aus ihren türkisblauen Augen schießen wütende Blitze in meine Richtung, und ich bin mir sicher, sie setzt alles daran, sich wieder unter Kontrolle zu bringen.

Ich weiß nicht, was ich sagen kann, um es besser zu machen. Wieder fehlen mir die Worte. Wie so oft. Wie eigentlich immer in letzter Zeit. Die Hilflosigkeit der Sprachlosigkeit übermannt mich, und obwohl ich alles andere als willkommen bin, muss ich mich dennoch setzen.

»Was ist los?«, fragt Effie, die Stirn nun in noch tiefere Falten gelegt. Das hier war ihr Abend, unser Abend, und ich habe ihn ruiniert.

Doch auch darauf habe ich keine Antwort. Nicht weil es keine gibt, sondern weil es zu viele Antworten gibt. Zu viele Antworten, die auszusprechen ich nicht die Kraft habe. Ich liebe Connal. Ich will Connal nicht wehtun. Ich tue es dennoch immer wieder. Ich will hier sein, zu Hause. Aber das macht alles nur noch schwieriger, als es ohnehin schon ist. *Ich* mache alles nur noch schwieriger, noch verworrener, noch vertrackter. Es ist, als wäre ich in einer Sackgasse und würde immer wieder versuchen, die Mauer an ihrem Ende zu versetzen. In meinem Kopf dreht sich alles, und das Ale, das ich bereits getrunken habe, tut sein Übriges.

»Sie geht wieder. Das ist los. Sie will wieder weg.« Nessa zuckt mit den Schultern, als wäre es ihr vollkommen gleichgültig. Offensichtlich hat sie die Kontrolle über ihre Mimik zurückerlangt.

»Wie bitte? Nein, das stimmt nicht. Was redest du für einen Blödsinn, Nessa? Das stimmt doch nicht, Fiona, oder? Sag's ihr.« In Effies Ton liegt ein Flehen, das mir das Herz bricht. Schon wieder. Als könnten Herzen eine unendliche Anzahl von Malen brechen. Aber das würde ja bedeuten, dass sie dazwischen wieder ganz würden. Und das ist zumindest bei mir nicht der Fall. Es bricht und bricht und bricht.

»Ich …«, setze ich an, schlucke, blicke auf den Tisch. Ich möchte ihr nicht auch noch wehtun. Nicht nach Connal und Nessa. Doch ich weiß nicht mehr, was richtig ist. »Nicht weil ich wieder weg*will.* Das musst du mir glauben, Effie. Nessa?« Ich sehe sie an. »Sondern für Connal.« Die Worte sind ganz leise.

»Nein! Nein, das kannst du nicht machen, Fiona. Du bist gerade erst wiedergekommen. Du … Das kannst du nicht machen!« Panik mischt sich in Effies Stimme mit Ungläubigkeit.

»Ich weiß«, sage ich, und wieder brennen Tränen hinter meinen Augen. »Ich weiß das alles. Aber Effie, du hast selbst gesagt, es ist schlimm, dass ich wieder da bin. Und für ihn …« Ich schlucke meine Tränen hinunter. Ich kann jetzt nicht wieder weinen! »… ist es besonders schlimm.«

Nessas Blick blitzt zu ihr.

»Ich habe gesagt, *schön* schlimm!«, korrigiert sie. »Außerdem ist das vollkommen aus dem Zusammenhang gerissen. Du weißt ganz genau, wie ich es gemeint habe!«

»Wir hatten es zu zweit doch auch immer gut«, sagt Nessa und klingt dabei gar nicht wie sie selbst. Sie legt ihre Hand auf Effies Hand, drückt sie.

»Ich will es nicht zu zweit gut haben, sondern zu dritt! Wir sind drei Schwestern. Wir sollten zusammen sein!« Sie schnaubt leise. »Und Nessa hat noch gesagt, ich soll vorsichtig sein. Mein Herz nicht an dich hängen. Ich kann nicht fassen, dass du uns das antust, Fiona. Ich kann es echt nicht fassen.«

Ich fasse es selbst nicht. Fasse es nicht, als Effie sich wütend erhebt und ihre Jacke nimmt. Fasse es nicht, als sie sagt: »Komm, Nessa, wir gehen nach Hause.« Fasse es nicht, als sie beide den Pub verlassen haben und ich vollkommen allein an unserem Tisch sitze, während die gesamte Stadt um mich herum einen ausgelassenen Abend erlebt. Fasse es nicht, als Henry sagt: »Und als Nächstes habe ich ein Schwesternduett auf dem Zettel. Vielleicht solltet ihr eine Girlband gründen! The Linklaters oder so. Nessa und Fiona, Ladies and Gentlemen, mit *Don't Go Breaking My Heart.*«

Und ich fasse es immer noch nicht, als die ersten Takte des Klassikers von Elton John und Kiki Dee erklingen. Jeder Ton schneidet einzeln in mein Inneres. Der Sound der Hammond-Orgel, die Geigen, die Gitarre, die fröhliche Melodie, die Effie so liebt, weil sie in Dur ist.

Aber ich mache keine Anstalten, auf die Bühne zu gehen. Ich bin wie versteinert an meinem Tisch, der unser Tisch war. Sehe die lackierte Maserung des Holzes, wundere mich irgendwo am Rande meines Verstandes, wie dieser Abend so fundamental in die Hose gehen konnte. Wie ich mit voller Wucht gegen die Mauer meiner Einbahnstraße krachen konnte, obwohl ich doch wusste, dass sie da war. Als hätte ich sehenden Auges einen Frontalcrash verursacht.

»Ich sehe dich, Fiona, aber wo ist deine Schwester? Wo ist die Kiki zu deinem Elton?«

Ich kann nicht einmal aufsehen, um Henry ein Zeichen zu geben, dass es mit dem Schwesternduett in nächster Zeit nichts mehr wird. Und dass in jedem Fall ich Kikis Part hätte singen müssen. Nur dass die Lüge unerträglich gewesen wäre. Denn wie wir nun wissen, fällt es mir ungeheuer leicht, Herzen zu brechen. Heute Abend habe ich einfach nebenbei ganze vier Stück gebrochen. Ich musste mich nicht einmal sonderlich anstrengen. Erst Connals, dann meins, dann Nessas und schlussendlich sogar Effies. Und auch wenn ich in diesem Moment Nessas Stimme höre, die sagt, ich solle nicht so melodramatisch sein, weiß ich doch, dass es diesmal leider angemessen ist.

For You Can't Help.
Und ich glaube dir kein Wort.
Denn morgen schon.
Morgen.
Kannst du weg sein.
Falling In Love With Me.
Während alles, was du tust,
so unerträglich.
Unerträglich grausam.
Und unerträglich süß.
For I Can't Help.
Denn es gibt keine andere Möglichkeit,
als zu rennen.
Und du hinterher.
Und ich vor dir weg.
Falling in Love With You.
Wie schon einmal.
Wie schon immer.
Wie jeden Tag.
Und dann nicht mehr.

Und dann wieder.

25

Während der nächsten Tage gehen mir Effie und Nessa aktiv aus dem Weg. Und vielleicht ist es für den Moment das Beste so. Sobald sich die Gemüter beruhigt haben, werde ich ihnen alles erzählen. Werde meinen Mut zusammennehmen. Und dann werden wir eine Lösung finden, hoffe ich. Beim Gedanken, die Insel und meine Schwestern wieder zu verlassen, verkrampfen sich meine Eingeweide zu einem festen Knäuel. Allerdings nicht so fest wie bei der Erinnerung an Connals verzweifeltes Gesicht, das von inneren Kämpfen gezeichnet ist.

Jede Schicht im *Drawing Room* ist ein willkommener Grund, das Haus zu verlassen. Für ausgedehnte Spaziergänge ist selbst mir das Wetter inzwischen zu unwirtlich, sodass ich zu Hause entweder in meinem Zimmer bleibe oder mich in den Schuppen zum Töpfern zurückziehe. Dabei steht mir nicht einmal der Sinn nach Tassen und Schüsseln mit niedlichen Shetland-Motiven. Deswegen widme ich mich etwas Größerem, Schwererem. Der Fortsetzung meines Abschlussprojekts. Jedenfalls ertappe ich mich selbst dabei, wie ich eines Morgens aus einem Batzen Ton ein strenges, etwas trauriges Frauengesicht forme. Doch es deprimiert mich nur noch mehr. Erst will ich es wieder einstampfen, aber dann beschließe ich, es zu behalten. Vielleicht weiter daran zu arbeiten. Ihr einen Körper zu geben. Vielleicht. Es ist alles ein großes Vielleicht.

Als ich an diesem Nachmittag in den *Drawing Room* komme, stehen Marigold und Edith vor dem Eingang und versuchen, weihnachtliche Lichterketten zu installieren wie ein zynisches Mahnmal gescheiterten Familienlebens.

»Gut, dass du kommst, Kind«, sagt Marigold. »Vielleicht kannst du für uns alte Schachteln auf die Leiter klettern?«

»Ihr hättet auch anrufen können«, erwidere ich mit einem Blick auf die Tannenzweige und Sterne, die die Fenster innen schmücken. »Dann wäre ich sofort gekommen.«

»Wir haben das jedes Jahr zu zweit gemacht«, sagt Edith.

»Das heißt aber nicht, dass ihr das bis in alle Ewigkeit so handhaben müsst«, sage ich mit einem Augenzwinkern, das sich seltsam gezwungen anfühlt. »Jetzt bin ich jedenfalls da und bereit, auf Leitern zu steigen.«

Ich klettere die ersten paar Sprossen hinauf und nehme die Lichterkette von Marigold entgegen.

»So junge Knochen müsste man haben«, sagt sie und lächelt zu mir hoch.

»Ach, hör schon auf, Marigold. Du bist jung genug. Noch jünger wäre ungesund«, tadelt Edith und geht nach drinnen, um einen Kunden zu bedienen.

»Ich glaube, älter wäre ungesund«, sagt Marigold und lacht leise. »Findest du die kleinen Haken? Da hängen wir die Lichter immer ein.«

Ich taste an der Wand entlang und finde tatsächlich kleine Aufhängevorrichtungen, über die ich die Kabel ziehe.

»Willst du mir erzählen, wie es dir geht, Liebes?«, fragt Marigold, und ich drehe mich verdutzt um. Etwas zu schnell, sodass ich auf der Leiter leicht ins Straucheln gerate. Doch sofort fange ich mich wieder. »Nun ja, Erwin war heute Morgen hier. Hat von eurem Karaoke-Abend erzählt.«

Ich stöhne innerlich. In dieser Stadt wissen immer alle über alles Bescheid.

»Ihr habt euch gestritten?«, fragt Marigold weiter, während ich letzte Hand an die Lichterkette anlege.

»So was in der Art«, sage ich und steige die Leiter wieder hinunter. Der Wind weht eisigen Nieselregen vom Meer zu uns.

»Na, dann lass uns mal nach drinnen gehen und einen Tee trinken.« Marigold hakt sich bei mir ein.

»Aber meine Schicht fängt gleich an«, erwidere ich.

»Edith?«, fragt Marigold, als wir das warme Café betreten. Der Geruch von Zimt und süßem Gebäck schlägt uns entgegen. »Ich entführe Fiona kurz nach nebenan.«

»Ist gut«, sagt Edith und nickt uns zu.

Die Teetasse, die Marigold mir in ihrem Laden in die Hand drückt, wärmt meine eisigen Finger, und mir fällt auf, dass es eine von meinen eigenen ist.

»Ich liebe sie einfach sehr«, sagt Marigold lächelnd. »Habe mir gleich ein paar für mich gesichert.«

Die milde Schärfe von Gewürzen in Kombination mit dem buttrigen Duft des Schwarztees steigt mir in die Nase, und als ich die Tasse zum Mund führe, wirbelt eine weiße Milchwolke von unten hoch und färbt die Flüssigkeit in dieses perfekte Hellbraun, das ich selbst nie so hinkriege.

Schon der erste Schluck macht, dass es mir leichter ums Herz wird. Marigolds Tee ist das Getränk gewordene Gefühl, nicht allein auf der Welt zu sein.

»Danke, der tut richtig gut«, sage ich, während Marigold sich in einen der beiden Samtsessel neben der Kasse setzt und mir den anderen zuweist.

Ich sinke auf das weiche Polster, nehme noch einen Schluck. Lasse mich von der Wärme und Marigolds Ruhe einhüllen.

»Ich weiß nicht, ob es richtig war, zurückzukommen«, sage ich. Nicht weil ich unbedingt vorhatte, Marigold mein Herz auszuschütten, sondern weil es sich so natürlich anfühlt.

»Erinnerst du dich noch an deine Anfangszeit in Bristol?«, fragt Marigold. »Hast du dich da ähnlich gefühlt?«

»Ehrlich gesagt, die ganze Zeit«, gebe ich zu. Denn es ist wahr. Die Art und Weise, wie ich gegangen bin, war falsch. Das wurde mir sehr schnell sehr schmerzhaft bewusst. Aber da war noch ein anderes Gefühl. Dieses nagende Was-wäre-wenn. »Ich glaube, ich war mir bis zum Ende nicht sicher, ob ich die richtige Entscheidung getroffen hatte.«

»Das ist die Krux mit diesen lebensverändernden Entscheidungen, nicht?«, sagt Marigold. »Sie sind nicht sonderlich mitteilsam.«

Ein Lächeln stiehlt sich auf meine Lippen. »Kann man nicht sagen.«

»Deswegen ist es an uns, die Parameter auszuwählen, nach denen wir die Entscheidungen bewerten.«

Ich nicke. »So was wie *Wie vielen Menschen tue ich weh?* Oder *Was kostet es andere, wenn ich auf diese Weise handle?*«

»So was zum Beispiel.«

»Wäre die Alternative weniger schmerzhaft für meine Mitmenschen?«, fahre ich fort. *»Wie mache ich die größte Anzahl an Menschen am wenigsten unglücklich?«*

»Auch, ja. Aber ich glaube, du übersiehst etwas.«

Es wäre nicht das erste Mal. »Was denn?«

»Wie mache ich die größte Anzahl an Menschen am glücklichsten?«

»Ja okay, das ist einfach nur das Gegenteil von dem, was ich gesagt habe.«

»Mit einer anderen Botschaft.«

Ich nicke und nippe an meinem Tee.

»Und dann auch: Was ist für *dich* weniger schmerzhaft? Was kostet es *dich?* Was macht *dich* glücklich?«

Ich schlucke. Mein Mund ist ganz trocken, doch ich spüre, dass meine Kehle zu eng ist für Tee. »Wenn ich kein Leid bringe. Das macht mich glücklich.«

»Das ist eine absolut bewundernswerte Einstellung, aber sie ist zu kurz gedacht, mein Kind.«

»Inwiefern?«

»Du bist diejenige, die mit ihren Entscheidungen leben muss. Und was dich jetzt erleichtern würde, könnte dir in der Zukunft aufs Gemüt schlagen. Und das, Fiona, macht dann wiederum andere Menschen unglücklich.«

Ich kneife die Lippen zusammen, weil ich befürchte, sie könnten sonst anfangen zu zittern.

»Dein eigenes Glück, auch das langfristige, ist ein wichtiger Parameter. Das bedeutet nicht, dass du deine Entscheidungen treffen solltest, ohne nach links und rechts zu schauen. Aber nimm deine Bedürfnisse ernst, Fiona. Vieles fügt sich dann drum herum.«

Ich nicke zögerlich, atme den Dampf des Tees ein. »Vielleicht brauche ich einfach ein bisschen Zeit, um nachzudenken«, sage ich, weil in meinem Kopf so viel passiert, dass sich die Gedanken gegenseitig blockieren.

»Das klingt vernünftig«, sagt Marigold.

»Vielleicht sollte ich meine Freundin Irina in London besuchen. Abstand gewinnen.« Aber meine Stimme wird ganz hoch, während ich es ausspreche.

»Oder du ziehst für ein paar Tage in mein Cottage?«, schlägt Marigold vor. »Dann ist es kein so drastischer Schritt. Und du hättest trotzdem Zeit für dich.«

Und ich könnte weiterhin im Café arbeiten, den beiden alten Frauen zur Hand gehen. Ich blicke Marigold an, ihr liebes Lächeln, ihre freundlichen Falten um die Augen. »Dürfte ich?«

»Aber natürlich, Kind. Effie zieht sich schließlich auch dorthin zurück, wenn sie ein bisschen Zeit braucht. Ich bin froh, wenn es benutzt wird und ich nächste Woche nicht hinfahren muss, um nach dem Rechten zu sehen. Du würdest mir sogar gewissermaßen einen Gefallen tun. Es kann nur sein, dass das Feuerholz ein bisschen feucht ist.«

Mit Marigolds Cottage verbinde ich Kindheitserinnerungen. Wochenenden mit ihr und meinen Schwestern, an denen wir gemeinsam kochten, warmen Kakao tranken und in klammem Bettzeug schliefen. Nur dass uns das nichts ausmachte. Als ich nun Marigolds Wagen auf die Parkfläche lenke, habe ich das Gefühl, die Zeit hätte einfach stillgestanden. Das reetgedeckte, weiß getünchte Haus mit den türkisfarbenen Fensterrahmen, die Wisteria, die nun im Winter kahl ist, sich aber vom Fuße der Holztür bis zum Dach hinaufrankt.

Das kleine Gartentor quietscht leise, als ich es aufschiebe, den großen Eisenschlüssel in der Hand. Das Schloss der Haustür gibt ein befriedigendes Klacken von sich, und ich trete hinein. Es riecht ein bisschen muffig, aber sofort flackern Bilder vor meinem inneren Auge auf. Marigold, die Effie beibringt, zu stricken. Nessa, die ein Blech mit Plätzchen in den Ofen schiebt. Ich, wie ich stolz Muschelschalen vom

Strand präsentiere, die Marigold dann auf dem Fensterbrett in eine ordentliche Reihe legt.

Weil die Sonne es heute nicht durch die dicke Wolkendecke am Himmel schafft, knipse ich das Licht an. Das Wohnzimmer sieht genauso aus wie früher. Gemütliche gepolsterte Korbmöbel, ein kleines, unsortiertes Bücherregal mit zerlesenen Taschenbüchern, weiße Gardinen an den Fenstern, Muschelschalen auf dem Fensterbrett. Ich halte einen Moment inne, streiche mit den Fingern über die Reihe. Es sind dieselben. Die Muschelschalen von damals. Marigold hat sie behalten.

Mich überkommt ein Schauer, halb nostalgische Melancholie, halb Kälte, und ich beeile mich, Holz nach drinnen zu holen. Ein Kachelofen in der Ecke heizt das gesamte Cottage, doch es dauert ein wenig, bis ich ein Feuer angefacht habe. Das Holz ist tatsächlich etwas feucht und produziert erst einmal mehr Ruß und Rauch als Hitze. Aber schon bald breitet sich eine vorsichtige Wärme aus, wagt sich weiter vor, in die Küche mit dem cremefarbenen AGA-Herd und dem Emaillegeschirr, in den ersten Stock, in dem sich Bad und Schlafzimmer befinden. Kälte und Feuchtigkeit weichen Geborgenheit, die durch den Blick auf die raue See noch gesteigert wird.

Eine Weile starre ich wie hypnotisiert aus meiner warmen Höhle auf die raue Landschaft, die Heide, die Büsche, die sich im Wind biegen, das graue, aufgewühlte, wütende Meer. Erst durch die Vibration meines Handys erwache ich aus meiner Trance.

»Hi, Babe«, ruft Irina begeistert, und ihr fröhliches Gesicht wirkt einen Moment lang seltsam fehl auf mich. »Hab ich dich geweckt?«

»Was? Warum?«

»Du siehst so zerzaust aus.«

»Zerzaust?« Ich muss lachen. Doch in dem kleinen Bild rechts unten auf meinem Handydisplay sehe ich den Beweis. Als hätte ich gegen eine Möwe gekämpft. Offenbar habe ich mir unbewusst während der letzten Minuten die Haare gerauft.

»Ist deine Seele zerzaust? Du weißt, das Außen ist der Spiegel des Innen«, sagt Irina, und ehe ich noch in der Lage bin zu antworten, fährt sie fort: »Eine Sache kann ich dir jedenfalls abnehmen. Ich bringe dir deine Frauenfiguren.« Sie strahlt.

»Du?«, frage ich perplex.

»Ich und Joey, um genau zu sein. Na ja, wir haben Lust auf ein Abenteuer. Und Nordpol klingt nach Abenteuer. Ist das in Ordnung? Ich habe gesehen, es gibt eine Fähre, die über Nacht fährt. Wir würden dich besuchen kommen.«

»Aber ...« Ich weiß nicht, was ich sagen soll. Ich freue mich so sehr über Irinas Angebot, darüber, dass sie mich besuchen will. Doch werde ich überhaupt noch hier sein?

»Wir können leider nicht sofort kommen, weil Joey sich vor Weihnachten nicht mehr freinehmen konnte. Aber im neuen Jahr dann ...«

Im neuen Jahr. »Shetland ist im Winter ganz schön grau«, sage ich, um irgendwas von mir zu geben.

»Das weiß ich, Babe. Alles in diesem Land ist im Winter grau. Aber ich komme aus Russland, da ist es noch kälter, noch grauer, noch dunkler. Also entspann dich.«

Im neuen Jahr. »Ich glaube, ich habe eine Idee«, sage ich mehr zu mir selbst als zu Irina.

»Wie du mehr Licht machen kannst?«

»Für meine Frauenfiguren, meine ich.«

»Okay?« Ich habe das Gefühl, Irina kann mir nicht ganz folgen. Aber ich bin mir nicht einmal sicher, ob ich mir selbst folgen kann.

»Vielleicht wäre es möglich ...« Ich sehe Nessa vor mir. Die starke Nessa. Und Effie, die so leicht und fröhlich ist. Cassie und ihre Mum, Marigold mit ihrem großen Herzen, Edith, die wahrscheinlich die eigentliche Bürgermeisterin von Lerwick ist. »Ich könnte ihnen ein Denkmal setzen«, sage ich.

»Babe, ich habe keine Ahnung, was du faselst. Aber bau ruhig.«

In den nächsten Tagen wächst in meinem Kopf ein Plan heran. Ich denke während meiner Schichten im *Drawing Room* darüber nach, recherchiere den Rest des Tages in Marigolds Cottage. Auf meine Nachricht an Nessa und Effie, dass ich mich für einige Zeit zurückziehe, um uns Raum zu geben, aber da bin, wenn sie mich brauchen oder reden wollen, habe ich keine Antwort bekommen, und so lenkt mich nichts und niemand von meiner Arbeit ab. Auf meinen Spaziergängen lasse ich den kalten Wind die Gedanken an Connal vertreiben, vertage sie auf später. Ich ernähre mich von Dosensuppen, die ich auf dem AGA aufwärme, schlüpfe spätabends mit kribbeligem Körper und erschöpftem Geist ins Bett – ein Notizbuch auf dem Nachttisch, für den Fall, dass mir noch eine Idee kommen sollte. Und nach einer Woche habe ich ein Konzept. Ob es ein Abschiedsgeschenk wird oder vielleicht ... mehr, weiß ich in diesem Moment noch nicht.

»Edith?«, frage ich in einer ruhigen Minute während meiner nächsten Schicht. »Denkst du, es gibt die Möglichkeit, irgendwo einen kleinen Raum für eine Ausstellung zu mieten?«

»Hier? In Lerwick?«, fragt sie und beißt von einem Macaron ab, das sie sich als Zwischensnack gönnt.

»Ja.«

»Was willst du denn ausstellen?«

»Na ja, also ... meine eigene Keramikkunst.« Ich merke, wie mir Hitze ins Gesicht schießt, wie sich vermutlich rote Flecken auf meinem Hals bilden.

»Dafür habe ich genau den richtigen Ort«, sagt Edith. »Im Foyer des Rathauses.«

»Ist das dein Ernst?«, frage ich, denn so groß hatte ich es mir gar nicht vorgestellt.

»Das machen wir ab und zu, dass wir einheimischen Künstlern eine Bühne bieten. Munro versteht nicht viel davon, aber ich fand, es wäre eine schöne Sache. Also habe ich es entschieden.«

Ich muss lachen. »Du hast auf jeden Fall was gut bei mir. Ich weiß allerdings nicht, ob meine Sachen den Ansprüchen genügen.«

»Unsinn, natürlich tun sie das.« Und während sie sich ein paar grüne Krümel vom Mundwinkel tupft, fügt sie hinzu: »Und Munro erkennt den Unterschied ohnehin nicht. Wenn ich ihm sage, dass es den Ansprüchen genügt, tut es das auch.«

26 Es dauert nur ein paar Tage, bis Edith den Gefallen einlöst. Der Tonfall, in dem sie mich erneut bittet, für sie einzuspringen, ist eine Mischung aus schuldbewusst und ehrlich besorgt. Obwohl ich ihr mehrfach versichere, dass ich sehr gerne ihre Schicht übernehme, weil es wirklich kein Problem ist. Je mehr Zeit ich im *Drawing Room* verbringe, desto weniger grüble ich.

»Ausgerechnet heute muss er krank sein«, sagt sie ins Telefon. Es geht um ihren Enkelsohn.

»Mach dir keine Sorgen, wirklich«, erwidere ich und ziehe mir schon mal meine Jacke an. Denn ich freue mich sehr über die willkommene Abwechslung.

»Es war wichtig, dass *ich* die geschlossene Gesellschaft übernehme.«

»Und jetzt bin es eben ich, was macht es für einen Unterschied?« Ich muss beinahe lachen, weil Ediths Bedenken vollkommen unnötig sind. Mit einem Lyrikzirkel werde ich allemal fertig.

Ich befolge Ediths Anweisungen penibel. Aus den Korbsofas und Sesseln baue ich einen Sitzkreis, hier und da stelle ich ein Tischchen dazwischen, damit die Hobby-Lyrikerinnen und -Lyriker ihre Heißgetränke abstellen können. Als ich gerade dabei bin, die kleinen Küchlein und Sandwiches, die der Caterer gebracht hat, im Hinterzimmer hübsch auf Etageren zu drapieren, kündigt die Türglocke einen Gast an.

»Sorry, heute haben wir geschlossene Gesellschaft«, rufe ich in den Laden und ärgere mich insgeheim darüber, dass wer auch immer das Schild nicht gelesen hat.

Ich gehe zwei Etageren balancierend zurück ins Café, bereit, den Kunden noch einmal höflich abzuweisen. Vielleicht kann er einen Kaffee zum Mitnehmen bekommen, weil ich meinen großzügigen Tag habe. Aber mehr nicht. Denn in einer halben Stunde kommen die Dichterinnen und Dichter.

Doch als ich in der Ecke am kleinen Tisch neben dem Plastikweihnachtsbaum eine Gestalt erblicke, erstarre ich. Der rostrote Rollkragenpullover, die wilden Locken. Es ist Connal.

Für einen Moment schwanke ich zwischen Flucht und ... Flucht. Ich bin nicht bereit für eine weitere Konfrontation, habe noch keine Entscheidung getroffen. Aber ich bin zu spät. Connal sieht von seinen Zetteln auf und mich direkt an.

»W-was machst du hier?«, fragt er, offenbar genauso überrascht, mich zu sehen wie ich ihn. Hektisch wischt er mit der Hand einen Zettel, der vor ihm auf dem Tisch lag, auf die Sitzbank am Fenster.

»Ich arbeite«, sage ich kleinlaut.

»Aber ...« Seine Augen sind weit aufgerissen. Hat er damit gerechnet, dass ich wirklich abgereist bin? Dabei hat er nicht einmal gesagt, dass es das ist, was er sich wünscht. Er ist einfach abgehauen.

»Ich ... ähm«, sage ich, blicke zu Boden. Mein Mund ist auf einmal ganz trocken, und ich wünschte, ich könnte etwas gegen den Schmerz in seinem Blick tun. Gegen die Panik, die aufflackert. Meinetwegen. Und gegen die Panik, die meinen eigenen Puls in die Höhe treibt. Die macht, dass ich mich gleichzeitig verstecken und zeigen will. Gleichzeitig meinen Kopf in den Händen vergraben und ihn ansehen will. Gleichzeitig ihm nah sein und mich von ihm fernhalten will. Für ihn. Für mich.

»Das kann doch alles nicht wahr sein«, sagt er und fährt sich mit den Händen über den Bart. Wieder und wieder. Als müsse er nachdenken, aber jeder Schluss, zu dem er kommt, ist schlimmer als der andere. Ein leises Stöhnen dringt über seine Lippen, das mein Herz dazu bringt, sich einmal umzukrempeln. So fühlt es sich zumindest an.

Connal blickt angestrengt aus dem Fenster, schüttelt kaum merklich den Kopf. In ihm scheinen sich ebenso gegensätzliche Gefühle miteinander im Widerstreit zu befinden.

Um ihn zu erlösen, liefere ich ihm den perfekten Ausweg. »In einer halben Stunde trifft sich hier ein Lyrikzirkel«, sage ich vorsichtig. »Heute ist geschlossene Gesellschaft. Willst du vielleicht was zum Mitnehmen?«

Ein kaum hörbares Lachen dringt aus seinem Mund. Ein raues, schaurig-schönes, vorsichtiges Lachen. »Nein, danke«, erwidert er leise, schiebt seinen Stuhl zurück, erhebt sich und verlässt das Café.

Einen Augenblick stehe ich einfach nur wie versteinert hinter dem Tresen. Ein Schritt nach vorn, zwei Schritte zurück. Nur dass es sich anfühlt, als würde ich ausschließlich rückwärtsgehen.

Der Drang, ihm schon wieder hinterherzulaufen, ist groß. Sehr groß. Denn die Sehnsucht nach Connal hört nicht auf.

Ich kann sie ignorieren, kann so tun, als wäre sie nicht da. Aber sobald ich ihn sehe, lässt sie sich nicht mehr verdrängen. Dann ist sie da, ist sie präsent, ist sie alles.

Doch ich reiße mich zusammen, stelle die Etageren auf die Tische, die ich neben der Tür als Büfett aufgebaut habe, daneben richte ich kleine Stapel mit Tellern an. Ich lasse den Blick durch den Raum schweifen. Warum hätte Edith das besser hinkriegen sollen?

In der hinteren Ecke steht der Stuhl, den Connal hektisch zurückgeschoben hat, schief, und als ich ihn zurechtrücken will, fällt mir der Zettel auf, den Connal auf die Sitzbank gewischt hat, als hätte ich ihn bei irgendwas ertappt.

Zögerlich nehme ich ihn auf. Es ist eine herausgerissene Seite aus einem Notizbuch, in der Mitte einmal zusammengefaltet. Ob es etwas Wichtiges ist? Ob ich ihm doch hinterherlaufen soll? Aber inzwischen ist er viel zu weit weg. Ich möchte nicht spionieren, also lege ich den Zettel einfach auf den Tresen. Doch er klappt leicht auf, und ich erkenne Connals Handschrift. Diese feinen, schnörkellosen Buchstaben, die ordentlich und gerade nebeneinanderstehen, Worte ergeben, die Connal geschrieben hat. Und obwohl ich weiß, dass es falsch ist, helfe ich etwas nach, hebe die obere Hälfte leicht an. Nur ein bisschen, nur so weit, dass ich sehen kann, ob Connal etwas Wichtiges vergessen hat.

Ich schaue auf kurze Zeilen, versuche, nicht zu lesen, was dort steht. Doch meine Augen sind gierig.

Dich zu begehren, lesen sie, und mir läuft es kalt den Rücken hinunter.

mich zu verzehren nach dir, steht da. Und auf einmal ist mein Blick wie entfesselt.

wäre –

Realität.

Dass ich dich nicht hasse, sagst du. Siehst mich an mit diesen flehenden Augen, die Folter und Untergang und Realität sind.

Zu spät. Deine Schuld. Ich hasse dich.

Nicht.

Ich schlucke. Wieder und wieder. Zwinge mich dazu, regelmäßig zu atmen, weil mein Körper selbst die offensichtlichsten Vitalfunktionen nicht mehr allein hinbekommt. Connal schreibt Gedichte. Über mich. Und auf einmal fällt es mir wie Schuppen von den Augen. Er war wegen des Lyrikzirkels hier. Deswegen war es so wichtig, dass ich heute nicht arbeite. Damit Connal kommen kann. Damit er seine innersten Gedanken teilen kann. Mein Magen sackt spürbar ein Stück nach unten.

Ich hasse dich. Nicht, schreibt er. Er hasst mich nicht. Das Gewicht dieser Worte sinkt langsam ein. Er hasst mich nicht. Und ohne dass mein Kopf weiß, was meine Finger tun, klappen sie die Seite vollständig auf.

Dass ich dich nicht hasse.
Damit bist du um Jahre zu spät.
Denn dich nicht zu hassen wäre, dich zu lieben.
Dich zu lieben wäre –
Folter.
Dass ich dich nicht hasse.
Das hast du verkackt.
Denn dich nicht zu hassen wäre, dir zu vergeben.
Dir zu vergeben wäre –
Untergang.
Dass ich dich nicht hasse.

Doch es ist deine Schuld.
Denn dich nicht zu hassen wäre, dich zu
begehren, mich zu verzehren nach dir.
Jeden Tag
Jede Stunde
Jede Minute
Jede Sekunde
Dich zu begehren, mich zu verzehren nach dir
wäre –
Realität.
Dass ich dich nicht hasse, sagst du.
Siehst mich an mit diesen flehenden Augen,
die Folter und Untergang und Realität sind.
Zu spät. Deine Schuld. Ich hasse dich.
Nicht.

Tränen sind mir beim Lesen in die Augen getreten. Ich lese Connals Zeilen wieder und wieder, seine widerstreitenden Gefühle, die vorhin bereits sichtbar waren, habe ich nun hier, blau auf weiß. Er hasst mich nicht, sagt er. Und er spricht übers Verzeihen, über Liebe. Erneut lese ich das Gedicht, versuche herauszufinden, ob es bedeutet, dass er mir verziehen *hat.* Dass er mich ... ich wage es nicht, den Gedanken zu Ende zu führen.

Dieses Gedicht wollte er vortragen. Doch meinetwegen kann er es nicht. Meinetwegen wird niemand diese Zeilen zu hören bekommen. Abwesend greife ich nach dem Kugelschreiber, der neben der Kasse liegt. Drücke auf ihm herum. Das leise Klicken untermalt das Springen meines Blicks von

Zeile zu Zeile. Mein Gedankenkarussell, das immer nur diesen einen Satz wiederholt. Er hasst mich nicht. Er hasst mich nicht. Er hasst mich nicht. Auch wenn er gern würde. Auch wenn es alles einfacher machte. Auch wenn Liebe so viel schwerer zu ertragen ist.

Ich setze den Kugelschreiber aufs Papier, ohne, dass ich so richtig weiß, was ich hier eigentlich tue. Und lasse meinen Gefühlen freien Lauf. Ich bin keine Dichterin. Bin nicht wie Connal. Aber auch für mich ist diese Liebe schwer zu ertragen. So schwer, dass eine Träne auf das Wort »Realität« tropft und die Tinte verwischt. Die Realität verwischt.

27

Meine Hand zittert leicht, als ich ein paar schmutzige Teller abräume. Andrea hat gerade ein gereimtes Gedicht über die Meeresforelle im Jahreszeitenverlauf vorgetragen, das die Gemüter der Runde gespalten hat. Die eine Hälfte, bestehend aus Erwin, der mit einem wütenden politischen Pamphlet den Nachmittag eröffnete, und zwei Frauen um die vierzig, versuchte ihre berechtigte Kritik in Watte zu packen. Demgegenüber waren die drei älteren Damen hellauf begeistert und erfreuten sich vor allem an der strengen Form. Doch auch Erwin hob lobend hervor, dass er sich anhand des Sprachflusses die Bewegungen einer Forelle gut vorstellen könne, sodass Andrea am Ende sehr glücklich wirkte.

Zweimal schon wurde Connals Fehlen bemerkt. Zweimal wurde darüber gesprochen, dass seine Gedichte immer der Höhepunkt der Runde seien. Und jedes Mal wurde mir ein wenig übel.

»Dir hat er auch nicht Bescheid gesagt, Erwin?«, fragt eine der älteren Damen.

»Nein, nichts.« Erwin sieht auf sein Handy und dann zu

mir. Er ahnt, was der Grund für Connals Fernbleiben ist, und ich fühle mich noch schlechter.

Wie ein Magnet zieht das Blatt Papier neben der Kasse meine Aufmerksamkeit auf sich. Dort liegt es. Connals Gedicht. Der Inhalt seines Herzens. Und darunter ...

Ich räuspere mich, Hitze steigt mir ins Gesicht, kriecht meinen Hals hoch. »Er ... er war vorhin kurz da und hat ... sein Gedicht ... dagelassen.« Ich weiß nicht, worauf das hinauslaufen soll, was ich mir dabei gedacht habe. Aber ich will nicht, dass Connals Worte ungehört bleiben.

»Ich könnte ...«

»Au ja, das ist eine hervorragende Idee. Connals Lyrik ist immer so bedacht«, sagt Andrea.

»Bedacht und berührend«, stimmt ihr eine andere zu.

Ich gehe leicht schwankend zum Tresen. Mein Kopf versteht nicht, was mein Körper tut. Und ich habe das Gefühl, als stünde ich neben mir. Als ginge ich neben mir her. Kopfschüttelnd.

Ich nehme die Notizbuchseite, falte sie auf. Sehe Connals Schrift, und die Worte verschwimmen vor meinen Augen. Darunter meine Buchstaben. Größer, ausladender. Nach rechts geneigt.

Langsamen Schritts nähere ich mich der Gruppe. Ich stelle mich in die Mitte. Meine Hände beben, und ich kann die roten Flecken, die ich nicht sehe, auf meinem Hals spüren.

»Na komm, Mädchen«, fordert mich die eine ältere Frau auf, die, die Connals Worte »berührend« genannt hat. »Wir sind alle so gespannt, was er heute für uns geschrieben hat.«

Ich blicke in die Runde, von einem Gesicht zum andern. Alle Augen sind gespannt auf mich gerichtet. Ich atme einmal tief ein und dann ...

»Dass ich dich nicht hasse«, beginne ich. Meine Stimme ist zunächst leise, brüchig, aber schnell merke ich, dass Connals Worte eine eigene Kraft haben. Die Zeilen kommen mir leicht über die Lippen und sind doch so schwer zu ertragen. Das Gewicht, das er hineingelegt hat, das emotionale und lyrische, lässt auch die ausgesprochenen Worte gewichtig klingen.

»Dir zu vergeben wäre –

Untergang.« In der kurzen Pause blicke ich auf und sehe, wie bewegt auch die anderen sind.

»Denn dich nicht zu hassen wäre, dich zu begehren, mich zu verzehren nach dir.« Und meine Stimme bricht nun, doch es ist die perfekte Stelle dafür, verleiht der Zeile nur noch mehr Gefühl.

»Jeden Tag
Jede Stunde
Jede Minute
Jede Sekunde.« Ich betone jedes einzelne Wort, ebenso wie Connal es in seinem Gedicht betont, und ein kollektives Seufzen geht durch den Raum.

»Zu spät. Deine Schuld. Ich hasse dich.
Nicht.«

Ich mache eine kurze Pause, lasse die Worte ihre Magie selbst entfalten. Aber ehe jemand etwas sagen kann, lese ich weiter, lese nun das, was ich selbst darunter geschrieben habe.

»Dass ich dich nicht liebe.
Sage ich mir. Sage ich mir jeden Tag. Seit drei Jahren.
Doch dich nicht zu lieben wäre mein *Untergang.*
Dass ich dich nicht liebe.
Beweise ich mir. Beweise ich dir. Beweise ich allen.
Doch dich nicht zu lieben, wäre meine *Folter.*
Dass ich dich nicht liebe.

Wie lange soll diese Lüge noch bestehen?
Wie lange kann ich noch ertragen, was ich getan habe?
Denn meine Liebe zu dir ist meine *Realität, vor der ich nicht fliehen kann.*
Keinen Tag
Keine Stunde
Keine Minute
Keine Sekunde.
Denn ich begehre dich, verzehre mich nach dir. Ich sehe dich an mit flehenden Augen, will dir nicht Folter, nicht Untergang sein.
Doch Realität.
Das will ich.
Mit dir.«

Ich habe bei den letzten zwei Worten die Augen geschlossen. Mein Gesicht brennt, mein Hals ist heiß. Sekundenlang ist es völlig still. So still, dass ich mein Herz schlagen höre. Kurz denke ich, vielleicht sind sie einfach gegangen. Vielleicht habe ich mir alles nur eingebildet. Aber als ich die Augen öffne, sitzen sie alle da und schauen mich an. Und dann zur Tür. Und dann wieder zu mir. Und als ich ihren Blicken folge, sehe ich Connal, der zurückgekommen ist, vermutlich, um doch vorzutragen. Der nun dort steht, mich ansieht und sich durch die Haare fährt. Ich war so konzentriert, dass ich nicht einmal die Tür gehört habe.

»Fiona«, sagt er. Seine Stimme ist seltsam klar. Fast zu klar.

Mein Mund öffnet und schließt sich, aber nichts kommt über meine Lippen. Es ist, als hätte ich alle Worte nun gesagt. Alle, die ich zur Verfügung hatte, aufgebraucht.

»Ich glaube, … wir sollten reden«, sagt er, und ich spüre, wie ich nicke. Ich spüre sowieso nur noch. Mein Kopf hat sich ausgeschaltet. Spüre Hitze, spüre Kälte, die durch die geöffnete Tür in den Raum zieht, spüre mein Herz, spüre mein Inneres, das hüpft, spüre die Blicke auf mir, spüre Blicke in meinem Rücken, als ich auf Connal zugehe.

»Lass uns reden«, sage ich, doch es kommt nur ein hohes Piepsen aus meinem Mund. Und dann kommt nichts mehr aus meinem Mund, weil ich mich weinend in Connals Arme sinken lasse, mein Gesicht in seinem Pullover vergrabe. Seine Lippen sind auf meinen Haaren, sind auf meiner Schläfe, sind auf meiner Wange, sind auf meinen Lippen, darüber, darunter, dazwischen.

Seine Worte, die er nicht zu mir sagen konnte, meine Worte, die ich nicht zu ihm sagen konnte, deutlich weniger durchdacht, weniger poetisch, aber nun hervorgebracht. Ausgesprochen. Und in unserem Kuss findet nun das Ausdruck, was zwischen den Zeilen stand. Die Sehnsucht, die Notwendigkeit der Nähe.

Wir sind wieder in unserem Tunnel, in dem es nur ihn und mich gibt. Nicht das leise Kichern im Hintergrund, nicht das amüsierte »okay«, das bestimmt von Erwin kommt, nicht das Räuspern und Stühlerücken. Es ist wie damals. Unser Kuss, so öffentlich und doch so intim. Connals Atem kitzelt meine Oberlippe, der Klang seines Schnaufens mein Herz. Er zieht mich an sich, und ich wünschte, er könnte mich vollkommen umgeben. Wünschte, er könnte in diesem Moment alles sein. Jeder. Immer.

In seiner Nähe werden meine Knie weich, sodass ich mich an seinem Pullover festhalte. Unsere Lippen sind immer noch aufeinandergepresst, wollen sich nicht gehen lassen. Wollen immer beieinander sein. Ich will immer bei ihm sein. Egal, was die Gedanken in meinem Kopf sagen. Egal, wie laut sie klopfen und pochen und sagen, dass wir reden müssen, dass wir wissen müssen, was das hier ist. Ob es eine Chance für uns gibt. Ob ich genug sein kann. Ob er es möchte. Kann. Es ist egal, denn in diesem Moment will ich der Parameter sein. Ich und meine Sehnsucht.

Hinter mir ertönt das Geräusch von klingelnden Schlüsseln, und Connal löst sich von mir. Widerwillig. Ich sehe mich um, die Röte in meinem Gesicht eine Mischung aus Erregung und Scham. Erwin steht hinter dem Tresen und schwenkt grinsend einen Schlüsselbund.

»Marigold vermietet im ersten Stock im Sommer Zimmer an Touristen«, sagt er, und mein Kopf muss inzwischen dunkelrot sein. »Falls ihr ungestört ... reden wollt. Ich mache den Laden zu.« Er wackelt mit den Augenbrauen, während sich hinter uns eine Teilnehmerin des Lyrikzirkels nach der anderen lachend und feixend aus dem Café stiehlt.

Noch bevor ich mir einreden kann, dass das keine gute Idee ist, geht Connal mit großen Schritten auf Erwin zu, nimmt ihm den Schlüsselbund ab und folgt seinem Fingerzeig in den Durchgang zwischen Geschenkladen und *Drawing Room,* wo eine Treppe nach oben führt.

Einen Moment lang bin ich zu perplex, um meinen Beinen den Befehl zu geben, Connal zu folgen. Ich stehe einfach nur da, blicke ihm nach, spüre ihn auf meinen Lippen, schmecke ihn.

»Worauf wartest du«, zischt Erwin mit einem Zwinkern und nickt mir aufmunternd zu.

Und ich weiß es auch nicht. Nicht eine Sekunde länger will ich noch warten. Ein tonloses »Danke« in Erwins Richtung schickend, laufe ich hinter Connal her. Die alten Stufen knarzen unter seinen schweren Schritten, und ich kann nicht schnell genug zu ihm aufschließen. Zu Connal. Zu dem Mann, den ich so sehr liebe, den ich begehre, nach dem ich mich verzehre, jeden Tag, jede Stunde, jede Minute, jede Sekunde.

28

Die Tür ist offen, und als ich in das Zimmer trete, sehe ich Connal, der mit dem Rücken zu mir vor dem Fenster steht. Strickpulli, Jeans, schwarze Arbeitsstiefel. Seine dunklen Locken, der aufrechte, breite Rücken. Ich kann nicht glauben, dass wir wirklich hier sind. Zu zweit. In einem Zimmer. Weil wir beide das wollen. Weil wir uns nicht hassen, sondern … das Gegenteil.

»Möchtest du …«, sage ich mit kratziger Stimme, räuspere mich dann, um ein bisschen mehr Sicherheit zu gewinnen. »Möchtest du … reden?«

Connal antwortet nicht, blickt nur weiter nach draußen. Einen quälend langen Moment passiert nichts. Absolut nichts. Das leise Klappern von Geschirr dringt zu uns herauf. Erwin weiß glücklicherweise, was unten zu tun ist, weil ich seinen Job übernommen habe. Schwere Regentropfen beginnen an die dünnen Fensterscheiben zu prasseln. Der Wind rüttelt am Haus, und ich merke, dass mir kalt ist. Nach der Wärme im Café und der Hitze zwischen uns sind der unbeheizte Raum und die Distanz zu Connal ein beinahe unheimlicher Kontrast.

»Ich will nicht reden«, sagt Connal. Es klingt gepresst, angestrengt, als müsse er sich selbst davon überzeugen. Aber im nächsten Moment spüre ich ihn an mir, seine Arme um mich herum. Seinen Brustkorb, der sich rasend schnell hebt und senkt, hebt und senkt. »Ich will nicht reden«, sagt er noch einmal, diesmal ist es mehr ein Flüstern. Und ich weiß, was er will. Und ich will es auch. Und das sind die Parameter, auf die es in diesem Augenblick ankommt. Dass wir beide es wollen. Uns. Einander. So eng wie menschenmöglich.

Ich presse mich an ihn, sauge seinen Geruch ein, nach Wolle und Heimat. Auf einmal fühle ich mich so ganz, so ganz ich, dass ich am liebsten weinen würde. Aber ich schlucke meine Überforderung hinunter und gebe mich dem Moment hin. Vollkommen. Ich lasse mich fallen, gemeinsam mit Connal, fest umschlungen. Seine Lippen finden meine, wie sie es immer getan haben. Wir brauchen keine Worte, um zu wissen, was der andere will. Es ist wie der perfekte Tanz, einstudiert und dennoch ein Sich-treiben-Lassen, in der Gewissheit, den nächsten Schritt genau zu kennen – und dennoch zu fühlen, als wäre es das erste Mal, dass die Zehenspitzen den Boden berühren.

Seine großen rauen Hände wandern unter mein Sweatshirt, unter das Longsleeve, das ich mir gegen die Kälte angezogen habe. Sie liegen auf meiner Haut, streichen darüber, jagen mir einen Schauer über den Rücken, fahren an meiner Taille auf und ab, greifen um meinen Rücken, ziehen mich enger und noch enger an seinen Körper.

Ich öffne meine Lippen, gewähre Connals Zunge Einlass, und als hätte sie nur darauf gewartet, dringt sie in mich ein, suchend, fühlend, drängend. Er leckt über meine, ich über seine Zunge, im sanftesten Kampf, der je ausgefochten wurde. Meine Finger fahren unter seinen Pullover und spüren heiße Haut. So heiß, dass er kurz unter der Kälte meiner Berührung zusammenzuckt. Aber er lässt mich gewähren, lässt es geschehen, und schon bald ist seine Hitze meine Hitze. Sein sanftes Stöhnen in meinem Mund ist der Ausdruck all der Sehnsucht, die ich in den letzten Jahren von mir geschoben habe. Die ich versucht habe, mit anderem zu füllen. Aber die Leere blieb. Die innere Leere, die ich nur in Connals Nähe nicht spüre. Jetzt ist sie weg, jetzt ist alles weg, was nicht er ist.

Langsam schiebt er meinen Sweater und das Longsleeve nach oben, legt meinen Körper frei, der in der kühlen Luft sofort eine Gänsehaut bekommt. Er lässt seine Fingerspitzen darüberfahren. Es kitzelt und kitzelt doch nicht genug.

Um mir beide Oberteile auszuziehen, unterbricht er unseren Kuss für einen Moment, und ich streiche mir die aufgeladenen roten Haare aus dem Gesicht.

Connal tritt einen Schritt zurück und sieht mich an.

»Du bist noch du«, raunt er atemlos, sein Blick verschleiert.

»Und du?«, frage ich und sehne mich nach seiner Körperwärme.

»Ich bin ein anderer«, flüstert er und zieht sich seinen Pullover selbst über den Kopf. »Aber ich will dich noch genauso.« Und dann ist er wieder bei mir, Haut an Haut diesmal. Meine Finger tasten über seinen nackten starken Rücken, seinen muskulösen Oberkörper, der von der Farmarbeit geformt wurde. Die schönste Form, die ich mir vorstellen kann. Neu und doch vertraut. Mit den Lippen erkunde ich seine Brust, die dunklen Haare, die vom Bauchnabel den Weg dorthin weisen, wo ich hinwill. Sie sind dichter jetzt. Dichter als vor drei Jahren. Aber ebenso weich.

Connal zieht mich wieder nach oben, um meinen Mund

erneut mit seinem zu bedecken, während er mit den Händen seinen Gürtel öffnet. Das Geräusch erinnert mich an den Moment vor einigen Wochen. Als wir auch an diesem Punkt waren. Nur – anders. Diesmal sind wir weiter, scheint es. Bin ich weiter. Bin ich nicht in der Lage, innezuhalten. Die Parameter sind andere.

Meine Hände finden Connals Hände, umfassen sie und helfen ihnen, den Knopf der Jeans zu öffnen. Sie streifen über den weichen Stoff der Boxerbriefs an seinem Hintern. Sie wandern nach vorne, fahren Connals Erektion entlang, und er saugt geräuschvoll die Luft ein. Seine Bewegungen werden unkontrollierter, fahriger, während er als Nächstes meine Jeans öffnet. Sein Mund liegt weiterhin auf meinem, unsere Zungen ringen miteinander. Mal schneller, mal langsamer, wir saugen, beißen sanft, schmecken einander ganz und gar.

Connals Atem zittert, sein Penis zuckt unter meiner Berührung, und er beginnt, seine Lippen nun weg von meinem Mund zu meinem Schlüsselbein, meinen Hals entlangwandern zu lassen. Wieder finde ich mich in seiner Umarmung wieder, doch diesmal dient sie dem Zweck, meinen BH zu öffnen. *Wie unbeholfen er anfangs war. Vor unserem ersten Mal, das gleichzeitig auch das erste Mal Nacktheit voreinander bedeutete. Geduldig saß ich neben ihm, innerlich vollkommen aufgelöst vor Vorfreude, Nervosität, Erregung, während er eine halbe Ewigkeit an dem Verschluss herumnestelte. Und dann, als die Häkchen und Ösen endlich auseinandersprangen, sah er meine Brüste an. Als könne er nicht glauben, dass dieser Moment Realität sei.* So wie er mich jetzt ansieht. Meinen Körper. Meine Brüste. Er ist beinahe ehrfürchtig, konzentriert, als wolle er alles an diesem Moment für immer in Erinnerung behalten. *Ich nahm seine Hand, versuchte, die Coole von uns beiden zu sein, obwohl ich in meinem Leben noch nie so aufgeregt gewesen war.* Und auch jetzt nehme ich seine Hand, die so viel größer ist als damals, während meine Brüste nur noch ein kleines bisschen gewachsen sind. Ich lege sie auf mich, presse sie dorthin, wo ich sie haben will. Die Zögerlichkeit seiner Berührungen entlockte mir vor Jahren beinahe ein Lachen. Und jetzt bildet sich ein Kloß in meinem Hals, als er erneut kaum wagt, Druck auszuüben. Seine kräftigen Oberarme sind angespannt. Dann wird er forscher, fordernder, beginnt, mein weiches Fleisch zu kneten, den Blick immer noch ungläubig auf seine Hände gerichtet, die meine Brüste vollständig bedecken.

Ich nutze den Moment, um meine Hose nach unten zu schieben und herauszusteigen.

»Du frierst«, sagt Connal, unter dessen Berührungen meine Brustwarzen sofort hart geworden sind. Ein Schauder überläuft mich, ein Schauder der Kälte, ja, aber auch der Wonne.

»Nicht, wenn du bei mir bist«, sage ich, doch Connal schlägt die Decke des etwas durchgelegenen Bettes zurück. Ich will mich gerade bücken, um die dicken Wollsocken, die Effie mir gestrickt hat, auszuziehen.

»Lass sie an«, sagt Connal und lässt mich unter die Decke krabbeln. Dann setzt er sich ans Fußende und macht sich daran, seine Stiefel auszuziehen. Seine Socken, seine Jeans. Er dreht sich um, blickt mich an, und ich schiebe die Decke ein Stück nach unten, um ihm meine Entblößtheit zu präsentieren. Um ihn einzuladen, zu mir zu kommen.

»Hast du ein Kondom?«, fragt er.

»Ich ... nein?« Ich mache ein entschuldigendes Gesicht. »Hast du keins?« Auf einmal klinge ich panisch.

Er schüttelt den Kopf.

»Warum das denn nicht, um Himmels willen?« Ich kann nichts gegen den leicht verzweifelten Ton in meiner Stimme tun. »Habt ihr Kerle nicht immer eins in eurem Geldbeutel?«

Er lacht ganz vorsichtig. »Glaub mir, das willst du nicht benutzen.« Auf meinen fragenden Blick fügt er hinzu: »Das ist seit ein paar Jahren abgelaufen.«

»Aber … das ist nicht gerade sicher«, gebe ich zu bedenken. Ich kann nicht fassen, dass es daran scheitern wird. Dass ich ihn wieder nicht spüren werde.

»Nur wenn man Sex hat.«

»Nur wenn man … was?« Ich verstehe nicht, was er sagt.

»Nur wenn man Sex hat, ist es unsicher, ein abgelaufenes Kondom im Geldbeutel zu haben.«

»Und du hast …«

»… keinen«, beendet er meinen Satz.

»Warum nicht?« In mir wirbeln alle Gedanken, alle Gefühle durcheinander.

»Wollte nicht.« Er zuckt mit den Schultern. Seine Stimme ist leise. So leise, dass ich ihn fast nicht verstehe.

»Aber warum nicht?«, wiederhole ich meine Frage.

»Ernsthaft?«, fragt er und dreht sich um, damit er mich ansehen kann. »Weil du nicht hier warst, Fiona.«

Mein Mund steht offen. »Aber … aber …«

»Aber?«

»Aber das ist doch kein Grund!«

»Ich fand schon«, erwidert er mit einem beinahe entschuldigenden Gesichtsausdruck.

»Du hattest also keinen Sex in den letzten Jahren?«, frage ich.

»Willst du dich über mich lustig machen?«

»Es ist wichtig«, sage ich und klinge ganz aufgeregt.

»Wusste nicht, dass es Menschen gibt, die so begeistert davon sind, dass ich seit dir … äh … mit niemandem mehr intim geworden bin.« Seine Stimme ist nun ein bisschen säuerlich.

»Aber verstehst du, was das heißt?«, frage ich. »Ich habe immer mit Kondom verhütet. Die wenigen Male«, füge ich hinzu, damit er nicht denkt, ich hätte in Bristol herumgevögelt, während er hier enthaltsam war. »Und ich kann offensichtlich nicht schwanger werden. Und wenn du …« Ich spreche den Satz nicht zu Ende. »Wenn wir keine Krankheiten haben und nicht aus Versehen ein Kind in die Welt setzen können …«

Bist du sicher?, fragt eine Stimme in meinem Kopf, weil Sex mit Connal nicht rückgängig zu machen ist. Und weil ich keine Antwort darauf weiß, gebe ich die Frage weiter. »Bist du sicher?«, sage ich laut in der Hoffnung, dass Connal einfach Ja sagt und dann mit seinem harten Penis in mich eindringt und mich eins mit ihm werden lässt.

»Bist du sicher?«, fragte Connal damals zum ungefähr hundertsten Mal, ehe wir uns nackt, halb beschämt, halb stolz nebeneinanderlegten, Berührungen mutiger, forscher werden ließen. Und ich sagte: »Ja.«

Doch statt einer Antwort schlingt er in diesem Moment seine Arme um mich und küsst mich, küsst mich wild, küsst mich fast besinnungslos. Seine Barthaare fühlen sich kratzig auf meiner Haut an, aber ich will es. Will alles von ihm.

Er nimmt meinen Kopf in seine Hände, atmet laut, beinahe ist es ein Stöhnen. Mit seinem Daumen fährt er leicht grob über meine Unterlippe, ehe er meinen Mund wieder mit seinem nimmt. Seine Zunge in mich drängt, stößt. Und ich erwidere es. Erwidere jede Bewegung, dränge ihm meinen Unterleib entgegen. Während er mit der einen Hand noch in meinem Haar wühlt, wandert die andere meinen Körper hinunter, massiert meine Brüste, wandert tiefer zwischen meine

Beine in meinen Slip. Ich spüre, wie feucht ich unter seinen Berührungen werde, und kann mich nicht erinnern, dass mich schon einmal etwas so sehr angemacht hat wie seine Finger auf mir und dann – ich keuche – in mir.

Bei unserem ersten Mal tastete er sich ganz behutsam vor. Sein Zeigefinger glitt zitternd an mir entlang, blieb vor meinem Eingang stehen. Fragte um Erlaubnis, die ich ihm mit geschlossenen Augen gab. Jetzt sind meine Augen geöffnet, ebenso wie seine. Und er verharrt nicht. Fragt nicht. Weil er nicht muss. Weil er weiß. Er stößt seinen Finger in mich, einen, zwei, sein Daumen, der eben noch auf meiner Lippe war, umkreist meine Klitoris, und ich winde mich stöhnend. Er liegt halb auf mir, seine Zunge in mir. Seine Finger in mir, während es zwischen meinen Beinen pocht und bis zum Bauchnabel vor Verlangen zieht. Immer heftiger zieht. Mein Stöhnen wird zu einem unkontrollierten Keuchen, Connals lauter Atem zu einem Stöhnen.

»Ist das okay?«, fragte er. »Magst du das?«

Und ich konnte nur nicken, weil ich das Gefühl hatte, mein Mund wäre vor lauter Nervosität taub geworden.

»Ich mag es auch. Du fühlst dich so warm an. So weich. Wie das Schönste. Ich hab noch nie … noch nie so was gefühlt. Ich will dort drin sein. Darf ich in dir sein?« Die Sorge, ich könnte mit Nein antworten, war deutlich in seiner Stimme zu hören.

Mit nach wie vor geschlossenen Augen nickte ich, wäre zu etwas anderem nicht in der Lage gewesen. Ich wollte es hinter mich bringen. Das erste Mal. Wollte, dass wir es einfach taten, damit wir es dann noch mal tun konnten und noch mal, bis es normal wurde.

»Gefällt es dir?«, raunt Connal jetzt an meinem Ohr, während ich mir auf die Unterlippe beiße, weil ich nicht kommen will. Nicht, ohne dass er in mir war.

»Ja, ja, es gefällt mir.« Und ich weiß, dass er es weiß. Dass er es nur hören will. »Komm in mich«, wimmere ich, doch als er seine Finger aus mir zieht, bereue ich beinahe, dass ich ihn nicht habe machen lassen.

Mit zitternden Armen stützte er sich über mich, damals auf seinem Bett in seinem Zimmer. Fast so, als würden sie ihn nicht mehr halten. Er legte sich auf mich, und ich spreizte die Beine noch etwas mehr. Biss mir auf die Unterlippe. Ich spürte seinen Penis an mir, hatte Angst vor dem Schmerz, Angst, etwas falsch zu machen. Angst davor, dass es furchtbar werden würde.

»Langsam, okay?«, fragte Connal und schaffte es irgendwie, sich zu positionieren. Seine Spitze an meinem Eingang. Und dann kam er in mich. Ein kleines Stück. Und noch eins. »So?« Wieder konnte ich nur nicken. Ich atmete nicht mehr, weil ich dachte, das Atmen würde die Schmerzen schlimmer machen. Er kam weiter und weiter, und mit ihm der Schmerz, kurz, doch es war mehr als Schmerz. Es war das ungewohnte Gefühl, etwas in mir zu haben, das ich noch nicht in mir gehabt hatte, das dort aber hingehörte. Er zog sich zurück und kam wieder, zurück und vor, vor und zurück. Und jedes Mal etwas tiefer.

Während ich damals meine Augen geschlossen hielt, kann ich jetzt den Blick nicht von seinem Gesicht abwenden. Er kommt über mich, zwischen meine Beine, führt mit der Hand seine Erektion an meinen Eingang und dringt in mich. Ich stöhne, komme ihm mit meinem Becken entgegen. Und er stöhnt ebenso, nur viel tiefer und als wäre mein Inneres die Erfüllung all seiner Träume.

Seine Stirn liegt an meiner, während er kommt und geht und kommt und geht. Seine Bewegungen sind sanft wie die Wellen des Meeres, das im Hintergrund rauscht. Sanft und stark. Und mächtig. Er füllt mich – mit sich. Stirn an Stirn schlafen wir miteinander, fühlen uns wie damals und doch ganz anders. Alles an Connal ist heute so viel größer, breiter, stärker, und ich fühle mich immer noch wie das Mädchen, das ich früher war.

»Tut es sehr weh?«, fragte er mich.

»Nein«, piepste ich zur Antwort. »Und dir?« Ich wusste nicht einmal, warum ich ihn fragte. Ich wusste schließlich, dass es Jungs nicht wehtat. Aber mein Kopf funktionierte in diesem Moment nicht mehr so ganz. Ich konnte nicht denken, konnte nur auf einmal Scham darüber empfinden, dass ich vergessen hatte, mir meine Stricksocken auszuziehen, die ich plötzlich überdeutlich an meinen Füßen wahrnahm.

»Nein, nein, es ist nur schön. Es ist viel zu schön. Es ist ... ich platze.« Und dann kam er in dem Kondom, das er sich übergezogen hatte. Und blieb in mir, solange er konnte. Und als er nicht mehr konnte, dauerte es fünf Minuten, bis er wieder konnte und wieder wollte, und für mich war es okay, denn ich wollte Normalität. Wollte herausfinden, was mir gefiel. Und dafür brauchte ich Übung. Mit Connal in mir.

Nur dass das Mädchen früher nicht gewagt hätte, ihre Beine auf Connals Schultern zu legen, um ihn noch tiefer zu spüren. Seine Bewegungen werden schneller. Haut trifft auf Haut, Fleisch trifft auf Fleisch, und Connal ist so tief in mir, dass mein Mund taub wird. Er stöhnt immer heftiger, immer lauter, immer schneller, und ich tue es ihm gleich, obwohl ich noch einen Moment brauche, aber er hat keinen Moment, das sehe ich. Er kommt in diesem Augenblick. Und presst dann seinen Daumen erneut auf meine Klitoris, ohne sich zurückzuziehen. Neckt mich, reizt mich, bis auch ich erzittere, erbebe, in einem Rausch mit einem erleichterten Schrei komme, mit Connal in mir.

29

»Sollten wir jetzt vielleicht reden?«, frage ich nach einer Weile.

Wir liegen nebeneinander, meine Fingerspitzen fahren über Connals muskulösen Oberkörper. Er hat die Augen geschlossen, sodass ich nicht einmal erahnen kann, was in ihm vorgeht. Aber wenn mich nicht alles täuscht, sind seine Gesichtszüge entspannt.

Er brummt etwas Zustimmendes.

»Ich meine, weil das hier gerade passiert ist.« Ich zeige von seiner nackten Brust auf meinen Körper, der unter der Decke versteckt ist.

Connal blinzelt. »Ja.«

»Willst du anfangen? Soll ich?«

Connal dreht sich auf die Seite, stützt sich auf den Ellenbogen, den Kopf in seiner Hand. Mit dem Zeigefinger der anderen Hand fährt er die Blumenranken des Bettbezugs nach. »Ich bereue nicht, dass wir miteinander geschlafen haben.«

Vor Jahren in seinem Zimmer sagte er: »Ich glaube nicht, dass es etwas Besseres gibt, als mit dir zu schlafen, Fiona. Und ich glaube, ich will es ab jetzt andauernd machen.«

»Okay«, erwiderte ich, fühlte mich seltsam stolz, dass es für ihn so schön gewesen war, auch wenn ich selbst noch nicht so ganz verstand, warum alle so ein Aufhebens darum machten.

»Ich bereue es auch nicht«, sage ich, woraufhin Connal den Blick hebt, mich ansieht und mir eine Haarsträhne hinters Ohr streicht. »Was?«, frage ich lächelnd, weil er den Blick nicht wieder abwendet.

»Was?«, fragte ich, weil er mich auf eine Weise anschaute, die ich noch nie bei ihm gesehen hatte. So sanft, so voller Liebe, aber auch voller Ungläubigkeit, dass es tatsächlich passiert war. Dass wir miteinander geschlafen hatten.

»Dein Gesicht.« Sein Lächeln, sein Schlucken. »Es ist … jetzt noch schöner. Obwohl das nicht möglich ist.«

»Es ist nur, dein Gesicht nach dem Sex … Es ist das gleiche wie früher«, sagt er jetzt.

Er erinnert sich an mein Gesicht nach dem Sex, schießt es mir durch den Kopf. Er hat nicht einmal das vergessen.

»Es ist schön. Wenn deine Wangen so gerötet sind und deine Haare so wild.« Connals Stimme wird leiser. »Es ist immer schön. Aber wenn du befriedigt bist, besonders.«

Einen Moment schweigen wir. Schwelgen in Erinnerungen oder sind nur im Hier und Jetzt. Ich weiß nicht einmal, an welchem Punkt das Jetzt zur Erinnerung wird, wann die Erinnerung das Jetzt ablöst. Der Übergang ist fließend.

»Ich will nicht, dass du wieder gehst«, sagt er, und seine Worte, so leise sie auch sind, schießen wie ein warmes, buntes Feuerwerk durch meinen Körper. »Ich dachte, es wäre besser, wir würden uns nicht mehr sehen, aber das ist offensichtlich unmöglich. Also müssen wir einen Weg finden, damit umzugehen.«

Ich nicke erleichtert. Aber gleichzeitig weiß ich nicht, was es bedeutet.

»Und ich bin mir nicht sicher, ob das hier der beste Weg ist«, fährt er fort.

Ich schlucke. Es ist gut, dass er ehrlich ist. Und ich konnte wohl kaum erwarten, dass wir einmal miteinander schlafen und damit unsere gesamten Probleme gelöst sind. Denn ehrlich gesagt ist kein einziges Problem dadurch gelöst. Die Situation ist – wenn auch anders – immer noch genauso vertrackt wie vor drei Jahren. Allerdings mit dem Wissen, dass Connal keine Familie gegründet hat, während ich weg war. Was auch immer das heißt.

»Ich will auch nicht wieder gehen. Ich bin hier zu Hause. Bei euch. Bei … dir«, erwidere ich, suche seinen Blick in der Hoffnung, darin so etwas wie Bestätigung zu sehen. Aber er weicht mir aus.

»Du bist mein Zuhause, Connal«, sagte ich, nachdem wir ein zweites Mal miteinander geschlafen hatten.

»Du bist auch mein Zuhause, Fiona«, sagte Connal, nachdem wir ein drittes Mal miteinander geschlafen hatten. Immer noch schien er mehr davon zu haben als ich. Doch die Gespräche dazwischen und auch sein Gesicht während und nach einem Orgasmus entschädigten mich für das bisherige Ausbleiben einer Epiphanie.

»Gut.« Er räuspert sich. »Ich denke, ich werde dich sehen wollen. Aber ich kann nicht sagen, in welchem Ausmaß. Und ob es gesund ist. Und …« Er bricht ab. »Du bist noch du, und ich bin … Daran hat sich nichts geändert. Da ist was zwischen uns, das nicht weggehen wird, schätze ich.«

Etwas später googelten wir, was wir tun konnten, um mir die Epiphanie zu verschaffen. Und nach einigen Anläufen mit meiner Hand und seiner Hand und seiner Zunge und etwas peinlich berührtem Dirigieren meinerseits hatte ich meinen ersten Orgasmus. Auf einmal war es mir ein Rätsel, dass ich nicht vorher mal auf die Idee gekommen war. Aber das Konzept des Orgasmus war so abstrakt, dass ich nicht wusste, was ich verpasste. Jetzt wusste ich es. Und wusste auch, was Connal meinte, als er sagte: »Ich glaube, ich kann schon mit Sicherheit sagen, dass ich dich für immer lieben werde.«

»Denn wenn eine andere Stadt nicht ausreicht, wenn drei Jahre nicht ausreichen ...«

»Ja«, sage ich und versuche die Gefühle in meinem Innern zu entwirren. Und Connals Worte in meinem Kopf. Ich weiß nicht, was das bedeutet. Für uns, für mich. Ich möchte ihn nicht drängen. Und dennoch haben wir gerade miteinander geschlafen.

»Es ist gut, dass wir reden«, sage ich mehr aus Verlegenheit. »Solange wir ehrlich sind ...« ... *ist alles gut,* will ich hinzufügen. Aber vermutlich stimmt es nicht.

»Ehrlichkeit. Ja.«

Er fährt sich durch die dunklen Locken, und ich habe den Eindruck, die Erinnerung holt das Jetzt ein. Vielleicht verscheucht das Jetzt auch die Erinnerung, jedenfalls können sie nicht gemeinsam existieren. Nicht in diesem Raum. Nicht mit Connal und mir gemeinsam nackt in einem Bett. Denn was wirkt wie eine Zeitreise, ist am Ende vielleicht doch nur eine Illusion.

»Ich muss wissen, was du für mich empfindest«, sagt er. Er sagt es direkt, sagt es ohne Vorwarnung.

»Ich ... ähm ...« So viel. Ich empfinde so viel. Für Shetland, für Lerwick, für meine Schwestern. Aber vor allem empfinde ich für Connal. Damals wie heute. Auch für mich hat eine andere Stadt, haben drei Jahre nicht ausgereicht. Ein anderer Kontinent, ein gesamtes Leben würde nicht ausreichen. »Es ist«, beginne ich leise, wünsche mir, ich könnte seinem Blick ausweichen, doch seine Augen, sein gesamtes Gesicht ziehen mich wie magisch an. »Es ist so, wie du damals gesagt hast.«

»Damals habe ich viel gesagt. Mehr als heute wenigstens.

Du musst also etwas präziser sein.« Sein Lächeln sieht müde aus. Er erinnert sich nicht. Und das ist gut. Zu viel Erinnerung verdrängt das Hier und Jetzt.

»Du ... ähm ... hast gesagt, *Ich glaube, ich kann schon mit Sicherheit sagen, dass ich ...«* Ich muss atmen. Einatmen. Mir Mut einatmen. *»... dich für immer lieben werde.«*

»Alles an dir«, sagte er damals. »Von hier«, er küsste mich auf den Kopf, »über hier ...«, er küsste mich auf meinen Flaum, »bis hier.« Er küsste meine wollbesockten Zehenspitzen, die mir gar nicht mehr peinlich waren. Nie wieder würde mir irgendwas peinlich sein müssen vor Connal. Wir kannten jetzt alles voneinander.

Doch in diesem Moment, da wir ebenso intim waren, kennen wir nur einen Bruchteil voneinander. Und deswegen ist es so schwer, sich zu öffnen. Sich verletzlich zu machen. Denn damals war die Liebe übermächtig. Überwältigend. Nach innen wie außen. Heute ist sie es nur noch innen und ringt mit der Angst, nicht genug zu sein, weil ich Connal immer noch nicht geben kann, was er will.

»Und jetzt?«, fragt Connal, nimmt mein Gesicht in seine Hände und sieht mich eindringlich an. »Sag es mir. Bitte.«

»Ich liebe dich. Für immer.«

Da. Es ist raus. Es ist die Wahrheit.

Und weil Connals Gesicht ohnehin so nah vor meinem ist, überbrückt er die wenigen Zentimeter und presst seine Lippen auf meine. Fest und verlangend.

»Und du?« Ich will es von ihm ebenfalls hören. Will aus seinem Mund hören, was er bereits zu Papier gebracht hat.

Doch statt mir eine Antwort zu geben, presst er einen Kuss auf meinen Scheitel, einen weiteren auf meinen Flaum und einen dritten auf meine Zehenspitzen, die in Effies Wollsocken stecken.

30

Mein Erwachen gleicht einem langsamen Kampf. Mein Kopf will nicht, mein Körper ist wohlig warm, mein Verstand begreift zwar, dass vor dem Fenster eine Möwe kreischt, dass es bereits hell ist, dass von unten Geräusche zu mir heraufdringen, aber alles in mir sehnt sich danach, liegen zu bleiben, die Augen geschlossen zu halten.

Ich strecke den Arm aus, taste neben mir nach der Quelle der Wärme und des wohligen Gefühls. Taste, strecke, fühle nach ihm. Und auf einmal ist mein Verstand da. Und wach. Ich reiße meine Augen auf und – er ist weg.

Es dauert nur eine Sekunde, und ich bin hellwach. Die linke Bettseite ist kalt. Dort, wo Connal lag, schreit mich die Leere beinahe an. Aber er ist nicht mehr da. Seine Klamotten sind weg. Sähe man auf dem Kissen nicht den Abdruck seines Kopfes, ich wäre mir nicht einmal wirklich sicher, ob es die letzte Nacht gegeben hat.

Auf einmal fühlt sich mein gesamter Körper so leer an wie Connals Bettseite. Mein Herz schlägt fest, jeder Schlag dröhnt mit einem Echo in meinen Ohren. Ich wühle mich durch die Decken ans Fußende des Bettes, taste nach meiner

Hose, meinem Handy in der Tasche. Doch da ist kein Anruf, keine Nachricht.

Mein Blick fällt auf einen Beistelltisch an der Wand. Dort liegt ein gefalteter Zettel. In null Komma nichts bin ich auf den Beinen. Es ist eiskalt im Zimmer, und meine Nacktheit ist so schreiend fehl am Platz, dass ich mir als Erstes meinen Sweater überziehe, ehe ich mir das Papier schnappe und damit zurück unter die warme Decke schlüpfe. Es sieht aus wie eine herausgerissene Seite aus einem Notizbuch. Aus dem gleichen Notizbuch, aus dem das Gedicht stammt. Mit zitternden Fingern vor Nervosität und plötzlicher Kälte, die ihren Weg unter die Daunen gefunden hat, falte ich die Seite auf.

Connals saubere Buchstaben verschwimmen vor meinen Augen, und ich muss mich zusammenreißen, um zu lesen, was er schreibt.

Liebe Fiona,

diese Zeilen brechen mir das Herz, vielleicht brechen sie auch deines. Aber darin sind wir ja geübt, du und ich. Im gegenseitigen Herzenbrechen. Und es muss auch nur noch dieses eine Mal sein. Dann sind wir frei.

Die letzte Nacht mit dir hat mir alles bedeutet. Doch wer alles hat, kann alles verlieren. Wie schon einmal vor drei Jahren. Und ich bin nicht der, der ich vor drei Jahren war. Der Gedanke, mich all dem Schmerz erneut auszusetzen, schnürt mir die Luft ab, erstickt mich, lähmt mich.

Ich bin gerade erst wieder einigermaßen im Leben angekommen, funktioniere für mich, in der

Gemeinschaft. Viel zu lange hatte ich nicht nur dich, sondern auch mich verloren. Und das, was ich nun wiedergefunden habe, ist anders, ist kleiner, doch es reicht. Weil es reichen muss. Es ist nicht das, was ich mir gewünscht habe, aber es ist ein Leben. Mein Leben. Du hast gesagt, du würdest wieder gehen, wenn es mir wehtut, dich zu sehen. Fiona, mir tut alles weh, was mit dir zu tun hat. Dich zu sehen, dich nicht zu sehen. Dich zu berühren, dich nicht zu berühren. Bei dir zu sein, nicht bei dir zu sein. Aber die Gefahr ist geringer, wenn wir uns nicht sehen. Uns nicht berühren. Wenn wir nicht beieinander sind.

Deswegen, ja, Fiona, bitte, geh. Nicht weil ich dich nicht hier haben will. Sondern im Gegenteil. Ich ertrage den Gedanken nicht, dass es noch einmal vorbei sein könnte.

Connal

Erst Minuten später verstehe ich, dass das gepresste, gehetzte Geräusch mein eigener Atem ist. Wie gelähmt starre ich auf das Blatt Papier in meinen zitternden Fingern. Meine Kehle ist wie zugeschnürt, meine Augen sind weit aufgerissen, meine Gedanken leer. Die Atemzüge kommen von allein, wenn auch viel zu schnell. Beinahe fremd.

Connal ist weg. Ich soll weg. Wir sollen uns nicht mehr sehen. Er kann das nicht mehr. Nur noch dieses eine Mal. Frei. Aber frei zu sein bedeutet doch, hier zu sein. Bei ihm zu sein. Dort, wo ich atmen kann. Wenn ich nicht atmen kann, bin ich nicht frei. Woanders zu sein bedeutet, langsam zu ersticken. Aber solange ich atmen kann, bekommt Connal keine Luft. Es ist ... es ist ... es ist ... Ein Schrei bleibt mir im Hals stecken.

Die letzte Nacht. Hätte alles. Verändern müssen. Hätte uns. Zusammenbringen müssen. Hätte ... Hat nicht. Hat nur mich.

Ein leises Klopfen reißt mich aus meinen Gedanken. Gedanken, die eher Fragmente sind. Fragmente im Takt meines schnellen Atems.

Connal. Er ist zurückgekommen. Er kann auch nicht atmen. Er ...

»Fiona?«, fragt eine leise Stimme. Eine Frauenstimme. Und mein Herz sackt nach unten. »Fiona, mein Herz?« Es ist Marigold. In deren Gästezimmer ich halb nackt liege. Wir haben nicht einmal um Erlaubnis gefragt. Zum Schock, zur Trauer gesellt sich Scham. Und ein schlechtes Gewissen.

»Ich komme gleich«, bringe ich erstickt hervor, der Klang meiner Stimme bewirkt, dass sich alles in mir verkrampft. Vor Schmerz. Vor innerem Schmerz, der sich überallhin ausdehnt.

»Ich habe dir einen Tee gemacht. Kann ich reinkommen?«

Doch zu einer Antwort bin ich nicht imstande.

Ganz langsam öffnet sich die Tür, und Greaves schiebt sich ins Zimmer, läuft ein paar Schritte und blickt mich missmutig an.

»Wenn du willst, dass ich gehe, musst du es nur sagen.«

Ich schüttle den Kopf, was Marigold nicht sehen kann.

»Aber ich dachte mir, vielleicht brauchst du etwas Warmes.«

Vorsichtig steckt sie ihren Kopf ins Zimmer. Ich hebe den Blick, obwohl jede Bewegung zu viel ist.

»Kind!«, sagt sie, offenbar alarmiert über meinen Zustand. Mit drei Schritten ist sie bei mir, setzt sich auf die Bettkante und zieht mich an sich. Presst meinen Kopf gegen ihre Brust. Sie ist ganz warm. Weich. Riecht nach Geborgenheit. Und auf einmal kann ich die Tränen nicht mehr zurückhalten. Ich schluchze auf, lasse ihnen freien Lauf. Weine in Marigolds Arm um alles, was ich hatte, um alles, was ich verloren habe. Unzusammenhängende Laute, die vielleicht in meinem Kopf Sinn ergeben, einen Sinn, den ich aber vergessen habe, ehe sie zu Worten werden konnten, dringen aus meinem Mund. Und Marigold streicht fest über meinen Rücken. Sie wiegt mich hin und her, wie sie es früher getan hat, wenn wir uns das Knie aufgeschlagen hatten. Mütterlich, schießt es mir durch den Kopf, und mein Schluchzen wird noch heftiger.

»Schhhhh, es ist alles gut«, sagt sie leise. »Es ist alles gut.«

Doch nichts ist gut. Nicht in diesem Moment und vermutlich auch nie wieder. Das Glas ist nicht mal nur halb leer, es ist einfach umgefallen und hat seinen gesamten Inhalt ins Nichts ergossen.

Nach ein paar Minuten – es können auch ein paar mehr gewesen sein – ebbt mein Weinkrampf langsam ab, bis ich nur noch von einem gelegentlichen Beben meiner Schultern erfasst werde.

»Ichwaschdirdiebettwäsche«, nuschle ich an Marigolds Brust.

»Wie bitte?«

»Die Bettwäsche. Ich wasche sie.« Es gelingt mir tatsächlich, mich einigermaßen deutlich zu artikulieren. »Tut mir leid, dass wir einfach so … dass ich …«

»Das macht doch nichts. Erwin hat mir Bescheid gegeben. Du kannst jederzeit hier übernachten.«

Wenigstens das schlechte Gewissen löst sich etwas.

»Ich hätte trotzdem fragen müssen.«

»Manchmal reicht die Zeit eben nicht«, sagt Marigold, und ihre verständnisvolle Reaktion auf alles treibt mir wieder die Tränen in die Augen. »Hier, nimm einen Schluck Tee.«

Sie reicht mir die dampfende Tasse, die sie auf dem Nachttisch abgestellt hat. Die Wärme, die der Tee in meinem Innern verursacht, ist seltsam tröstend.

»Als ich vorhin den Laden aufgesperrt habe, ist mir Connal in die Arme gelaufen«, sagt sie, und beim Klang seines Namens zuckt mein Herz zusammen. »Er sah ähnlich aufgewühlt aus wie du jetzt. Er ... hat auch geweint.« Aus ihrer Stimme spricht lediglich tiefe Sorge. Kein Tadel, keine Neugierde. Sie seufzt. »Ach, ihr zwei.«

»Uns zwei gibt's wohl endgültig nicht mehr.« Ich nehme schnell noch einen Schluck Tee. Denn es laut auszusprechen, macht die Sache real.

»Willst du drüber reden?«, fragt Marigold und streicht mir ganz sanft über das Haar.

Und nein, eigentlich will ich nicht darüber sprechen. Eigentlich will ich niemals darüber sprechen. Eigentlich will ich mich vergraben und so tun, als wäre nichts von alledem je passiert. Nicht dieser Brief, nicht letzte Nacht, nicht die Gedichte, nicht unser Aufeinandertreffen, nicht unser Kuss, nicht unser Wiedersehen, nicht meine Rückkehr, nicht die letzten drei Jahre, nicht meine Flucht, nicht das Gespräch zwischen Connal und seiner Mum, nicht meine Diagnose, nicht unser Glück, nicht das Flaschendrehen. Nichts. Einfach nichts davon soll passiert sein, denn alles zusammen führte mich an diesen Punkt, der so wehtut, dass ich es nicht aushalte. Dass ich mich auf dem Boden wälzen will, schreiend, weil es mich zerreißt.

»Wir lieben uns. Aber als ich damals weggegangen bin, habe ich alles kaputt gemacht. So kaputt, dass man es nicht mehr kitten kann. So kaputt, dass Connal immer noch darunter leidet. So kaputt, dass es für ihn leichter ist, wenn ich wieder gehe.« Ich schließe die Augen und lasse den scharfbuttrigen Duft des Tees meine Nerven beruhigen.

»Und du? Was willst du?«, fragt Marigold, und mir entfährt ein bitteres Lachen.

Doch dann senke ich den Kopf, starre auf das Muster des Deckenbezugs und sage mit hoher, dünner Stimme: »Ihn. Ich will ihn.«

»Dann kämpf!«

»Es ist zu spät.«

»Es ist nie zu spät.«

»Für mich schon.«

»Erinnerst du dich an die Geschichte, die ich dir erzählt habe?«, fragt Marigold.

Ich nicke. »Ich weiß, mein Zu-spät ist nichts im Vergleich mit deinem Zu-spät.«

»Nein, nein, du siehst es vollkommen falsch. Ich war nicht zu spät. Ich war genau rechtzeitig.«

»Aber ...«

»Ich war genau rechtzeitig, um das größte Glück zu erleben. Denn wenig später wäre ich wirklich zu spät gewesen und hätte niemals erfahren, was es heißt, so sehr geliebt zu werden – und so sehr zu lieben.«

»Aber ...«

»Die Trauer und alles, was danach kam, verblasst im Vergleich zu dem, was wir hatten.« Sie legt ihre warme Hand auf meine. »Es ist nie zu spät, solange es nicht zu spät ist. Verrätst du mir, was damals passiert ist? Die Wahrheit?«

Die Wahrheit. So bedeutsam für mich, so banal, wenn man

sie in Relation zur Welt setzt. So alles verändernd und gleichzeitig vollkommen irrelevant. Je nachdem, welche Parameter man anlegt.

»Ich kann keine Kinder kriegen«, sage ich leise. Ich blicke nicht auf, will Marigolds Reaktion nicht sehen. Weder die Bestürzung noch die Gleichgültigkeit, was immer es ist. »Das habe ich an dem Tag erfahren, als ... Connal hat mit seiner Mum geredet. Darüber, wie sehr er sich auf eine Familie mit mir freut. Also bin ich gegangen.«

»Aber warum?«, fragt Marigold, und nun sehe ich doch auf, weil sie anscheinend nur die Hälfte mitbekommen hat.

»Weil er eine Familie wollte.«

»*Mit dir,* Fiona. Er wollte eine Familie *mit dir.*«

»Aber eine Familie.«

»Mit dir.«

Ich habe keine Kraft, mich weiter zu widersetzen, also lasse ich es so stehen.

»Was auch immer das für dich bedeutet, Fiona, damit musst du einen Umgang finden. Aber lass die anderen Menschen in deinem Leben *ihren* Umgang mit *ihren* Problemen finden.« Sie drückt meine Hand. »Du kannst nicht alles auf dich nehmen.«

»Ich hatte das Gefühl, ich wäre eine einzige Enttäuschung. Für alle. Für mich. Weil mein Körper zu so was Essenziellem nicht in der Lage ist.«

»Dafür kann dein Körper andere Dinge. Wunderschöne Kunst aus Ton fertigen zum Beispiel.«

Ich schlucke. »Ja.«

»Nicht jeder Mensch muss alles können.«

»Ja.« Wenn Marigold es sagt, klingt es so logisch. So einfach. Wenn man mittendrin steckt in der Unzulänglichkeit ist es schwieriger, sich so zu sehen.

»Weiß Connal Bescheid?«

Ich nicke. »Ich habe es ihm gesagt. Aber es spielt keine Rolle. Es ist zu spät. Was kaputt ist, bleibt kaputt.«

»Das bezweifle ich«, sagt Marigold. »Es ist weder zu spät, Connals Vertrauen zurückzugewinnen, noch das deiner Schwestern. Du musst einfach damit anfangen.«

Und ich weiß, es ist Zeit. Zeit, um Connal zu kämpfen. Um mein Zuhause zu kämpfen. Auch wenn es schwierig ist, weil es bedeutet, über ein Thema zu sprechen, über das niemand je wirklich spricht. Weil es so privat ist. So intim.

Marigold wendet sich zum Gehen, öffnet die Tür. Doch bevor sie das Zimmer verlassen kann, sage ich: »Danke.«

»Jederzeit, mein Herz. Man muss keine Mutter sein, um mütterliche Ratschläge zu geben. Und man muss keine Mutter haben, um sie zu bekommen.« Mit diesen Worten schließt sie die Tür und lässt mich meine Gedanken sortieren.

Ich breche dich, ich breche mich.
Wir kennen es nicht anders.
Das gegenseitige Brechen, Zerbrechen.
Ein letztes Mal noch im Kummer vereint.
Denn wir können uns nicht halten,
können uns nicht lassen,
weil ich dich nicht noch einmal verlieren kann.
Lass mich mein kleines Leben leben,
lass dich mein Traum sein.
Lass uns heilen, dich von mir und mich von dir.
Und geh. Geh fort, wie damals.
Geh und bleib, wo auch immer du dein Glück findest.
Doch bitte, bitte such es nicht bei mir.
Denn mich zerstört die Möglichkeit der Möglichkeit. Das Haben-Können und Verlieren-Müssen. Das Vielleicht und das Wahrscheinlich. Und das Warum.

31

»Hi.« Nessa sieht mich etwas verdutzt an. Eisiges Regenwasser tropft von meiner gelben Jacke. »Äh, komm rein?« Es ist keine herzliche Einladung, eher ein Nachkommen gesellschaftlicher Konventionen.

»Ist Effie auch da?«, frage ich, ehe ich über die Schwelle trete. Ich kann mir nichts Schöneres vorstellen, als aus der nassen Kälte hinein ins Warme zu kommen. Aber für das, was ich vorhabe, müssen wir vollständig sein.

»Im Wohnzimmer.«

»Kann ich mit euch reden?«

»Jetzt bist du ja eh schon da, oder? Hättest auch anrufen können«, schlägt Nessa vor, doch genau das konnte ich nicht. Ich wollte mich nicht im Voraus entmutigen lassen. Es hat schließlich lange genug gedauert, bis ich mich hergetraut habe – fast den ganzen Tag, um genau zu sein. Die Sonne ist vor Stunden untergegangen.

Das Wohnzimmer ist mollig warm. Im Kamin prasselt ein Feuer. Effie sitzt auf dem Sofa und strickt – einen neuen Pullover in Grün- und Brauntönen. Sofort habe ich Connal vor Augen. Es sind genau seine Farben. Naturfarben.

Mit klopfendem Herzen bleibe ich ein bisschen unsicher in der Wohnzimmertür stehen. Mir ist mehr als bewusst, dass ich hier nicht gerade willkommen bin. Nicht nach der Sache bei der Karaoke-Night.

»Was machst du denn hier?«, fragt Effie und sieht auf.

»Ich würde gern mit euch sprechen.«

»Wenn du gekommen bist, um zu sagen, dass es dir leidtut, du aber deine Koffer packst, kannst du gleich wieder gehen«, sagt sie und widmet sich wieder ihrem Strickzeug. »Ich will das nicht hören.«

»Ich *bin* hier, um euch zu sagen, dass es mir leidtut«, bestätige ich. »Aber vor allem will ich euch erklären, was ... was ... was mich dazu getrieben hat, von hier wegzugehen. Ihr habt es verdient, die Wahrheit zu kennen. Schließlich seid ihr meine Familie.«

»Hört, hört«, sagt Nessa in einem leicht spöttischen Tonfall. Doch sie geht in die Küche und kommt gleich darauf mit drei Gläsern und einer Flasche *Golden Plover Whisky* zurück.

»Ist der für euch oder für mich?«, frage ich mit einem schüchternen Lächeln, um die Stimmung aufzulockern.

»Wer auch immer ihn braucht«, sagt Nessa, und ich fasse es als Einladung auf und gieße mir einen Schluck ein. »Effie, setzt du dich zu uns?«

»Kann ich auch von hier aus zuhören?«, fragt sie, uns den Rücken zugewandt.

»Meinetwegen«, erwidere ich, weil ich weiß, wie sehr ich sie verletzt haben muss.

Ich nehme einen Schluck von Nessas Whisky, und wie schon am Morgen bei Marigolds Tee geht von der Wärme, die sich durch die Flüssigkeit in mir ausbreitet, etwas Tröstliches aus. Etwas Stärkendes, Mut Machendes.

»Also?«, fragt Nessa und sieht mich mit einem durchdringenden Blick an.

»Also«, beginne ich und umfasse das Glas fester, als müsste ich mich an irgendwas festhalten. »An dem Tag, an dem ich mich vor drei Jahren von Connal getrennt habe, hatte ich einen Termin bei meiner Gynäkologin. Den letzten einer Reihe von Terminen. Meine Periode hatte schon ein paarmal viel zu lange gedauert, ich habe mir Sorgen gemacht.«

»Das wusste ich gar nicht«, sagt Nessa und sieht mich ein bisschen vorwurfsvoll an.

»Ich wollte niemanden alarmieren«, gebe ich zu und schlage die Augen nieder. »Ich dachte, wenn alles in Ordnung ist, macht ihr euch nur unnötig Sorgen. Und wenn nicht ... Na ja, jedenfalls wurde bei diesem letzten Termin der Verdacht der Gynäkologin bestätigt, dass ich keine Kinder bekommen kann. Ich bin unfruchtbar.«

Ich sehe nicht auf, nehme noch einen Schluck von Nessas Whisky. Keiner sagt etwas. Bis ich auf einmal spüre, wie sich zwei Arme von hinten um mich schlingen.

»Ach, fuck!« Es ist Effie, die mich so fest drückt, dass mir für einen Moment die Luft wegbleibt.

»Ja. Man nennt es Follikelreifungsstörung. Meine Eier werden nicht groß genug.« Ich zucke mit den Schultern, als wäre es nichts. Aber das ist genau die Geste, die ich brauche, um Kraft zu sammeln.

Nach einem weiteren Schluck Whisky erzähle ich Nessa und Effie von dem Gespräch zwischen Connal und seiner Mum, das ich direkt nach der Diagnose mit anhörte. »Ich wusste, dass Connal mit mir nie das Leben haben würde, das er sich von Herzen wünscht. Ich konnte es ihm nicht geben. Und auf einmal hatte ich das Gefühl, nicht genug zu sein.

Nicht zu reichen. Weil da dieser Mangel war. Und nicht nur für Connal, sondern für die ganze Insel.«

»Auch für uns?«, fragt Nessa.

»Ja.« Ich blicke angestrengt auf den Tisch. »Ich habe keine Luft mehr bekommen. Habe nur noch meine Unfähigkeit gesehen, habe das Gerede der Leute gehört, Connals Unglück vor mir gesehen. Und dann ... musste ich weg.« Wieder schweigen wir einen Moment. »Es war die schwerste Entscheidung meines Lebens, aber ich musste an einem Ort sein, wo ich allein war. Wo mich niemand kannte. Wo all das kein Thema ist. Und es ging ja auch gut. Abgesehen von der Einsamkeit ...«

»Warum hast du damals nichts gesagt?«, fragt Effie. »Wir wären doch da gewesen!«

Ich zucke mit den Schultern. »Ich weiß. Aber ich konnte nicht.«

»Warum bist du nicht früher wiedergekommen?«

»Ich ... also ...« Es ist schwer zu erklären. Schwer, die Gedankenkonstrukte von drei Jahren nachzuvollziehen. »Ich musste wohl erst einiges für mich selbst klären. Wer ich war, wer ich bin, wer ich sein wollte – und wie das alles zusammenhing mit diesem großen Wort ›Familie‹.«

»Wir sind ja schon eine Familie.«

Effies Worte rühren mich. Berühren mich zutiefst. »Ich glaube nicht, dass ihr nachvollziehen könnt, was das für ein Gefühl war«, sage ich leise. »Manchmal immer noch ist. Und es ist so ein Tabuthema. Unfruchtbar. Das ist doch keine in unserem Alter.« Ich sehe auf.

»Jeder geht anders mit den Dingen um.« Nessa berührt mich sanft am Arm. »Du, Fiona, warst schon immer eher in dich gekehrt. Wenn das deine Art war, damit umzugehen, sollten wir vielleicht nicht darüber urteilen.«

Ich sehe Nessa wie vom Donner gerührt an. »Heißt das … du bist mir nicht böse?«

»Du hast es dir sicher nicht leicht gemacht«, erwidert sie. »Und ich kann mir nicht vorstellen, was das für ein Päckchen ist, das du da zu tragen hast. Von außen … sieht alles immer leichter aus. Glaub mir, ich weiß das.«

»Du hättest wenigstens sagen können, dass du Abstand brauchst.« Effie hat sich mir gegenübergesetzt.

»Hätte ich es gekonnt, hätte ich es getan«, versichere ich ihr. Denn es stimmt. »Dieses Gefühl der Unzulänglichkeit … Ich habe mich irgendwie geschämt. Und ja, ich weiß, dass das Schwachsinn ist. Aber niemand spricht je darüber. Und, ich weiß auch nicht, ich glaube, ich hätte vielleicht eine Mum gebraucht, mit der ich darüber reden kann. Die mir dabei hilft, zu verstehen, dass Frausein nichts damit zu tun hat, ob ich Kinder kriegen kann. Aber das ist hier so eng miteinander verknüpft, wisst ihr? Dass man als Frau Kinder bekommt. Und ich … weiß auch nicht … musste diese Dinge für mich selbst entwirren. Lernen, das eine ohne das andere zu sein.«

»Ich hätte dir gern dabei geholfen«, sagt Effie.

»Tut mir leid.«

»Genug davon jetzt«, sagt Nessa und nimmt meine Hand. »Was passiert ist, ist passiert.«

»Außerdem hatte ich, ehrlich gesagt, nie geplant, komplett zu verschwinden. Ihr habt mir so gefehlt. Ihr und … Connal. Ich hatte solches Heimweh. Aber je mehr Zeit verging, desto schwieriger wurde es, das Richtige zu tun. Diese unsichtbare Barriere, die ich durch meine Flucht von der Insel aufgebaut hatte, wurde immer größer, je länger mein Schweigen andauerte. Und irgendwann war es einfach zu spät.«

»Was hat sich verändert?«, fragt Nessa. »Ich meine, warum erzählst du es uns jetzt?«

Einen Augenblick denke ich darüber nach. Denn auch hier gibt es nicht den einen Grund. Auch hier sind meine Gedanken und Gefühle deutlich komplexer, als ich es mir wünschen würde. »Also erst mal glaube ich, dass ich verstanden habe, dass ich hier zu Hause bin. Auf der Insel. Bei euch.« Auf Effies Gesicht zeichnet sich ein Lächeln ab. »Und ich habe gemerkt, dass meine Gefühle für Connal nicht weggehen. Nicht nach drei Jahren, nicht in einer anderen Stadt. Und ...« Ich schlucke. »Und seine auch nicht«, füge ich leiser hinzu. »Ich wollte ihn freigeben für eine Familie, aber ...«

»... er hat keine«, beendet Effie meinen Satz, und ich nicke langsam.

»Und das Wichtigste ist«, nehme ich den Faden wieder auf, »dass ich erst selbst damit umgehen musste. Ich musste meine Gedanken sortieren. Und es hat leider etwas gedauert, bis ich mich arrangiert hatte. Mit mir. Aber jetzt habe ich keine Lust mehr, eine unsichtbare Krankheit zu verstecken, nur weil sonst niemand darüber spricht. Denn wenn ich die Krankheit verstecke, bedeutet das, einen Teil von mir zu verstecken.«

Effie greift über den Tisch und streicht mir über den Arm. Dann schenkt sie sich und Nessa ebenfalls einen Whisky ein. »Willst du denn ... ich meine ... bist du traurig?«

»Ob ich Kinder haben will?«, frage ich. »Wir können es aussprechen. Ehrlich gesagt, ich weiß es nicht einmal. Eigentlich bin ich viel zu jung, um mir darüber Gedanken zu machen. Aber natürlich hat es irgendwie immer dazugehört. Niemand hat je gesagt, dass er oder sie *keine* Kinder will, als wäre es einfach die logische Konsequenz aus dem Erwachsenenleben. Und selbst jetzt bin ich mir nicht sicher. Ich weiß nicht, ob ich es schlimm finde. Es ist blöd, die Möglichkeit nicht zu haben, glaube ich, aber im Moment geht es mir ganz gut damit.«

Einen Augenblick lang sagt keine von uns ein Wort. Wir nippen andächtig an Nessas Whisky und lauschen dem Prasseln des Feuers drinnen und dem Prasseln des Regens draußen.

»Und was denkt ihr?«, frage ich, denn es brennt mir auf der Seele.

»Was meinst du?«

»Darüber, dass ich keine Kinder haben werde?«

»Ist das nicht vollkommen egal?«, fragt Effie. »Solange es dir gut geht, ändert es rein gar nichts an dir oder dem Bild, das ich von dir habe. Und wenn es dir irgendwann nicht mehr gut gehen sollte, kriege ich ein Kind und geb's dir.« Sie zuckt mit den Schultern.

»Mach keine Witze drüber.« Nessa sieht sie streng an.

»Warum nicht? Warum soll man keine Witze machen dürfen? Fiona lacht.« Und es stimmt. Es ist zwar kein ausgewachsenes lautes Lachen, aber ein vorsichtiges Kichern.

»Ich sehe keine Unzulänglichkeit«, sagt Nessa. »Falls es das ist, wovor du Angst hattest.«

Ich nicke, und Erleichterung durchflutet mich, nimmt vollkommen von mir Besitz. »Ja, das war es.« Ich sehe meine Schwestern an, in deren Augen ich nichts als Verbundenheit lese. Kein Mitleid, keine Enttäuschung. Da ist nur Zusammenhalt. Familie. Und auf einmal sprudelt alles aus mir heraus. »Ich hatte solche Angst davor, dass die Menschen nicht mehr mich, sondern nur noch meinen Makel sehen. Einen unsichtbaren Makel, der nur durch das Fehlen von etwas sichtbar wird. Dass ich für die Leute nur noch die wäre, die keine Kinder kriegen kann. Dass sie hinter vorgehaltener Hand Dinge sagen wie: *Sie hat sich für die Kunst entschieden,* weil *sie keine Kinder kriegen kann.* Oder: *Sie hat Karriere gemacht,* weil *sie keine Kinder kriegen kann.* Oder: *Sie hat keinen*

Mann, weil *sie keine Kinder kriegen kann.* Oder: *Sie hat keine Karriere und kann nicht einmal Kinder kriegen.* Ich hatte Angst, dass sie mich durch meine Unzulänglichkeit definieren. Und dass das dazu führen könnte, dass ich es irgendwann selbst tue. Und dass egal, wie glücklich, erfolgreich oder was auch immer ich einmal werde, es immer nur darauf zurückgeführt werden würde. Dass *alles, was ich bin,* darauf zurückgeführt werden würde. Als könnte ich auf einmal keine Entscheidungen mehr treffen, nur weil ich *diese eine* Entscheidung nicht treffen kann. Denn wenn ich ehrlich bin, war es ja selbst für mich schwierig genug, mein eigenes Selbstbild davon zu lösen.«

»Aber du hast es geschafft?« In Effies Frage schwingt mehr mit als einfach nur Interesse für mich. Da ist noch mehr. Hoffnung?

»Ich bin noch dabei«, sage ich. »Aber auf einem guten Weg.« Und ich nehme mir vor, sie beizeiten mal zu fragen, ob es etwas gibt, das ihr Leben auf eine Weise definiert, die sie einengt. »Deswegen will ich jetzt damit anfangen, Entscheidungen *für mich* zu treffen. Ohne darüber nachzudenken, was andere sagen könnten. Und am liebsten würde ich einfach entscheiden, hier in Lerwick zu bleiben. Bei euch.«

»Aber?«, fragt Effie besorgt.

»Aber …« *… ich muss mit Connal sprechen.* »Kein Aber. Ich will hier bei euch bleiben.« *Und ich will Connal zurück. Wenn er mich noch will.*

»Und Connal?«, fragt Nessa mit einem schelmischen Grinsen.

»Ich hoffe, er will das auch«, sage ich und füge im Stillen hinzu: *Nach allem und mit allem, was war und ist.*

32

»Morgens ist er meistens auf dem Hof«, sagt Effie. Und: »Schnapp ihn dir.« Und: »Viel Glück.« Dann gibt sie mir ein paar selbst gestrickte Fair-Isle-Socken, die sie Glückssocken nennt, und besteht darauf, dass ich sie anziehe. Und Nessa umarmt mich so fest, wie sie mich wohl noch nie umarmt hat.

Ehe ich losfahren kann, muss ich die Scheiben von Effies Wagen vom Reif befreien, der jeden Morgen die Welt überzieht wie kalter Puderzucker. Die Luft ist frisch und eisig, die Sonne noch nicht ganz aufgegangen, und mein Atem bildet weiße Wölkchen. Früher haben wir immer so getan, als würden wir rauchen, wenn man den Atem sehen konnte. Wir fühlten uns entweder wie die schicken Frauen im Pub – die gar nicht so schick waren, sondern einfach nur hohe Schuhe und viel Lippenstift trugen – oder wie die gestresste Mum einer unserer Freundinnen, die heimlich hinterm Haus rauchte.

Als ich den Motor starte, dröhnt irgendein penetrant fröhliches Gute-Laune-Lied aus der Anlage, und ich schalte es sofort aus. Muss mich sammeln. Muss mir überlegen, was ich zu Connal sagen werde. Muss mich wappnen für die Möglichkeit, dass es zu spät ist.

Die Welt um mich herum ist an diesem Morgen gespenstisch still. Der blass-weiße Überzug über den Dächern, den Gärten, den Wiesen, als ich Lerwick hinter mir lasse, verleiht der Szenerie eine Sanftheit und gleichzeitig eine Einsamkeit, die kaum zu überbieten ist. Dicke, wollige Schafe trotzen der Kälte, vollkommen unbeeindruckt von jeder Witterung.

Je näher ich der Farm komme, umso nervöser werde ich. Connals Brief war eindeutig, ließ keinen Interpretationsspielraum. Aber da ist auch das Gedicht. Und unsere Nacht. Und die Möglichkeit einer Zukunft. Anders als Connal kenne ich nicht jedes Schlagloch auf der engen Straße, die links und rechts von alten Mauern gesäumt wird, und Effies Auto und ich werden ziemlich durchgerüttelt.

Wenig später knirscht der Kies der Hofauffahrt unter den Reifen. Ich stelle den Motor ab und atme einmal tief durch. *Es ist nie zu spät, solange es nicht zu spät ist,* wiederhole ich Marigolds Worte wie ein Mantra in meinem Kopf. *Nie zu spät, solange …* Ich nicke, wie um mir selbst Mut zu machen, dann öffne ich die Autotür.

Die kalte Luft lässt mich augenblicklich frösteln. Auf dem Hof nehme ich keine Bewegung wahr, aber in den unteren Fenstern des Wohnhauses brennt Licht. Und so fasse ich mir ein Herz und stapfe durch den Kies auf die Eingangstür zu. Der Türklopfer aus Messing ist noch derselbe wie früher. Er ist schwer und noch kälter als die Luft. Dennoch betätige ich ihn zögerlich. Als würde es mir irgendetwas nützen, wenn er mich nicht hört. Als könnte ich dann sagen: *Ich hab's versucht, aber er war nicht da.* Was für ein Blödsinn! Und ein sinnloser noch dazu, denn in diesem Moment wird die Tür geöffnet, und Connals Mum blickt mich an.

»Alice«, sage ich und habe sofort Sehnsucht nach ihrer Umarmung. Ihr Gesicht, ihr braun-graues Haar, alles an ihr hat mir gefehlt. Doch ich reiße mich zusammen. »Hi.«

»Was machst du denn hier?«, fragt sie und runzelt die Stirn. Sie klingt nicht hasserfüllt, wie ich es vielleicht erwartet hatte, aber in ihrer Stimme ist auch keine Freundlichkeit.

»Ich wollte zu Connal.«

»Er ist nicht da.«

»Oh.«

Einen Augenblick stehen wir uns schweigend gegenüber. Mustern uns. Dann schiebt Alice langsam die Tür wieder zu.

»Warte!«, sage ich, denn ich werde nicht wieder gehen, bis ich nicht mit Connal gesprochen habe. »Weißt du, wo er ist?«

»Natürlich weiß ich, wo er ist.« Sie macht die Tür nicht wieder auf, schließt sie allerdings ebenso wenig. Das verbuche ich als kleinen Sieg.

»Würdest du ... würdest du mir sagen, wo ich ihn finde?«

»Nein, Fiona. Tut mir leid.« Ihr Tonfall ist streng. »Wenn Connal wollte, dass du ihn findest, würde er es dir wohl selbst sagen. Ich bin nicht die Auskunft.«

»Ja, ja, ich weiß«, sage ich gehetzt, weil ich Sorge habe, sie könnte mir nun doch die Tür vor der Nase zuknallen. »Aber es ist wichtig. Ich muss mit ihm sprechen.«

»Wer ist da?«, hört man eine Männerstimme von drinnen. Es ist Graeme, Connals Dad.

Statt ihrem Mann zu antworten, seufzt Alice, und ich nutze den Moment. »Kann ich ... kann ich vielleicht kurz reinkommen?«

Sie ringt sichtbar mit sich, und ich bemühe mich um meinen flehendsten Gesichtsausdruck, den ich in diesem Augenblick nicht einmal spielen muss. Denn natürlich: Nicht nur Connal hat eine Entschuldigung verdient, seine Eltern ebenso. Die beiden Menschen, die mich behandelt haben wie ein Familienmitglied.

»Wer ist das denn nun, Al…« Graeme hält mitten im Wort inne, als er mich erblickt. »Ah«, macht er, presst die Lippen aufeinander und nickt langsam. Wissend. Enttäuscht.

»Hi«, sage ich und hebe die Hand in dem Versuch, ein bisschen Normalität herzustellen. Aber es fühlt sich steif an. Steif und falsch und albern.

»Also gut«, sagt Alice und öffnet die Tür. »Zieh deine Schuhe aus, es ist frisch gesaugt.«

Dankbar trete ich ins Warme, doch mir entgeht der skeptische Blick, den Graeme seiner Frau zuwirft, nicht.

Umständlich entledige ich mich meiner Schuhe. Umständlich, weil meine Finger kalt sind und vor Nervosität zittern. Der Duft des Hauses, der mich sofort in eine andere Zeit katapultiert, tut sein Übriges. Der Eingangsbereich sieht noch genauso aus wie damals. Eine vollkommen überladene Garderobe, schwere Stiefel darunter, ein leerer Hundekorb, der damals von Isla bewohnt wurde und nun von Laird.

Im Wohnzimmer sitzen Alice und Graeme am runden Esstisch. Einen Moment bleibe ich unsicher in der Tür stehen, aber dann nehme ich all meinen Mut zusammen und setze mich zu ihnen. Auf die Eckbank. Auf der ich schon unzählige Male gesessen habe.

»Tee?«, fragt Alice, doch ohne meine Antwort abzuwarten, stellt sie einfach eine Tasse vor mich hin.

Ich nehme einen Schluck, lasse mich von der Wärme durchdringen. »Ich weiß, dass ich euch enttäuscht habe«, beginne ich dann. »Und ich weiß auch, dass ihr Zeit brauchen werdet, um mir wieder zu vertrauen. Aber ich werde alles daransetzen, euer Vertrauen zurückzugewinnen.« Ich wage es nicht, aufzusehen, spreche einfach weiter. »Ihr wart immer wie eine zweite Familie für mich. Eine normale Familie, die ich nie hatte. Und dafür bin ich euch unendlich dankbar.«

»Du hast eine interessante Art, den Menschen zu zeigen, wie dankbar du ihnen bist«, sagt Alice.

»Es gibt keine Entschuldigung für das *Wie*. Das weiß ich. Die Entschuldigung für das *Was* ist ziemlich lang, und ich würde wirklich gern erst mit Connal sprechen. Deswegen bin ich hier. Deswegen bin ich geblieben. Für ihn.« Nun hebe ich doch den Blick. »Ich kann nicht ohne ihn sein«, flüstere ich, weil meine Kehle so eng ist, dass meine Stimme nicht mehr durchkommt.

Graeme macht ein Geräusch, irgendwo zwischen Grunzen, Schnauben und Knurren. »Ich schätze, das muss der Junge dann selbst entscheiden.« Die Art, mit der er *der Junge* sagt, berührt mich. Es ist die väterliche Sorge, die daraus spricht.

»Wo finde ich ihn?«, frage ich und umklammere meine Tasse fester.

»Er ist im Stall«, sagt Alice. »Aber lass dir eins gesagt sein …«

Ich sehe sie an, doch in dem Moment legt Graeme die Hand auf ihren Arm. »Lass die Kinder das mal unter sich ausmachen.«

Wieder berühren mich seine Worte. *Die Kinder.* Als wäre keine Zeit vergangen.

»Danke euch«, sage ich, will noch hinzufügen, dass ich ihnen alles erklären werde, aber dann entscheide ich, dass ich keine Zeit mehr verlieren möchte. Dass ich jetzt, genau in diesem Augenblick, zu Connal muss, um ihn zurückzugewinnen.

Die Tür zum Stall knarzt, als ich sie aufschiebe. Das graue Licht von draußen schafft es nicht durch die trüben Fenster, und so herrscht hier drin ein seltsames Zwielicht.

»Connal?«, frage ich, doch ich erhalte keine Antwort. »Connal?« Etwas lauter diesmal.

Aus einer der hinteren Ecken dringt ein Geräusch, und ich gehe langsam an den Boxen vorbei. In einigen befinden sich Schafe, andere sind leer. Es riecht nach Heu und Stroh und Wolle.

»Connal ...« Mein Mund ist trocken, und ich wünschte, ich hätte noch einen Schluck von Alice' Tee genommen. Auch gegen die Kälte, die nun wieder von mir Besitz ergreift. Was, wenn es doch zu spät ist? Was, wenn Marigold unrecht hatte? Was, wenn alles, was uns bleibt, die Vergangenheit ist? Ich wage es nicht, noch weiter in den Stall vorzudringen. Wage es nicht, Connal gegenüberzutreten. Noch nicht. Ich muss erst loswerden, was ich zu sagen habe. Schon spüre ich, wie sich die verräterischen roten Flecken auf meinem Hals bilden, aber es ist egal.

»Connal, ich ...« Und dann beginne ich. Erzähle ihm erneut von meiner Diagnose. Ich lasse nichts aus, erlebe diesen alles verändernden Tag erneut. Ich spreche über das komische Gefühl, zu wissen, dass etwas nicht in Ordnung ist, während man noch gar nicht begreift, dass es Folgen haben könnte. Wie es für mich erst einmal einfach nur eine Tatsache war, um die ich mich später, viel später hatte kümmern wollen. »Zu gehen, Connal, war der größte Fehler, den ich je begangen habe. Ich weiß das jetzt. Ich bin nicht glücklich. Und ich glaube, du auch nicht. Ich war es die letzten drei Jahre nicht. Ich habe nicht aufgehört, dich zu lieben, keine Sekunde. Aber ich verstehe, dass du mich in die Hölle wünschst nach allem, was ich dir angetan habe. Ich werde mich nicht in dein Leben drängen, wenn du das nicht möchtest, aber du sollst wissen, dass jeder Tag, an dem ich nicht mit dir zusammen bin, ein verschwendeter Tag für mich ist. Ich weiß, du hast Angst, dass ich dich noch mal verlassen könnte, doch das musst du nicht, weil ich es selbst nicht ertragen würde. Ich werde niemals wieder von hier weggehen, weil ich hierhergehöre. Nach Shetland. Zu dir. Ich kann nicht ohne dich sein. Ich verspreche dir, bei allem, was mir heilig ist …« Ich atme zitternd ein. »Ich liebe dich, Connal. Ich liebe dich so sehr, dass mein Herz beim bloßen Gedanken daran, dass es zu spät sein könnte, wieder bricht.« Ich schlucke. Atme tief ein. Schließe die Augen und warte auf Connals Antwort.

»Ich werd's ihm ausrichten«, sagt auf einmal eine fremde Männerstimme, und als ich meine Augen wieder öffne, blicke ich in das grinsende Gesicht eines Kerls, den ich noch nie gesehen habe. »Weiß nicht, ob ich den genauen Wortlaut hinkriege, aber die Botschaft kann ich mir merken.«

»Wa…«, mache ich und merke, wie mir Hitze ins Gesicht schießt. »Wer …« *Fuck!*

»Thomas MacLerie, Miss. Sagen Sie ruhig Tom zu mir. Machen alle. Und mit wem hab ich das Vergnügen? Muss ja wissen, von wem die Nachricht kommt, wenn ich Connal sage, dass Sie ihn lieben. Sonst isser vielleicht verwirrt.«

Vor Scham schlage ich mir die Hände vors Gesicht, drehe mich um und laufe. Ich gebe noch irgendein Geräusch von mir, ein merkwürdig hohes Wimmern, das vielleicht ein »Muss weg« oder ein »War nie da« sein soll.

Hinter mir höre ich Tom lachen. Und etwas sagen wie: »Die jungen Leute …«

Ich kriege keine Luft mehr, kann nicht schnell genug aus der Dunkelheit des Stalls hinauskommen. Meine Schritte werden immer schneller und schneller, je näher ich der Stalltür komme. Mein Gesicht brennt vor Hitze, meine Hände zittern, mein Herz rast. Vor Wut auf mich selbst, auf Tom, auf die ganze beschissene Situation. Ich fühle mich so gedemütigt, dass ich auf der Stelle verschwinden muss. Wenn sich schon nicht ein Loch im Boden auftut, das mich verschluckt.

Ich reiße die Tür auf und knalle voll gegen etwas. Jemanden. Mir wird schwarz vor Augen von der Heftigkeit des Aufpralls, ich taumle ...

33

… doch jemand hält mich. Connal. Connal hält mich. Aber das macht es nur noch schlimmer. Für ihn waren diese Worte bestimmt. Nicht für einen völlig Fremden, der sich noch dazu über mich lustig macht. Warum war er nicht im Stall, so wie seine Eltern es gesagt haben?

Mein Kopf schwirrt noch etwas, aber mein Verstand ist ganz klar. Ich muss hier weg. Meine Wunden lecken, mich sammeln. Allein sein mit meiner Scham.

Connals Arme sind immer noch um mich geschlungen, als habe er Angst, ich könnte fallen. Doch meine Beine tragen mich. Und solange sie dazu in der Lage sind, will ich, dass sie mich von hier wegtragen. Ehe Connal sieht, dass ich kurz davor bin, in Tränen auszubrechen.

Ich winde mich aus seinem Griff, allerdings ohne Erfolg.

»Lass mich …« Ich versuche mich loszureißen. Verstehe nicht, was das soll. »Connal, lass mich los!« Stattdessen zieht er mich nur noch fester in seine Arme. »Dein Mitarbeiter hat eine Nachricht für dich«, sage ich in bitterem Tonfall und kann nichts dagegen tun, dass eine heiße Träne meine Wange hinunterrinnt.

»Ich hab dich gehört«, sagt Connal leise an meinem Ohr. »Ich habe jedes Wort gehört.«

Die tiefe Vibration seiner Stimme jagt mir einen Schauer über den Rücken. Und nun kann ich nicht mehr an mich halten. Das Gefühl der Demütigung, die emotionale Überforderung, mich verletzlich gemacht zu haben, die Einsamkeit der letzten Jahre, alles bricht aus mir heraus, genau hier, an Connals warmer Brust.

»Schhhhh«, macht er und streicht mir über den Hinterkopf. Dann drückt er ihn noch fester an sich, sodass ich nur noch ihn atme. Nur noch ihn fühle. Nur noch ihn denke. »Ist schon gut.«

Der Klang seiner Stimme macht, dass ich nur noch mehr weinen muss. In meinem ganzen Leben habe ich mich noch nie so erlöst und gleichzeitig so nackt gefühlt. Und Connal hält mich. Hält mich so fest, wie er kann. Vergräbt seine Finger in meinen Haaren, legt sein Kinn auf meinen Scheitel, verstärkt seine Umarmung erneut, um mir das Gefühl der absoluten Geborgenheit zu geben. So stehen wir vor dem Stall. In der Kälte. Minutenlang. Ich weine, er stützt mich. Einfach, indem er bleibt.

»Ich hab alles gehört«, sagt er erneut, doch ich weiß nicht, was das bedeutet. Ich weiß nur, dass ich meine Augen geschlossen halten muss, um die Tränen daran zu hindern, weiterzufließen.

Ich konzentriere mich auf das warme, leicht kratzige Gefühl von Connals Wollpulli an meiner Wange, an meiner Schläfe. Auf seinen Geruch. Auf den Klang seiner Worte. Und ich wünschte, ich wäre genau hier gewesen, genau in dieser Umarmung, in all den Momenten, in denen ich einsam war. In denen ich zweifelte. In denen ich mich fühlte wie der schlechteste Mensch der Welt. Und in denen ich glaubte, alles verloren zu haben, was das Leben lebenswert macht. Denn in Connals Umarmung bin ich nicht einsam. Alles ist sicher. Es gibt nichts Schlechtes mehr, es gibt nur uns beide. In diesem Tunnel, der alles andere ausblendet. Wie damals bei unserem ersten Kuss. Wie bei all unseren Küssen. Wie immer, wenn wir zusammen waren.

»Chef, da war so'n Mädchen«, höre ich Toms Stimme in meinem Rücken und spüre, wie Connal nickt. »Hatte ganz schön was auf dem Herzen, glaub ich.«

»Ich hab sie gefunden, danke, Tom.« Ich kann das Lächeln in Connals Stimme hören. Ein Klang, den ich beinahe vergessen hatte. Und dann zieht Connal seine offene Jacke um mich, wie um mich zu schützen, zu verbergen, weil er ahnt, wie unangenehm mir das alles ist.

»Na, dann ist ja gut. Ich hätt's bestimmt eh nicht so gut sagen können wie Sie, Miss.«

Ich wage es nicht, mich umzudrehen und Tom anzusehen. Und so bleibe ich einfach, wo ich bin. Mit dem Gesicht in Connals Pullover vergraben.

»Wollte übrigens nicht lauschen. Sie klangen nur so verzweifelt, da dacht ich, besser, Sie lassen jetzt alles raus und gut isses, als dass Sie noch mal ... ach, egal, geht mich auch nichts an. Aber wenn ich dir'n Tipp geben darf, Chef, so was sagt man nicht einfach so. Das muss schon was bedeuten.«

»Danke, Tom«, sagt Connal erneut, »ich glaube, den Rest kriegen wir allein hin.«

Das Einzige, was ich wirklich wahrnehme, ist das *Wir,* und nun bin ich diejenige, die ihre Arme unter der Jacke fest um Connal schlingt. Ich spüre, wie sich seine Brust unter einem leisen Lachen hebt und senkt. Spüre ihn, spüre alles. Alles, bis auf die Kälte, die mir nichts mehr anzuhaben scheint.

»Ich mach mich dann mal ans Ausmisten«, sagt Tom, und erleichtert höre ich, wie sich seine Schritte wieder entfernen.

Nachdem Tom gegangen ist, wage ich es, aus Connals Jacke aufzutauchen. Beinahe schüchtern sehe ich ihn an, so als könne ich gar nicht glauben, dass wir tatsächlich hier sind. Zu zweit. Er und ich.

»Es tut mir so leid«, sage ich, aber mehr als ein Flüstern kommt nicht heraus.

»Ich weiß«, sagt Connal und zieht mich wieder an sich. »Ich weiß.« Er presst einen Kuss auf meinen Scheitel, der wärmer ist als alles. Als alles, was ich kenne.

Wieder vergehen einige Minuten, in denen nichts geschieht. Abgesehen davon, dass sich mein Herzschlag mit Connals synchronisiert, weil mein Herz eins mit seinem sein will. Weil ich eins mit ihm sein will. Für immer. Und ewig. Und darüber hinaus, denn wer weiß schon wirklich, wie lange *Immer* und *Ewig* dauern.

»Es wird Zeit brauchen«, sagt er auf einmal, drückt mich jedoch fest an sich, damit ich nicht auf die Idee komme, mich aus seiner Umarmung zu lösen. »Bis ich dir verzeihen kann. Bis ich an uns glauben kann.«

Ich nicke kaum merklich und weiß nicht einmal, ob er es überhaupt gespürt hat.

»Ich habe keine Ahnung, wie lange. Ich kann dir keine Garantie geben. Aber ich weiß, dass ich nichts lieber will, als dir zu verzeihen. Sofern du ... ernst gemeint hast, was du gesagt hast.«

Mehr kann ich nicht erwarten. Mehr hatte ich nicht zu hoffen gewagt. Und in diesem Moment fällt eine Last von mir ab. Eine so gewaltige, übermenschliche Last, dass ich meine, zum ersten Mal seit Jahren wieder aufrecht stehen zu können.

»Jedes Wort«, sage ich. »Jedes einzelne Wort habe ich so gemeint.«

»Dass du nicht aufgehört hast, mich zu lieben?«, fragt er.

»Jedes Wort.«

»Dass du bleibst?«

»Jedes Wort.«

Connal stößt die Luft aus, seufzend, stöhnend, als löse sich etwas in ihm. Etwas Schmerzhaftes, das nun vorbei ist. Dann nimmt er die Arme von mir. Schließt die Augen. Reibt sich mit den Handflächen übers Gesicht. Wieder und wieder. Und dann über seine Augen, die auf einmal feucht geworden sind.

»Gott, Fiona«, bringt er unter größter Anstrengung hervor. »Du machst es einem wirklich nicht leicht.« Und dann wendet er sich für einen kurzen Moment ab.

Ich sehe, wie er sich die Handballen auf die Augen presst, wie sich seine Schultern heben und senken. Und dann dreht er sich wieder zu mir um, die Augen leicht gerötet. Er nimmt meine Hand und zieht mich mit sich. Seine Schritte sind so lang, dass ich neben ihm herrennen muss, um mit ihm mitzuhalten. Laird springt aus irgendeiner Ecke hervor und neben uns her. Er hickst, so aufgeregt ist er.

»Nicht jetzt«, sagt Connal, und mit einem einzigen Fingerzeig versteht sein Hund und setzt sich schwanzwedelnd in die Mitte des Hofs.

Connals Griff um meine Finger ist fest. Fest und schön. Beinahe springt er die Stufen zur Haustür hinauf. Er drückt die Tür auf und zieht mich die Treppe nach oben, nimmt immer zwei Stufen auf einmal. Und hier oben, im ersten Stock, hat sich im Gegensatz zu unten doch einiges verändert, aber ich habe keine Zeit, es richtig wahrzunehmen, da Connal eine der Türen öffnet und mich hindurchzieht.

Drinnen drückt er mich an die Wand und presst seine Lippen auf meine, atemlos. Er umfasst erneut meinen Körper, zieht mich enger und enger an sich, drückt mich fester und fester gegen die Wand, bis ich mit ihm verschmelze. Währenddessen dringt er mit seiner Zunge in meinen Mund, und ich heiße ihn willkommen, schmecke ihn, spüre ihn, will am liebsten vor Glück und Sehnsucht vergehen. Sehnsucht nach ihm, obwohl wir uns so nah sind. Eine alles verzehrende Sehnsucht, die nicht gestillt werden kann, egal, wie fest ich seinen Körper an meinem spüre. Ich will ihn überall. An mir und auf mir. Lippen an Lippen, Brust an Brust, Haut an Haut, Herz an Herz, Atem an Atem. Und ich will gleichzeitig alles für ihn sein. Alles, was ich nicht sein konnte, alles, was er sich je erträumt hat, so wie er es für mich ist.

Etwas widerwillig zieht er sich zurück, sieht mich für einen Moment an. Lehnt seine Stirn an meine und schließt die Augen. Atmet. Atmet mich. Und ich ihn.

»Wollen wir erst reden oder erst miteinander schlafen?«, fragt er heiser, und es kann darauf nur eine Antwort geben.

»Erst miteinander schlafen«, sage ich, und auf seine Lippen schleicht sich ein Lächeln.

»Gott sei Dank.«

Er hebt mich hoch, und ich schlinge meine Beine um ihn. Nehme nur sehr undeutlich wahr, dass er mich durch so etwas wie ein Wohnzimmer trägt. Einen großen Raum. Und dann in den nächsten. Der, so wird mir jetzt klar, früher Connals Zimmer war. Und jetzt ist es – sein Schlafzimmer.

»Wohnst du hier?«, frage ich überflüssigerweise, und Connal lacht leise.

»Wir haben ein bisschen was am Haus verändert. Ich wohne oben, meine Eltern unten.«

Connal legt mich vorsichtig auf sein Bett und steht dann einen Augenblick lang am Fußende. Ich sehe zu ihm auf, er mich an und schüttelt mit einem ungläubigen Lächeln auf den Lippen den Kopf.

»Was?«, frage ich.

»Hätte einfach nicht gedacht, dass das hier noch mal passieren würde ...«

»Aber ... freust du dich?«

»Jaha«, lacht er und sieht dabei so entspannt aus. So sehr wie er. Dann zieht er sich gleichzeitig Pullover und T-Shirt über den Kopf, sodass seine Haare noch wilder als ohnehin schon von seinem Kopf abstehen. Ich betrachte seinen muskulösen Oberkörper, die breiten Schultern, sein Lächeln. Es ist das Schönste, was ich je gesehen habe. Schöner als das Meer, wenn die Sonne darauf glitzert, schöner als das Gras, das sich im Wind wiegt, schöner als der Himmel, dessen Wolkendecke gerade aufbricht. Schöner als alles, was ich mir vorstellen kann.

34

Connal setzt sich neben mich aufs Bett.
»Du hast deine Schuhe noch an«, sagt er mit einem Blick auf seine Tagesdecke.

»Du hast auch noch ziemlich viel an«, gebe ich zurück, doch da ist er schon dabei, sie mir auszuziehen. Zum Vorschein kommen Effies Glückssocken.

»Du hast dich schick gemacht«, sagt er glucksend und fährt mit der Hand von den Socken über meine Jeans meine Beine entlang. »Darf ich?«

Ich nicke, und er zieht mir die Socken von den Füßen. Dann wandern seine Hände wieder höher zum Verschluss meiner Jeans. Wieder nicke ich, und er öffnet meine Hose. Schiebt sie langsam von meinen Beinen. Er drückt einen Kuss auf die Innenseite meiner Schenkel, einen auf meinen Slip, dann hebt er meinen Pullover und das Longsleeve darunter hoch und küsst meinen Bauch.

»Kann auch weg«, sage ich leise und zupfe am Saum.

Das lässt Connal sich nicht zweimal sagen und fährt mit den Fingern unter den Stoff, streicht warm über meine Haut, schiebt Pulli und Longsleeve nach oben, während seine Lippen den gleichen Weg gehen. Ich richte mich etwas auf, um mir beides über den Kopf zu ziehen, und sitze nun halb, nur noch in Unterwäsche vor Connal. Vor meiner alten, neuen, ewigen Liebe. Dem Mann, der mich besser kannte als ich mich selbst und der mich neu kennenlernen soll. Noch besser, noch tiefer.

»Jetzt du«, sage ich etwas atemlos, weil seine sanften Küsse und das leichte Kratzen seines Barts auf meiner Haut meinen Verstand ausschalten.

Ich will mich schon daranmachen, ihn ebenso langsam und schön zu entkleiden wie er mich, doch Connal steht auf und schlüpft in Windeseile aus all seinen Sachen.

»Geht schneller so«, sagt er und ist im nächsten Moment wieder bei mir, breitet eine Decke über uns. Und diesmal löst er mit einem schnellen Griff meinen BH.

»Hast du geübt?«, frage ich scherzhaft.

»War nur etwas eingerostet. Aber ansonsten ist es wohl wie Fahrradfahren. Und jetzt komm her.« Er zieht mich an sich, nackte Haut trifft auf nackte Haut. Wärme auf Hitze, und ich schließe die Augen und atme zitternd ein, weil es sich so unwirklich anfühlt, hier zu sein in Connals Armen. Nie wieder werde ich diese Socken hergeben.

Wir liegen auf der Seite, Brust an Brust, eng umschlungen. Unsere Lippen finden sich, vereinen sich, unsere Zungen streichen sanft umeinander, und ich spüre Connals Erektion, die sich zwischen meine Beine drückt. Beim Gedanken daran, dass ich ihn gleich in mir spüre, wird mir schwindelig vor Liebe.

Connal streicht mir über meinen Arm, meinen Rücken, über meine Hüfte, und wie selbstverständlich finden seine Finger den Weg zu meinem Slip. Einen Augenblick lang spielen sie mit dem Stoff, dann fahren sie darunter, fassen mich an, fassen zwischen meine Beine, zwischen meine Schamlippen und stoßen sanft in mich. Connal seufzt an meinem Mund, als wäre das, was er spürt, die Erfüllung all seiner Träume. Und ich tue es ihm nach, stöhne leise, weil die Nähe zu ihm die Erfüllung all meiner Träume *ist.*

Während er mein Inneres liebkost, lasse ich meine Hände über seinen Körper wandern hinunter zu seinem Penis. Umfasse ihn, reibe ihn, und nun intensiviert auch Connal die Berührungen. Und dann schlinge ich meine Beine um ihn, er schiebt sich dazwischen und dringt in mich ein. Langsam, als müsse er jede Sekunde auskosten. Seine Augen sind geschlossen, und auf seinen Lippen liegt ein Lächeln, das sowohl Seligkeit als auch Traurigkeit bedeutet.

Und da er nun in mir ist, fühle ich genau, was er fühlt. Verpasstes, Kummer der letzten Jahre, Glück über diesen Moment, der das Ende einer Reise markiert, die keiner von uns je hatte unternehmen wollen.

Connal beginnt sich zu bewegen. Mir entgegenzukommen, sich zurückzuziehen. Behutsam, langsam, die Augen immer noch geschlossen, die Lippen leicht geöffnet. Leises Stöhnen dringt im selben Rhythmus aus seinem Mund.

»Dass du …«, sagt er, und ich sehe, dass er schluckt, »… dass du … uns das … angetan hast …« Seine Stimme bricht, und wieder stöhnt er, als er tiefer in mich eindringt.

»Ich weiß«, flüstere ich, schiebe ihm mein Becken entgegen, seufze, als er bis zum Anschlag in mir ist, und noch einmal, als er sich zurückzieht.

»Du … hast mich … zerstört«, keucht er mit rauer Stimme. »Du … hast mich … so zerstört.« Ich sehe, wie sich aus seinen geschlossenen Augen eine Träne löst, und mein Stöhnen bei Connals nächstem Stoß wird von dem Kloß in meinem Hals erstickt. Ich küsse ihn genau dort, genau unter dem Auge.

Und dann neben die Nase. Küsse sein Gesicht, während er kommt und geht, kommt und geht.

Connal zieht mich enger an sich, seufzt und keucht, weint eine weitere Träne, die ich mit meinen Lippen auffange, drückt mich so fest, dass mir beinahe die Luft wegbleibt.

»Ich mach dich wieder ganz«, flüstere ich, streiche durch sein Haar.

»Wie lange hast du?«, fragt er leise und meint es nicht im Scherz, sondern genau so, wie er es gesagt hat.

»Für immer«, erwidere ich, küsse seine Lippen und dringe mit meiner Zunge in seinen Mund, um ihn zu schmecken.

Ich mache Anstalten, das Tempo zu erhöhen, doch Connal schüttelt den Kopf. »Wenn du für immer hast, hetzt uns niemand«, sagt er und vergräbt sein Gesicht an meiner Halsbeuge, während er seine Bewegungen verlangsamt und schließlich stoppt.

»Was ist?«, frage ich.

»Ich brauche Zeit«, sagt er erstickt.

»Aber beim letzten Mal ...«

»Das hier ist nicht das letzte Mal. Es ist das erste Mal. Und ich will dich einfach spüren. Wissen, dass du da bist. Ich kann gerade nicht kommen, weil ich dafür meinen Kopf ausschalten müsste. Und ich will, dass er an ist. Für alles.«

»Okay?« Ich klinge wohl ein wenig verwundert, denn Connal dringt noch einmal in mich ein und hält mich in dieser Position.

»Ich bin so glücklich, dass du da bist«, sagt er. »Ich bin euphorisch. Ich bin seit Jahren nicht mehr so voller Gefühl gewesen. Aber ich bin eben auch seit Jahren nicht mehr so voller Gefühl gewesen, und deswegen bricht gerade alles über mich herein. Auch das Schlechte. Und davon gab es weiß Gott genug.«

Ich nicke, halte ihn, spüre ihn, küsse sein Haar, weil sein Gesicht immer noch verborgen ist. So liegen wir eine Weile. Schweigend. Jeder in seinen Gedanken – vermutlich in denselben. Verlieren uns in »Was wäre gewesen« und »Was wird sein«. Und die Antwort auf beides ist Wir. Stärker, schöner, als wir je waren. Mit einer kleinen Macke, die in den kommenden Jahren so klein und unbedeutend werden wird, dass wir sie nicht einmal mehr wahrnehmen werden. Nur wenn wir danach suchen. Und dann werden wir darüber sprechen. Und es wird mir immer noch leidtun und uns beiden immer noch weh. Aber das Glück ist stärker als das Unglück.

»Ich muss arbeiten«, sagt Connal irgendwann. »Ich kann nicht einfach spontan den Tag frei machen.«

»Oh, okay«, erwidere ich ein wenig enttäuscht, weil ich gehofft hatte, wir könnten noch reden, ich könnte noch anfangen damit, ihn wieder ganz zu machen. Aber natürlich. Connal trägt Verantwortung.

»Ich kann vielleicht schnell machen. Und ein paar Sachen auf morgen verschieben ...«

»Geh«, sage ich. »Wir haben Zeit.«

»Bleibst du?«, fragt er.

»Hier in deinem Zimmer?«

»Du kannst dich umsehen. Kannst – keine Ahnung – fernsehen. Lesen. Im Kühlschrank sind Reste, die könntest du dir aufwärmen. Aber das ist vermutlich Quatsch.« Er lächelt entschuldigend.

»Nein, nein, ich bleibe gern hier«, beeile ich mich zu sagen. Ich würde auch hierbleiben und die Decke anstarren.

»Wirklich?« Sein Gesicht hellt sich merklich auf.

»Genug Lesestoff gibt's ja«, sage ich und greife nach dem obersten Buch auf dem Stapel, der auf dem Nachttisch neben dem Bett steht.

»Das vielleicht nicht.« Er nimmt es mir aus der Hand, und erst jetzt merke ich, dass es sich um ein Notizbuch handelt.

»Sind das ...?«

»Dinge. Die ich aufgeschrieben habe.«

»Ich würde sie gern lesen.«

»Nein, glaub mir, das willst du nicht«, sagt er.

»Weil schlimme Sachen über mich drinstehen?«

»Ja.«

»Ich will sie lesen.«

»Bist du sicher?« Connal sieht skeptisch aus. »Ich habe keine Geheimnisse vor dir. Aber schwarz auf weiß zu sehen, was ich ... gedacht habe ...«

»Ich hab's verdient. Jedes Wort.«

»Vielleicht nicht jedes.«

»Die, die ich nicht verdient habe, hast du auch nicht so gemeint«, sage ich, und er lacht leise.

»Möglich. Und vermutlich habe ich nicht einmal die, die du verdient hattest, so gemeint. Ich musste nur irgendwohin mit meinen Gedanken.« Er nimmt seine Hose vom Boden und wirft mir dann das Notizbuch zu. »In der Schublade sind noch weitere. Aber ich warne dich. Wenn ich zurückkomme und du bist weg ...« Er grinst, ich sehe allerdings die Sorge in seinem Blick.

»Das wird nicht passieren.«

»Was macht dich so sicher?«

»Dass ich dich liebe«, sage ich und zucke mit den Schultern, als wäre es nichts.

Wieder schließt Connal kurz die Augen, presst die Lippen aufeinander. Er atmet tief ein, und eine weitere Träne rinnt seine Wange hinunter.

»Bald hör ich wieder auf damit. Versprochen.« Mit dem Handballen wischt er sich übers Gesicht, dann nimmt er seine restlichen Klamotten und geht. Und mein Herz ist so leicht wie schon lange nicht mehr. Und so schwer wie fast noch nie, weil Connals Kummer noch schwerer zu ertragen ist als mein eigener.

35

Ich ziehe die Schublade des Nachttischs auf, und tatsächlich, dort liegen vier weitere Notizbücher. Sie sind allesamt in schwarzes Kunstleder gebunden, die Ecken sind hier und da angeschlagen, einige Seiten sind herausgerissen.

Ich öffne dasjenige, das zuunterst lag, ich fahre mit dem Finger über das raue Papier. Dann blättere ich um, lese, was auf der ersten Seite steht. Sie ist auf den Tag meines Weggangs datiert, und mir wird heiß und kalt.

Zwischen gestern und heute, lese ich, *liegt mein Herz.* Meine Kehle wird eng, aber ich zwinge mich, weiterzulesen.

Wie kann das Beste zugleich das Bitterste sein?, fragt er. *Wie kann das Richtige zugleich das Falscheste sein?*

Aus seinen Worten spricht Schmerz, Schmerz und Unverständnis. Es zerreißt mir das Herz, dass ich dafür verantwortlich bin. Und dass ich nicht da war, um den Schmerz zu lindern. Nicht seinen, nicht meinen.

Ein paar Seiten lang finde ich nur Gedankenfetzen, aus denen dieselbe Verzweiflung, dieselbe Suche nach einem Sinn spricht. Mal sind sie wütend, mal traurig, mal ausfallend. Und im Stillen gebe ich dem Connal, der das geschrieben hat, recht. So schwer es auch zu lesen ist, die Passagen, in denen er seine Wut gegen mich richtet, machen es erträglich. Ich ertappe mich dabei, wie ich ihn beinahe ansporne, seinen Hass rauszulassen. Doch dann finde ich wieder ein paar Zeilen darüber, dass er mich nicht hassen kann. Nicht hassen will. Und ich blättere weiter.

Ich komme langsam voran, weil das Lesen wehtut, weil ich versuche, Connals Empfindungen nachzuspüren. Weil ich wissen will. Wissen muss. Nach einer Stunde bin ich noch nicht einmal mit dem ersten Buch fertig.

Eine Seite ist nur mit dem Wort »Warum« beschrieben. In allen erdenklichen Größen und Formen. *Warum warum warum.* Ich streiche darüber. *Ich werde dir auf alles Antworten geben,* verspreche ich ihm im Stillen. Dann erst fällt mir das winzige *bist du nicht mehr da?* in der rechten unteren Ecke auf.

Es folgen ein paar Gedichte und Gedanken, in denen Connal mit sich ringt. In denen er zwiegespalten ist zwischen Wut und Traurigkeit, der Hoffnung, ich möge wiederkommen, und dem Wunsch, ich möge ...

Das Notizbuch endet mit den Worten *Komm zu mir zurück – oder fahr zur Hölle, Fiona.* Darunter: *Bitte komm zurück,* geschrieben in einer anderen Farbe, offensichtlich nachträglich.

Meine Lippe bebt, und ehe ich mit dem zweiten Buch weitermache, brauche ich Zeit, um mich zu sammeln. Ich schließe die Augen für einen Moment, rolle mich auf Connals Bett zusammen. Atme. Aber ich wollte es. Und ich muss es lesen. Muss wissen, was ich angerichtet habe, damit ich mein Versprechen halten und ihn wieder ganz machen kann.

Schlimm ist es nur vom Aufwachen bis zum Einschlafen. So beginnt das zweite Buch. *Dass seelischer Schmerz so körperlich sein kann; es wäre spannend, wäre es nicht so verflucht beschissen,* heißt es ein paar Seiten weiter.

Am frühen Nachmittag ziehe ich mir etwas über und gehe in Connals Küche, um mir etwas zu essen zu machen. Der Himmel ist bereits wieder dunkelgrau, und ehe ich mich dem dritten Buch widme, knipse ich die Nachttischlampe an.

Die Gedichte und Gedanken in diesem Notizbuch handeln weniger von Liebeskummer als vielmehr von einer allumfassenden Melancholie. Es könnte eine Verschnaufpause für mich sein, täte mir nicht jeder Gedanke an Connals Kummer weh. *Ich bin ein Fremder, selbst in meinen eigenen Träumen,* schreibt er. *Es ist, als wäre mein Verstand wund.* Oder: *Ich lerne, meinen Kopf auszuschalten. Eine willkommene Erholung von der Welt und mir selbst.*

Und dann, nachdem der Himmel draußen von Dunkelgrau zu Schwarz geworden ist, bin ich irgendwann beim letzten Notizbuch angekommen. In diesem Jahr. Im September. *Es ist das gleiche Rot, es ist der gleiche Schmerz.* Der Moment im Pub, als ich ihn zum ersten Mal seit drei Jahren wiedersah. Und er mich. *Wie die verfluchte verlorene Tochter.*

Ich will dich (niemals) zurück. Und unter erneuten Tränen muss ich kurz auflachen, weil es so schmerzhaft schön ist, so ungeheuerlich in seiner Ehrlichkeit.

Ein Gedicht hat er offenbar nach unserem Aufeinandertreffen vor Marigolds Laden geschrieben. *Wie kann man so sehr schreien wollen und gleichzeitig schweigen?,* schreibt er, und ich erinnere mich noch so gut an sein Schweigen. Und an sein kaltes Lachen, als er sich abwandte.

Auch am Tag unseres ersten Gesprächs im Stall hat er etwas geschrieben. Er hat meinen lahmen Entschuldigungsversuch in ein Gedicht gepackt. *Warst nicht, konntest nicht und tut dir leid von Herzen. Wolltest mir nicht wehtun UND HAST MICH*

ZERSTÖRT. Und beinahe schäme ich mich, dass ich versucht habe, ihn damit abzuspeisen.

Wie könnten wir jemals Freunde sein, schreibt er in einem Gedicht, in dem es um Nähe geht. Um zu große Nähe. Unwillkürlich habe ich ein Bild vor Augen. Connal und ich in seinem Wagen, nachdem ich Laird gefunden hatte. Wie nah wir uns waren. Wie fern es nun scheint.

Das letzte Gedicht ist überschrieben mit *For You Can't Help*. Sofort weiß ich, dass er es nach dem Karaoke-Abend geschrieben hat. *Falling in Love With You. Wie schon einmal. Wie schon immer. Wie jeden Tag. Und dann nicht mehr. Und dann wieder.*

Ich kriege eine Gänsehaut und muss den letzten Satz noch mal und noch mal lesen. *Und dann wieder. Und dann wieder. Und dann wieder.*

Ich lese den Satz noch immer, als ich Schritte auf der Treppe vernehme. Ein Blick auf den Wecker neben dem Bett sagt mir, dass es bereits nach fünf ist. Die Tür öffnet sich, und Connal kommt herein.

»Du bist noch da!« Er wirkt überrascht und gleichzeitig erleichtert.

»Ich hab's dir versprochen.«

»Hast du …«, fragt er mit einem Blick auf die Notizbücher.

»Alles gelesen? Ja.«

»Und?«

»Ich bin nicht sauer. Danke, dass ich sie lesen durfte.«

Er zuckt mit den Schultern und zieht sich seine Jacke und Schuhe aus.

»Ich … ähm … würde mir gern den Stallgeruch abwaschen«, sagt er. »Bevor wir dann reden?«

Ich nicke. »Darf ich ihn dir abwaschen?«

Er grinst schüchtern. Obwohl wir nun schon zweimal miteinander geschlafen haben, ist da immer noch Unsicherheit zwischen uns. Schöne Unsicherheit, die macht, dass mein ganzer Körper kribbelt. Außen wie innen.

Connal antwortet zwar nicht, aber ich folge ihm dennoch ins Bad. Er zieht sich gerade sein T-Shirt über den Kopf, und ich kann nicht widerstehen, muss ihn berühren. Mit meinen Fingern über seine nackte, starke, leicht verschwitzte Brust fahren.

»Stallgeruch«, warnt er mich.

»Ist mir so was von egal«, sage ich und schmiege mich an ihn.

Connal dreht das Wasser in der Dusche auf und zieht sich ganz aus, und ich tue es ihm gleich. Dann steige ich nach ihm in die Badewanne und ziehe den Vorhang vor. Er hat die Augen geschlossen, lässt das heiße Wasser auf seinen erschöpften Körper prasseln. Auf seinen schönen Körper, dessen Muskeln ich einfach nicht müde werde, anzufassen. Connals Penis wird unter meinen Berührungen sofort wieder steif, doch als ich meine Finger tiefer wandern lassen will, hält er mich zurück.

»Lass uns erst reden«, sagt er und greift nach der Duschgelflasche.

Ich nehme sie ihm aus der Hand. »Ist das okay?«, frage ich, und er nickt, sodass ich etwas von dem kalten Gel in meine Hand laufen lasse, um dann seinen Körper einzuseifen.

Wieder schließt Connal die Augen, und ich fahre über jeden Quadratzentimeter seiner Haut, seine Schultern, seine Arme. Seinen Rücken, seinen Hintern. Seine Brust, seinen Bauch. Fühle Bekanntes, fühle Neues.

Wenig später sitzen wir wieder auf seinem Bett. Connal trägt eine Jogginghose und ein sauberes T-Shirt, ich bin in einen viel zu großen Bademantel gehüllt, der nach Connal duftet.

»Also dann«, sagt er. »Du fängst an.«

Ich nicke und schlucke. »An dem Tag, an dem ich mit dir Schluss gemacht habe … wurde festgestellt, dass ich keine Kinder bekommen kann. Und ich wusste ja, dass du dir eine Familie wünschst. Als ich dann auch noch das Gespräch zwischen dir und deiner Mutter gehört habe, da bin ich vollkommen in mich zusammengefallen. Auf einmal war alles zu eng. Alles zu viel. Ich wollte nicht der Grund sein, warum du deinen größten Wunsch nicht erfüllt bekommst. Ich wollte der Grund sein, dass du glücklich bist. Ich habe nicht klar gedacht. Habe einfach gehandelt.«

»Warum Bristol?«, fragt Connal. Er klingt nicht wütend. Oder traurig. Er braucht einfach Antworten.

»Du weißt doch, dass ich kurz mal mit dem Gedanken gespielt hatte, Kunst zu studieren.«

»Ja, aber ich wusste nicht, dass du dich beworben hast …«

»Also … ich wollte es irgendwie einfach wissen. Ob sie mich nehmen würden. Ob ich gut genug war. Ich wollte eigentlich nicht gehen, weil ich … na ja … ich wollte nicht ohne dich sein. Ironie des Schicksals, ich weiß. Jedenfalls haben sie mich angenommen. Und nicht nur das, sie haben mir sogar ein Stipendium angeboten. Als ich dann … es schien der perfekte Ort. Dich gehen lassen, damit du deinen Traum verwirklichen kannst, gleichzeitig meinen Traum verwirklichen … Nur dass es sich nicht so anfühlte. Es war richtig schlimm. Nicht das Studium, das war okay. Aber die Einsamkeit. Und das Bewusstsein, dass du … und dass Effie und Nessa …«

»Warum hast du dich nie erklärt? Ich meine, du hättest auch nach Wochen oder sogar Monaten was sagen können. Ich hätte das gebraucht. Ich wollte sogar zu dir kommen, dich zurückholen aber … dann habe ich aufgegeben. Ich war … Du hast es ja gelesen«, sagt er.

»Ich war so oft kurz davor. Nicht nur, mich bei dir zu melden. Auch bei den anderen ... Ich wusste, dass es unverzeihlich war, einfach abzuhauen. Ich dachte aber auch, dass es die einzige Möglichkeit wäre. Ich hatte Angst vor den Reaktionen. Und dann waren es irgendwann tatsächlich Monate. Je länger man etwas aufschiebt, umso unmöglicher erscheint es einem.« Ich senke die Stimme. »Ich weiß, dass das feige war. Aber ich war nicht ich selbst. Ich war ... komplett verloren. In der Fremde.«

Connal nickt langsam, sagt jedoch nichts.

»Ich habe *mich selbst* komplett verloren. Die gesamten drei Jahre ... Ich war nicht ich selbst. Ich habe mich niemandem anvertraut. Ich habe eigentlich nur ... getrauert. Um uns. Und ich weiß, dass ich selbst schuld bin. Ich will kein Mitleid von dir oder so. Aber vielleicht tröstet es dich ein bisschen, wenn du weißt, dass es mir auch schlecht ging.«

Connal blickt auf die Bettwäsche. »Ehrlich gesagt, macht es alles nur noch beschissener.« Er schnaubt leise. »Wenn du es wenigstens schön gehabt hättest. Das war alles so ... sinnlos.«

»Ich weiß.«

»Hättest du einfach etwas gesagt ...«

»Ich weiß. Aber genau das konnte ich nicht.«

»Warum denn nicht?« Er blickt auf, und aus seinen Augen spricht so viel Traurigkeit, dass es mich innerlich fast zerreißt.

»Weil so eine Diagnose auch noch scheiße ist. Ja, vielleicht wäre es einfacher gewesen, ich hätte es nicht nur mit mir selbst ausgemacht. Aber vielleicht musste ich allein sein, um damit klarzukommen. Ich musste meinen Platz in der Welt erst wiederfinden. Und ich wollte dir nicht im Weg stehen. Dir und deinem Glück. Ich konnte nicht der Grund sein, warum dein Leben nicht vollkommen ist. Ich dachte, wenn ich gehe, wenn ich dir die Entscheidung abnehme, werden wir beide glücklich. Aber da war so viel Traurigkeit. Und ich wusste nicht einmal, ob deinetwegen oder vielleicht doch wegen der Diagnose. Alles war verwirrend. Einfach alles.«

»Und jetzt? Ist es nicht mehr verwirrend?«

»Manchmal schon. Manchmal ist es komisch. Oder traurig. Oder hart. Ich weiß es nicht. Aber ich weiß jetzt rational, dass meine Identität nicht davon abhängt. Glaube ich.«

Einen Moment lang schweigen wir. Sitzen einfach nur da in der Gegenwart des anderen. Es ist nicht leicht. Es wird immer Momente geben, die schwierig sind. Zu reden ist ein guter Anfang. Eine gute Grundlage.

»Als ich dich dann wiedergesehen habe«, fahre ich fort, »war es, als wäre die Zeit stehen geblieben und gleichzeitig mit doppelter Geschwindigkeit vorangerast. Du warst mir so vertraut und so fremd. Und so weit weg, und ich wollte dir so nah sein …« Ich sehe ihn an, und ein schmerzhafter Stich durchzuckt mich beim Gedanken an die Sehnsucht, die mich immer begleitete. »Aber wenn man so lange geschwiegen hat …«

»… ist es schwierig zu sprechen. Ja, ich weiß.«

»Weil du auch geschwiegen hast?«

»Zumindest habe ich nur das Nötigste gesagt. Es fühlt sich jetzt ganz seltsam an, so viel zu reden.«

»Na ja, bislang spreche vor allem ich«, sage ich. »Wie geht's dir damit?«

»Damit, dass du keine Kinder kriegen kannst?«

»Damit, dass wir keine Familie haben können?«

Ich sehe ihn aufmerksam an. Habe gleichzeitig Angst und ein ungeheures Vertrauen zu ihm.

»Muss denn eine Familie immer aus Eltern und Kindern

bestehen? Gerade du, Fiona, solltest doch wissen, dass Familie das ist, was man draus macht.«

Ich schlucke. So habe ich noch nie darüber nachgedacht. »Ich schätze ... vielleicht ist genau das der Punkt gewesen«, sage ich langsam, und meine Stimme zittert. »Dass ich mich selbst so sehr nach einer normalen Familie gesehnt habe, weil ich sie nicht hatte?«

Connal nimmt meine Hand und streicht ganz sanft drüber. »Weißt du, selbst wenn du es so sehen willst«, sagt er, »habe ich lieber keine Familie mit dir als hundert Kinder mit jemand anderem. Und wenn sich das eines Tages ändern sollte ... Ich meine, man könnte über Adoption reden, oder?«

»Ja.« Ich sehe ihn an und kann nicht anders, als breit zu lächeln. »Willst du für den Moment noch etwas wissen?«

»Ich glaub nicht. Ich ... habe genug damit zu tun, zu verstehen.«

»Willst du's vielleicht aufschreiben?«, schlage ich vor und halte ihm sein Notizbuch hin.

»Erst will ich das«, sagt er und schließt mich in seine Arme.

Wir lassen uns aufs Bett sinken, halten einander. Wir sind einfach zusammen. Da ist nichts außer dem Wunsch nach Nähe. Danach, den anderen zu spüren. Sich zu vergewissern, dass wir Zeit haben. Dass niemand von einem Tag auf den anderen verschwindet, weil es ohnehin keinem hilft. Weil wir es überlebt haben. Weil wir andere sind und dennoch dieselben. Weil wir Connal und Fiona sind.

Und dann, nachdem wir ein wenig eingenickt sind, Arm in Arm, Stirn an Stirn, ist da doch Raum für mehr. Wir schlafen miteinander, langsam und vorsichtig, ohne dass ein Orgasmus auch nur eine Rolle spielen würde. Und dann noch einmal. Und in den frühen Morgenstunden, als Connals

Wecker klingelt, noch einmal. Und als er in mir kommt, löst sich etwas. In mir, in ihm, ich sehe es in seinem Gesicht. Spüre es in seinem Kuss. Fühle es in jeder seiner Bewegungen, in dem neuen Tag, der beginnt. Mit uns beiden als Einheit, mit einem langen Weg, den wir vor uns haben, bis Connal mir verzeiht.

»Weißt du, ich glaube, ich schreibe es tatsächlich auf«, sagt Connal und greift über mich nach seinem Notizbuch.

Während sein Kugelschreiber leise über das Papier kratzt, denke ich, dass es ebenfalls noch etwas dauern wird, bis ich mir selbst verzeihe. Aber ich weiß auch: Menschen machen Fehler. Manchmal aus Dummheit, manchmal aus Mangel an Erfahrung. Manchmal aus vermeintlicher Notwendigkeit. Manchmal aus Versehen. Und manchmal ist es eine Kombination aus allem. Aber auch dann – selbst dann – haben Menschen es wohl verdient, dass man ihnen verzeiht.

Das ist genug.
Du hier neben mir.
Ich hier neben dir.
Das Kitzeln deiner Fingerkuppen über meine Schläfe.
Das Flüstern deiner Wimpern auf meiner Wange.
Das Gewicht deines Atems auf meiner Haut.
Das ist genug.
Du bist genug.
Du und ich, wir sind genug.
Zu zweit.
Gib mir noch Zeit.
Gib uns die Zeit, um wieder eins zu werden.
Zu zweit.
Aber denke niemals –
NIEMALS, HÖRST DU –
Dass du nicht reichen könntest.
Dass du nicht genug sein könntest.
Dass mein Glück getrübt werden könnte
Durch die Abwesenheit von etwas anderem
Als dir, Leannan.

36

Der restliche Dezember vergeht wie im Flug. Ich arbeite im Café und an meinen Ausstellungsobjekten. Ich sehe mir mit Edith und Munro Scolley den Ausstellungsraum an, und in meinem Kopf formt sich sofort ein Bild. Und jede Sekunde, die ich frei habe, verbringe ich mit Connal. Wir reden. Wir lieben. Wir sind. Es ist einfach und schwierig zugleich. Es ist perfekt. Wir wachsen miteinander und aneinander und zueinander. Und dann kommt Weihnachten.

Weihnachten ist eine komische Sache. Es kann einem drei Jahre lang vollkommen egal werden, wenn man niemanden hat als die distanzierte Mitbewohnerin, die keine Lust hat, sich den Familienstress über die Feiertage zu geben, nur um sich ihrem Großvater gegenüber für ihre Sexualität zu rechtfertigen. Lulu und ich verbrachten den Christmas Eve drei Jahre in Folge schweigend zu zweit im Pub. Am Christmas Morning schenkte sie mir ein Buch und ich ihr einen Gutschein für ein veganes Label, bei dem sie sich fair produzierte Jeans kaufte. Wir fanden uns in unserer Rolle als Außenseiterinnen. Doch bereits an Boxing Day kam Tonya zurück nach Bristol, und Lulu und ich gingen wieder getrennte Wege.

Dieses Jahr ist es anders. Dieses Jahr gehe ich am Christmas Eve mit meinen Schwestern und meinem Freund in den *Hideout,* wie es unsere Tradition war. Erwin ist mit dabei, Henry und Ben Carlisle mit Frau und Kind. Und sogar Cassie stößt auf ein Pint zu uns, während ihre Mum sich um *wee* Alec kümmert.

Jeder zweite Song auf Josephs Christmas-Playlist ist *Fairytale of New York,* und die Tische sind mit dicken, roten Kerzen und Stechpalmenzweigen geschmückt. Es fühlt sich vollkommen normal und gleichzeitig magisch an. Das Christmas Ale ist wie jedes Jahr etwas überwürzt, aber es stört uns nicht.

»Entschuldigt mich kurz«, sage ich in die Runde, nehme mein Handy und gehe für einen Moment nach draußen an die kalte, frische Luft. In jedem beleuchteten Wohnzimmer sieht man Weihnachtsbäume und -sterne. Irgendwo singen Kinder *Oh, How Joyfully.*

Ich wähle die Nummer und halte mir das Handy ans Ohr. Nach dem dritten Freizeichen geht die Mailbox dran.

»Hi, Lulu«, sage ich. »Ich ... ähm ... wollte dir frohe Weihnachten wünschen. Weil ... na ja ... normalerweise haben wir diesen Abend immer zusammen verbracht. Wobei, *immer* trifft es vielleicht nicht. Aber du weißt schon, was ich sagen will.« Ich merke, dass ich nicht so recht weiß, wohin dieser Anruf führen soll. »Jedenfalls wünsche ich dir frohe Weihnachten. Ich hoffe, dir geht's gut. Vielleicht können wir ... keine Ahnung ... im neuen Jahr mal telefonieren oder so. Ich weiß, wir waren nicht die kompatibelsten Mitbewohnerinnen, ich war die letzten Jahre nicht einmal unbedingt mit mir selbst kompatibel. Also wenn es nicht so gut gelaufen ist mit uns, war das vermutlich meine Schuld. Ich ... ähm ... keine Ahnung, ob dich das überhaupt interessiert. Aber ich kriege mein Leben zu Hause gerade wieder einigermaßen in den Griff. Also auch mich selbst. Emotional und so. Und ... na ja ... da wollte ich einfach mal hören, wie es dir geht. Ich hoffe, du bist nicht allein an Weihnachten. Und wenn doch, hoffe ich, dass du es dir richtig gemütlich machst. Okay, genug geschwafelt. Kannst dich ja mal melden, wenn du ... Lust hast. Okay, cheerio.«

Beim letzten Wort muss ich lächeln. Ich habe sehr lange nicht mehr »cheerio« gesagt, und jetzt kam es ganz automatisch.

»Hey, ist alles klar bei dir?« Connal tritt aus dem Pub, meine Jacke in der Hand. »Ich dachte, wenn das ein bisschen länger dauert, brauchst du die vielleicht.«

»Bin schon fertig. Musste nur jemanden anrufen.«

»Ah«, sagt er, und kurz bin ich mir nicht sicher, ob er vielleicht etwas komisch klingt.

»Keine Sorge, keinen Verflossenen oder so«, sage ich. »Nur meine Mitbewohnerin aus Bristol.«

»Du musst mir nichts erklären«, erwidert er. »Manchmal ... ist es nur einfach traurig, dass ich kein Teil dieser drei Jahre war.«

»Ich weiß. Aber ich glaube, ich habe so viel an dich gedacht, dass du irgendwie doch Teil davon warst.«

»Fair enough«, sagt er mit dem shetlandischsten Akzent, den ich von ihm je gehört habe, zieht mich zu sich und hüllt mich gegen die Kälte in seine Jacke. Und es ist nicht nur Wärme, die mich umfängt, sondern das Gefühl, zu Hause zu sein.

»Hast du dir schon überlegt, wie du es morgen machen willst?«, fragt Connal.

Und ja, das habe ich.

Der Christmas Morning lief bei uns jedes Jahr gleich ab. Wir hofften, Dad würde auftauchen, was meistens nicht passierte. Dafür stand Marigold bereits frühmorgens vor unserer Tür, in der Hand einen großen Korb mit Geschenken und einem Christmas Roast, der seinesgleichen suchte. Am Nachmittag spazierten wir durch die Stadt oder zum Hafen oder an der Küste entlang. Es hatte jedes Mal etwas Reinigendes, sich nach der enttäuschten Erwartung den Kopf vom kalten Wind freipusten zu lassen. Ab dem Moment, da ich mit Connal zusammen war, ging ich nach dem Mittagessen zu den Halcrows, wo es ein richtiges Familienweihnachten gab. So, wie ich es mir immer gewünscht hatte. Mit Großeltern, Cousins und Cousinen, Onkeln und Tanten.

Und auch dieses Jahr steht Marigold vor unserer Tür. Allerdings nicht mehr ganz so früh wie damals. Und sie hat auch keinen Roast dabei, weil wir uns unter Nessas Anleitung darum kümmern. Geschenke gibt es dennoch. Mir schenkt sie einen Bildband über junge feministische Kunst, Nessa bekommt einen Gutschein für eine Massage und Effie eine Baskenmütze. Effie schenkt uns allen wunderschöne Fair-Isle-Socken in den buntesten Farben, Nessa ihren neuen Likör auf Whisky-Basis, über den Boyd Tulloch anscheinend gesagt hat, wäre sein Whisky so ungenießbar, dass man Zuckersirup darunterpanschen müsste, würde er sich eine andere Freizeitbeschäftigung suchen. Ich habe für alle weihnachtliche Tassen und die passenden Schüsseln getöpfert.

Der Kamin prasselt, der Roast schmeckt fantastisch, und als ich mich kurz darauf mit Effies Wagen zu den Halcrows aufmache, habe ich eine Sprachnachricht von Lulu auf meinem Handy.

»Hi, Fiona«, sagt sie, und im Hintergrund hört man Kinder jauchzen. »Lieb, dass du an mich denkst. Ich bin dieses Jahr mit zu Tonyas Familie gefahren. Ist anstrengend, aber wohl besser, als sich alleine im Pub zu betrinken. Hey, lass das, du kleines Biest! Wobei, da bin ich mir, ehrlich gesagt, gar nicht so sicher.« Sie lacht. »Scherz, die Kinder sind ein bisschen ein *pain in the* ..., aber sonst ist es sehr nett. Irgendwie verrückt familiär. Klingt jedenfalls so, als hättest du es auch schön. Und das freut mich. Irina hat neulich angerufen und meinte, sie wäre Anfang Januar in der Stadt, um deine Skulpturen zu holen. Dann treffen wir uns wahrscheinlich, wird sicher ganz nett. Oh, es gibt Nachtisch. Als könnte man überhaupt noch was in sich reinpressen, ey. Und dann noch Plumpudding mit Brandy-Butter ... Pass auf dich auf und vielleicht bis bald!«

Während der gesamten Fahrt habe ich ein Lächeln auf den Lippen. Doch als ich auf den Hof einbiege und das Auto hinter einer ganzen Reihe von anderen Wagen parke, frage ich mich, wie Connals Verwandtschaft auf mich reagieren wird. Aber es ist Weihnachten, das Fest der Liebe, da drückt man vielleicht das ein oder andere Auge zu.

»Komm rein«, sagt Alice. Ihr Tonfall mir gegenüber ist nach wie vor ein bisschen reserviert, aber wir sind inzwischen schon beim unverfänglichen Small Talk angekommen, wenn wir uns sehen. »Fröhliche Weihnachten.«

»Danke für die Einladung«, sage ich und mache Anstalten, sie zu umarmen. Und Alice – lässt es geschehen. »Danke für alles.«

Drinnen herrscht der gleiche Trubel wie früher. Kleine Kinder, die inzwischen schon ein bisschen größer sind, jagen durchs Haus, ein Säugling schreit. Man trinkt Whisky oder Mulled Wine, isst, so viel und so lange man kann. Und wenn man fertig ist, fängt man wieder von vorne an.

»Fiona!« Graeme ist schon leicht angeheitert. »Gut, dass du da bist. Alice hat viel zu viel gekocht.«

»Als könnte ein einzelner Mensch daran etwas ändern«, sagt Connal, kommt auf mich zu und küsst mich.

»Hi, ihr alle«, sage ich etwas schüchtern in die Runde. »Lange nicht gesehen.«

Als Antwort heben einige ihr Glas, manche nicken, ein paar begrüßen mich. Es ist alles ganz normal. Als wäre ich nie weg gewesen.

»Ich hab noch was für dich«, sagt Connal in mein Ohr, ehe wir von irgendwelchen Verwandten okkupiert werden können. »Oben.«

Ich folge ihm, in meiner Tasche das Geschenk, das ich für ihn gemacht habe.

Auf Connals Couchtisch liegt ein kleines Päckchen mit einem Umschlag. Ich setze mich neben ihn aufs Sofa, und er drückt es mir in die Hand. »Mach auf.«

Als Erstes öffne ich den Umschlag. Darin befindet sich eine herausgerissene Seite aus seinem Notizbuch. Es ist ein Gedicht.

Das ist genug, lese ich. *Du bist genug. Du und ich, wir sind genug. Denke niemals, dass du nicht reichen könntest. Dass du nicht genug sein könntest. Dass mein Glück getrübt werden könnte durch die Abwesenheit von etwas anderem als dir, Leannan.*

»Danke«, sage ich leise mit Tränen der Rührung in den Augen.

»Und weil da immer noch diese Sache mit dem Verzeihen ist«, sagt Connal und zeigt auf das kleine Päckchen, »habe ich mir gedacht, dass es vielleicht ganz gut wäre, wir würden einfach einen Schlussstrich ziehen. Wir beide. Gemeinsam.«

Ich reiße das Packpapier auf und finde Connals Notizbücher zusammen mit ein paar Kaminanzündern. »Das ist nicht dein Ernst«, sage ich. »Du kannst das nicht verbrennen wollen.«

»O doch«, erwidert er. »Das, was da drinsteht, ist vorbei, weißt du? Das war meine Art, mit allem umzugehen. Und jetzt ist es Zeit für etwas Neues. Zeit fürs Verzeihen. Gedicht für Gedicht. Dafür hab ich mir das hier gekauft.« Er zieht ein neues Notizbuch unter dem Sofakissen heraus. »Das hier wird mir helfen, abzuschließen. Und das nächste Notizbuch ist dann voll mit kitschiger Liebeslyrik.« Er lächelt. »Außerdem habe ich mich gefragt, ob ich mich vielleicht mal rasieren sollte.«

Ich kann ein Lachen nicht unterdrücken. »Das ist deine Entscheidung«, sage ich. »Ich habe mich an den Bart gewöhnt.« Ich küsse ihn auf seine bärtige Wange.

»Meine Mum wäre jedenfalls der glücklichste Mensch der Welt.«

»Dann steht und fällt es wohl mit der Liebe zu deiner Mum.«

»Sie hat mir zu Weihnachten einen Rasierer geschenkt. Also, vielleicht behalte ich ihn dann noch ein bisschen.« Er grinst.

»Jetzt du«, sage ich und ziehe ein kleines Päckchen aus meiner Tasche.

Er öffnet es deutlich vorsichtiger als ich, und zum Vorschein kommt ein Kettenanhänger an einem schmalen Lederband, den ich aus Ton geformt und mit einem eingeritzten Fair-Isle-Muster in den Farben Shetlands bemalt habe. Grün für das Gras, Lila für die Heide, Dunkelblau für das Meer, Gelb für den Ginster.

»Der ist wunderschön«, sagt Connal leise.

»Ich habe auch einen.« Aus meiner Tasche hole ich das Gegenstück. Dieselben Farben, ein etwas anderes Muster. »Ich will, dass du weißt, wie ernst es mir mit uns beiden ist. Erst dachte ich, ich mache dir einfach einen Antrag, aber dafür ist es wohl noch zu früh.«

»Ach«, sagt Connal. »So einen Antrag kann man nicht oft genug bekommen, glaube ich.«

Ich lache. »Ich würde dich vom Fleck weg heiraten, Connal.«

»Ich *werde* dich bald vom Fleck weg heiraten, Fiona«, erwidert er, und dann küsst er mich. Und ich ihn. Und es ist das schönste Weihnachtsgeschenk, das ich mir vorstellen kann.

37

Wir biegen in die Straße ein!, schreibt Irina. *Hättest ja ruhig mal sagen können, dass der Nordpol am anderen Ende der Welt ist.*

Ich blicke grinsend auf mein Handy, dann werfe ich noch einen letzten kritischen Blick auf die Keramikskulpturen, die bereits an Ort und Stelle stehen. Einige kleinere habe ich auf hohe Sockel an die Wand gestellt. Rhea, Thetis, Dione und ein paar andere. Die drei großen Figuren, die ich in den letzten Monaten gefertigt habe, stehen in der Mitte des Raums, jede von ihnen sieht in eine andere Richtung. Und von der Decke hängen Banner mit Zitaten, die entweder von den Figuren geäußert werden oder lose mit ihnen verknüpft werden können – oder vollkommen unabhängig zu lesen sind, das kann jeder selbst entscheiden. Jetzt fehlen nur noch die vier, die Irina und Joey im Auto haben. Es wird eine Punktlandung. Eigentlich hätten sie schon vor zwei Tagen hier sein sollen, doch Unwetter machten eine Fährüberfahrt unmöglich. In wenigen Stunden wird die Ausstellung eröffnet, und sie werden es gerade rechtzeitig schaffen.

Ich bin aufgeregt. Einerseits, weil ich meiner Freundin

mein Leben hier zeigen werde, andererseits, weil dies meine erste eigene Ausstellung außerhalb der Universität ist. Hinzu kommt, dass ich zwar gefragt habe, ob ich die Zitate verwenden darf, jedoch weiß ich nicht, wie die Leute reagieren, wenn sie sie tatsächlich vor sich sehen.

Dike drehe ich noch ein bisschen nach links. Dann wieder zurück. Irgendetwas stimmt nicht. Ich trete einen Schritt zurück, schließe die Augen, öffne sie wieder. Nein, es ist perfekt. Ich muss mich einfach ein bisschen entspannen.

»Fionaaaaaa!«, ruft Irina, die die Tür zum Foyer des Rathauses aufgezogen hat. Sie hat den dicksten Mantel an, den ich je gesehen habe.

»Irina!«, erwidere ich, doch da kommt sie schon auf mich zugerannt und schließt mich in ihre Arme. Sie drückt mich so fest, dass ich keine Luft mehr bekomme.

»So schön, dich zu sehen, Babe! Wo sind die Eisbären?«

»Wir haben hier keine Eisbären. Wenn du Glück hast, siehst du manchmal einen Otter.«

»Was gut genug für dich ist, ist gut genug für mich«, erwidert sie. »Joey lädt schon mal aus.«

»Dann sollten wir ihm vielleicht helfen«, schlage ich vor, aber Irina winkt ab.

»Das kriegt der schon hin.«

Das kommt mir allerdings unhöflich vor, und so mache ich mich von Irina los – nicht, ohne dass sie mir in die Wange kneift – und gehe nach draußen. Statt einer Person beugen sich drei Leute in den Kofferraum. Und dann erkenne ich, dass neben Jimmy auch Lulu und Tonya mitgekommen sind.

»Das ist ja eine Überraschung«, sage ich lächelnd.

»Dieses Spektakel konnten wir uns ja wohl kaum entgehen lassen«, sagt Tonya.

»Und Irina kann sehr überzeugend sein.« Lulu kommt auf mich zu und umarmt mich steif. »Außerdem war ich auch ein bisschen neugierig, wie du in deinem natürlichen Habitat so drauf bist.«

Auch Tonya und Jimmy umarmen mich, und gemeinsam tragen wir die vier letzten Skulpturen nach drinnen und ordnen sie meinem Plan nach an. Gaia und Terpsichore tauschen dreimal den Platz, bis ich beschließe, alles über den Haufen zu werfen und Terpsichore auf die andere Seite des Raums zu stellen.

»Sieht abgefahren aus«, sagt Lulu. »Voll unecht und gleichzeitig echt.«

»Erst wirken sie ganz puppenhaft, und auf einmal erwachen sie zum Leben. Man muss nur lange genug hinschauen.« Tonya klopft mir anerkennend auf den Rücken.

»Ja, ich find's auch abgefahren.« So komisch es ist, einfach so Lob anzunehmen, es fühlt sich richtig an.

»Ach, Babe, ich bin so stolz auf dich! Und schau dich an, wie lebendig *du* aussiehst. Da ist nichts Puppenhaftes mehr. Da fällt mir ein, wo ist eigentlich Mister Babe?«

»Mister Babe?« Ich lache.

»Der Kerl, dem du jahrelang hinterhergeschmachtet hast?«

»Ich hab dich schon verstanden«, sage ich. »Der kommt gleich.« Mit einem Blick auf die Uhr stelle ich erschrocken fest, dass jeden Moment die ersten Leute eintrudeln. »Ich muss mich noch schnell frisch machen.«

»Noch frischer?«, fragt Irina, dann hakt sie sich bei mir ein, und gemeinsam gehen wir auf die Damentoilette.

Ich trage wieder mein schwarzes Samtoberteil und den dunkelgrünen Plisseerock, das Outfit, das ich mir zuletzt für mein Vorstellungsgespräch in Bristol zurechtgelegt hatte.

Vor dem Spiegel tusche ich mir meine Wimpern und trage den knallroten Lippenstift auf. Da merke ich, dass Irinas Spiegelbild mich anschaut.

»Was?«

»Du siehst glücklich aus.«

»Ja?«

»Ja.«

Ich lächle sie durch den Spiegel an. »Ich glaube, ich bin's.«

»Das ist gut. Ich habe immer gedacht, wenn das dein Leben ist, diese Melancholie, dieses Schwere, dann muss es echt anstrengend sein.«

Ich lache leise. Denn ja, es war anstrengend. Aber es war auch notwendig, damit ich jetzt hier an diesem Ort glücklich sein kann.

Nessa, Effie und Erwin sind die Ersten. Sie haben mir einen riesigen Blumenstrauß aus Andreas Laden mitgebracht. Als Nächstes kommt Marigold, Edith und Munro Scolley im Schlepptau. Dr. Beattie und seine Frau, Andrea und Cassie mit *wee* Alec, Alice, Graeme und Connal. Ich stelle alle vor, und während Lulu vollkommen aus dem Häuschen ist, dass ich tatsächlich zwei Schwestern habe, kann Irina nicht aufhören, mich zu zwicken, nachdem sie Connal gesehen hat.

»Ich tausche Joey«, sagt sie, und Jimmy räuspert sich hörbar. »Nicht dich, Schatz. Dein Name ist Jimmy«, stellt sie klar und gibt ihm einen schmatzenden Kuss.

Henry, Ben und Mia kommen durch die Tür. Inzwischen hat es angefangen zu regnen, und unter der Garderobe bildet sich aus den Tropfen der Regenjacken ein kleiner See.

Joseph stellt Fingerfood auf. Es gibt keine Bedienungen, das wäre unpassend in dieser familiären Umgebung. »Schampanjer hab ich keinen aufgetrieben, aber prickeln tut er allemal«, sagt er und schwenkt eine Sektflasche, mit der er Champagnerflöten befüllt.

Unter den Gästen sind einige meiner alten Klassenkameradinnen und Klassenkameraden, die ich mit einer Umarmung begrüße. Und dann, als eine ordentliche Menschenmenge zusammen ist, klopft Bürgermeister Scolley mit dem Ehering gegen seine Sektflöte.

»Ich glaube, es ist an der Zeit, die Ausstellung offiziell zu eröffnen«, sagt er, zieht einen Stapel Karteikarten aus seiner Hosentasche und räuspert sich.

»Bitte, Munro, du bist als Gast hier«, sagt Edith, und alle lachen.

»Ich bin der Bürgermeister«, verteidigt er sich.

»Und ich bin die, die dir deine Unterhosen wäscht, also lass Fiona das schön selbst machen. Du musst ja nicht immer im Mittelpunkt stehen.« Erneutes Lachen geht durch die Menge, und Edith nickt mir zu.

Ich merke, wie mir heiß wird. Bis gerade eben habe ich nicht darüber nachgedacht, dass es vielleicht passend wäre, ein paar Worte zu sagen, aber natürlich, das gehört sich. Ich lasse Connals Hand los, seine große, warme Hand, die mir so viel Sicherheit gibt, und trete nach vorn. Die roten Flecken auf meinem Hals spüre ich so deutlich wie fast noch nie, aber es ist egal. Ich bin umgeben von meinen besten Freunden, von meinen Schwestern, von den Menschen, die ich liebe. Es spielt keine Rolle, was ich sage.

»Also erst mal«, beginne ich, »freue ich mich sehr, dass ihr alle gekommen seid. Kunst hat nur dann Bedeutung, wenn sie gesehen wird, also schätze ich, dass ihr heute den Großteil der Arbeit habt.« Auch ich ernte ein paar Lacher und gewinne Selbstsicherheit. »Inspiriert wurde meine Ausstellung durch Frauen, die nicht so viel Sichtbarkeit bekommen, wie sie es verdient haben. Stellvertretend habe ich dafür Figuren aus der griechischen Mythologie gewählt und sie mit Worten kombiniert, die von sehr realen Frauen geäußert wurden, Frauen, die in den letzten Monaten durch ihre Klugheit und Güte mein Leben zurück ins Hier und Jetzt geholt haben, von denen ich so viel gelernt habe und denen ich wahnsinnig dankbar dafür bin, dass sie mich nach meiner Rückkehr so warmherzig wiederaufgenommen haben.«

»Manche brauchten ein bisschen«, wirft Nessa ein.

»Gerechtfertigterweise«, sage ich. »Jedenfalls findet ihr zwischen den Figuren Zitate, die mir geholfen haben. Die mir Mut gemacht haben. Die mir gezeigt haben, dass die Dinge okay sind, auch wenn sie manchmal nicht okay scheinen. Alle von ihnen sind heute hier, und ich hoffe, ihr freut euch über das kleine Denkmal, das ich euch gesetzt habe.« Ich schlucke. »Die letzten Jahre waren ziemlich anders, als ich mir das vorgestellt hatte. Von hier wegzugehen war das Härteste, was ich je gemacht habe, dicht gefolgt vom Zurückkommen. Aber ich habe gelernt, dass ich nur hier ich selbst sein kann …« – bei diesen Worten suche ich Henry und lächle ihm zu –, »und nur hier mit euch zusammen glücklich sein kann. Das klingt jetzt superkitschig, aber so eine Ausstellungseröffnung ist vielleicht auch mal ein Grund, kitschig zu sein. Ich weiß es nicht, das ist ziemlich neu für mich. Deswegen danke ich euch allen dafür, dass ihr euch wieder an meinen Anblick gewöhnt habt. Und ganz besonders danken möchte ich meiner Freundin Irina, ihrem Freund Jimmy und … was sind wir, Lulu?«

»Scheiß drauf. Sag Freundin«, ruft sie.

»Und meinen Freundinnen Lulu und Tonya, dass sie den ganzen weiten Weg aus England« – hier buhen einige Leute scherzhaft – »hergefahren sind, um die fehlenden Skulpturen zu bringen. Außerdem danke ich natürlich Bürgermeister Scolley dafür, dass er mir diese tollen Räumlichkeiten zur Verfügung gestellt hat, und Edith, die mit Sicherheit nicht ganz unbeteiligt daran ist. Außerdem haben meine Schwestern Nessa und Effie in den letzten Monaten wirkliche Wunder vollbracht, indem sie mich zurück in ihren Kreis – oder eher in ihre Gerade, denn ein Kreis ist man zu zweit wohl nicht – aufgenommen haben. Jetzt sind wir wieder ein Dreieck, und für mich fühlt es sich verflucht vollständig an.«

»Für uns auch«, ruft Effie, läuft auf mich zu und umarmt mich.

»Und dann ist da noch Marigold.«

»Hör schon auf, Kind«, sagt sie und wischt sich etwas aus dem Augenwinkel.

»Nein, da musst du durch. Sorry. Du hast mich mehr als einmal zurück auf meinen Weg gebracht. Du warst immer da, wenn ich dich gebraucht habe. Und dann hast du außerdem immer die richtigen Dinge gesagt. Was Timing und Präzision angeht, bist du ziemlich unschlagbar. Und wenn ihr jetzt noch Lust habt, führe ich euch durch meine Ausstellung.«

Alle im Raum klatschen. Connal kommt auf mich zu und hebt mich hoch.

»Dir danke ich nachher im Privaten. Das wäre hier ein bisschen unpassend. Schließlich ist der Bürgermeister da.«

Connal grinst. »Und meine Eltern ...«

»Und meine Schwestern ...«

»Als wäre dir vor denen irgendwas peinlich. Aber los jetzt, deine Fans warten.« Er schiebt mich sanft in Richtung Dike, die Figur, die mir am nächsten ist.

Und dann fange ich an, über meine Kunst zu sprechen. Über Dike, eine der Horen und Göttin der Gerechtigkeit.

Über Tisiphone, eine Erinnye, die für Vergeltung und Verteidigung mütterlicher Prinzipien steht, über Gaia, die sich gegen ihren Mann stellte, um ihre Kinder zu retten. Über die Muse Terpsichore, die fröhlich im Reigen Tanzende.

»Das bin ich«, sagt Effie, und tatsächlich hatte ich meine kleine Schwester vor Augen, als ich sie geformt habe.

Und dazwischen die Zitate der starken Frauen von Lerwick, die mir so viel gegeben haben, die mir alles bedeuten.

Du musst dich dagegenstemmen, wenn du deine Richtung wieder selbst bestimmen willst, steht auf einem Banner. *Ich unterstütze dich. Das ist ein absoluter No-Brainer,* auf einem anderen. Effie jauchzt, als sie ihr Zitat entdeckt. *Wenn es immer nur schön ist, weißt du doch gar nicht mehr, was Schönheit ist. Du musst sie von irgendetwas abgrenzen,* liest sie und dann: *Es ist nie zu spät, solange es nicht zu spät ist.* Meine liebsten Zitate hängen in der Mitte des Raums. *Menschen machen Fehler. Alte Menschen, junge Menschen. Die jungen vielleicht mehr als die alten. Aber deswegen haben sie dennoch Liebe verdient.* Und gleich daneben: *Nicht jeder Mensch muss alles können.*

Doch das wichtigste Zitat lese ich laut vor: *»Man muss keine Mutter sein, um mütterliche Ratschläge zu geben. Und man muss keine Mutter haben, um sie zu bekommen.«*

Die Leute hängen an meinen Lippen, aber nach und nach machen sie sich selbst auf Erkundungstour, sodass ich mir irgendwann noch ein Glas Sekt holen kann.

»Ich bin schwer beeindruckt, kleine Schwester.« Nessa stellt sich neben mich. »Und ich hatte keine Ahnung, dass du dir den Quatsch merkst, den ich so erzähle. Ab jetzt werde ich wohl besser aufpassen müssen, was ich in deiner Gegenwart sage.«

»Ich merke mir nur die richtig guten Sachen«, beruhige

ich sie. Und dann ziehe ich sie in eine feste Umarmung und murmle ein »Danke« in ihre roten Haare.

»Danke, dass du wieder da bist«, sagt sie. »Du hast mir wirklich gefehlt.«

Am späten Abend, als die Gäste fast alle gegangen sind, nimmt Alice mich zur Seite. »Ich habe vor ein paar Monaten etwas über dich gesagt, und ich glaube, du hast es damals gehört. Mir ist erst zu spät aufgefallen, dass ich nicht das Recht dazu habe, mich so zu äußern. Nicht über dich oder über sonst eine Frau.« Sie blickt zu Boden.

»Ich habe es nicht gehört, Alice«, beruhige ich sie.

»Ich habe dich …«

»Du musst es für mich nicht aussprechen. Ist schon okay. Vergeben und vergessen.«

»Es tut mir trotzdem leid. Und du sollst wissen, mir bleibt nicht verborgen, wie glücklich du Connal machst. Und das ist das Wichtigste.«

Dann verabschiedet sie sich.

Effie hat keinen Sekt getrunken und ist diejenige, die Nessa, Connal und mich inklusive all der Blumensträuße, die ich bekommen habe, nach Hause fährt. Irina, Jimmy, Lulu und Tonya folgen uns in ihrem Wagen.

»Wir wussten nicht, dass ihr mitkommen würdet«, sagt Effie zu Tonya, »aber das Sofa im Wohnzimmer ist ziemlich bequem.« Sie und Nessa teilen sich heute Nacht ein Bett, sodass Irina und Jimmy in Effies Zimmer und Connal und ich trotzdem gemeinsam bei mir schlafen können.

»Ich habe heute auch etwas zu feiern«, verkündet Nessa, als wir es uns alle für einen Schlummertrunk im Wohnzimmer gemütlich gemacht haben. »Die Premiere unseres *No 3.*«

»Unseres was?«, fragt Irina.

»Unser dritter Golden Plover Whisky. Wollt ihr alle probieren?«

Sie zieht den kleinen Korken aus der bauchigen Flasche.

»Ist das der aus dem Weinfass?«, fragt Effie.

Nessa nickt. »Damit stopfe ich Boyd Tulloch das Maul.«

»Hört, hört«, sagt Connal und beginnt die kleinen bauchigen Gläser auszuteilen.

Der Whisky schmeckt angenehm mild und gleichzeitig frischer als gewöhnlich. Beinahe etwas nach Zitrusfrucht oder Apfel oder beidem. Wir nippen alle ganz andächtig, lassen uns innerlich von ihm wärmen, während der Kamin, den Effie angefeuert hat, von außen wärmt.

»Damit, Nessa, ist dir der Titel meiner Lieblingsbrennerin sicher«, sagt Connal.

»Heirate den.« Nessa nickt von mir zu Connal. »Den brauche ich als Cheerleader.«

Ich nicke. Denn ich brauche ihn auch. Nicht zum Überleben. Das kann ich auch ohne ihn. Aber zum Leben. Zum richtigen Leben. So wie er mich braucht. Ich bin Connals Zuhause, er ist meins. Und ich *bin* zu Hause. Hier, wo meine Wurzeln liegen. Wurzeln, die ich spüren kann, wenn ich auf Shetland bin. Wenn ich hier über die Insel laufe, wenn der Wind durch mein Haar weht, wenn die salzige Luft meine Lunge füllt. Wenn ich bei Connal bin. Wurzeln, die tief und stark sind. Stärker als alles, was ich kenne, weil die Wurzeln hier stärker und tiefer wachsen.

ENDE

Danksagung

Danksagungen würden in meinem Lebenslauf nicht unbedingt unter »Stärken« aufgeführt werden. Denn obwohl ich romantische Bücher schreibe, bin ich mit meinen eigenen Gefühlen meistens heillos überfordert. Noch überforderter damit, sie in Worte zu packen. Aber *oh well, here we go.*

Danke, danke, danke an meine wundervollen Leser*innen. Danke an diejenigen, die mich seit Buch 1 unterstützen, danke an die, die zwischendurch dazugekommen sind, danke an die, die mit den *Roots* das erste meiner Bücher gelesen haben. Wie auch immer ihr den Weg zu diesem Buch gefunden habt, Danke für eure Unterstützung.

Danke an meinen Verlag. Der seit dem ersten Buch an meiner Seite ist – und wenn man einen Verlag an seiner Seite hat, dann hat man gleichzeitig richtig, richtig viele Menschen an seiner Seite. Jeder und jedem Einzelnen gebührt mein innigster Dank für die Mühe, für die Expertise, für die Leidenschaft, für den sagenhaft netten Austausch.

In dieser absolut tollen, überfordernden, manchmal undurchdringlichen, verwirrenden, großartigen Buchwelt gibt es zwei Menschen, ohne die gar nichts gehen würde. Niclas, mein bester, bestester Wunder-Agent und meine liebste Lektorin Greta. Ohne euch beide wäre ich absolut aufgeschmissen, weil ihr mir alles Blöde abnehmt und alles Gute verdoppelt und verdreifacht.

Danke an meine Redakteurin Michelle, mit der ich bei diesem Projekt zum ersten Mal zusammengearbeitet habe. Von der ersten E-Mail an hat es zwischen uns hart »gevibed« – nicht nur, aber auch wegen der Katzen. Und ja, deswegen ist Greaves nur für dich.

Danke an meine Testleserinnen Ina, Nini, Ramona, Becca und Laura für euer Feedback, eure Begeisterung, eure Klugheit, euer ... ach, danke einfach für alles.

Danke an meine Autorinnenfreundinnen Sarah, Sophie, Julia, Kyra, Leonie, Kira. Ich habe den größten Respekt vor euch allen und bin so glücklich, euch an meiner Seite zu wissen, als Verbündete, als Jammern-auf-hohem-Niveau-Buddies, als Jubelstürmerinnen.

Danke an Helena für alles und Kuchen. Danke an Sabine für alles und fürs Beste-Freundin-Sein. Danke an Isi fürs Augenöffnen. Danke an Elisa für Montage. Danke an Jennifer für schnelle Intervention. Danke an meine Familie, meine Freund*innen, auch wenn ich sie beim Schreiben dieses Buchs nur über Skype gesehen habe.

Und Danke an Maxi. Der eine Mensch, mit dem ich ein Jahr lang aufeinanderhocken kann, ohne dass ich mir jedes Haar einzeln ausreißen will. Und mit dem die Monotonie sogar einigermaßen okayish ist. Das ist in Zeiten von globalen Pandemien die größtmögliche Liebeserklärung.